Stephanie Grace Whitson

ÜBER DEN DÄCHERN VON FLORENZ

Stephanie Grace Whitson

Über den Dächern von Florenz

francke

Über die Autorin:
Stephanie Grace Whitson hat vier Kinder großgezogen, ihren ersten Mann durch Krebs verloren und ist nun neu verheiratet. Neben viel Lebensweisheit fließt ihre Liebe zu Italien und Frankreich in ihre Bücher ein. Sie lebt mit ihrer Familie in Nebraska und widmet sich der Schriftstellerei.

Bibliografische Information Der Deutschen Bibliothek
Die Deutsche Bibliothek verzeichnet diese Publikation in der Deutschen Nationalbibliografie; detaillierte bibliografische Daten sind im Internet über
http://dnb.ddb.de abrufbar.

ISBN 978-3-86827-144-7

Originally published in English under the title
A Hilltop in Tuscany
by Bethany House Publishers, a division of Baker Publishing Group, Grand Rapids, Michigan, 49516, USA

Deutsch von Dorothee Dziewas
Umschlagbilder: iStockphoto / LuisPortugal
iStockphoto / bb-foto
Umschlaggestaltung: Verlag der Francke-Buchhandlung GmbH / Christian Heinritz
Satz: Verlag der Francke-Buchhandlung GmbH
Druck: Koninklijke Wöhrmann, Niederlande

www.francke-buch.de

Kapitel 1

30. Januar 2004
Omaha, Nebraska

„Du solltest sie sehen, Jeff." Die Stimme am anderen Ende der Leitung bebte. „Du solltest sehen, was dieser Idiot unserer kleinen Schwester angetan hat."

Blaue Flecken? Eine dicke Lippe? „Warte, Danny", unterbrach Jeffrey Scott seinen Bruder. „Hier hat es geschneit. Ich muss mit dem Auto von der Straße runter, bevor ich es zu Schrott fahre." Nach einem Blick in den Rückspiegel wechselte er die Spur und lenkte seinen Chevrolet schnell auf den Parkplatz eines kleinen Supermarktes. Er zog den Kopfhörer der Freisprecheinrichtung aus dem Ohr und warf ihn auf den leeren Beifahrersitz. Dann griff er nach seinem Handy und kletterte aus dem Wagen. „Okay", sagte er, „jetzt noch mal von vorne." Er ging ein paar Schritte um das Gefährt herum und hockte sich halb auf die Motorhaube, während er zuhörte.

„Sie hat Mumm", sagte Danny gerade. „Irgendwie hat sie es geschafft, Gary im Bad einzuschließen, während sie die Sachen der Kinder gepackt hat. Sie hatte alle unten und im Auto, bevor er aus dem Badezimmer ausbrechen konnte. Sie sagte, er sei aus der Tür gekommen, als sie gerade abfuhr. Dann ist sie zum Krankenhaus."

„Krankenhaus?" Jeff erhob sich und begann vor dem Offroader auf und ab zu gehen.

„Ja. Der Arzt in der Notaufnahme wollte nicht, dass sie so weit fährt, aber du kennst Sarah ja. Selbst ein Arm in Gips konnte sie nicht davon abhalten, die Kinder an einen sicheren Ort zu bringen. Von Colorado nach Kalifornien in Rekordzeit. Sie ist gestern gegen Mitternacht vor meinem Haus angekommen."

Jeff brüllte: „Er hat ihr den Arm gebrochen?! Gary Henderson ist ein toter Mann. Wenn der ihr noch einmal nahe kommt, dann –"

„Mensch, beruhige dich!", unterbrach Danny. „Genau deshalb wollte Sarah ja auch nicht, dass ich dich anrufe."

„Sie wollte nicht, dass du mich anrufst?" Jeff zwang sich, die Stimme zu senken. „Warum nicht?"

„Weil du", sagte Danny, „selber genug um die Ohren hast, und du nicht glauben sollst, du müsstest für deine kleine Schwester einen Drachen töten. Das hat sie wortwörtlich gesagt."

„Ich habe nichts um die Ohren, das wichtiger –"

„Natürlich. Abgesehen davon, dass du eine Megahochzeit planst. Und einen Job hast. Und eine Verlobte, die erst vor kurzem herausgefunden hat, dass ihr vollkommener Vater nicht vollkommen war – und noch nicht einmal ihr leiblicher Vater." Danny machte eine Pause. „Sieh mal, Sarah hat Recht. Du und Liz, ihr habt momentan genug eigene Sorgen. Ihr könnt keinen zusätzlichen Stress gebrauchen. Ich hätte auch gar nicht angerufen, aber ich kenne dich schließlich. Du wärst nur noch wütender gewesen, wenn du nach ein paar Tagen herausgefunden hättest, dass ich nicht sofort Bescheid gesagt habe."

„Hör zu, Danny. Liz geht es gut, wirklich. Ich sage

nicht, dass unsere Reise nach Paris ein Spaziergang war, aber in gewisser Weise war es das beste Weihnachtsfest, das wir haben konnten. Sie hat der Wahrheit über den heiligen Samuel Davis ins Gesicht gesehen und ist ihrer Mutter dadurch so nahe gekommen wie seit Jahren nicht. Genau genommen, war Weihnachten, nach den anfänglichen Schwierigkeiten, ganz toll."

„Der heilige Samuel? Höre ich da einen bitteren Unterton heraus?"

„Stimmt", gab Jeff zu. „Aber das ist eine Sache, mit der ich selbst fertig werden muss. Und das werde ich auch." Er richtete sich auf. „Aber im Moment will ich, dass du Sarah sagst, sie soll –"

„Zu mir ziehen", sagte Danny. „Ich weiß. Und sie hat auch eingewilligt, das zu tun. Auf Dauer. Sie sagt, sie will Gary nicht anzeigen, aber –"

„Das ist doch absurd", unterbrach Jeff ihn. „Lass mich mit ihr reden. Sie muss auf mich hören. Eine Scheidung ist nicht genug. Sie braucht eine gerichtliche Verfügung."

„Braucht sie nicht. Jedenfalls im Moment nicht", sagte Danny.

„Seit wann hast *du* denn einen Abschluss in Jura?"

„Ich brauche kein Juraexamen, um zu wissen, dass Gary für seine Frau und seine Kinder kein Problem darstellen wird. Jedenfalls für eine ganze Weile nicht. Falls überhaupt jemals." Danny machte eine Pause. „Er ist im Gefängnis."

Jeff runzelte die Stirn. „Ich dachte, Sarah wollte ihn nicht anzeigen."

„Er sitzt nicht, weil er ihr etwas angetan hat."

„Warum denn dann?"

„Bewaffneter Raubüberfall. Beihilfe zum Mord."

„Puh", sagte Jeff. „Puh."

„Sehr wortgewandt, Herr Staatsanwalt."

„Woher weißt du das?" Jeffs Hände wurden von der Kälte langsam taub. Während er auf Dannys Antwort wartete, kletterte er in sein Auto zurück und schloss die Tür.

„Lange Geschichte. Aber ich habe es überprüft und es stimmt." Danny fuhr fort, Gary Hendersons stümperhaften Einstieg in die schwere Kriminalität zu beschreiben. „Er hat einem seiner Kumpels geholfen, eine Tankstelle zu überfallen – am Tag nachdem Sarah mit den Kindern weg ist. Und sie haben die ganze Sache auf Videoband. Gary war zu blöd, eine Maske zu tragen. Ein knallharter Typ, was?"

„Ich versteh das nicht", sagte Jeff. „Ich habe mit Sarah gesprochen, bevor Liz und ich vor Weihnachten nach Paris geflogen sind, und da klang sie ganz glücklich. Gary hatte endlich einen Job an Land gezogen und sie sprachen davon, zur Kirche zu gehen."

„Ja", murmelte Danny. „Offenbar hat unsere kleine Schwester ein rosiges Bild von der Wirklichkeit gezeichnet, damit ihre beiden großen Brüder, wie Sarah es ausdrückt, ‚keine Dummheiten machen'." Danny hielt einen Augenblick inne und Jeff konnte hören, wie sein Bruder am anderen Ende der Leitung tief Luft holte. „Was natürlich auch mein erster Gedanke war, als ich die Tür aufmachte und unsere Kleine sah. Glaub mir, Bruderherz, ich habe genauso reagiert wie du. Am liebsten hätte ich den Kerl zu Brei geschlagen – nach dem Motto: Reden können wir später."

„Hat er sie schon öfter geschlagen? Sie hat mir nie

etwas erzählt, dass er gewalttätig ist. Wusstest du davon?"

„Selektive Enthüllung. So ist unsere kleine Schwester nun mal", sagte Danny. „Mach dir keine Vorwürfe. Zumindest hatte sie einen halbwegs guten Grund, es *dir* nicht zu erzählen. Sie wollte deine Hochzeitspläne nicht durcheinanderbringen … und damit die Welt von Liz, die sowieso schon ziemlich durcheinandergeraten ist." Er machte eine Pause. „Aber es gab keinen Grund, warum sie es mir nicht sagen sollte. Das Spannendste, was ich in meinem Leben erlebt habe, ist das Trocknen von Farbe an der Wand."

Jeff musste wider Willen lächeln. Sein Bruder, der Restaurator, konnte in so ziemlich jeder Situation einen Witz machen. Aber Jeff war noch nicht bereit, sich abzuregen. „Ich will mit Sarah sprechen", verlangte er.

„Sie ist nicht hier. Ein Termin mit einem Anwalt. Sie spricht mit einigen, bevor sie sich festlegt, aber ihr ist inzwischen klar, dass die Kinder wohl doch nicht so ahnungslos sind, wie sie gehofft hatte."

Die Kinder. Was wohl in ihren kleinen Köpfen vor sich geht? Sie waren sehr rasch nacheinander gekommen, und die Geburten in schneller Folge hatten ihre ehemals lebhafte Schwester in eine rundliche, bodenständige Mutti verwandelt. Jeff sah sie vor sich, den sechsjährigen Josh, der beide Daumen nach oben reckte, wann immer etwas Gutes passierte, den kleinen Andy mit seinen vier Jahren, der seinem Bruder alles nachmachte, und dazwischen Hillary, eine fünfjährige Blondine, die sich für ihr Leben gern verkleidete und auf ihren kleinen feenhaften Füßen Pirouetten drehte. Der Gedanke an die Kinder gab den Ausschlag. „Sag

Sarah, dass du mich angerufen hast", sagte Jeff. „Und sag ihr, dass es Liz gut geht. Und dass wir zu euch kommen."

Danny protestierte. „Tu das nicht, Mann. Es ist wirklich nicht nötig." Er schwieg einen Augenblick, dann fügte er mit Nachdruck hinzu: „Wir sind jetzt alle erwachsen, Jeff. Du musst keinen von uns beiden bemuttern. Und Sarah hat Recht. Du und Liz, ihr habt im Moment selbst genug um die Ohren." Seine Stimme klang bittend. „Sie macht alles richtig. Und es geht ihr gut. Ich sage dir Bescheid, falls sich das ändern sollte." Er lachte leise. „Schade, dass du nicht sehen kannst, was ich gerade sehe. Die Kinder sind draußen mit Diego. Sie verwöhnen ihn völlig. Er hat vergessen, dass er ein Hund ist. Wieder mal."

Die Vorstellung von Sarahs drei Kindern mit Dannys gefleckter dänischer Dogge entlockte Jeff ein kurzes Lächeln. Aber das Bild wurde verdrängt von der Vorstellung seiner rothaarigen Schwester mit einem Arm in Gips. Er warf einen Blick auf seine Armbanduhr. „Wir werden etwa zur Schlafenszeit ankommen. Lasst die Kinder aufbleiben. Wir nehmen uns ein Hotelzimmer. Ich weiß, dass dein Haus nicht gerade für eine große Familienzusammenkunft gebaut ist."

„Ihr bekommt wahrscheinlich so spät am Tag keinen Flug, und selbst wenn, werden die Sicherheitskontrollen nervig sein, wenn ihr Last-Minute fliegt. Warum beruhigst du dich nicht erst einmal und wartest ein paar Tage? Überleg in zwei Wochen noch mal, wenn es Sarah besser geht und die Kinder sich eingelebt haben."

„Du hast doch gesagt, Sarah gehe es gut."

„Das stimmt auch. Aber …" Danny zögerte. „Sieh mal, Jeff. Versteh mich bitte nicht falsch, aber du weißt doch, dass Sarah und Liz nicht gerade … sie verstehen sich nicht gerade blendend. Das ist alles."

„Gut, dann komme ich alleine", sagte Jeff unbeirrt. „Aber ich komme." Er konnte spüren, wie Danny allmählich nachgab, im Geiste die Betten neu verteilte und diese unerwarteten Ereignisse in seinen „Tagesrahmen für Singles" einbaute, den er sich gebastelt hatte.

„Du bekommst so kurzfristig bestimmt keinen Flug", sagte er.

„Denk dran, ich bin mit einer Firmeninhaberin verlobt. Was für Vorteile sollte das haben, wenn ich nicht hin und wieder den Firmenjet benutzen kann? Okay, ich bin gerade auf dem Weg zu Liz, wir treffen uns am Anwesen. Vor uns liegt ein Wochenende, und ich werde kaum irgendwelche Pläne durchkreuzen, wenn ich ein paar Fäden ziehe. Liz kann ihren Piloten anrufen und alles klarmachen, dann bin ich in ein paar Stunden da."

Jeff verstummte und wartete, bis Danny das, was er den Davis-Faktor im Leben seines Bruders nannte, in seine Planungen einbezogen hatte, dann fuhr er fort: „Ich fliege also nach Santa Rosa. Du brauchst mich nicht dort abzuholen, ich miete mir einen Wagen." Er ließ den Motor seines Chevrolets an, platzierte sein Handy in der Halterung und steckte sich den Ohrstöpsel wieder ins Ohr. „Ich kann verstehen, was du über Liz gesagt hast, Danny. Wirklich. Aber sie wird verstehen, dass ich Sarah und die Kinder sehen will. Und dass ich alleine fliegen muss. Wenn du glaubst, dass Sarah jetzt irgendwelche unnötigen Schuldgefühle bekommt, sag ihr einfach nicht, dass ich komme. Es wird eine Überraschung sein, und wenn ich erst einmal da bin, werde ich sie überzeugen, dass ich gekommen bin, weil ich es wollte, und nicht, weil ich glaube, dass ihr beide euer Leben nicht ohne mich in den Griff bekommt." Er fügte hinzu: „Und ich werde ihr auch versichern, dass Liz es gut findet, dass ich bei euch bin."

Jeff konnte die Erleichterung in der Stimme seines Bruders hören. „Also gut, Mann ... Okay. Wenn du meinst." Danny hielt einen Moment lang inne, dann sagte er: „Dann sehe ich dich also heute Abend."

„Wenn du das Gefühl hast, es wäre eine gute Ablenkung für die Kinder, kannst du es ihnen ruhig erzählen. Aber lass sie versprechen, dass sie ihrer Mama nicht die Überraschung verderben. Sag ihnen, dass ich Pizza mitbringe. Von Valentino. Cheeseburger."

* * *

Er war jetzt seit mehr als zwei Jahren tot, aber die Abwesenheit von Samuel Davis war in seinem Büro noch immer spürbar, wenn Liz daran vorbeiging. Eigentlich hätte sie in der Bibliothek sein und Irene helfen sollen, ein Treffen mit dem Hochzeitsplaner zu organisieren. Jeff würde jeden Moment hier sein. Aber sie stand wieder einmal in der Tür zum Arbeitszimmer ihres Vaters und kämpfte gegen die aufsteigenden Tränen an. Sie wünschte, es würde noch immer nach Old Spice riechen. Und sie wünschte sich so sehr, sie könnte die Uhr zurückdrehen ... ein Mittel gegen den Krebs finden … ihren Vater zurückbringen. Sie trat durch die Tür. Auch ohne das Licht anzuschalten, sah sie die Einrichtung dieses Raumes genau vor sich. Die dunkle Holzvertäfelung, weicher, weinroter Teppichboden, schwere Damastvorhänge … und genau in der Mitte der Fensterfront gegenüber der Tür der massive, geschnitzte Schreibtisch.

Auf dem Weg durch das dunkle Zimmer blieb sie kurz stehen und strich mit der Hand über die Lehne eines der beiden kleinen Sessel, die dem ihres Vaters gegenüberstanden. Das graue Leder fühlte sich kühl an, und sie lächelte bei der Erinnerung an seine Erklärung, als sie das Offensichtliche bemerkte – nämlich, dass zwei moderne und etwas unbequeme graue Ledersessel nicht zu dem opulenten Rest der Inneneinrichtung passten.

„Es ist nicht gut, wenn die Leute sich zu wohl fühlen", hatte Papa gesagt. *„Zumindest nicht am Anfang. Du kannst ja eine Sitzecke für gute Kunden und Freunde haben. Bei den anderen, würde ich sagen"* – er hatte ihr zugezwinkert – *„kann es nie schaden, wenn sie spüren, wer der Boss ist."*

Als Liz auf den weichen Ledersessel ihres Vaters zuging, wurde ihr bewusst, dass sein Rat ihr gute Dienste geleistet hatte. In ihrem Büro in der Stadt gab es eine Sitzecke wie die vor dem Kamin an der gegenüberliegenden Wand dieses Arbeitszimmers. Und auch wenn Liz' Büro nicht mit einem Kamin ausgestattet war, hatte sie mit dem Ölgemälde eines wunderschönen Gartens, mit Sofas samt butterweichen Lederkissen, einer gut sortierten Bar, einer Espressomaschine und Pralinen eine gewisse Wärme geschaffen. Menschen, die eingeladen wurden, in Liz' „Machtkreis" zu sitzen, wussten, dass sie eine besondere Stellung genossen.

Sie blieb neben dem Sessel ihres Vaters stehen und sog noch einmal tief die Luft ein. Kein Old Spice. Aber ein schwacher Duft von Zigarrenrauch war noch zu erkennen – tröstlich und bekümmernd zugleich. Liz zog den Sessel zurück und setzte sich in dem dunklen Zimmer an den Schreibtisch ihres Vaters. Alles war noch genau so wie an dem Tag, an dem Papa gestorben war. Selbst als er noch lebte, hatte sein Tisch immer gleich ausgesehen. Samuel Frederick Davis predigte das Evangelium der Organisation und lebte auch danach. Neben dem aufgeräumten Schreibtisch gab es in Sams Arbeitszimmer säuberlich geführte Akten und kein Durcheinander aus Büroklammern und Gummibändern in der mittleren Schreibtischschublade. Am Ende eines jeden Arbeitstages lagen auf der polierten Schreibtischplatte nur zwei Dinge – ein fleckenloser grauer Tintenlöscher und sein Lieblingsfüllfederhalter von Waterman in einer italienischen Marmorablage, die Liz ihm zum Vatertag geschenkt hatte, nachdem sie in die Firma eingetreten war.

An diesem Abend, als sie mit geschlossenen Augen an seinem Schreibtisch saß und an die Planung der Hochzeit dachte, die er nicht miterleben würde, und an ihren einsamen Gang zum Altar, stieg die Trauer mit aller Macht in ihr auf und krallte sich stärker in ihr Herz als jemals zuvor. Vielleicht, dachte Liz, tat es jetzt noch mehr weh, weil sie die Wahrheit kannte. Sie erhob sich seufzend, durchquerte das dunkle Arbeitszimmer, bis sie das Fenster erreicht hatte, und zog die Damastvorhänge zur Seite. Das Abendlicht fiel durch die Bleiglasfenster auf den weinroten Teppich, und Liz blickte in die kahle Landschaft hinaus und versuchte wieder einmal, mit den Enthüllungen des letzten Weihnachtsfestes klarzukommen.

Es war natürlich nicht nur schlimm gewesen. Wenn sie genau überlegte, musste Liz zugeben, dass sie, wäre sie Jean-Marc David unter anderen Umständen begegnet – beispielsweise bei einer Cocktailparty –, von dem gut aussehenden Besitzer der berühmten Jacht namens *Sea Cloud* sicher fasziniert gewesen wäre. Die lächelnden blauen Augen hätten sie in ihren Bann gezogen und sie wäre froh gewesen, dass ihre Mutter neue Freude am Leben zu finden schien, wenn sie mit ihm zusammen war. Sie hätte ihn gemocht. Sie *mochte* ihn.

Was sie nicht mochte, war die Art und Weise, wie sie einander begegnet waren – denn Liz, die ihre Mutter hatte überraschen wollen, indem sie ihr nach Paris folgte, war gerade rechtzeitig dort eingetroffen, um ihre Mutter in Jean-Marcs Armen zu sehen. Was sie nicht mochte, war die Art und Weise, wie ihre persönliche Welt durch die nachfolgende Erkenntnis – und das Geständnis ihrer Mutter –, dass sie ihre blauen Augen nicht von Samuel Davis hatte, aus dem Gleichgewicht geraten war. Sowohl ihre Augen als auch ihre Neigung, beim Lachen einen Schluckauf zu bekommen, waren von Jean-Marc David. Was sie nicht mochte, war die nicht zu leugnende Tatsache, dass ihre Mutter immer noch Gefühle für Mr David hegte. Und, dachte Liz, als sie wieder zum Schreibtisch ihres Vaters zurückging und sich in den Sessel dahinter fallen ließ, trotz ihrer Bemühungen, dass sie versuchte, ihre Mutter bei ihrem neuen Leben in Paris zu unterstützen, war es ihr nicht wirklich recht, dass Mimi sich am anderen Ende der Welt befand, während ihre Tochter versuchte, eine unrealistische Anzahl Jonglierbälle in der Luft zu halten.

Nein, beschloss Liz, wenn sie ehrlich war, musste sie zugeben, dass Weihnachten in Paris – gab es überhaupt ein Wort dafür, wie es gewesen war? Vielleicht nicht. Aber während sie hier in Papas Sessel saß, konnte sie sich einige Untertitel für die Filmversion vorstellen. *Weihnachten in der Twilight Zone. Das schlimmste Weihnachtsfest aller Zeiten. Weihnachten in der* … nein, dachte Liz. Das nicht. Die Hölle war es nicht gewesen. Aber für sie selbst war es schlimmer gewesen als in dem Jahr, nachdem Papa gestorben war. Vielleicht lag das daran, überlegte Liz, dass dieses Weihnachten in Paris ein neues Gefühl des Verlusts geboren hatte. Und neue Fragen über die Wahrheit, die unter der immer spürbaren Traurigkeit ihrer Mutter verborgen gewesen waren. So sehr sie es auch versuchte – Liz konnte sich einfach nicht an den Gedanken gewöhnen, dass ihre Mutter einen anderen Mann als Papa geliebt hatte, dass sie die ganze Zeit so getan hatte, als hätte es diesen Teil ihres Lebens nie gegeben, und dann beschlossen hatte, in dieses Leben zurückzukehren … und vielleicht auch zu Jean-Marc David. Liz schloss die Augen, lehnte sich in dem Sessel ihres Vaters zurück und dachte nach.

* * *

Sie musste eingeschlafen sein. Als das Handy in der Jacke ihres Kostüms vibrierte, stieß Liz einen kleinen Überraschungsschrei aus und ärgerte sich auf der Stelle über den Störenfried, wer auch immer es sein mochte. Wenn der Hochzeitsplaner auch diesen Termin wieder absagte, würde sie ihn feuern. Und wenn Jeff nicht auftauchte …

„Was ist los?“, fragte ihre Mutter. „Und sag nicht ‚Nichts‘, denn ich kann an der Art, wie du dich gemeldet hast, erkennen, dass dich etwas bedrückt.“

Liz räusperte sich. „O Mimi, ich dachte, du wärst Jeff oder der Hochzeitsplaner, der unser Treffen heute Abend absagen will.“ Sie sah sich im Zimmer um. „Es ist im Moment nur ein bisschen viel, das ist alles. Es ist noch so viel zu tun. Aber warte mal, warum rufst du eigentlich um diese Uhrzeit an? Hier ist es sechs Uhr abends, dann muss es in Paris mitten in der Nacht sein.“

„Sieh es einfach als gutes Timing an“, sagte Mimi. „Ich konnte nicht schlafen, und da habe ich angefangen darüber nachzudenken, was vor eurer Hochzeit noch alles erledigt werden muss. Ich wollte dir sagen, dass ich eine Hilfe für Cecil engagiert habe.“

„Du hast … was?“ Liz lehnte sich vor.

„Ich habe jemanden engagiert, der ihm helfen soll. Du weißt so gut wie ich, dass Cecil allmählich zu alt ist, um das ganze Gelände alleine zu pflegen. Und die Tatsache, dass deine Hochzeit im Garten stattfinden wird, ist doch eine perfekte Ausrede, jemanden zu Hilfe zu holen, ohne seine Gefühle zu verletzen. George Kincaids Nichte Allison studiert Landschaftsarchitektur an der Uni. Sie kommt am Montag nach der Vorlesung vorbei, um mit Cecil darüber zu sprechen, was im Garten zu tun ist, sobald der Schnee schmilzt.“

George Kincaid? Liz verdrehte die Augen. Die Neigung ihrer Mutter, Freunde und deren Verwandte zu engagieren, hatte sie schon immer geärgert. Und jetzt tat Mimi es schon wieder.

„Ich höre dein Schweigen“, sagte Mimi. „Und ich weiß, was du gerade denkst. Ich hatte Recht damit, George eine Chance zu geben, bei der er beweisen konnte, dass er nüchtern bleiben und den Kliniktrakt zu Ehren von Papa entwerfen kann. Das heißt aber noch lange nicht, dass seine Nichte in Sachen Landschaftsgestaltung etwas auf dem Kasten hat.“

„Das habe ich nicht gedacht“, protestierte Liz.

„Natürlich hast du das“, beharrte Mimi.

Wozu sich streiten?, dachte Liz. Sie sollten doch jetzt besser miteinander auskommen. Also holte sie tief Luft und sagte: „Es ist ein *Anwesen* und kein Übungsgarten für Studenten. Ich möchte gerne auf einem saftig grünen Rasen zum Altar gehen, in einem Garten, der vor blühenden Blumen und gesunden Bäumen nur so strotzt, und du versuchst, die Sache vom anderen Ende der Welt aus zu regeln?“

„Allison ist nicht einfach irgendeine Studentin“, sagte Mimi. „Und ich bin in Paris, nicht auf dem Mond. Ich habe ein Telefon und einen Computer, und ich kann die Dinge mit Floristen und Gärtnern beinahe ebenso gut besprechen, als würde ich in Omaha leben. Und mit Sicherheit in dem Maße, wie du es mir ohnehin nur erlauben würdest.“

Liz kochte. „Was soll *das* denn nun schon wieder heißen?“

Mimi kicherte. „Jetzt beruhige dich, Liebling. Es ist kein Angriff auf deine Persönlichkeit. Aber es stimmt doch. Du bist ein Detailfreak, und du hast meine Fähigkeiten in Bezug auf die Feinheiten gesellschaftlicher Anlässe schon immer angezweifelt. Und deine Hochzeit wird ein ziemlich großer gesellschaftlicher Anlass, wie es aussieht.“ Mimi schwieg einen Moment. „Und es stört mich auch nicht, also reg dich nicht auf. Ein Mädchen heiratet nur einmal, und du hast ein Recht darauf, alles so zu bekommen, wie du es dir wünschst. Ich tue nur, was ich kann, um dir zu helfen. Allison ist in Ordnung. Ich habe übrigens Erkundigungen über sie eingeholt, sie überprüft. Sie ist die Beste ihres Jahrgangs. Weiß viel. Und sie hat jeden Sommer seit ihrem Schulabschluss bei Mulholland gearbeitet. Sie wird dort nach ihrem Diplom als Landschaftsarchitektin anfangen.“

„Und was wird es uns kosten, Georges Nichte einzustellen?“, fragte Liz. Die Stille am anderen Ende der Leitung war unüberhörbar.

Als Mimi schließlich sprach, ging es nicht mehr um die Hochzeit. „Gibt es irgendetwas in Bezug auf Davis Enterprises, das du mir verschweigst? Haben wir finanzielle Probleme? Denn wenn das so ist, kann ich Luca Santo anrufen, und er wird mir helfen, meine Wohnung hier zu verkaufen –“

„Nein“, unterbrach Liz sie. Warum musste Mimi immer in die Märtyrerrolle schlüpfen? „Das ist es nicht. Überhaupt nicht. Alles ist in Ordnung. Ich will, dass du die Wohnung behältst. Genieß sie. Es ist nur …“ Sie seufzte. „Es ist gar nicht so einfach, alles gleichzeitig unter Kontrolle zu halten, das ist alles. Den Kliniktrakt, die Sitzungen der Stiftung, die Hochzeitsplanung … und dazu den ganz normalen Firmenalltag.“

„Es ist für eine zukünftige Braut ganz normal, dass

sie im Stress ist", sagte Mimi. „Und du bist nicht einfach irgendeine Braut, was deine Verantwortung betrifft." Sie machte eine Pause. „Gibt es nicht Dinge, die du an deinen Praktikanten delegieren kannst?"

Liz schloss die Augen. „Ich habe ihn noch nicht einmal kennen gelernt."

„Wirklich?"

Sie hatte jetzt diesen Unterton in ihrer Stimme. Den Tonfall, den sie „sanft ermutigend" nannte. Den Tonfall, den Liz immer als „kaum verhohlene Missbilligung" empfand.

„Ryan wird dir bestimmt eine Hilfe sein", sagte Mimi. „Versuch, ihn so bald wie möglich einzuspannen."

Ja, ja, dachte Liz. Es wird mir ein Vergnügen sein, in der stressigsten Phase meines Lebens auf den Sohn eines Vorstandsmitglieds der Stiftung aufzupassen. Ryan Miller. Liz hatte ihn seit der Mittelstufe nicht mehr gesehen. Das Einzige, was sie über ihn wusste, war, dass er ein Basketballstar an der Creighton-Universität war. Der Junge konnte wahrscheinlich einen Kontoauszug nicht von einem Durchschlag unterscheiden. Und sein Hauptfach waren bestimmt die weiblichen Fans. Sie vermutete, dass er einen IQ von maximal 70 hatte.

„Ich habe übrigens noch eine Idee", verkündete Mimi.

„Wirklich?" War es Einbildung, oder hatte sie gerade genau wie ihre Mutter geklungen?

„Warum ziehst du nicht aufs Anwesen zurück, damit du alles besser überwachen kannst?"

„Wie bitte?"

„Du hast mich genau verstanden. Zieh nach Hause. Hast du mir nicht erzählt, dass Jeff und du die Wohnung sowieso vor der Hochzeit verkaufen wollt? Macht es doch jetzt schon." Ihre Stimme war voller Begeisterung, als sie weitersprach. „Überleg doch mal, Lizzie. Es ist die perfekte Lösung. Kein Kochen und Putzen mehr. Und Irene und Cecil würden sich unwahrscheinlich freuen. Irene beschwert sich ständig darüber, dass sie und Cecil in dem leeren Haus herumlaufen." Mimi machte eine Pause. „Genau genommen", fügte sie dann hinzu, „solltet ihr beide euch überlegen, ob ihr das Anwesen nicht zu eurem Zuhause macht. Auf Dauer."

Eins musste Liz ihrer Mutter lassen: Nachdem sie ein Leben lang völlig vorhersehbar gehandelt hatte, verwandelte diese Frau sich allmählich in jemanden, der einen ständig aufs Neue überraschte.

Mimis Stimme klang jetzt sanfter. „Frag Jeff, was er davon hält. Ich jedenfalls finde die Vorstellung, dass ich meine Enkel eines Tages in dem Haus besuchen kann, in dem ihre Mutter aufwuchs, wunderbar. Der Ort könnte ein bisschen Kinderlachen vertragen. Im Moment ist es in erster Linie ein Mausoleum."

„Aber … aber … willst du … denn nie mehr … ich meine …"

„Ich glaube nicht", sagte Mimi und nahm damit die Frage vorweg. „Ich liebe Paris. Wirklich." Ihre Stimme hatte jetzt wieder den Klang der Begeisterung, als sie fortfuhr: „Macht das Haus zu eurem Nest. Richte dir Papas Arbeitszimmer ein."

Während Mimi weiterredete, sah Liz sich im Büro ihres Vaters um, und das Herz klopfte ihr bis zum Hals. Mimi konnte ja nicht wissen, dass sie gerade in diesem Augenblick an seinem Schreibtisch saß.

„Betrachte es als mein Hochzeitgeschenk“, sagte Mimi gerade. „Unter einer Bedingung: Ihr müsst mir einen ‚Oma-Unterschlupf‘ geben, damit ich euch besuchen kann. Vielleicht die Zimmer im Ostflügel. Mona soll mich anrufen. Ich werde mit ihr ein paar Ideen besprechen, und dann kann sie die Arbeiten überwachen, während du und Jeff auf Hochzeitsreise seid. Du musst dich um gar nichts kümmern.“

„Du meinst diese winzigen Räume, in denen Cecil und Irene früher gewohnt haben, bevor ihr die Wohnung über der Garage für sie gebaut habt?“

„Genau die.“ Mimi musste Liz’ Bemerkung als Zustimmung gewertet haben. Sie redete sich jetzt richtig in Fahrt. „Dein Vater wäre begeistert von der Idee, dass du sein Arbeitszimmer übernimmst, Liebling. Und … Jeff könnte die Bibliothek bekommen. Arbeitszimmer für sie und ihn – das klingt doch gut –, auf jeder Seite der Eingangshalle eins. Meinst du, Jeff könnte sich das vorstellen? Es wäre einfach superpraktisch!“

„Aber Papas –“

Mary unterbrach sie. „Es gibt keinen Grund, warum du das Haus wie einen Schrein behandeln solltest, Lizzie. Fang mit dem alten Arbeitszimmer an. Lass dir von Mona helfen. Sie hat bestimmt wunderbare Ideen.“ Mary hielt einen Augenblick inne, bevor sie mit sanfter Stimme fortfuhr. „Ich weiß, dass das ziemlich plötzlich kommt. Aber denk darüber nach. Und rede mit Jeff. Und was die Hochzeit betrifft, mach, was du für richtig hältst. Wenn du Allison nicht magst, such dir jemand anders.“

Liz holte tief Luft. Wenn Allison Was-auch-immer bei Mulholland einen Job bekam, musste sie Ahnung haben. Und wenn Mimi wirklich nicht wiederkam … Sie blickte zur Westwand des Büros hinüber, an der seit einigen Jahren ein Aquarell des Davis-Anwesens hing. Der Gedanke, hier zu leben mit Jeff, es war einfach zu schön, um wahr zu sein. Und wenn irgendjemand in kurzer Zeit innenarchitektonische Wunder vollbringen konnte, dann war es Mona Whitcomb.

„Freu dich, Lizzie-Bär", sagte Mimi. „Der Onkologietrakt ist eine wunderbare Sache und genau die richtige Art und Weise, das Andenken deines Vaters zu wahren. Und wie du das Heft in die Hand genommen hast und die Firma leitest, ist wirklich ein Grund, stolz zu sein. Aber letzten Endes seid ihr beide es, du und Jeff, die wirklich wichtig sind. Liebe ihn, Lizzie. Füllt das leere Haus mit Kindern, und vor allem: Liebe diesen Mann."

Nachdem sie sich voneinander verabschiedet hatten, legte Liz ihr Handy auf den Schreibtisch ihres Vaters, lehnte den Kopf gegen die Rückenlehne des Sessels und schloss erneut die Augen. Was Mimi gesagt hatte, war völlig einleuchtend. Ihre Ideen waren einfach gut. Abgesehen davon, dass Liz jetzt noch mehr Dinge auf ihrer To-Do-Liste stehen hatte als vorher. Die Wohnung verkaufen. Nach Hause ziehen. Das Büro neu einrichten. Ein Arbeitszimmer für Jeff schaffen. Ein neues Elternschlafzimmer. Und, dachte Liz mit einem Seufzer, Jeff davon überzeugen, dass es das Richtige war.

* * *

„Ach, *hier* bist du."

Liz blickte auf und sah Jeffs Silhouette in der Tür zum Arbeitszimmer. „Ist es so weit?", fragte sie und sprang auf, ohne die Antwort abzuwarten. „Ich habe wohl geträumt." Sie griff nach ihrem Handy, schob es in die Jackentasche zurück und ging auf die Tür zu.

„Ich muss dir was sagen", erklärte Jeff, während er ihre Hand nahm und sie durch die Eingangshalle in die Bibliothek führte. Irene hatte schon den Kaffee gebracht und, wie Liz erfreut feststellte, eine Miniversion ihrer berühmten Zimtbrötchen für das Treffen gebacken. Sie streckte die Hand nach der silbernen Kaffeekanne aus und begann, Jeff und sich selbst Kaffee einzuschenken.

„Ich möchte keinen Kaffee", sagte Jeff.

Zum ersten Mal sah Liz ihn richtig an. „Was ist los?", fragte sie und stellte die Kaffeekanne ab. „Was ist passiert?" Sie nahm seine Hand, und gemeinsam setzten sie sich auf die gepolsterte Bank vor einem der Erkerfenster.

„Ich habe auf dem Weg hierher einen Anruf von Danny erhalten", begann Jeff.

* * *

„Du musst den Firmenjet nehmen. Du musst hinfliegen", sagte Liz. „Kannst du gleich los? Heute Abend noch?"

„Ich liebe dich, Bitsy." Jeffs Stimme war voller Wärme. Er küsste sie, bevor er fortfuhr. „Du kannst Gedanken lesen. Ich hatte gehofft, dass du es verstehen würdest – auch wenn es bedeutet, dass ich dir nicht dabei helfen kann …“ Er deutete mit dem Kinn zum Tisch hinüber, auf dem die Gästeliste und diverse andere Notizen und Listen zu ihrer Hochzeit auf das Eintreffen des Hochzeitsplaners warteten.

„Verstehen? Was gibt es da zu verstehen?“, fragte Liz. „Sie brauchen dich. Und du solltest hinfliegen. Nimm es nicht persönlich, Liebling, aber ich bin sicher, ich werde gut alleine mit allem fertig.“ Sie machte eine Bewegung in Richtung Tisch, während sie schon ihr Handy herauszog. „Ich weiß nicht mehr, was Dave über seine Wochenendplanung gesagt hat, aber wenn er dich nicht fliegen kann, finden wir jemand anders. In der Zwischenzeit“ – sie stand auf – „solltest du deine Sachen packen.“

Jeff stand neben ihr, während sie darauf wartete, dass der Pilot ans Telefon ging. Nachdem alles organisiert war, verließen sie das Haus gemeinsam durch den Hintereingang.

An der Tür blieb er kurz stehen und fragte: „Würde es dir etwas ausmachen, bei Valentino anzurufen und Cheeseburger-Pizza zu bestellen, so dass ich sie bei meiner Ankunft dort abholen kann?“

Liz runzelte die Stirn. „Sicher, aber –“

„Die Kinder lieben diese Pizza. Weißt du noch?“

„Ach ja, stimmt. Wird erledigt.“ Wie machte er das nur? Sich solche kleinen Dinge zu merken? Sie kannte die Telefonnummern von einem Dutzend Zulieferbetriebe auswendig, aber sie konnte sich nie an persönliche Einzelheiten von Leuten erinnern. Es war eine der Eigenschaften, die sie an Jeff so liebte.

„Danke, Schatz.“ Er deutete mit dem Kopf zur Bibliothek hinüber. „Tut mir wirklich leid, dass …“

„Mach dir keine Sorgen“, versicherte Liz. „Mimi hat vor einer Weile angerufen. Sie hat mich daran erinnert, dass ich alles so einfach wie möglich halten und Dinge delegieren sollte. Und sie hatte noch ein paar interessante Ideen.“

„Wirklich?“

„Über die wir später reden“, erklärte Liz. „Nachdem du Gelegenheit hattest, Sarahs Ritter zu spielen. Wieder einmal.“

„Ich liebe dich, Bitsy“, sagte Jeff noch einmal und bedeckte ihr Gesicht mit einer letzten Runde Küsse.

Nachdem Jeff fort war, rief Liz in der Pizzeria Valentino an und danach das Restaurant Vivace, um ihre Reservierung für ein spätes Abendessen abzusagen. Dann holte sie tief Luft und ging in die Bibliothek zurück, verärgert und erleichtert zugleich, dass der Hochzeitsplaner eine halbe Stunde zu spät dran war. Von der Eingangshalle aus warf sie einen letzten Blick in das Arbeitszimmer ihres Vaters. Sie konnte sich glücklich schätzen, dass sie von einem solchen Mann erzogen worden war … und dass Jeff jetzt Teil ihres Lebens war. Sarah Henderson war ohne ihren nutzlosen Mann besser dran. Liz freute sich für sie. Und auch für die Kinder. Und mit einem schlechten Gewissen stellte sie fest, dass sie sich auch darüber freute, dass Sarah diesmal nach Westen zu Danny gerannt war und nicht nach Osten zu Jeff. Und alles, was Liz Davis tun musste, war Pizza bestellen. Und die Hochzeit planen. Und die Firma leiten und den Kliniktrakt zu Ehren ihres Vaters beaufsichtigen und ihre Wohnung verkaufen. Und umziehen. Und das Büro ihres Vaters neu gestalten. Ganz allein.

Kapitel 2

Luca Santo saß am Küchentisch. Er nahm die Schönheit vor seinem Fenster gar nicht wahr, obwohl die Kirchtürme von Paris in der Sonne funkelten. Er griff nach dem braunen Packpapier, das er zuvor von dem Päckchen gerissen hatte, ließ seine Finger über die kaum lesbare Handschrift gleiten und lächelte. Kein Wunder, dass die Sendung sich verspätet hatte. Luca konnte die Anschrift auf dem Päckchen kaum lesen – und es war seine eigene Adresse. Es war ein Wunder, dass es überhaupt in der richtigen Straße gelandet war. Der Ladenbesitzer ein paar Häuser weiter hatte das Päckchen vorhin gebracht und sich für die Verspätung entschuldigt. Er war im Urlaub gewesen. Aber jetzt war sie hier.

Er legte das Papier zur Seite und fuhr mit der Hand über die raue Oberfläche der alten Bibel. Es war ihm nicht leicht gefallen, das zu tun, von dem er gehofft hatte, dass es Gottes Wille war, nämlich diese Bibel vor einigen Wochen seinem besten Freund auszuhändigen. Aber der Jean-Marc David, der nach Paris gekommen war, um eine alte Flamme wiederzusehen, war weicher geworden, seitdem er sich als junger Motorradrennfahrer geweigert hatte, sich den „religiösen Unfug" seines Freundes, wie er es genannt hatte, anzuhören. Und als er Paris mit dem Versprechen verlassen hatte, wiederzukommen, hatte Luca ihm die Bibel gegeben. Und gebetet … mit so wenig Glauben, dass er jetzt, angesichts der Notiz, die der Bibel beigelegen hatte, ganz beschämt war.

Es hatte eine Weile gedauert, bis er Jean-Marcs Handschrift hatte entziffern können. aber inzwischen brauchte Luca nicht einmal mehr auf das Blatt Papier zu schauen, um sich an jedes Wort darauf zu erinnern.

Irgendwann werde ich es dir persönlich erzählen. Jetzt schicke ich erst einmal deine kostbare Bibel nach Hause. Ich werde mir eine eigene kaufen, sobald ich in Fiesole ankomme. Vielleicht hält Celine ihren Vater für verrückt. Mal wieder. Aber das ist ja nichts Neues. Du verstehst sicher, was ich meine, wenn ich sage, dass es ist, als ob die Wolken, die das Schiff meines Lebens eingehüllt hatten, sich endlich gehoben hätten und ich zum ersten Mal den Horizont sehen kann. Langsam sehe ich klarer.

Eigentlich sollte dies, dachte Luca bekümmert, die beste Post sein, die er je bekommen hatte. Und das wäre sie auch. Wenn der letzte Satz nicht wäre.

Und jetzt vertraue ich meine teure Mary meinem treuesten Freund an, bis ich etwas von dem, was ich zu werden beginne, in Worte fassen kann.

Sie war *seine* Mary. Was, so sagte Luca sich, nur recht und billig war. Hatten sie sich nicht in jungen Jahren geliebt? Waren sie nicht zu genau diesem Zweck wieder vereint worden? In Jean-Marcs Brief wurde deutlich, dass die alten Gefühle zumindest in ihm wieder lebendig geworden waren. Seine Mary. Es war durchaus denkbar, überlegte Luca, dass Jean-Marc David und Mary Davis nur deshalb nicht das Weihnachtsfest gemeinsam verbracht hatten, weil Marys Tochter in Paris eingetroffen war. Und weil Mary sich aus Gründen zurückgehalten hatte, die nach Lucas Einschätzung geistlicher Natur waren. Er wusste, dass es Mary Davis mit ihrem Glauben ernst war. Weihnachten, als sie sich wieder begegnet waren, war Jean-Marc bestenfalls ein Agnostiker gewesen. Aber wenn sein Brief ehrlich war, dann hatte sich die Lage verändert. Die geistliche Mauer zwischen ihm und Mary war verschwunden. Während er so an seinem Frühstückstisch saß und auf das Blatt Papier starrte, ermahnte Luca sich selbst, dass jeder gute Freund angesichts einer solchen Nachricht frohlocken würde.

Lucas Gedanken wanderten zu Mary und Jean-Marcs Tochter Elizabeth. Noch während sie gezwungen war, sich mit ihrer neuen Wirklichkeit abzufinden, hatte Elizabeth Davis sich ihrer Mutter geöffnet und Marys neues Leben in Paris akzeptiert. Sie hatte Luca um Hilfe gebeten, die richtige Wohnung zu finden und ihre Mutter zu überraschen, nicht nur mit einem Zuhause in ihrer neuen Wahlheimat, sondern auch mit einer wundervollen Geige, damit Mary eine weitere alte Leidenschaft wieder aufleben lassen konnte – die Musik. Für Elizabeth war es sicherlich nicht einfach gewesen, mit der Neuigkeit ihrer eigenen Abstammung konfrontiert zu werden, und trotzdem war sie auf eine Art und Weise damit umgegangen, die Luca bewunderte. Jetzt gab es keinen Grund mehr, warum Jean-Marc und Mary nicht zusammenkommen sollten. Jeder gute Freund würde sich für die beiden freuen. Und das tat er auch.

Luca senkte den Kopf und dankte Gott für das, was er in den vergangenen Wochen im Leben seiner neuen Freundin Mary Davis hatte miterleben dürfen – und für seine Rolle dabei. Seit der Abreise von Jean-Marc, der sich um seine Jacht und dann um seine Tochter Celine und seine beiden Zwillingsenkel in Italien kümmern wollte, war Luca sehr darauf bedacht gewesen, nichts als ein Freund zu sein. Luca hatte sich gezwungen, Mary seltener anzurufen, als er es gerne getan hätte … und immer nach Jean-Marc zu fragen … höflich zu sein … zurückhaltend … nur ein guter Gastgeber für eine neue Einwohnerin der Stadt, die er liebte. Aber er hatte nicht damit gerechnet, dass Mary so wunderbar, so talentiert, so lebendig sein würde. Er hatte nicht erwartet, dass der Klang ihres Lachens ihn bis in seine Träume verfolgen würde.

Ein Mann konnte schließlich nichts für seine Träume, oder? Selbst jetzt, als er mit den Händen durch seine grauen Haare fuhr, versuchte Luca, nicht bei den Erinnerungen zu verweilen: Mary, wie sie am Neujahrsabend vor der Oper in einem schwarz glänzenden Kleid aus der Limousine gestiegen war … Mary, wie sie, die Augen geschlossen, den Bogen genommen und Geige gespielt hatte … Mary, wie sie protestiert, aber schließlich doch eingewilligt hatte, die lederne Rennfahrerjacke mit den gelben Streifen anzuziehen … Mary, wie sie hinter ihm auf der Ducati gehockt hatte, atemlos in der Faszination der frühmorgendlichen Fahrt … Mary.

Das musste aufhören, beschloss Luca. Er schnappte sich das braune Papier, das mit Jean-Marcs Schrift versehen war, und zerknüllte es. Dann stand er auf, durchquerte die kleine Küche und warf das Papier in den Müll. Er goss sich noch einen Kaffee ein, setzte sich wieder und zwang sich, die Bibel aufzuschlagen und darin zu lesen. Er konnte sich nicht konzentrieren. Er begann laut zu lesen, aber die Worte, die an seine Ohren drangen, verhallten ungehört.

Der Klang einer Tür, die sich im Hof unter seinem Fenster öffnete, holte ihn wieder in die Gegenwart. Er erhob sich und blickte hinunter. Gerade waren Enzo und dessen Cousin Arnaud Valerio dabei, die jüngste Lieferung für Lucas Ducati-Niederlassung auszupacken. Als das Motorrad zum Vorschein kam, stießen die Jungs bewundernde Laute aus. Arnaud blickte zu Lucas Fenster hinauf und Luca rief einen Gruß hinunter und versprach, gleich runterzukommen. Er war dankbar für die Ablenkung. Alles, was Mary aus seinen Gedanken vertrieb, war heute willkommen.

Es war eigentlich undenkbar, dachte Luca, während er die Treppe hinunterstieg. Vor allem für ihn. Ein Mann in seinem Alter. Ein überzeugter Witwer. Aber es war geschehen. Er wusste nicht, wann. Irgendwann in den vergangenen Wochen hatte Luca Santo sich wieder verliebt.

* * *

Liz starrte den Hochzeitsplaner ungläubig an. „Das kann nicht Ihr Ernst sein“, sagte sie. „Ich habe vor Monaten angerufen. Wir hatten schon den Termin festgemacht.“

„Sie haben *angerufen*. Aber Sie haben den Termin

nicht *bestätigt.*" Der elegant gekleidete Mann namens Byron Allbright sah von seinem Kalender auf.

Zum ersten Mal fiel Liz auf, dass seine grünen Augen offenbar durch farbige Kontaktlinsen unterstrichen waren. Sie räusperte sich. „Also, noch mal langsam. Da wir uns einig sind, dass ich zuerst *angerufen* habe, scheint es mir logisch, davon auszugehen, dass *Sie meine* Hochzeit planen und Ihren Assistenten die andere machen lassen."

Der Typ grinste doch tatsächlich. „So läuft das bei uns aber nicht", erklärte er. „Die Politik unseres Hauses ist, dass die *bestätigten* Kunden Vorrang haben. Immer." Er klopfte mit seinem Bleistift auf seinen Kalender. „Und hier steht, dass Sie in der ersten Januarwoche bestätigen würden." Er sah sie an. „Aber das haben Sie nicht getan."

Er hatte ungefähr dreimal so viel Gel benutzt, wie nötig gewesen wäre, um sein Haar zurückzukämmen. Dabei war dies bei seinem schmalen Kopf ohnehin alles andere als vorteilhaft. Vielleicht war es eine moderne Variante des Versuchs, lichte Stellen zu überdecken. Das musste es sein: Er bekam schon früh eine Glatze. Und dieser Ohrring. Also, bitte! Nur ein sehr männlicher Typ konnte sich das erlauben. Jean-Marc David konnte es sich leisten. Aber dieses Wiesel sah aus wie … wie ein verkleidetes Wiesel eben. Und jetzt tadelte er sie, weil sie ihn nicht angerufen hatte? Liz hätte ihn am liebsten angeschrien. *Ich hatte andere Dinge im Kopf, als dich anzurufen. Ich habe meinen Vater ein zweites Mal verloren. An einen Fremden, der meine Mutter im Arm hielt. In der ersten Januarwoche war ich zu sehr damit beschäftigt, meine To-Do-Liste ab-*

zuarbeiten, du Schwachkopf. Geht das nicht in deinen Dickschädel?

Anstatt zu schreien, nahm sie eins von Irenes Minizimtbrötchen und stopfte es sich in den Mund. Sie wusste, dass sie wie ein aufmüpfiges Kind wirkte, wie sie dort stand und kaute, während sie den Hochzeitsplaner, von dem alle so schwärmten, mit ihren Blicken erwürgte – und ihm extra nichts von dem Gebäck anbot.

Als sie den letzten Bissen heruntergeschluckt hatte, schenkte Liz sich Kaffee ein. Die Stille in der Bibliothek zeigte allmählich Wirkung. Allbright verlagerte sein Gewicht von einem Bein auf das andere. Er betrachtete die Gästeliste. Vielleicht, hoffte Liz, erkannte er einige Namen auf der Liste und bedauerte seine Politik ein bisschen. Der Bürgermeister von Omaha. Der Senator von Nebraska. Der Eigentümer des *World Herald*. Seine Wangen röteten sich ein wenig. Liz nahm noch einen Schluck Kaffee. Ihre Hand zitterte nicht mehr, aber sie bemerkte, dass die des Hochzeitsplaners es tat.

„Also gut", sagte sie, „das ist dann wohl alles." Sie nahm das Kaffeetablett. „Ich muss die Sachen in die Küche zurückbringen. Es ist schon spät, und ich respektiere den Wunsch meiner Haushälterin, vor zehn Uhr in der Küche alles erledigt zu haben." Sie lächelte. „Wenn Sie mir folgen, kommen Sie automatisch zur Tür." Ohne zu warten, ging sie in Richtung Eingangshalle.

„Aber … wir können doch sicherlich … ich meine … eine Lösung …", stammelte Allbright.

Liz schüttelte den Kopf. „Ich glaube nicht", sagte sie.

Sie sah über ihre Schulter zurück. „Wissen Sie, *meine* Politik ist es, mich nie von jemandem so behandeln zu lassen, als wäre ich zweite Wahl." Als sie in die Eingangshalle trat, hörte sie, wie Allbright hinter ihr seinen Mantel, seine Tasche und seine Mütze einsammelte. Sie hatte diese Mütze von Anfang an nicht gemocht, erinnerte sich Liz. Sie war so … affektiert. Jean-Marc sah mit einer Baskenmütze vielleicht gut aus, aber dieser Typ auf keinen Fall.

Sie hörte, wie die Haustür sich öffnete, und drehte sich um. „Ich erwarte die Rechnung für die Zeit, die Sie investiert haben", sagte sie. „Und ich erwarte auch, dass Sie mit dem neuen Hochzeitsplaner zusammenarbeiten, wenn es um die Einzelheiten geht, die wir bereits arrangiert haben." Sie machte eine Pause. „Sie haben doch eine Politik der Zusammenarbeit mit Ihren Kollegen, oder?"

„Natürlich", lautete die Antwort. Allbright gab sich Mühe, angesichts der Unterstellung fehlender Kollegialität verletzt zu klingen.

„Dann ist es ja gut", sagte Liz. „Ziehen Sie die Tür hinter sich zu, wenn Sie so gut sein wollen. Ich muss einen Anruf tätigen." Sie trug das Tablett in die Küche. Die Haustür schloss sich nicht sofort. Er sah ihr nach. Sollte er ruhig. Elizabeth Samantha Davis war schließlich ein Profi, was eindrucksvolle Abgänge betraf.

Mary

Es ist noch nicht einmal richtig hell an diesem Samstagmorgen, als mein Telefon klingelt. Es ist Liz, die fragt, ob sie mich geweckt hat. Wann immer meine Tochter eine dumme Frage stellt, weiß ich, dass etwas nicht stimmt.

„Erzähl mir, was du auf dem Herzen hast.“ Ich werfe einen Blick auf die Uhr und überlege, dass es in Omaha etwa Mitternacht sein muss.

„Ich habe heute Abend den Hochzeitsplaner gefeuert. Jeff war nicht dabei und der Typ war absolut *unmöglich*. Er hat einfach dagestanden mit seinem aufgeschlagenen Kalender und mir vorgeworfen, dass ich nicht *bestätigt* hatte, wie ich es in der ersten Januarwoche hätte tun sollen. Also habe ich ihm die Verantwortung entzogen. Er wollte meine Hochzeit doch tatsächlich einem Assistenten überlassen, weil ein anderer Kunde den Vertrag *bestätigt* hatte!“

Ich finde das nicht ganz so unvernünftig, wie Liz es zu finden scheint, aber ich gestehe auch ein, dass mich als ihre Mutter ein guter Teil der Schuld trifft. Schließlich war es mein Leben, das Liz' Welt auf den Kopf gestellt hat, als sie den Hochzeitsplaner hätte anrufen sollen. Aber dann wird mir etwas anderes bewusst, was Liz gesagt hat.

„Warum war Jeff nicht dabei?“

„Er ist auf dem Weg nach Kalifornien.“ Sie macht eine Pause, bevor sie fortfährt: „Zum nächsten Kapitel im Drama *Leben und Lieben der Sarah Henderson*.“

„Ich dachte, Sarah lebt in Colorado.“

„Nicht mehr“, sagt Liz. Und dann erklärt sie, was passiert ist.

Meine eigenen Gefühle durchlaufen die gesamte Skala von Ungläubigkeit bis Wut gegen einen Mann, dem ich nie begegnet bin, den ich aber noch nie mochte, weil er seiner Frau und seinen Kindern so viel Kummer bereitet hat. Als Liz ihren Bericht beendet, werfe ich ein: „Man sollte *diesen Mann – nein, lass mich das anders formulieren – diesen* Wicht *in eine Zelle sperren, in einen Sack stecken und ihn seine eigene Beschränktheit spüren lassen."*

„Er kann von Glück sagen, dass er in Colorado im Gefängnis sitzt und Sarahs Brüder in Kalifornien sind, denn sonst hätte er schon etwas davon zu spüren bekommen – allerdings eher in irgendeiner dunklen Seitengasse. Ich habe Jeff noch nie so fassungslos gesehen."

„Wie lange wird er wegbleiben?"

„Lange genug, damit Sarah keine gerichtliche Verfügung braucht", sagt Liz.

„Nicht Gary. Ich meine Jeff. Wird er bei der Arbeit fehlen?"

„Das glaube ich nicht", erwidert Liz. Dann macht sie eine Pause. „Ich weiß es nicht genau. Er hat noch nicht angerufen. Aber ich nehme an, die Arbeit ist im Moment nicht wichtig, oder? Ich meine, er muss *doch jetzt bei seiner Schwester sein. Das ist das Wichtigste. Sarah und die Kinder."*

Ich kenne diesen Tonfall. Sie versucht sich selbst zu überzeugen. „Natürlich ist das wichtig", stimme ich zu. „Aber die Verpflichtungen gegenüber seinem Arbeitgeber sind es auch. Und dir gegenüber."

„Stimmt."

„Und jetzt sag bitte den Satz zu Ende, Liebes." Ich versuche sie ein bisschen zu necken, in der Hoffnung, dass es ihre Stimmung hebt. „Du kannst deiner Mutter nichts vormachen, Lizzie-Bär. Was ist noch los, von dem ich nichts weiß?"

Bilde ich mir das ein, oder schnieft sie ein bisschen? Das ist nicht die Liz Davis, die ich kenne. „Ich bin so eine egoistische Kuh", bricht es plötzlich aus ihr heraus. „Ich weiß, dass er gehen musste. Ich habe ihm sogar geholfen. Ich habe den Firmenjet für ihn organisiert und Pizza für die Kinder bestellt, die er auf dem Weg abholen wollte."

„Aber du machst dir Sorgen, was für Auswirkungen das in den nächsten Wochen auf dein eigenes Leben haben wird. Du brauchst Jeff jetzt." Ich schweige einen Augenblick. „Hattest du überhaupt Gelegenheit, mit ihm über den Umzug zu sprechen?"

„Nein. Aber wie kann ich überhaupt daran denken? Was für eine Frau macht sich denn Gedanken über Inneneinrichtungen und Hochzeitstorten, wenn ihre zukünftige Schwägerin vor den Trümmern ihres Lebens steht?"

„Eine ganz normale Frau", sage ich in dem Bestreben, sie zu trösten. Aber ich will auch ehrlich sein. „Und eine manchmal selbstsüchtige Frau, die immer im Mittelpunkt ihrer eigenen Welt gestanden und alles, was sie wollte, von ihrem mächtigen und sie abgöttisch liebenden Vater bekommen hat." Ich setze mich auf die Bettkante, als könnte ich dadurch, dass ich mich aufrecht hinsetze, meinen Worten mehr Gewicht verleihen. „Du bist kein schlechter Mensch, Lizzie – aber du bist es nicht gewohnt, auf jemand anders zu warten, bevor du eine Entscheidung treffen und handeln kannst. Du bist gewohnt, immer die Erste zu sein. Ist das nicht ungefähr das, was du dem Hochzeitsplaner gesagt hast?"

Ich erwarte Selbstrechtfertigung und Wut, aber Liz seufzt nur und murmelt: „So ziemlich." Sie seufzt. „Ich weiß, du hast gesagt, ich sei kein schlechter Mensch … aber ich fühle mich so."

„Uns allen fällt es schwer, das Richtige zu tun, wenn es mit dem in Konflikt gerät, was wir wollen, Schatz. Wer

kennt das Gefühl nicht? Und die Tatsache, dass du Sarah nicht besonders magst, ist wohl auch keine Hilfe."

„Ich mag sie wohl", protestiert Liz. „Sie ist Jeffs Schwester!"

„Und sie ist ganz anders als du. Ihr beide habt einfach nicht sehr viel gemeinsam. Du hast dich für die Geschäftswelt entschieden und sie für eine Familie. Wenn ich dich daran erinnern darf, dann hattest du auch in einem anderen Fall Schwierigkeiten, so eine Entscheidung zu verstehen. Bis vor kurzem."

„Bei dir ist das anders", sagt Liz schnell. „Du bist begabt. Hast Talent. Interessen."

„Das hat Sarah Henderson auch", antwortete ich ebenso prompt. „Aber seit du sie kennst, hat sie finanzielle Probleme. Sie hat einen nutzlosen Mann, der sie runtergezogen hat. Du kannst Sarah nicht vorwerfen, dass sie keine Zeit hat, durch Kunstausstellungen zu schlendern und ihre Persönlichkeit zu entwickeln."

„Ich werfe es ihr nicht vor", sagt Liz in ihrem trotzigsten Tonfall. „Sie ist eine gute Mutter, und das bewundere ich. Aber sie hätte sich ein Buch und ein Diaphragma kaufen können. Niemand muss innerhalb von drei Jahren drei Kinder bekommen."

„O Lizzie." Ich klinge jetzt wie eine Mutter, die ihr ungezogenes Kind schilt. Ich stehe auf und gehe in die Küche. Für dieses Gespräch brauche ich Koffein. „Unabhängig davon, was du von Sarah hältst – deine Vorstellungen vom Muttersein musst du eindeutig revidieren. Es ist nichts, was eine Frau mit Köpfchen so nebenher macht, während sie ihre anderen Begabungen entwickelt. Es ist ein Ganztagsjob für einige von uns begabten Frauen."

„Auszeit."

Ich finde es nicht fair, aber ich muss ihre Bitte respek-

tieren. Meine Tochter und ich sind sehr unterschiedliche Menschen. Und wir haben uns darauf geeinigt, dass jede von uns um eine Auszeit bitten kann, wenn eine Unterhaltung aus dem Ruder zu laufen droht. Wir brauchen dieses Mittel immer seltener, je näher wir uns kommen, aber dieses Gespräch führt uns offenbar in Tiefen, in die wir noch nicht vordringen wollen.

„Es geht nicht um mich und das Muttersein. Es geht um mich und Sarah."

„Okay. Das ist ein einfaches Thema. Du musst es einfach weiter versuchen. Du musst Jeff unterstützen, wenn er Sarah unterstützt. Wenn ich es mir recht überlege", sage ich und schicke ein weiteres Boot der Hoffnung auf die raue See, „warum fliegst du nicht auch hin? Es wäre ein toller Beweis für deine Unterstützung, und ich wette, Jeff würde es eine Menge bedeuten."

„Hinfliegen, um was genau zu tun?", protestiert Liz. „Du weißt doch, wie sie sind, wenn sie alle zusammen sind. Es ist, als würde niemand außer ihnen existieren. Das Letzte, was sie gebrauchen können, ist, dass ich mich einmische."

„Spiel mit den Jungs Fußball", schlage ich vor. „Geh mit Hillary zu Wal-Mart, ein paar neue Klamotten kaufen."

„Wal-Mart?"

Ist sie gerade tatsächlich zusammengezuckt? Wie konnte ich nur einen solchen Snob großziehen? Ach, was soll's. Ein anderes Auszeit-Thema für eine andere Gelegenheit.

„Nicht jeder kauft Kinderkleidung von Gap, Lizzie. Wenn du mit ihren Kindern dorthin gehst, bekommt Sarah nur das Gefühl, dass du sie demütigen willst." Ich kann hören, wie Liz nachdenkt. Sie ist vielleicht ein Snob, aber sie liebt Jeffrey James Scott, und sie erkennt einen guten Rat, wenn sie ihn hört.

„Du hast Recht“, sagt sie. „Ich sollte hinfliegen. Wenn er in ein paar Tagen noch dort ist, mache ich es.“
Sie rattert eine Liste der Dinge herunter, die sie in dieser Woche erledigen muss. Sie hat Recht – sie kann nicht alles stehen und liegen lassen. „Das ist mein Mädchen“, sage ich, „ich bin stolz auf dich. Es wird sehr schwer für dich sein, aber du musst einen Weg finden, Jeff mit seiner Familie zu teilen, bis er sicher ist, dass seine Lieben gut versorgt sind. Vielleicht hilft es, wenn du daran denkst, dass seine Loyalität seinen Geschwistern gegenüber in der Zukunft für dich *ein Segen sein wird. Er wird später einmal ein wunderbarer Vater sein.“*
„Später einmal“, sagt Liz schnell. „Mit der Betonung auf ‚später‘, s'il te plaît.“
Ich protestiere, während ich den Kessel nehme und kochendes Wasser auf die losen Teeblätter gieße, die in einem Sieb über meinem Becher hängen. „Ich sage ja gar nicht, dass du auf der Stelle Kinder bekommen sollst.“ Ich kichere. „Obwohl, wenn es irgendetwas nützen würde …“
„Tut es aber nicht“, erwidert Liz knapp.
„Auszeit“, sage ich im Scherz und wechsle das Thema. „Kannst du mir Dannys Adresse geben? Ich möchte gerne Blumen schicken. Falls du es noch nicht getan hast.“ Als Liz vernehmlich ins Telefon seufzt, fühle ich mich genötigt, ihr Gewissen zu erleichtern. „Du hattest selbst einen ziemlich ereignisreichen Tag, Liebling. Ich dagegen habe gut geschlafen und bin jetzt ausgeruht. Du steckst noch mitten in den Ereignissen drin. Ganz zu schweigen von dem Hochzeitsdilemma. Wenn du willst, unterschreibe ich die Karte auch in deinem Namen. Und suche einen gigantischen Blumenstrauß aus.“
„Wenn ich wirklich hinfliege, nehme ich noch mal welche

mit", verspricht Liz und fragt dann: „Aber ... woher soll ich jetzt jemanden nehmen, der meine Hochzeit organisiert?"

Ich habe plötzlich eine Idee.

* * *

Die Inline-Skater vor Notre Dame kennen mich inzwischen als Moto-Maman. *Angefangen hat das, als sie mich zum zweiten Mal sahen, wie ich hinter Luca auf der „schreiend gelben" Ducati saß, wie mein zukünftiger Schwiegersohn sie nennt. Zuerst haben die Jungs natürlich das Motorrad bemerkt. An dem ersten Abend, als Luca das Zweirad auf der anderen Straßenseite gegenüber der Kathedrale geparkt hatte, sabberten sie förmlich bei dem Anblick der Maschine. Als ich abstieg und meinen Helm abnahm, stießen die Zuschauer sich angesichts der grauhaarigen Frau auf einer solchen Rennmaschine gegenseitig an und tuschelten, dann lächelten sie. Die Tatsache, dass ich Ledersachen trug – ausgefallene Rennkleidung mit gelben Blitzen, die von der Schulter über meinen Rücken bis zur Taille zuckten – betonte die ungewöhnliche Kombination nur noch.*

Ich habe gelacht, als Luca zum ersten Mal vorschlug, ich sollte die Sachen tragen. Aber dann wettete Lucas Neffe Enzo mit mir, dass ich mich nicht trauen würde, und inzwischen fühle ich mich darin ganz wohl. In diesen Lederklamotten auf diesem Motorrad, versteckt unter einem schwarzen Helm mit spiegelndem Visier ... fühlt sich ein Teil von mir auf ganz ungeahnte Weise frei. Es ist wahrscheinlich egoistisch, aber ich gebe gerne zu, dass ich die überraschten Blicke der Fremden genieße, wenn ich den

Helm absetze und meine grauen Haare schüttle. Diese ganze Sache mit dem Motorrad gibt mir auf neue Weise das Gefühl, lebendig zu sein. Ich bin nicht so, wie die Leute denken. Das mag ich. Und ich muss zugeben, dass ich, wenn ich mit Luca Santo zusammen bin, auch nicht immer so bin, wie ich denke – und auch das gefällt mir.

Seit ich Moto-Maman *bin, rufen die Jungs mit den Inlinern immer Grüße zu uns herüber, wenn Luca und ich vorbeifahren. Luca amüsiert sich darüber. Ich genieße es. Es ist einer der Gründe, warum mein Herz singt, wann immer ich die Brücke zur Insel überquere, auf der die großartige Kathedrale seit Jahrhunderten steht.*

Aber an diesem Samstagabend in Paris verwandelt der Regen die Kreuzungen und Bürgersteige in Spiegel, als ich den Boulevard St. Michel hinuntergehe. Sie reflektieren das Licht, das aus den Läden und Restauranteingängen fließt. Normalerweise bleibe ich stehen, um die Zuckerkunst im Schaufenster der Konditorei zu bewundern und frage mich, wie man Schokolade so hauchdünn machen und daraus Blüten und Blätter formen kann. An diesem Abend werfe ich kaum einen Blick auf die Auslage, als ich vorbeigehe. Ich bin erleichtert, als ich vom anderen Ende des Platzes zum Eingang von Notre Dame hinübersehe und feststelle, dass weder Skater auf der Straße sind noch Horden von Touristen vor der Kathedrale stehen und hineinwollen. Weniger Menschen bedeuten mehr Stille in dem riesigen Gebäude, in dem die aufstrebenden Bögen die unausgesprochene Aufforderung unterstreichen, den Himmel um Hilfe anzurufen und alle Lasten bei dem abzuladen, der über der ganzen Schöpfung thront.

Ich schlüpfe in die Kathedrale und setze mich in eine der hinteren Reihen. Dann schließe ich die Augen, lausche und ermahne mich, gleichmäßig zu atmen und mich in die ewigen Arme fallen zu lassen. Ich flüstere Liz' Namen. Hier bin ich. Wieder einmal. Als die Worte nicht strömen wollen, tröste ich mich mit dem schlurfenden Geräusch der Schritte, als einige Touristen im Seitenschiff auf die berühmten Rosettenfenster zugehen. Bestimmt gehören einige dieser Füße Leuten, deren Leben noch komplizierter – und schwieriger – ist als meines. Gott sei Dank, dass er mit allen fertig wird, mit den Frommen und den Gottlosen, den Ernsthaften und den Heuchlern. Ich gebe zu, dass ich mich selbst ein wenig wie eine Heuchlerin fühle. Bin ich zu Notre Dame gekommen, weil es mir ein Bedürfnis ist, für Liz zu beten oder weil Luca Santo nicht da ist, um mir zu raten? Nachdem Liz und ich unser Telefonat an diesem Morgen beendet hatten, hat Luca angerufen und unsere Verabredung zum Mittagessen abgesagt. Ziemlich kurz angebunden. Ich weiß nicht, was los ist, aber seine Stimme klang irgendwie anders. Es war klar, dass er nicht reden wollte. Ich habe versucht, es nicht persönlich zu nehmen, aber ich hatte mich darauf gefreut, seine Meinung zu der Frage zu hören, ob ich nach Hause fliegen soll, um Liz zu helfen, oder nicht.

„Ich will dir kein schlechtes Gewissen machen, weil du in Paris geblieben bist", hat Liz gesagt. Womit sie natürlich nur eins erreicht hat, nämlich dass ich ein schlechtes Gewissen habe, weil ich in Paris geblieben bin. Ich frage mich, wann genau der magische Augenblick kommt, in dem Eltern die Schuldgefühle in Bezug auf all ihre elterlichen Fehler ablegen können. Mit dieser Frage beschäftige ich mich erst seit ein paar Stunden. Mit den Schuldgefühlen plage ich mich schon mein ganzes Leben, wie es mir scheint.

Ich dachte, ich würde dieses neue Leben in Paris mit Lizzies Segen beginnen. Sie hat die Wohnung für mich gekauft. Sie hat Monsieur Rousseau überredet, ihr eine Geige zu verkaufen, die ich nicht verdient habe, damit ich wieder anfangen kann, Musik zu machen. Ich dachte, sie wäre einverstanden. Aber jedes Mal, wenn sie mich anruft, kann ich die Anspannung in ihrer Stimme hören. Und dann weiß ich nicht, was ich tun soll. Wenn ich daran denke, dass ich nach Omaha zurückkehren soll, dann graust es mich. Es ist das Letzte, was ich tun möchte. Ich habe mir selbst gesagt, dass ich mich nicht von falschen Schuldgefühlen unter Druck setzen lassen sollte. Aber heute frage ich mich, ob das, was ich als falsche Schuldgefühle bezeichne, nicht vielleicht Gottes Stimme ist. Ich muss mich nur umsehen und die verschiedenen bildlichen Darstellungen von Heiligen ansehen – und von Christus selbst – um daran erinnert zu werden, dass Christsein manchmal bedeutet, genau die Dinge zu tun, die man fürchtet, und darauf zu vertrauen, dass Gott einem beisteht.

Ich sitze lange auf meinem Platz, während sich mir der Kopf vor lauter Fragen dreht und mein Herz nach Luca schreit, der die Antworten kennen würde – oder mich wenigstens auf irgendetwas in der Bibel hinweisen könnte, das mir hilft. Luca wüsste, was zu tun ist. Wann, frage ich mich, ist das eigentlich passiert? Seit wann ist Luca Santo ein so wichtiger Teil meines Lebens?

Ich verlasse die Kathedrale und gehe das kurze Stück bis zur Steinmauer am Ufer der Seine. Hinter mir höre ich ein Getöse und drehe mich gerade noch rechtzeitig um, dass ich einen gelben Streifen sehe, als ein Motorroller die Brücke im Norden überquert. Mein Herz macht ei-

nen Satz. Wieder frage ich mich, wann das geschehen ist. Wann ist aus meiner Bewunderung für Lucas geistliches Wissen dieses Gefühl geworden, dass ich die Art liebe, wie das fast weiße Haar von seiner wettergegerbten Stirn nach hinten fällt? Wann, frage ich mich, ist mir zum ersten Mal aufgefallen, dass er etwas von den reiferen männlichen Modellen in den Anzeigen der Pariser Designer hat?

Das ist absurd. Du bist hergekommen, um wegen Liz zu beten. Also geh jetzt da rein und bete gefälligst.

Aber ich will Luca um Rat fragen.

Er hat keine Kinder. Er wird auch nicht wissen, was er sagen soll.

Das macht nichts. Seine Stimme ist so wohltuend. Und er ist in seinem Glauben sehr weise. Er könnte bestimmt etwas Hilfreiches sagen.

Hast du vergessen, dass er die Verabredung abgesagt hat? Hast du vergessen, dass er vorhin am Telefon ganz offensichtlich nicht reden wollte?

Meine Hände umklammern die Betonreling vor mir, und ich bekomme mich wieder unter Kontrolle. In ein paar Wochen soll ich Jean-Marc in Florenz treffen. Und seine Tochter Celine. Und ihre zwei Jungen. Er will mich auf eine Segeltour mitnehmen.

Ich schelte mich selbst. Jetzt reiß dich aber mal zusammen! Du wirst dich nicht in Luca Santo verlieben. Das ist einfach lächerlich. Und absurd. In deinem Alter. Stell dir das mal vor! *Und während ich ein* bateau mouche *auf seinem Weg die Seine hinauf beobachte, wird mir plötzlich klar, dass genau das das Problem ist. Dass ich es kann. Mir es vorstellen.*

* * *

Sonntage, ermahnte Liz sich, sollten Ruhetage sein. Sie konnte fast hören, was Papa über die Weisheit eines Ruhetages dachte. Dabei war Sam Davis' Vorstellung von einem Ruhetag die, dass er um halb sieben statt um halb sechs frühstückte, in die Kirche statt ins Büro ging und nachmittags Golf spielte, anstatt Termine mit seinen Geschäftspartnern zu machen. Meistens sah der Abend seines „Ruhetages" dann so aus, dass er mit Vorstandsmitgliedern essen ging – Einladungen, von denen alle Anwesenden wussten, dass es nur notdürftig getarnte Sitzungen waren.

Als sie sich im Bett umdrehte und auf ihren Wecker blickte, wurde ihr bewusst, dass ihr Vater nicht viel von einem Ruhetag gehalten hätte, wie seine Tochter ihn gestaltete. Nach dem Fiasko mit dem Hochzeitsplaner am Freitagabend hatte sie beschlossen, dass es keinen Grund gab, warum sie zu ihrer Wohnung zurückfahren sollte, und war stattdessen in ihr altes Zimmer gegangen. Unter ihre Daunendecke gekuschelt war sie sofort eingeschlafen. Es war so gut – so tröstlich – zu Hause zu sein, dass sie gestern zu ihrer Wohnung gefahren war, ein paar Sachen gepackt hatte und zurückgekommen war. Jeff hatte am Nachmittag angerufen. Sarah und den Kindern ging es gut, aber er musste ein paar Tage bleiben. Sein Chef hatte großartig reagiert. Im Büro kamen sie eine Weile ohne ihn aus. Jeff sagte, Henry Widhelm habe ihm sogar ein paar Aufträge gegeben, die er erledigen könne, während er in Kalifornien sei. Es hatte irgendetwas mit einem Fall oder einem Partner zu tun. Liz war sich nicht ganz sicher, und Jeff war nicht ins Detail gegangen. Ihr Gespräch wurde von Kinderstimmen unterbrochen, die lautstark nach Onkel Jeff riefen, der beim Spielen gebraucht wurde.

Also war sie an diesem Sonntagmorgen hier. Allein. Cecil und Irene hatten sich den Tag freigenommen, um nach Council Bluffs zu fahren und Verwandte zu besuchen, und so lag der Tag leer und einsam vor ihr. Eigentlich hätte sie sich freuen sollen. Sie reckte sich genüsslich und kuschelte sich dann wieder in das Federbett ein, wurde dann aber davon aufgeschreckt, dass Schneeregen gegen das Schlafzimmerfenster peitschte. Super. Einfach super. Aber was soll's, sie würde sich etwas zu essen machen und in die Bibliothek gehen. Sie hatte die Hochzeitsmappe dort aufgeschlagen liegen lassen. Wenn sie Mimis Rat befolgen wollte, musste sie bis morgen früh ein paar gute Lösungen parat haben.

Mit einem Seufzer kroch Liz aus dem Bett und zog sich an. Am Fuß der Treppe geschah es wieder. Papas Arbeitszimmer rief sie und sie ging hinein. Diesmal ging sie, statt allein im Dunkeln zu sitzen, sofort zum Fenster und zog die schweren Vorhänge zurück, um das Morgenlicht hereinzulassen.

Von einem der Fenstersitze hinter den bleiverglasten Fenstern aus sah sie das Büro aus einer neuen Perspektive. Sie hatte nie daran gedacht, dass dieser Raum sich eines Tages ändern würde. Was sie brauchte, um Davis Enterprises zu leiten, war vor langer Zeit aus Aktenschränken und von der Festplatte entfernt worden – ein Prozess, den Papa selbst überwacht hatte, bevor eine Kombination von Chemotherapie und Schmerzmitteln sein Gehirn umnebelt hatte. Sie stand auf und drehte sich langsam um ihre eigene Achse. Dabei betrachtete sie den Raum mit einer Mischung aus

Dankbarkeit, weil sie ihn erbte, und Schrecken bei der Vorstellung, ihn zu verändern. Aber sie musste ihn verändern. Mimi hatte Recht. Umzuziehen und das Arbeitszimmer zu benutzen, würde helfen, den Strudel ihres Lebens zu bändigen.

Sie durchquerte den Raum und ging zu dem Kamin an der gegenüberliegenden Wand und zum Musikschrank aus Teakholz. Die Erinnerung an Papa und seine Schallplatten entlockte ihr ein Lächeln. Er hatte immer nur auf diese Art Musik hören wollen. Sie hatten deswegen gestritten, wobei ihr Vater sich standhaft geweigert hatte, sich zu CDs bekehren zu lassen. Was, überlegte Liz, würde er wohl von ihrem iPod halten? Sie schob die Tür des Plattenschranks zur Seite und zog ein Album heraus. Die Musik, die ein Mensch hörte, sagte eine Menge über ihn aus. Manchmal konnte sie einen Menschen auch für kurze Zeit wiederbringen. Sie konnte sich an eine Zeit erinnern, als ihre Mutter sie bat, eine Platte nicht mehr zu hören. Welche war es noch gleich gewesen? Sie wusste es nicht mehr, aber Mimi hatte gesagt, es tue ihr zu weh.

Als sie durch die Platten blätterte, erkannte sie die, nach der sie gesucht hatte. Bobby Darin. „*Beyond the Sea* – Jenseits des Meeres." Sie zog die Platte vorsichtig aus ihrer Hülle und legte sie auf den Plattenspieler.

„Jenseits des Meeres steht mein Geliebter auf goldenem Sand …" Sie hörte sich das Lied einmal, zweimal an – und noch einmal. Mimi hatte sie gebeten, damit aufzuhören, weil es zu schmerzhaft sei, jetzt, da Papa nicht mehr da sei. „Nie mehr segeln … weit fort, Kapitän …" Aber nach diesem Weihnachtsfest in Paris fragte Liz sich, ob das Lied Mimi wehgetan hatte, weil es sie an Papa erinnert hatte oder an Jean-Marc David.

„Willst du, dass deine Mutter glücklich ist?"

Jeff hatte ihr diese Frage unzählige Male gestellt. Und Liz hatte immer mit Ja geantwortet. Pah! Nur war die Vorstellung, dass Mimi mit einem Mann glücklich war, den sie vor Papa geliebt hatte, einfach … merkwürdig. Und jetzt, innerhalb von einem Monat, hatte Mimi nicht nur einen, sondern zwei neue Männer in ihr Leben gelassen. Luca Santos Name tauchte immer häufiger in ihren E-Mails und Telefongesprächen auf. Sie waren bei einer Ballettaufführung. Sie waren essen. Sie fuhren *Motorrad* – ausgerechnet! Speziell an diesen Gedanken konnte Liz sich noch immer nicht gewöhnen. Und Mimi hatte deutlich gesagt, dass sie nicht wieder in Omaha leben wollte. Das war starker Tobak für eine Tochter, selbst wenn man das Thema der Vaterschaft außer Acht ließ. Hier in Papas Arbeitszimmer zu sitzen, ließ all die Was-wäre-wenn-Fragen und Wäre-doch-Gedanken aufsteigen.

Du kannst dich mit Verdächtigungen quälen oder du kannst glauben, was Mimi gesagt hat. Sie hat Papa geliebt. Sie hatte keinerlei Kontakt mehr mit Jean-Marc, nachdem sie und Papa verlobt waren. Papa wusste, dass sie schwanger war, als er sie heiratete, und es war ihm egal. Im Gegenteil, er war froh, weil er selbst keine Kinder zeugen konnte. Das ist alles wahr. Warum quälst du dich immer weiter mit diesen Gedanken? Das ist doch absurd.

Liz stellte den Plattenspieler aus und ging zum Fenster zurück, um nach dem Wetter zu sehen. Sie stellte erleichtert fest, dass der Schneeregen aufgehört hatte. Der Gedanke, dass Cecil und Irene bei diesem Wetter unterwegs waren, behagte ihr nicht. Sie rieb sich die Falten zwischen ihren Augenbrauen. Wenn sie nicht aufpasste, würde sie eine Botoxspritze brauchen, um bei ihrer eigenen Hochzeit nicht wie eine alte Frau auszusehen.

Jeff hatte sicher nichts dagegen, wenn sie diesen einen Raum hier zu Hause modernisierte. Er würde sehen, wie klug Mimis Vorschlag war, dass sie bis zur Hochzeit hierherzog. Er würde ihr Bedürfnis verstehen, dass sie ein bequemes Arbeitszimmer für sich schaffen wollte. Selbst wenn es nur für eine Weile war. Für immer hierherzuziehen – ihr Leben als verheiratete Frau hier zu verbringen – würde bedeuten, dass für sie ein Traum in Erfüllung ging. Aber Liz war klar, dass dies kein Thema war, das man am Telefon besprechen konnte. Nicht, während Jeff so von der Krise in Sarahs Leben beansprucht war. Nicht, während er mit Anwälten sprach, damit die Scheidung seiner Schwester einigermaßen reibungslos verlief. Nicht, während er und Danny Sarah halfen, psychologische Beratung für die Kinder zu organisieren.

Sie spürte, wie kreative Kräfte in ihr zu fließen begannen, und sie begann Entscheidungen zu treffen. Irgendeine zukünftige Generation würde sie wahrscheinlich verfluchen, wenn sie die Kassettendecke streichen ließ, aber wen kümmerte das? Im Moment jedenfalls war es *ihre* Kassettendecke. Also konnte sie damit tun und lassen, was sie wollte. Und sie würde sie streichen. Schlammfarben. Sie fragte sich, ob das abstrakte Gemälde, das sie erst letzte Woche bei einer Vernissage gesehen hatte, schon verkauft war. Es würde gut passen, um … nein. Kein Gemälde über dem Kamin. Zu vorhersehbar. Vielleicht hatte sie jetzt endlich eine Ausrede, um ein Werk von Dale Chihuly zu erstehen. Die Glaskreationen des Künstlers faszinierten sie, seit sie seine Ausstellung im Joslyn-Kunstmuseum gesehen hatte. Ja, Chihuly wäre genau das Richtige. Ein Werk. Nein, drei. Drei Glaskunstwerke von Chihuly auf dem Kaminsims. Und darüber … nichts.

Chihuly. Definitiv kostspielig, wenn es nur kurzfristig war. Aber in ihrem tiefsten Innern glaubte Liz nicht, dass es das sein würde. Jeff hatte dieses Haus schon immer geliebt. Hier zu leben, würde ihm noch mehr gefallen. Weiß. Sie wollte weiß. Etwas Helles, Luftiges. Stahlmöbel. Retro? Vielleicht. Mimi hatte Recht. Papa wäre damit einverstanden, dass sie diesen Raum benutzte, um sein Vermächtnis bei Davis Enterprises weiterzuführen.

Das Licht, das durch die großen Fenster ins Zimmer fiel, malte ein schräges Muster aus Fensterstreben auf den Teppich und lenkte die Aufmerksamkeit auf die Fotos auf dem Kaminsims, deren silberne Rahmen die Lichtstrahlen reflektierten. Liz trat an den Kamin und lächelte, als sie das schwarz-weiße Hochglanzfoto von sich sah und daneben ein Bild von Mimi, wie sie mitten auf der Rückenlehne des Austin Healey Cabrios saß und wie eine Schönheitskönigin in die Kamera winkte. Es war ein merkwürdiges Gefühl, hier in Papas Arbeitszimmer zu sein, während Mimi mit Luca Santo zu Mittag aß und sich auf das Wiedersehen mit Jean-Marc David freute und darauf, in Italien auf seiner Jacht zu sein. Sie wollte, dass ihre Mutter glücklich war, aber trotzdem … es war gar nicht so einfach.

„*Wenn es hart auf hart kommt*", hatte Papa immer gesagt, „*dann kommen die Harten durch.*"

„In Ordnung, Papa“, murmelte Liz laut. „Ich höre dich.“ Sie hatte auch Mimi gehört, und deren Idee für den idealen Hochzeitsplaner passte hundertprozentig zu Liz’ Vorhaben mit der Modernisierung von Papas Arbeitszimmer. Sie konnte beides mit einem Anruf erledigen, und das würde sie Montagmorgen als Allererstes tun.

* * *

„*Mona und Co.* Was kann ich für Sie tun?“

Liz saß an ihrem Schreibtisch und klopfte mit der Bleistiftspitze auf ihren Kalender. „Mona bitte. Sagen Sie ihr, dass Elizabeth Davis am Apparat ist.“

„Sie ist in einer Besprechung, Ms Davis. Kann sie Sie zurückrufen?“

„Sie sind neu, oder?“ Liz ließ den Bleistift sinken.

„Ja, Madam.“

„Mona Whitcomb findet, dass Sitzungen am frühen Morgen nur etwas für den Pöbel sind“, sagte Liz. „Sie setzt nie eine Besprechung für vor zehn Uhr morgens an. Und jetzt sehen Sie mal unter Ihrer Schreibtischunterlage nach. Sehen Sie die Liste? Das sind Ihre Topkunden. Mein Name steht auf der Liste. Also gießen Sie Mona noch eine Tasse Kaffee ein und sagen Sie ihr, wer in der Leitung ist.“

„J-ja, Madam.“

Liz hatte kaum die paar Schritte bis zur Sitzecke zurückgelegt, als eine heisere Stimme am anderen Ende der Leitung erklang. „Elizabeth Davis … Liebes. Wie *geht* es Ihnen?“

„Ich bin dabei, Papas Arbeitszimmer neu einzurichten", sagte Liz. „Ich ziehe nach Hause."

„Es ist doch alles in Ordnung, hoffe ich?"

Mona war für Klatsch und Tratsch immer zu haben.

„Alles bestens", versicherte Liz ihr. „Ich will nur in der Nähe sein, um die Hochzeitsvorbereitungen zu überwachen. Mutter hat vorgeschlagen, dass ich das Büro neu herrichte, so dass ich dort arbeiten kann, wenn es nötig ist. Und es ist so ... *seins*. Es muss *meins* werden."

Am anderen Ende war es einen Moment lang still. Liz konnte förmlich sehen, wie Mona nach der Akte suchte, die ihr sagte, wie Sam Davis' Arbeitszimmer zu Hause aussah. „Das ganze Leder und so dunkel." Mona schüttelte sich hörbar. „Das passt überhaupt nicht zu Ihnen. Sie brauchen Farbe. Und dieser Klotz von einem Schreibtisch –"

„Den Schreibtisch will ich behalten", unterbrach Liz sie.

„Natürlich wollen Sie das", schwenkte Mona sofort um. „Er ist eine wundervolle Erinnerung an Ihren Vater. Sie sollten ihn behalten, und den Füllfederhalter auf dem Sideboard auch."

Wie machte sie das nur?, fragte Liz sich. Mona erinnerte sich stets an irgendetwas in den Räumen, die sie gestaltete – irgendeine Kleinigkeit, die *nicht* von ihr stammte. Der Füller auf dem Sideboard war eine limitierte Auflage des Pelikanmodells „Pyramiden von Gizeh". Papa hatte ihn gekauft, lange nachdem Mona das Büro eingerichtet hatte. Aber Mona hatte ihn gesehen. Und sie erinnerte sich daran. Ihr Gedächtnis für derartige Details war einer der Gründe, warum Mona Whitcomb & Co. Einrichtungen als *Mona und*

Co. bekannt geworden waren. Wenn man Mona und ihre Arbeit nicht kannte, konnte man sie sich ohnehin nicht leisten. Sie inserierte nicht einmal mehr in den Gelben Seiten.

„Ich bin mir nicht sicher bei dem Füller“, zögerte Liz. „Ich weiß, dass er mit dem, was ich tue, einverstanden wäre, aber ... es wird schwer.“

„Wir machen es zusammen“, sagte Mona, und ihre Stimme klang warm und mitfühlend. „Wann soll ich vorbeikommen? Heute Nachmittag? Ich könnte ein paar Termine verschieben und gegen drei Uhr da sein. Oder morgen gleich als Erstes? Sagen Sie, was Ihnen am besten passt.“

„Donnerstagnachmittag“, beschloss Liz. „Jeff hat geschäftlich in Kalifornien zu tun und ich fliege eventuell am Wochenende hin. Diese Woche bin ich auf dem Anwesen, weil es in Papas Arbeitszimmer noch ein paar Dinge gibt, um die ich mich kümmern muss. Wenn wir uns am Donnerstag treffen, habe ich genug Zeit, mich vorzubereiten – und Sie auch.“ Sie machte eine Pause. „Und da ist noch etwas, worüber ich Sie bitten würde nachzudenken.“

„Ich bin ganz Ohr.“

„Sagen Sie nicht gleich Nein, nur weil es etwas ist, was Sie bisher noch nicht gemacht haben.“

„Ich weiß, dass Sie in den Ferien in Paris waren, Liebes“, sagte Mona. „Und ich bin nicht eingeschnappt, wenn Sie dort etwas gesehen haben, von dem Sie meinen, dass ich es noch nicht kenne. Ich wäre Ihnen sogar dankbar, wenn Sie mich auf die Spur eines neuen Trends setzen könnten. Ihr Geschmack ist über jeden Zweifel erhaben, Liz. Also, was muss ich wissen?“

„Oh, es ist weniger etwas, das Sie wissen müssten", sagte Liz. „Vielmehr etwas, worum ich Sie bitten will." Bevor Mona noch eine Frage stellen konnte, platzte sie heraus: „Ich habe am Freitagabend Byron Allbright gefeuert. Und ich will Sie stattdessen. Meine Mutter hatte die Idee. Und sie hat vollkommen Recht. Sie werden wegen des Büros sowieso oft hier draußen sein. Ich will die stilvollste Hochzeit, die man sich vorstellen kann. Und niemand hat einen solchen Topstil wie *Mona und Co.* Niemand."

Mona schwieg so lange, dass Liz sich zu fragen begann, ob die Verbindung unterbrochen worden war. Doch sie konnte hören, wie die Frau am anderen Ende der Leitung mit den Fingernägeln auf den Schreibtisch trommelte – ob verärgert oder nachdenklich, konnte Liz nicht erkennen. Sie ergriff noch einmal das Wort. „Ich weiß, dass Sie keinen Partyservice machen", sagte sie. „Und wahrscheinlich denken Sie, dass die ganze Sache unter Ihrer Würde ist. Aber meine Hochzeit ist nicht irgendeine Party."

„Ich habe keine Ahnung von Einladungen und Blumen", sagte Mona.

„Ist auch gar nicht nötig. Das ist schon erledigt. Wenn Ihre neue Assistentin sich darum kümmern könnte, dass die Termine eingehalten werden, wäre das schon alles. Diese Sachen sind ohnehin eher Sekretariatsniveau", sagte Liz. „Ich brauche jemanden, der mir mit dem Grundstück hilft. Jemanden, der alles so richtig im großen Stil aufzieht, die künstlerische Gestaltung für das Ereignis übernimmt. Es würde mir sehr viel bedeuten, Mona. Ich würde tief in Ihrer Schuld stehen. Der Preis spielt keine Rolle." Liz machte eine

Pause und zog dann ihre letzte Karte. „Ganz Omaha würde mich beneiden, wenn Sie das für mich tun. Niemand wird das Ereignis jemals vergessen. Und Sie auch nicht."

„Und ich", sagte Mona, „kriege dann Anrufe, dass ich Bar-Mizwas und Babypartys organisieren soll."

„Das würden Sie nicht", beharrte Liz. „Aber selbst wenn, könnten Sie sich durch Ihre Preisgestaltung selbst aus dem Rennen befördern. Ich brauche Sie, Mona. Bitte sagen Sie Ja. Oder sagen Sie zumindest nicht Nein. Denken Sie wenigstens darüber nach. Wir können noch einmal darüber reden, wenn Sie hier sind. Überlegen Sie es sich bis dahin. Wenn Sie am Donnerstag Nein sagen, gebe ich Ruhe. Ich weiß nicht, was ich dann tun werde, aber ich werde Sie dann nicht mehr damit behelligen."

„Bis Donnerstag also", sagte Mona.

Liz stellte sich vor, wie sie sich eine Notiz machte – wahrscheinlich auf einem leuchtend pinkfarbenen Klebezettel – und sie an das Whiteboard in ihrem Büro heftete. Diese Tafel war der einzige Kalender, den Mona in ihr Leben ließ, und das versetzte jeden Besucher in Erstaunen. Wie die Frau den Überblick behielt, war ein Rätsel. Aber sie schaffte es.

Kapitel 3

Als Liz die wenigen Stufen zur Landebahn herunterkam, klopfte Jeffs Herz wie wild. Er lief ihr entgegen, schloss sie in die Arme und küsste ihre Lippen, ihre Stirn und ihren Nacken.

„Ich kann nicht … atmen", protestierte Liz. Und dann zog sie ihn noch enger an sich und flüsterte: „Lass nicht los."

Als sie sich schließlich voneinander lösten, taten sie es unter atemlosem Gelächter. „Ich habe dich vermisst", sagte Jeff. „Du glaubst gar nicht, wie sehr."

„Ich habe dich auch vermisst."

„Was macht der Umzug?"

„Alles unter Kontrolle."

„Und die Hochzeitspläne?"

Liz lachte laut auf. „Ich hatte es nicht für möglich gehalten, aber Mona hat Ja gesagt."

Er zog ihren Arm unter seinem durch und steuerte auf den Wagen zu, während Dave ihr Gepäck aus dem Firmenjet lud.

„Du hättest es sehen sollen", sagte Liz, während sie den Kofferraum öffneten. „Am Freitag hatte sie schon eine Zeichnung von der ‚Anlage' angefertigt, wie sie es nennt." Sie schüttelte lachend den Kopf. „Das Gedächtnis dieser Frau erstaunt mich einfach immer wieder. Es sah aus, als wäre sie im Haus gewesen und hätte alles ausgemessen." Liz zeigte auf eine Mappe, die aus ihrer kleinen Handtasche ragte. „Das sind die Zeichnungen. Fix und fertig, du brauchst nur noch zu sagen, ob es so in Ordnung ist."

„Sie sind in Ordnung", sagte Jeff und schloss den Kofferraum des Wagens.

„Aber du hast sie doch noch gar nicht gesehen."

„Ich habe alles gesehen, was ich sehen muss", sagte er. Und als sie ihn fragend anlächelte, zwinkerte er. „Meine ach-so-gestresste Braut lächelt. Sie ist glücklich. Und begeistert. Mehr brauche ich nicht zu sehen. Du kannst Mona sagen, dass ich einverstanden bin. Und", fügte Jeff hinzu, während er Liz die Autotür aufhielt, „du kannst ihr sagen, dass sie sich auf ein sehr gutes Trinkgeld von einem sehr glücklichen Bräutigam freuen kann." Er küsste sie wieder. „Ich bin so froh, dass du hergekommen bist, Bitsy. Jetzt steig ein – wir machen einen kleinen Ausflug die Küste entlang."

* * *

Der versprochene „kleine Ausflug die Küste entlang" war etwas, das Liz nie vergessen würde. Sie war zwar in Paris gewesen, aber sie war noch nie eine Küstenstraße entlanggefahren, und immer wieder, wenn sie um eine Ecke bogen und ein neuer Ausblick auf das Meer, die Klippen und Felsen vor ihnen lag, bewunderte Liz die Schönheit der Landschaft.

Und es gab noch eine Gelegenheit zum Staunen für Liz, als Jeff gegen zwölf Uhr plötzlich rechts ranfuhr und am Straßenrand hielt. „Was ist los?"

„Mittagessen", sagte er und zeigte auf den Horizont. „Am Strand", fügte er hinzu.

„Aber … da ist doch nichts …" Liz warf einen Blick

auf den leeren Rücksitz. Kein Picknickkorb. Keine Decke. Nichts.

„Da wird schon was sein“, sagte Jeff. Er stieg aus, ging um den Wagen herum und öffnete ihr die Tür.

Und es war tatsächlich etwas da. Sie wusste nicht, wie er das bewerkstelligt hatte, aber er hatte ein Festessen am Meer organisiert. An einem Privatstrand. In der windgeschützten Ecke hatte Liz fast das Gefühl, als wäre es Frühling. Sie aßen Hummer und frisches Obst und ließen sich eine gute Flasche Beaujolais schmecken. Nach dem Mittagessen kuschelten sie auf einer weichen Stranddecke und sahen den Wellen zu, während eine offenbar geübte Mannschaft alle Reste ihrer Mahlzeit beseitigte und verschwand.

„Du“, sagte Liz und küsste Jeff auf die Wange, „bist so ziemlich der wunderbarste Mann auf Erden.“

„So ziemlich?“, protestierte Jeff. „Was meinst du mit ‚so ziemlich‘? Was muss ich denn tun, um die Nummer eins zu werden?“

„Mich heiraten“, sagte Liz.

„Das habe ich schon … in meinem Herzen“, sagte Jeff.

„Mich heiraten und mit mir nach Hause ziehen.“

„Alles schon geplant“, erwiderte Jeff.

„Du hast nicht gehört, was ich gesagt habe“, widersprach Liz. „Ich meine nach Hause ziehen – auf das Anwesen.“

Sie kuschelte sich an ihn und streichelte seinen Handrücken. „Es war Mimis Idee. Sie sagte, wir sollten darüber nachdenken umzuziehen, wenn wir verheiratet sind. Sie sagte, wir sollten alles neu einrichten, mit Arbeitszimmern für sie und ihn auf beiden Seiten der

Eingangshalle. Es zu unserem Zuhause machen. Ihr Hochzeitsgeschenk." Sie schmiegte sich noch näher an ihn und versuchte vergeblich, Jeffs Reaktion auf diesen monumentalen Gedanken einzuschätzen, den sie so beiläufig wie möglich vorgebracht hatte.

„Sie will gar nicht mehr zurückkommen und in Omaha leben?", fragte Jeff.

Liz schüttelte den Kopf. „Aber sie hätte gerne eine Wohnung für sich, wenn sie zu Besuch kommt. Ich hatte den Eindruck, dass sie zwar fest entschlossen ist, nicht nach Omaha zurückzukommen, aber es sich vielleicht anders überlegt, wenn sie Enkel hat." Es war ein bisschen übertrieben. Mimi hatte eigentlich nicht sehr viel über Enkel gesagt. Aber Liz war der Meinung, dass die guten Absichten eine kleine Notlüge rechtfertigten.

„Hmm", machte Jeff. Er holte tief Luft und strich ihr übers Haar.

„Das sind also die jüngsten Neuigkeiten aus Paris", sagte Liz. „Mimi findet, wir sollten beide unsere Wohnungen verkaufen und aufs Anwesen ziehen. Und …" In den Monaten ihrer Beziehung hatte Liz gelernt, Jeff nicht zu schnellen Entscheidungen zu drängen. Sie beschloss, das Thema zu wechseln, und begann über Annie Templeton und Arnaud Valerio, Mimis junge Musikerfreunde, zu sprechen. „Wir sind zu Annies und Arnauds Hochzeit im April eingeladen."

„April … am wievielten?"

„Am achtzehnten", sagte Liz.

„Wo?"

„In Florenz."

„Nicht in London? Kommt Annie nicht aus London?"

„Offenbar sind Annies Eltern von den Heiratsplänen ganz und gar nicht begeistert.“

Jeff runzelte die Stirn. „Aber ich dachte, ihre Eltern hätten Arnaud gemocht, als sie über Weihnachten dort waren.“

Liz zuckte mit den Schultern. „Haben sie auch. Aber dann war von einer Hochzeit im Frühling die Rede und da waren sie plötzlich nicht mehr so begeistert. Als Annie nicht nachgab, sind ihre Eltern ausgerastet. Sie verlangten, dass sie mindestens noch zwei Jahre warten sollten, sonst wollten sie mit der ganzen Sache nichts zu tun haben. Also kam Luca Santo ins Spiel.“

„Luca?“

Liz nickte. „Er und Arnaud sind irgendwie verwandt.“ Sie schwieg einen Augenblick, während sie sich zu erinnern versuchte. „Ich glaube, der Neffe von Luca, der bei ihm in der Werkstatt arbeitet. Enzo – ja, so heißt er. Enzo ist Lucas Neffe, und Arnaud ist Enzos Cousin“, sagte sie. „Jedenfalls nehme ich an, dass Luca ihn als Familienmitglied betrachtet, und er hat seine Schwester in Florenz angerufen, die in der Familienvilla der Santos lebt. Und jetzt dürfen Arnaud und Annie ihre Hochzeit in Italien feiern.“

„Ich kann mir eine Hochzeit, auf der nicht beide Familien mit von der Partie sind, nicht vorstellen“, sagte Jeff. Er liebkoste ihre Wange. „Ich bin froh, dass wir solche Sorgen nicht haben.“

Liz sah das genauso. „Mimi sagte, Lucas Schwester sei im Grunde diejenige, die das Ganze organisiert. Lucia klingt wie eine richtige italienische Mamma. Es wird bestimmt ein großes Ereignis.“ Sie seufzte. „Ich sag es ja nur ungern, aber ich weiß nicht, wie wir das hinkriegen sollen." Liz schloss die Augen und wartete. Sie wusste, dass Jeff es nicht gerne hören würde, wenn sie die Arbeit als Grund nannte.

„Ich weiß, dass du im Moment viel um die Ohren hast, Bitsy", sagte er. „Aber die Familie ist wichtig."

„Annie und Arnaud gehören nicht zur Familie. Sie sind Freunde von Mimi in Paris. Vor zwei Monaten kannten wir sie noch nicht einmal."

„Ich meinte auch nicht Annie und Arnaud", murmelte Jeff und begann wieder, ihr übers Haar zu streichen. „Die Tatsache, dass ihre Hochzeit in Florenz stattfindet, bietet dir eine gute Gelegenheit, neue Familienbande zu knüpfen. Hat Jean-Marc nicht gesagt, dass seine andere Tochter dort in der Nähe wohnt?"

Liz zuckte mit den Achseln. „Sie lebt, glaube ich, in einem Vorort."

Jeff küsste sie auf die Stirn. „Das passt doch super. Wir können zusammen mit deiner Mutter zu der Hochzeit gehen, und dann lernst du Celine und ihre Söhne kennen und kannst etwas Zeit mit Jean-Marc verbringen." Als sie nicht antwortete, drückte er sanft ihre Schulter. „Entspann dich, Liebling. Du solltest dich darauf freuen. Jean-Marc David ist einer der besten Segler auf der Welt. Und er ist dein Vater. Weißt du eigentlich, wie viele Leute dich um die Chance beneiden würden, auch nur einen Fuß auf die *Sea Cloud* zu setzen? Du wirst begeistert sein."

Liz seufzte. Die Vorstellung, der „anderen Tochter" zu begegnen, ließ das flaue Gefühl im Magen nur stärker werden. „Ich habe getan, was du wolltest", sagte sie. „Ich habe Jean-Marc auf unsere Gästeliste gesetzt." Sie schwieg einen Augenblick. „Aber wenn ich ehrlich bin, hoffe ich, dass er nicht kommt. Nur weil wir ein paar E-Mails hin und her geschickt haben, heißt das nicht, dass ich schon bereit bin, mit ihm in den Sonnenuntergang zu segeln. Und der Gedanke, eine Halbschwester kennen zu lernen, von der ich vor ein paar Wochen noch nicht einmal wusste, erscheint mir im Moment auch nicht besonders attraktiv. Es ist zu viel, Jeff. Es ist mir einfach zu viel."

„Nichts von all dem muss negative Auswirkungen auf das Ereignis haben, Bitsy. Eine italienische Hochzeit in einer Villa mit Blick auf Florenz, was gibt es daran auszusetzen?" Er legte eine Hand auf ihre Schulter und schüttelte sie sanft. „Überleg doch mal, dass die Nachricht für Celine bestimmt auch etwas nervenaufreibend ist."

Liz schnaubte verächtlich. „Nur dass es sie wahrscheinlich nicht so überrascht, dass es mich gibt, wie es mich überrascht hat, dass sie existiert."

„Was soll das denn heißen?"

Liz zuckte mit den Achseln. „Das, was ich gesagt habe. Ich kann mir nicht vorstellen, dass Celine besonders überrascht war. Schließlich kennt sie Jean-Marc. Er war die ganze Zeit ihr Vater. Sie weiß, dass er ein Zugvogel ist. Das hat er selber zugegeben. In seinen E-Mails."

Jeff schwieg. Wieder. Er schwieg immer, wenn sie etwas sagte, das ihm nicht gefiel. Sie setzte sich auf und fröstelte. Der Strand verlor seinen Charme. Aber sie würde warten, bis er etwas sagte. Das musste sie lernen. Und sie würde es lernen. Doch kaum hatte sie beschlossen zu warten, merkte sie auch schon, dass sie es nicht schaffen würde. In ihrem Magen rumorte es.

Und die Brandung, die aufs Ufer schlug, tat ihr Übriges. Sie musste das Schweigen brechen, ihn ablenken, auf sicheren Grund zurückkehren. *Vernunft*. Keine Gefühle, nur *Logik*. Sie holte tief Luft. „Wenn wir Mimis Angebot annehmen, bedeutet das, dass wir das Haus renovieren müssen. Nicht nur mein Arbeitszimmer. Dann brauche ich noch mehr Zeit“, sagte Liz. „Ich finde einfach, dass es besser ist, die Familienzusammenführung zu verschieben, bis die Lage sich etwas beruhigt hat. Der Kliniktrakt wird im Herbst fertig. Bis dahin haben wir beide uns daran gewöhnt, verheiratet zu sein. Und vielleicht hat Mimi sich bis dahin entschieden, mit welchem Mann – wenn überhaupt – sie in Zukunft ihr Leben teilen will. Wieder. Oder neu.“

„Mit *welchem* Mann?“

„Sie redet viel von Luca Santo. Sehr viel.“

„Natürlich tut sie das. Er ist der einzige Mensch in ihrem Alter, den sie in Paris kennt.“ Jeff legte einen Arm um sie und küsste sie. Sie konnte den warmen Atem auf ihrer Haut spüren. „Ich wüsste nicht, warum Mary sich entscheiden sollte. Eine Frau kann doch mehr als einen männlichen Bekannten haben. Oder etwa nicht?“

„Sicher“, sagte Liz. Sie wechselte erneut das Thema. „Ich werde dich daran erinnern, wenn ich nächstes Mal mit einem Praktikanten essen gehe.“

„Das ist etwas anderes“, protestierte Jeff.

„Ist es nicht“, beharrte sie.

„Ist es doch, wenn die Jungs total in dich verknallt sind. Ich habe bei mehr als einem gesehen, dass er dich angestarrt hat, als würde er dich am liebsten zum Nachtisch vernaschen.“

„Du bist eifersüchtig", sagte sie und sah ihm in die Augen. „Das ist wirklich süß." Sie lehnte sich vor und küsste ihn auf die Wange, dann auf den Mundwinkel. „Unnötig", murmelte sie und schmiegte sich an ihn, „aber süß." Sie küsste ihn auf die Lippen. Er schlang die Arme um sie und Liz vergaß den Stress.

* * *

Es war Samstagnachmittag. Adrenalin hatte Liz durch die vergangenen paar Tage gebracht. Kaum achtundvierzig Stunden nachdem sie den Vertrag mit dem Makler unterzeichnet hatte, war ihre Eigentumswohnung verkauft. Der Käufer bezahlte bar, wollte aber sofort einziehen. Was Liz zunächst für unmöglich erklärt hatte, geschah an diesem Nachmittag. Dank der persönlichen Beziehungen ihres Maklers zu einem Umzugsunternehmen. Wenn sie nach Omaha zurückkam, würden ihre persönlichen Dinge auf dem Anwesen auf sie warten. Und der Makler hatte eine klimatisierte Lagermöglichkeit für ihre Möbel gefunden. Die Woche lag wie unter einer Nebelwolke, aber sie war nach Kalifornien gekommen und hatte sogar einen riesigen Blumenstrauß und noch mehr von Valentinos Pizza für Jeffs Familie mitgebracht. Und nun saß sie alleine an Danny Scotts Küchenklapptisch, mit Blick auf eine idyllische Szene … und hätte heulen können.

Es war merkwürdig, aber genau das, was sie einander hätte näher bringen sollen, betonte nur, wie unterschiedlich sie und Jeff im Grunde waren. Jeff konnte von Natur aus gut mit Kindern umgehen. Er musste nicht so *tun*, als ob er gerne mit Sarahs Jungen spielte. Er stürzte sich darauf mit einem Leuchten in den Augen, das Liz noch nie bemerkt hatte. Er lachte. Er tobte. Kroch auf allen Vieren wie ein Pferd und scherte sich nicht um die Grasflecken in seinen teuren Hosen. Als Hillary, die „Bohnenstange" mit langen Beinen und null Prozent Körperfett, sich ins Getümmel stürzte, rannten die Jungen zu dem Sandkasten, den Danny in der vergangenen Woche hatte bauen lassen. „*Sie sollen wissen, dass ich sie wirklich gerne hierhabe*", hatte Danny gesagt, als Liz sich lautstark über die jüngste Anschaffung im sorgfältig designten und makellos gepflegten Garten des Junggesellen gewundert hatte. Während Josh und Andy im Sandkasten mit Spielzeugautos über imaginäre Straßen fuhren, holte Jeff eine Frisbeescheibe heraus. Sein Gesicht strahlte vor Vergnügen, als er und Hillary die bunte Scheibe hin und her warfen. Und später würden sie zu Wal-Mart fahren – und zwar wegen *Jeff*, der Sweatshirts und eine Jeans kaufen wollte. Für sich selbst.

„Na, Bitsy?" Jeff kam in die Küche, noch ganz außer Atem von der Toberei mit den Kindern. Er wuschelte Liz durch die Haare und küsste sie auf den Kopf. „Du solltest zu uns nach draußen kommen. Es ist ein wunderschöner Tag."

Liz lächelte. Dann schüttelte sie den Kopf.

„Komm schon, Schatz", bat Jeff.

„Geh du ruhig." Sie versuchte der Sache einen positiven Anstrich zu geben. „Ihr habt doch viel Spaß zusammen. Sie brauchen niemanden wie mich, der ihnen die Laune vermiest."

„Was meinst du mit vermiesen? Du kannst doch eine Frisbeescheibe werfen, oder?"

Liz zuckte mit den Schultern. „Hillary starrt mich an, als käme ich von einem anderen Planeten. Und die Jungs geben sich alle Mühe so zu tun, als gäbe es mich gar nicht."

„Dann komm raus in den Sandkasten", lockte Jeff. „Setz dich zu ihnen und fahr mit einem Laster herum. Mach Motorengeräusche. Schaufel Sand. Bau Türme, reiß sie wieder ein und fang wieder von vorne an. Es macht dir bestimmt Spaß."

„Ich komme gleich", sagte sie.

„Wie du meinst." Er verschwand mit der Kaffeetasse in der Hand wieder im Garten.

Liz schloss die Augen. Sie konnte sich wirklich nichts Langweiligeres vorstellen, nichts, wozu sie weniger Lust hätte, als mit zwei kleinen Jungen im Sandkasten herumzukriechen. Sie nahm noch einen Schluck von ihrem Kaffee. War es denn ihre Schuld, dass sie nie gelernt hatte, wie man spielt? Natürlich nicht. Sie war einfach nicht der Typ dafür. Vielleicht fehlte ihr doch das Eltern-Gen. Im Moment hatte sie jedenfalls überhaupt keine Lust, Kinder in die Welt zu setzen. Was hatte es Sarah gebracht? Drei Kinder – bumm bumm bumm – und den Abstieg in die Armut. Liz konnte nicht verstehen, warum jemand das in Kauf nahm. Wenn die Frau wenigstens glücklich wäre! Aber Gary Henderson war von Anfang an ein Versager gewesen, und Sarah musste das gewusst haben. Und jetzt musste Sarah Supermami sich einen Job suchen, und die Kinder würden wo untergebracht? Was für eine Tagesmutter konnte Sarah sich denn leisten?

Liz setzte sich mit einem Ruck gerade hin. Das war es. Es *gab* etwas, das Tante Liz tun konnte. Sie lächelte, insgeheim froh, dass sie endlich einen Weg gefunden hatte, wie sie Sarahs Meinung über sie ändern konnte. Das war natürlich nicht der Grund, aber Sarah würde sie dann bestimmt lieber mögen. Sie würde heute Abend mit ihr sprechen, wenn die Kinder schliefen und Jeff und Danny mit einem ihrer blödsinnigen Videospiele beschäftigt waren.

* * *

Mit einem Witz über die Brüder, die in dem Zimmer hinter ihnen Krieg spielten, und einer Bemerkung über den „tollen Sonnenuntergang", den sie in Wirklichkeit kaum bemerkt hatte, ließ sich Liz auf Dannys Terrasse neben Sarah nieder. „Ich habe nachgedacht", sagte sie. „Warum lässt du uns nicht bei der Betreuung der Kinder helfen?" Sie nahm einen Schluck Kaffee und wartete darauf, dass Sarah vor Freude in die Luft springen und ihr danken würde. Aber Sarah hatte offenbar das Drehbuch nicht gelesen.

„Danke für das Angebot", sagte sie, „aber wir kommen schon zurecht. Wir haben noch nicht die Einzelheiten geklärt, aber Danny und ich sind überzeugt, dass wir das hinkriegen."

„Wie denn?"

Sarah runzelte die Stirn. „Hast du gedacht, ich warte nur darauf, dass Jeff und du einfliegt und mich mit dem großen Geld rettet?"

„Nein … ich…"

„Wie ich schon sagte, Liz: Vielen Dank, aber Danny und ich –"

„Aber warum willst du Danny damit belasten?", platzte Liz heraus. „Wo wir doch –"

„Wo ihr doch einfach einen Scheck ausstellen und alle Probleme lösen könnt?" Sarah zog an einer ihrer roten Locken.

Liz warf ihrer zukünftigen Schwägerin einen Blick zu. Sarah hatte ihren Becher abgestellt und starrte mit zusammengepressten Lippen in die Ferne, die Stirn in Falten gelegt. Irgendetwas stimmte nicht mit ihr, aber Liz hatte keine Ahnung, was es war.

Sarah holte tief Luft. „Sieh mal, Liz, ich weiß dein Angebot sehr wohl zu schätzen. Wirklich. Und ich weiß, dass du das nicht verstehen kannst, aber die Wahrheit ist, dass mein Bruder es nicht als Belastung empfindet, mich und die Kinder hierzuhaben. Er liebt diese Kinder. Und obwohl ich manchmal auch nicht weiß, warum, liebt er auch mich." Sie lächelte gequält. „Ich werde zu Hause bei meinen Kindern bleiben, während Danny arbeiten geht. Ich suche mir einen Job, bei dem ich Spätschichten arbeiten kann, dann passt Danny abends auf die Kinder auf. Das heißt, wir brauchen keine Kinderbetreuung, und wir brauchen auch dein Geld nicht. Obwohl …" – sie lachte, aber es klang gepresst. „Wenn du darauf bestehst, einen College-Fonds anzulegen, würde ich es dir nicht ausreden."

„Aber ihr werdet beide völlig angebunden sein", argumentierte Liz.

„So kann man es auch sehen", sagte Sarah. „Ich bezeichne es lieber als Kindererziehung."

„So habe ich das nicht gemeint", verteidigte Liz sich. „Ich meinte nur, dass du jung bist. Du solltest ab und zu essen gehen können. Du solltest ein Sozialleben haben."

„Das werde ich auch. Es gibt eine Kinderbetreuung in Dannys Kirche. Sobald ich kann, werde ich dort mitarbeiten. Selbst wenn ich arbeite, kann ich mir bestimmt alle paar Wochen einen freien Abend nur für mich leisten."

„Alle paar Wochen?"

Sarah zuckte mit den Schultern. „Ich habe eigentlich gar nicht das Verlangen, meinen Kindern zu entfliehen, Liz. Im Moment ist mir mehr danach, sie um mich zu scharen und ihnen ein Gefühl der Sicherheit und Geborgenheit zu geben. Sie werden eine Weile psychologische Hilfe bekommen. Ich will, dass sie möglichst wenig darunter leiden, dass …" Sie biss sich auf die Lippe.

„Dann lass uns wenigstens die Kosten für den Psychologen übernehmen", sagte Liz.

Sarah lehnte sich auf ihrem Stuhl zurück und dachte eine Weile nach. „Gut. Es ist in Ordnung, wenn ihr das macht. Er hat es auch schon erwähnt. Und danke."

„Gibt es sonst noch etwas?"

„Sicher", sagte Sarah.

„Du musst es nur sagen. Kleidung? Spielzeug? Es gibt einen Toys-R-Us-Laden in der Stadt. Wir könnten mit den Kindern –"

„Liz. Hör auf. Du brauchst meine Kinder nicht mit Geld zu überschütten. Ich will dich nicht ärgern oder so, aber wir kommen wirklich zurecht. Die Kinder brauchen nicht jede Menge Zeug. In ihrem Alter macht es ihnen sowieso mehr Spaß, aus Kartons eine Burg zu bauen, als drinnen mit Spielzeug zu spielen. Wenn du helfen willst … dann geh raus und spiel einfach mit ihnen im Sand. Zeig ihnen, dass normale Erwachsene sich ganz normal freuen können. Das ist für sie im Moment am besten. Sie brauchen wirklich nicht viele Sachen. Was sie in ihrem Leben brauchen, ist verlässliche Liebe von halbwegs normalen Erwachsenen."

Liz zwang sich zu lächeln. „Liebe in Form eines Sandkastens?"

Sarah nickte.

Dieser vermaledeite Sandkasten.

Kapitel 4

„Kirche? Habe ich richtig gehört? Mein kleiner Bruder fragt mich, ob ich mit in die *Kirche* komme?" Jeff erstickte beinahe an der abendlichen Pizza, die Danny bestellt hatte, um die nötige Energie für ihre Nintendo-Kämpfe zu sammeln. Als sie sah, dass Jeff in ihre Richtung blickte, zuckte Liz nur mit den Achseln und nahm noch eine Gabel voll Salat, in der Hoffnung, sich aus der Sache heraushalten zu können.

„Genau", sagte Danny. Er sah zu Sarah hinüber, die aufmunternd nickte. „Es ist gut für die Kinder. Ein Ort, an dem sie vielleicht Freunde finden können. Anständige."

„Okay", stimmte Jeff zu. „Das sehe ich ein. Aber was machst du da – schlägst du die Gelben Seiten auf und hoffst, dass du die richtige erwischst?"

„Ich … also … na ja", räusperte Danny sich. „Ich habe sie mitgenommen. Zu meiner."

„Zu deiner was?"

„Meiner Kirche."

Jeff prustete vor Lachen, aber Liz wusste, dass es Dannys Ernst war.

„Das", sagte Jeff, während er einen schnellen Blick mit Liz wechselte und sich auf seinem Stuhl zurücklehnte, „will ich hören."

„Da gibt es nicht viel zu hören", sagte Danny. „Im letzten Herbst hatte ich eines Morgens einen tierischen Kater, und als ich durch die Fernsehprogramme zappte, war da dieser Typ und predigte. Nur dass er so ganz anders zu sein schien als die üblichen Fernsehprediger."

„Hat er etwa kein Geld gesammelt?", fragte Liz, und sie machte sich nichts daraus, dass der Sarkasmus in ihrer Stimme deutlich zu hören war.

Danny schüttelte den Kopf. „Hat er nicht. Stattdessen hat er, als es an die Kollekte ging, irgendwas davon gesagt, dass Besucher eingeladen sind und dass die Kirche von Mitgliedern unterstützt wird, so dass sich niemand genötigt fühlen soll, etwas zu geben."

„Ist nicht dein Ernst", sagte Liz ungläubig.

„Das dachte ich zuerst auch. Wie auch immer. Ich kann nicht alle Unterschiede erklären, aber es gab sie. Also begann ich zuzuhören." Danny zuckte mit den Schultern. „Und dann beschloss ich, mir die Leute näher anzusehen." Er hielt inne. „Also, wenn ihr beide mitkommen wollt, prima. Wenn nicht, ist es auch völlig in Ordnung." Er warf Liz einen Blick zu. „Ihr braucht keine Angst zu haben, dass ich ein Jesus-Freak oder so was geworden bin. Aber die Kinder mochten es, als ich sie letzte Woche mitgenommen habe. Hillary kam aus dem Sonntagsschulraum gehüpft mit einer Wäscheklammer, die mit Wattebäuschchen beklebt war, und erzählte mir die Geschichte von dem kleinen verlorenen Lamm. Sie hat *gelächelt*. Und im Moment finde ich, dass jeder, der diese Kinder zum Lächeln bringt, meine Aufmerksamkeit verdient hat."

„Was hält Sarah von all dem?", fragte Jeff und wandte sich seiner Schwester zu.

„Sarah findet es fantastisch", erwiderte Sarah. „Sarah ist der Meinung, dass sie vielleicht nicht das hier hätte, wenn sie statt in Billys Bar in die Kirche gegangen wäre." Sie hielt ihren Gips hoch.

„Mach dir keine Vorwürfe", protestierte Liz. „Misshandelte Frauen scheinen immer zu glauben, es wäre ihre Schuld. Du hast nichts getan, womit du das verdient hättest."

„Ich behaupte ja gar nicht, dass es meine Schuld ist", sagte Sarah. „Aber ich hätte Gary nicht kennen gelernt, wenn ich mich mit Leuten aus der Kirche getroffen hätte statt mit denen in Billys Bar. Ich glaube, davon kann man getrost ausgehen."

„Aber wenn du Gary nicht kennen gelernt hättest", sagte Danny sanft, „hättest du nicht diese fantastischen kleinen Leute in deinem Leben." Er deutete mit dem Kopf zum Schlafzimmer der Kinder hinüber.

Sarah lächelte und wandte sich Liz zu. „Also kommt ihr morgen früh mit? Wenn ja, dann muss ich die hintere Rückbank des Vans leer räumen."

„Wir würden gerne mitkommen", antwortete Jeff für sie beide.

„Aber wir können mit dem Mietwagen fahren", fügte Liz hinzu. „Jeff kann dann mit euch zurückfahren und ich mache mich direkt auf den Weg zum Flughafen, wenn es vorbei ist." Sie sah Jeff an. „Ich habe Montagmorgen einen Termin mit Derrick Millers Sohn."

Später, als sie und Jeff den anderen eine gute Nacht gewünscht hatten, sagte Liz: „Na, vielleicht ist Danny keiner, aber einen Jesus-Freak hast du trotzdem in der Familie."

„Du meinst Sarah", sagte Jeff.

„Es wundert mich auch nicht", überlegte Liz. „Sie ist traumatisiert. Religion bietet einen Schutzraum."

Sie sagte nicht, was sie sonst noch dachte, nämlich: Es wird sich legen, sobald sie wieder Boden unter den Füßen hat. Sie kicherte.

„Was ist so lustig daran, dass Sarah im Glauben Trost findet?"

„Nichts", sagte Liz. „Es ist großartig." Sie lachte leise. „Ich habe nur gerade versucht mir vorzustellen, wie die beiden Onkel morgen früh die Kinder in der Sonntagsschule abliefern. Ich hab mir dich schon an vielen Orten bei vielen verschiedenen Tätigkeiten vorgestellt, aber dabei noch nie."

„Ich weiß", sagte Jeff. „Es würde sich auch überhaupt nicht mit meinem lässig-eleganten Image im Mittleren Westen vertragen, wenn das herauskäme." Er beugte sich über sie, um sie zu küssen.

„Dein Geheimnis ist bei mir in guten Händen", versicherte Liz ihm und erwiderte seinen keuschen Kuss voller Leidenschaft. *Und werd mir jetzt bloß nicht religiös. Unser Leben ist so schon kompliziert genug.* Aber die Kirche war gut für Sarah und die Kinder, die noch zu klein waren, um in die Schule zu gehen und Freunde zu finden. Und je eher Sarah neue Freunde fand, desto eher konnte Jeff aufhören, sich Sorgen um sie zu machen, und nach Omaha und in die wirkliche Welt zurückkehren.

Mary

Seit Sam gestorben ist, habe ich nicht mehr solche Schwierigkeiten gehabt, mich auf eine Predigt zu konzentrieren. Aber in jenem anderen Leben hat auch niemand von mir erwartet, dass ich während einer Predigt tatsächlich zuhöre. Sam und ich gingen in die Kirche, um gesehen zu werden, nicht um uns verändern zu lassen. Das ist jetzt anders. Zumindest war es bis heute anders. An diesem Sonntagmorgen, mit Luca Santo am anderen Ende der Kirchenbank hinter meiner – auf der anderen Seite der Kirche –, kann ich nur an ihn denken. Warum sitzt er nicht neben mir? Beobachtet er mich? Sehen meine Haare gut aus? Hätte ich meinen grünen Pullover tragen sollen? Nach beinahe einer Woche Schweigen hat er mich gestern endlich angerufen. Wir gehen nach dem Gottesdienst zusammen essen. Und die Predigt hätte genauso gut auf Jiddisch sein können, so viel, wie ich davon habe.

* * *

Warum, dachte Luca, hatte er sich nur einen Platz ausgesucht, von dem aus er Mary ständig im Blick hatte? Er hätte weiter vorne sitzen sollen. Er würde kein Wort von der Predigt mitbekommen, auch wenn er automatisch die Bibel an der Stelle aufgeschlagen hatte, die der Pastor vorgelesen hatte. Eine Predigt zum Thema „Auf Gott warten“ würde ihm guttun. Aber als er die Bibel aufschlug, fand er Jean-Marcs Zettel darin. Als wüsste er nicht ohnehin schon jedes Wort auswendig. Als hätte er nicht den Großteil der vergangenen Woche damit verbracht, in seiner Wohnung auf und ab zu gehen, mit sich selbst zu ringen, mit dem Thema Freundschaft und Loyalität … und damit, auf Gott zu warten.

Wie auch immer. Nach dem Mittagessen heute würde alles geklärt sein. Die romantischen Gedanken an

Mary würden der Vergangenheit angehören. Er würde sich auf die neue Motorradlieferung nächste Woche konzentrieren können … und den anstehenden Besuch zu Hause. Was Annies und Arnauds Hochzeit in Florenz betraf und Marys Anwesenheit dort, würde es nicht so schwierig sein, Abstand zu wahren, wenn Jean-Marc erst einmal sein vermaledeites Boot verlassen und seine Absichten erklärt hatte.

Luca fuhr mit dem Finger über Jean-Marcs Handschrift und die Worte, die er geschrieben hatte. Meine Mary, hatte er gesagt. Offenbar hatten die beiden eine Abmachung, und wann immer Mary Davis ihn, Luca Santo, angelächelt hatte, war dies nur aus Freundschaft geschehen. Reine Freundschaft, sonst nichts. Es hatte fast die ganze Woche gedauert, aber Luca hatte sich jetzt endlich unter Kontrolle. Und heute beim Mittagessen würden er und Mary sich als Freunde über Jean-Marcs neuen Glauben freuen, und das war alles.

Mary

Nach dem Gottesdienst nehmen Luca und ich die Metro zurück nach St. Germain. Wir reden über alles und nichts. Als wir die Metro verlassen, nimmt er meine Hand und führt mich eine enge Gasse hinunter in ein winziges Café, das voller Menschen ist. Unsere Bedienung erkennt Luca, und die beiden fangen ein lebhaftes Gespräch über irgendein geheimnisvolles Motorraddesign an. Schließlich geht der Kellner, um uns Kaffee zu holen, und Luca schlägt seine Bibel auf, zieht ein Blatt Papier heraus und reicht es mir. Ich lese es zweimal und konzentriere mich dabei auf den letzten Satz, in dem Jean-Marc geschrieben hat: „Ich vertraue meine teure Mary meinem treuesten Freund an.“ *Ich sehe auf und versuche vergeblich den Ausdruck auf Lucas Gesicht zu interpretieren. Schließlich ignoriere ich meine persönlichen Zweifel, setze ein strahlendes Lächeln auf und lege den Zettel zwischen uns auf den Tisch. Ich hoffe, dass Luca nicht bemerkt, wie meine Hand zittert, als ich in meinem Kaffee rühre. Aber er bemerkt es.*

„Ich dachte, die Neuigkeiten von Jean-Marc würden ein Lächeln in deine Augen zaubern, cara mia.“

„Weißt du“, ich nehme einen Schluck Kaffee und räuspere mich, „Jean-Marc hat mich angerufen. Gestern.“ Ich zwinge mich zu lächeln. „Er benutzt nicht dieselben Worte wie wir, aber sein Glaube klingt echt.“ Hör dir doch mal zu – wo ist die Freude? Was ist los mit dir?

Ich schüttle den Kopf. „Ich schäme mich so. Mein Glaube ist so klein. Ich habe für ihn gebetet … aber ich habe nie wirklich geglaubt, dass Gott mit Ja antworten würde.“ Ich mache eine Pause und merke, dass ich den Tränen nahe bin. „Ich habe in letzter Zeit mit Gott über viele Dinge geredet. Aber er hat nicht viel gesagt. Und dann das hier.“ Ich berühre das Blatt Papier. „Ich komme mir ganz klein vor.“

Lucas Stimme ist tröstlich. „Ich weiß, was du meinst. Manchmal scheint Gott uns zu ignorieren. Und dann tut er das, was wir am wenigsten erwartet haben. Manchmal genau das, von dem wir uns gefragt haben, ob er es überhaupt kann.“ Er lächelt. „Ich habe wie du manchmal wenig Glauben gehabt, wenn es um unseren Freund Jean-Marc ging.“

Ich zucke mit den Schultern. „Wenigstens betrifft dein Kleinglaube nur eine Sache.“

Luca runzelt die Stirn. Er lehnt sich vor und berührt meinen Handrücken. „Sag mir, was los ist, cara mia.“

„Nichts Neues“, erwidere ich. „Dieselben alten Fragen und Zweifel. Dieselben Sorgen um Liz. Die Hochzeit. Ihre Zukunft. Und –“ Ich zögere, doch dann platzt es aus mir heraus: „Ich glaube, ich habe mich vielleicht etwas zu wenig auf Gott verlassen und zu sehr auf dich. Ich habe mir angewöhnt, zuerst dich anzurufen und dann erst zu beten.“ Endlich gelingt es mir, ihm in die Augen zu schauen. „Es ist kein Wunder, dass ich dir auf die Nerven gehe.“

„Das könntest du nie.“

Er sagt es schnell und mit Überzeugung. Einen kurzen Augenblick meine ich mehr als nur Pflichtgefühl gegenüber einem alten Freund in seinem Blick zu sehen. Aber es ist so schnell vorbei, dass ich mir sage, es müsse Einbildung gewesen sein. Er zieht seine Hand weg, nimmt Jean-Marcs Brief und schiebt ihn zwischen die Seiten seiner Bibel. „Mein lieber Freund Jean-Marc hat mich beauftragt, auf dich aufzupassen. Und das tue ich. Gerne.“

Er lächelt höflich. Und plötzlich wird mir klar, was mich an dem Brief von Jean-Marc stört. Ich vertraue dir meine teure Mary an. *Es erinnert mich an Sam, der in neuen Situationen immer jemanden darauf abgestellt hat, nach mir zu sehen. Als wir frisch verheiratet waren, fand ich es reizend, dass er so für mich sorgte. Aber mit der Zeit erkannte ich, was es wirklich war. Sam vertraute mir nicht. Er dachte, ich käme alleine nicht klar. Und auch wenn ich mir sagen kann, dass Jean-Marc nicht Sam ist und das hier ganz und gar nicht dasselbe, fühlt es sich doch so an, als wäre ein kalter Wind zwischen mich und meine beiden Freunde geweht. Als wäre Luca, auf Jean-Marcs*

Wunsch, mein Aufpasser. Als würde ich, nachdem ich mich endlich von meiner Vergangenheit befreit habe, erneut in Fesseln gelegt. Ich sage mir, dass ich überreagiere, aber ich kann meine Gefühle nicht unterdrücken.
„Ich habe etwas gesagt, das dich bekümmert", sagt Luca.
Ich schüttle den Kopf.
„Doch", beharrt er. „Und du musst mir sagen, was es ist, damit ich den Fehler nicht noch einmal mache." Seine Stimme ist sanft. „Per favore, cara mia ... *sag es mir."*
Ich kann ihn nicht ansehen. Stattdessen schaue ich aus dem Fenster. Räuspere mich. Nippe an meinem Kaffee. Als ich ihn schließlich über den Tisch hinweg ansehe, ist Lucas Miene besorgt, und in seinem Blick liegt eine Wärme, von der ich inbrünstig hoffe, dass es echte Zuneigung ist. Ich hole tief Luft, beuge mich vor und sage: „Das kommt mir alles zu vertraut vor." Es ist klar, dass er keine Ahnung hat, wovon ich rede. Ich senke den Blick und spiele mit meiner Gabel. „Sam dachte auch immer, ich bräuchte jemanden, der auf mich aufpasst."
Luca protestiert sofort. „Jean-Marc meint es bestimmt nicht so. Und ich auch nicht."
„Ich weiß zu schätzen, dass du das sagst. Aber nur für den Fall, dass es ein Missverständnis zwischen uns gibt –" Ich halte inne und bete, dass meine Stimme nicht zittert, wenn ich sage, was gesagt werden muss. „Ich suche keinen Ersatz für Sam Davis. Das musst du wissen. Und Jean-Marc muss es auch wissen. Ich genieße die Gesellschaft von Männern. Aber ich brauche sie nicht, um glücklich zu sein."
Luca schweigt so lange, dass ich fast den Eindruck bekomme, als zählte er meinen Herzschlag. Jedenfalls schlägt mein Herz bestimmt so laut, dass er es hören kann. Aber

dann grinst er und macht eine Handbewegung in der Luft. „Ihr amerikanischen Frauen", neckt er mich, „seid immer so erpicht darauf, eure eigene Unabhängigkeitserklärung zu verkünden." Er zwinkert mir zu. „Capisco, cara mia. *Ich verstehe, was du sagen willst." Er lächelt mich an und hebt seine Kaffeetasse wie zu einem Toast. „Auf die Freundschaft", sagt er, dann lehnt er sich herüber und murmelt: „Und jetzt können wir den Nachtisch essen … als Freunde?" Er zwinkert wieder.*

Was soll ich anderes tun, als lachen und nicken und Créme Brulée bestellen? Und das tue ich. Ich küsse Luca zum Abschied sogar auf die Wange, nur um ihm zu zeigen, dass … ich weiß auch nicht. Irgendwas.

Als ich wieder in meiner Wohnung bin, setze ich mich an den wunderbaren Flügel in meinem hellen Atelier und gratuliere mir selbst, weil ich die Lage geklärt habe. Und dann heule ich eine Runde – allein zu dem Zweck, wie ich mir sage, um mir Signor Luca Santo ein für alle Mal aus dem Sinn zu vertreiben.

* * *

An Montagmorgen war Liz spät dran. Das Restaurant, zu dem die Scotts nach dem Kirchenbesuch gingen, war eines von diesen Lokalen, in denen es ein Brunchbüffet gab und die Liz hasste. Josh verschüttete ein Riesenglas Cola über ihren Schoß. Andy spritzte Ketschup über den ganzen Tisch, und als ein Tropfen davon auf Hillarys neuem Sonntagskleid landete, fing sie an zu heulen. Liz versprach, ihr ein neues Kleid zu kaufen, aber Hillary beruhigte sich erst wieder, als Jeff sie in den Arm nahm, um sie zu trösten.

So kam sie genervt am Flughafen an und bereute den hastigen Aufbruch, bei dem kaum Zeit für einen kleinen Kuss auf die Wange gewesen war. Und dann erfuhr Liz, dass ihr Pilot eine andere Route fliegen musste, weil es für die Rocky Mountains eine Unwetterwarnung gab. Es war beinahe drei Uhr morgens, als sie schließlich zu Hause ankam, und noch später, als sie endlich im Bett lag. Wenn Irene nicht so gut gewesen wäre, einige der Kisten auszuräumen, die die Umzugsfirma in ihrem Schlafzimmer aufgetürmt hatte, hätte sie keine Chance gehabt, am Montag rechtzeitig ins Büro zu kommen. Ein Treffen mit einem neuen Praktikanten war das Letzte, wonach Liz der Sinn stand, aber wenn sie das überstanden hatte, konnte sie sich darauf freuen, dass sie heute mit Mona zum Mittagessen auf dem Anwesen verabredet war. Jeff hatte sich noch nicht festgelegt, was ihren Wohnsitz nach der Hochzeit betraf, aber er hatte gesagt, sie solle sich das Arbeitszimmer ihres Vaters einrichten, weil es eine gute Idee für die unmittelbare Zukunft sei – unabhängig davon, was auf lange Sicht mit dem Anwesen der Davis geschah.

Liz' letzte Erinnerung an Derrick Millers Sohn beschränkte sich auf einen wuscheligen Blondschopf, dreckige Turnschuhspuren auf dem Marmorfußboden in der Eingangshalle und ein Glas mit Insekten, das er im Gäste-WC hatte stehen lassen, als Ryan seinen Vater einmal zu einer Zusammenkunft der Creighton-Abgänger begleitet hatte. Sie erinnerte sich daran, wie Papas Gesichtsausdruck sich verändert hatte, als er Ryan im Schlepptau seines berühmten Vaters gesehen hatte und wie Mimi den Jungen schnell „entfernt" hatte, indem sie ihm eines von Irenes Zimtbrötchen und eine Insektensammelexkursion im Garten versprach, während die Männer sich unterhielten. Aber als Margaret die erwachsene Version von Ryan Miller in Liz' Büro führte, war klar, dass die dreckigen Turnschuhe und Insekten in Gläsern längst der Vergangenheit angehörten.

„Sie können unmöglich Ryan Miller sein", sagte Liz, während sie von ihrem Stuhl aufsprang und die Hand ausstreckte.

Der junge Mann lächelte mit blendend weißen Zähnen und zuckte die Achseln, als er Liz' Hand mit festem Händedruck umfasste.

Die beiden starrten einander einen Augenblick an, bevor Liz auf den glatten roten Ledersessel ihr gegenüber deutete. „Bitte nehmen Sie doch Platz."

Ryan ließ seine lange Gestalt mit einer Anmut nieder, die man ihm nicht zugetraut hätte, und lehnte sich zurück. „Wenn Sie nichts dagegen haben, würde ich gerne eine Sache gleich zu Anfang klarstellen", sagte er und, ohne Liz' Antwort abzuwarten, fuhr er fort: „Sie sollen wissen, dass ich dieses Treffen sehr zu schätzen weiß. Mrs Davis hatte das Praktikum mit meinem Vater vereinbart, und auch wenn ich mir völlig im Klaren darüber bin, was für eine ausgezeichnete Chance ein Praktikum bei Davis Enterprises ist, möchte ich nicht, dass Sie mich aus irgendeinem Pflichtgefühl heraus beschäftigen."

Als er innehielt und sich mit der Zunge über die Lippen fuhr, hatte Liz das Gefühl, begutachtet zu werden. Seine Augen waren dunkelbraun. So dunkel, dass Iris und Pupille kaum zu unterscheiden waren. Bei einer

Frau mit solchen Augen hätte ein Schriftsteller in poetischen Worten geschwelgt, hätte sie als See bezeichnet, in dem … irgendwas. Bei einem sportlichen jungen Kerl mit dem Benehmen eines älteren Herren waren sie eindrucksvoll. Ryan Miller hatte das Zeug zu einem Mann, vor dem man sich in Acht nehmen musste, egal, für welchen Berufszweig er sich entschied.

„Ich meine", sagte er und lehnte sich vor, „ich will vor allem von den Besten lernen, und was diesen Bereich der Baubranche betrifft, weiß ich, dass Davis Enterprises die Besten in Omaha und vielleicht sogar im gesamten Mittleren Westen sind. Aber wenn ich nur hier bin, um einem alten Freund einen Gefallen zu tun" – er hielt einen Augenblick inne und sah an Liz vorbei auf die Skyline am Horizont – „dann würde ich lieber gehen, bevor wir überhaupt anfangen. Die meisten meiner Kommilitonen verlassen sich darauf, dass sie durch die Beziehungen ihrer Väter weiterkommen, und deshalb sind sie faul." Sein Blick verhärtete sich auf einmal und seine Stimme senkte sich ein wenig. Die nächsten Worte dehnte er etwas in die Länge: „Ich will keiner von ihnen sein. Ich will mir meinen Erfolg selbst erarbeiten."

„Alle Achtung", sagte Liz. „Das war eine beeindruckende Rede." Sie wartete, bis der Junge sie ansah. „Aber Sie sind wie alt?"

„Dreiundzwanzig", sagte Ryan. „Ich weiß, das ist ein bisschen alt für ein Praktikum. Ich hatte in der Mittelstufe ein paar Probleme und habe eine Ehrenrunde gedreht." Er lächelte. „Mir schien es damals das Ende der Welt, aber inzwischen glaube ich, dass es gut für mich war. Ich glaube, ich bin reifer als die meisten anderen Praktikanten. Eher bereit, ein Gewinn für die Firma zu sein."

„Das Lebensalter ist nicht so entscheidend", sagte Liz. „Was ich meinte, war: Was genau können Sie, was einen Gewinn für Davis Enterprises darstellen würde? Ihre Einstellung ist löblich, aber haben Sie eine konkrete Vorstellung, wie das funktionieren sollte, wenn man Ihren Mangel an Berufserfahrung bedenkt?"

Der Junge antwortete nicht. Sie fand das gut. Er dachte nach. Oder zumindest tat er so. Er hatte den Kopf etwas zur Seite geneigt und weißblonde Locken fielen auf den Kragen seines gestärkten Frackhemdes. Es sah beinahe so aus, als hätte er sich für dieses Vorstellungsgespräch eine Krawatte von seinem Vater ausgeliehen, denn auf Liz wirkte er nicht wie jemand, der einen Schlips besaß. Er war der Sportlertyp – der aufstrebende Basketballer, der Goldjunge der Mannschaft. Sie konnte sich vorstellen, wie er allen Mädchen im College den Kopf verdrehte, wo immer er auftauchte. Ein goldener Goliath, der den Campus überquerte auf seinem Weg zu welcher Vorlesung auch immer. Sie beschloss ihn zu fragen, welche Fächer er belegt hatte.

„Ich habe die normalen Sachen gemacht. Wirtschaft. Buchführung. Marketing. Grundkurse in Bautechnik. Ein paar CAD-Seminare. Und Spanisch."

„Warum Spanisch?"

Er zuckte mit den Schultern. „Persönliches Interesse." Er lächelte wieder, und es war das lässige Lächeln, wie es die Söhne von Vätern lernten, die ihrem Nachwuchs den Weg in der Geschäftswelt ebneten. „Ich dachte, ich habe einen Vorteil, wenn ich mit meinen

Arbeitern sprechen kann, sobald ich meine eigene Firma habe."

„Ist das Ihr Ziel? Sie wollen mein Konkurrent werden?"

Er schüttelte den Kopf. „Nein, Madam. Ich will mich mehr spezialisieren, als *Davis Enterprises* es tut. Ich habe ein paar Ideen in Sachen Wohnungsbau, die – aber Sie hatten gefragt, was ich für Davis Enterprises tun kann."

„Die Tatsache, dass Sie Spanisch sprechen, hilft auf jeden Fall", sagte Liz. „Die Bevölkerung von Nebraska verändert sich. Wir haben viele Bürger lateinamerikanischer und hispanischer Herkunft. Wenn Sie fließend Spanisch sprechen, könnten Sie uns helfen, ihre Arbeitsmoral zu verstehen und davon zu profitieren, denn wir haben schon oft festgestellt, dass sie sehr gute Arbeiter sind."

Ryan griff in die Tasche seiner Anzugjacke, zog ein Blatt Papier heraus, das zweimal gefaltet war, und hielt es Liz mit so lang ausgestrecktem Arm hin, dass es Liz an eine Gottesanbeterin erinnerte. „Ich habe übrigens noch etwas, das Sie interessieren könnte. Ich war so frei, im Vorfeld unserer heutigen Unterredung mit Mr Kincaid zu sprechen", sagte er. „Und ausgehend von diesem Gespräch habe ich ein paar Zahlen des Onkologietrakt-Projekts durchgerechnet", fügte er hinzu.

„Sie haben ein paar Zahlen durchgerechnet?"

Er zuckte wieder mit den Schultern. „Nur so eine Idee. Mr Kincaid sagte, er hätte die Verwendung von Glasfaserbeton erwähnt, aber Sie seien dafür wohl nicht offen gewesen." Er deutete mit dem Kopf auf das Papier. „Das ist eine Tabelle, die den langfristigen Nutzen zeigt, wenn Sie doch mit Glasfaserbeton arbeiten würden." Er fuhr fort, bevor Liz etwas sagen konnte. „Sie denken, dass es dafür zu spät ist, aber das stimmt nicht. Man könnte die Umstellung immer noch vornehmen. Und es würde zu der Unternehmenspolitik von Davis Enterprises passen, Zulieferer aus der Region zu nehmen, sofern das möglich ist." Er lächelte auf seine lässige Art. „Sie sollten wirklich einmal darüber nachdenken. Mr Kincaids Idee ist echt gut."

Liz betrachtete die Zahlen eine Weile und ließ das Papier dann sinken. „Woher kennen Sie George Kincaid?"

„Er war mein Nennonkel", sagte der junge Mann. „Seine Frau und meine Mutter waren eng befreundet. Ich nenne ihn nicht mehr Onkel George, seit ich zehn war. Damals haben meine Eltern sich getrennt und Betty Kincaid ist gestorben. Deshalb verschwand er irgendwie aus meinem Leben."

Liz stand von ihrem Schreibtischsessel auf, schritt über den weichen Teppich zum Sideboard, wo immer frischer Kaffee stand, den Margaret alle paar Stunden aufsetzte, und schenkte sich selbst eine Tasse ein. Sie stand mit dem Rücken zu Ryan, während sie diese neuen Erkenntnisse auf sich wirken ließ – die Tabelle bewies, dass Georges Idee gut war – und die beunruhigende Gelassenheit, mit der Ryan Miller seine Bereitschaft bekundete, auf das Praktikum zu verzichten, während er gleichzeitig den Beweis erbrachte, dass er die Zeit und das Geld, das eine Firma bereit war in ihn zu investieren, eindeutig wert war.

„Kaffee?", fragte Liz.

„Nein, danke."

Sie drehte sich um. „Lassen Sie mich raten", sagte sie, „Sie trinken keinen Kaffee. Ungesund für einen Sportler."

Er zuckte erneut mit den Achseln. „Für niemanden besonders gesund", stimmte er zu. „Aber ich predige anderen normalerweise nicht mein eigenes Gesundheitsevangelium." Er lächelte.

„Gut", sagte Liz. Sie stellte ihre Kaffeetasse ab und zündete sich eine Zigarette an.

„Außer, was Passivrauchen betrifft", sagte er. „Das … äh …"

„Gehört sich nicht?"

„Ja, Madam. Ich … äh …" – Wurde er tatsächlich rot? – „Bei allem Respekt … finde ich, das geht zu weit."

„Gut", sagte Liz wieder und drückte die Zigarette im Aschenbecher aus. Sie lächelte, ging zu ihrem Schreibtisch zurück, stellte die Kaffeetasse darauf ab und streckte die Hand aus. „Willkommen bei *Davis Enterprises*, Ryan. Ich mag es, wenn ein Mann den Mut hat, seine Meinung zu vertreten, ohne dabei zu langweilen." Liz lehnte sich gemütlich in ihrem Sessel zurück, während sie sah, dass die Röte im Gesicht des Jungen zunahm. „Und jetzt", sagte sie mit einem Blick auf das Blatt Papier, das Miller ihr ein paar Minuten zuvor gegeben hatte, „sprechen wir einmal über diese Zahlen." Sie hielt ihm den Zettel hin, aber er nahm ihn nicht.

Stattdessen präsentierte er George Kincaids Vorschlag aus dem Gedächtnis. „Sehen Sie", sagte er, „ungefähr in der vierten Zeile von oben: Wenn wir die jetzigen Materialien durch Glasfaserbeton ersetzen –"

„Aber Glasfaserbeton ist bisher nirgendwo in Nebraska bei einem Projekt dieser Größenordnung verwendet worden."

„Na und?", sagte der Junge. „Dann ist Davis Enterprises eben der Vorreiter. Wie Sie es damals in den 70ern mit der hochmodernen Verglasung des Hillman-Gebäudes waren."

Liz sah erstaunt auf. „Sie haben wirklich Ihre Hausaufgaben gemacht."

„Das musste ich gar nicht", sagte er. Er lächelte wieder. „Mein Vater hat immer über Sam Davis geschimpft, weil er bei diesem oder jenem Geschäftsabschluss die Nase vorn hatte und meinen Vater ausgebootet hat. Ich habe schon früh angefangen, *Davis Enterprises* wahrzunehmen."

„Nach dem Motto: Du musst deinen Feind kennen?", fragte Liz.

„So ungefähr", gab Ryan zu. „Allerdings hat mein Vater durch sein Zusammengehen mit *Davis Enterprises* seine Meinung geändert. Ihr Vater war überaus großzügig."

„Wir brauchten die Betriebsmittel. Ihr Vater wollte verkaufen. Es war für alle eine gute Lösung."

„Genau das hat er auch gesagt", stimmte Ryan zu. „Und dann sagte er, wenn ich ein Praktikum machen wolle, das auf zukünftige Arbeitgeber Eindruck machen würde, dann wäre das hier die richtige Anlaufstelle."

„Ich muss mich bei ihm für seine freundlichen Worte bedanken", sagte Liz.

„Aber", fügte Ryan hinzu, „ich will trotzdem, dass Sie Nein sagen, wenn dies nur ein Gefallen für einen Geschäftskontakt ist."

Liz nahm das Blatt Papier und schwenkte es durch die Luft. „Ich wäre dumm, wenn ich einen Praktikanten ablehnen würde, der einen solchen Geschäftssinn hat", sagte sie. „Wann können Sie anfangen?"

„Wie wäre es mit heute?"

Liz lachte. „Sie haben doch sicher Vorlesungen. Ich meine, wann ist das Semester zu Ende?"

„Ich habe schon mit den meisten Professoren gesprochen. Zwei Kurse finden abends statt, und die anderen haben gesagt, dass ich die Vorlesungen zu Hause nacharbeiten kann."

„Ihre Professoren sind so flexibel?"

Ryan zuckte mit den Schultern. „Ich brauchte nicht lange, um sie zu überzeugen, dass ein Praktikum bei Elizabeth Davis eine Gelegenheit ist, die man sich nicht entgehen lassen sollte."

Liz zog die mittlere Schreibtischschublade heraus und sah auf den kleinen Kalender hinunter, der aufgeschlagen, aber für ihr Gegenüber nicht sichtbar in der Schublade lag. „Ich habe in etwa einer Stunde einen Termin. Glauben Sie, Sie können noch bis morgen warten?"

Ryan grinste. „Wie Sie wollen. Sie sind der Boss."

„Machen Sie so weiter, Ryan, dann werden Sie es in unserer Branche noch weit bringen." Liz lachte.

Er stand auf und streckte die Hand aus. „Ich habe genug von Ihrer Zeit beansprucht, Ms Davis. Soll ich mit Helm oder im Anzug kommen?"

„Wir fangen mit dem Anzug an", sagte Liz, während sie aufstand und die breite, kräftige Hand schüttelte. Als sie zu ihm aufsah, wurde ihr bewusst, dass sie sich neben der großen, schlanken Gestalt geradezu zierlich vorkam. „Wir fahren zu einigen Baustellen und reden ausführlich. Vielleicht können wir etwas essen gehen. Dann bekomme ich einen besseren Eindruck, wo Sie am besten hinpassen."

Er nickte und warf ihr erneut ein Lächeln zu. „Also im Anzug erscheinen, aber einen Helm im Auto haben?"

Liz grinste. „Helm in Rufbereitschaft. Unbedingt. Aber Sie müssen nicht Ihren eigenen mitbringen."

An der Tür blieb er kurz stehen und drehte sich noch einmal um. „Danke, Ms Davis. Ich werde mein Bestes für Sie geben."

Sobald die Bürotür sich geschlossen hatte, ließ Liz sich in ihren Sessel fallen. Der Knabe war jung genug, um … na ja, ihr jüngerer Bruder zu sein. Aber er schien sich völlig wohl in seiner Haut zu fühlen, wie er da ganz entspannt vor einer der mächtigsten Frauen Nebraskas saß. Es war eine Haltung, die sie bei jedem anderen jungen Mann geärgert hätte. Aber bei Ryan Miller, dem blond gelockten Gott auf dem Basketballfeld der Universität Creighton, war sie … angemessen. Bei einer Frau würde man diese Haltung als verführerisch bezeichnen.

Sie nahm erneut das Papier mit den Zahlen zur Hand, das er ihr dagelassen hatte, und ging sie noch einmal durch. Er hatte Recht. Natürlich war das keine Überraschung. George Kincaid hatte auch Recht gehabt, aber Liz hatte sich geweigert nachzugeben. Jetzt würde sie es wohl müssen. Seltsamerweise machte es ihr nichts aus. Es würde für ihren Praktikanten eine wertvolle Erfahrung sein, wenn er sah, dass zu einer guten Geschäftsleitung auch gehört, dass man Fehler zugab.

* * *

„Bitsy." Jeff trat durch die schwere Eingangstür, warf einen Strauß Rosen auf den dekorativen Tisch im Foyer und zog Liz in seine Arme. „Das", murmelte er, während er sie an sich drückte, „waren die längsten zwei Wochen meines Lebens." Er nahm sie bei der Hand und führte sie durch die Eingangshalle in die verdunkelte Bibliothek.

Als sie sich einige Minuten später voneinander lösten, um Luft zu holen, seufzte Liz glücklich. „Uff", sagte sie und strich sich die Haare aus dem Gesicht. „Da bin ich aber erleichtert."

„Wieso?" Er schwang ein Bein über die gepolsterte Bank in der Bibliothek, zog Liz an seine Brust und legte sein Kinn auf ihren Kopf.

Sie kicherte. „Nachdem du so viel Positives über Kalifornien gesagt hast, habe ich schon befürchtet, du würdest mir erzählen, dass du eine Bekehrung erlebt hast und dich jetzt zum Zölibat berufen fühlst."

Jeff küsste ihr Ohr. „Solche welterschütternden Dinge sind nicht passiert, keine Sorge. Obwohl, diese Kirche und die Leute dort sind … interessant. Wir haben die Kinder unter der Woche zu einer Veranstaltung gebracht, und dann – aber nicht lachen! – sind wir drei zu einem Bibelkurs bei jemandem zu Hause mitgegangen, während die Kids im Gemeindesaal rumgetobt haben."

„Im Ernst?" Liz setzte sich ein Stück zurück, damit sie ihn ansehen konnte. Sie streckte den Arm aus und schaltete die Lampe auf dem Tisch ein. Lächelnd rieb sie den Lippenstift von seiner Wange.

Jeff fuhr mit dem Zeigefinger über ihren Handrücken, als er sprach. „Erinnerst du dich daran, wie Luca Santo in Paris das Tischgebet gesprochen hat und es war, als würde er mit jemandem sprechen, der ihm am Tisch gegenüber sitzt?"

„Ich glaube schon", sagte Liz.

„So sind die Leute in Dannys Kirche auch. Ehrlich gesagt war es ein merkwürdiges Gefühl, mit zwölf Leuten dazusitzen, die alle ihre Bibeln aufgeschlagen auf den Knien hielten." Er sah sich in dem Raum mit den Kirschholzregalen voller Bücher um. „Gibt es hier irgendwo eine Bibel?"

Liz zuckte mit den Schultern. „Wahrscheinlich. Keine Ahnung. Warum?"

„Nur so, reine Neugier", sagte Jeff und sah sie wieder an. „Eins sage ich dir: Ich wusste, dass ich nicht zu dem Verein gehöre, bei dem sie Mitglied sind." Er schwieg einen Moment, bevor er fortfuhr: „Das Merkwürdige ist, dass es mir nicht einmal etwas ausmachen würde."

„Ausmachen? Was denn?"

„In ihrem Verein zu sein. Zu glauben, dass ich Gott einfach anreden kann und er mir antwortet."

„Also, wirst du das nächste Mal, wenn du Danny und Sarah besuchst, mit einer Bibel unterm Arm aus dem Flugzeug steigen?" Sie kicherte. Aber Jeff ging nicht auf ihren Witz ein.

„Mach dich nicht darüber lustig", sagte er. „Was auch immer dort abläuft – Danny nimmt es sehr ernst und Sarah auch."

Natürlich nicht, dachte Liz. Es war nicht erlaubt, sich über die heiß geliebten Geschwister lustig zu machen. Liz konnte spüren, wie die beiden ihn selbst aus fast zweitausend Kilometer Entfernung noch in ihren Bann zogen. Sie zwang sich, die Ruhe zu bewahren. „Ich mache mich nicht darüber lustig. Ich habe doch schon gesagt, dass ich es prima finde. Für sie."

Jeff schwieg.

Liz versuchte es noch einmal. „Wie geht es Sarah denn? Heilen die Wunden?"

„Ja. Sie und die Kinder werden eine Zeitlang mit einem Seelsorger von der Kirche sprechen. Sie scheint dabei ein gutes Gefühl zu haben."

„Bedeutet das, Onkel Jeff macht sich etwas weniger Sorgen darum, was in Marin County passiert?"

„Das bedeutet es", sagte er. „Und ich weiß jetzt auch, wie ich mir etwas weniger Sorgen um die Dinge hier machen kann." Er sah sich in der Bibliothek um.

„Wirklich? Was hast du denn für Sorgen? Ich habe alles im Griff."

Jeff küsste sie auf die Hand. „Natürlich hast du das. Elizabeth Davis hat immer alles im Griff. Aber du hast auch ziemlich viel Stress gehabt. Siehst du, und hier ist mein Vorschlag: Ich bin mir nicht sicher, ob ich mein Eheleben hier beginnen möchte." Er legte Liz einen Finger auf den Mund, bevor sie protestieren konnte. „Aber ich *bin* mir sicher, dass es eine hervorragende Idee war, dass du deine Eigentumswohnung verkauft hast und bis zur Hochzeit hierhergezogen bist. Und" – er deutete mit dem Kopf zur Tür, die in den Eingangsbereich führte und dahinter in Sams altes Arbeitszimmer – „wie ich schon sagte, bin ich mit allem einverstanden, was Mona und du in Bezug auf dein Büro hier beschließt."

Liz schloss die Augen, nahm seine Hand und legte sie leise murmelnd in ihre Taille.

Jeff küsste ihre Wange und sah dann auf die Uhr. „Wenn wir im Vivace essen wollen, müssen wir allmählich los. Ich muss noch auspacken und mich auf einen frühen Start morgen vorbereiten." Er stand auf und zog Liz ebenfalls von der Bank. „Große Sitzung mit dem großen Boss."

„So schnell nach deiner Rückkehr?"

„Irgendwas ist im Busch, seit ich weg bin. Keine Ahnung, was es ist, aber einer der Jungs aus dem Büro hat letzte Woche in einer E-Mail so eine Andeutung gemacht. Er wollte nichts Näheres sagen. Nur eine Andeutung. Manchmal macht der Typ mich wahnsinnig."

Liz folgte ihm ins Foyer hinaus. „Komm mit rauf, während ich mich umziehe", sagte sie und ging zur Treppe. „Vielleicht können wir das Essen ausfallen lassen."

Jeff schüttelte den Kopf. „Irene und Cecil wäre das nicht recht. Ich gehe eben in die Küche und sage Hallo. Wir können los, sobald du fertig bist." Er zuckte mit den Schultern. „Wer weiß, vielleicht ist die Tatsache, dass du wieder zu Hause wohnst, aus verschiedenen Gründen ganz gut. Es wird uns guttun, ein bisschen altmodisch zu sein."

„Ich bin altmodisch", beharrte Liz. „Ich bin für Monogamie und Moral und all das. Ich glaube nur nicht, dass wir wie Mönche leben müssen."

„Es sind doch nur noch ein paar Wochen bis zur Hochzeit", gab Jeff zu bedenken. „Und wir wollen doch Irene und Cecil – oder irgendjemand anderem

– keinen Anlass geben, uns böse zu sein. Außerdem", fügte er hinzu, „müssen wir uns Gedanken darüber machen, bevor wir unsere eigene Familie gründen. Maßstäbe. Regeln."

„Das muss doch keine große Sache sein", sagte Liz.

„Nicht? Nach welchen Regeln würdest du denn unsere Kinder erziehen?"

„Menschlichkeit. Ehrlichkeit. Die goldene Regel. All das, was unsere Eltern uns beigebracht haben."

„Danny und Sarah und ihr Pastor glauben, dass es noch mehr gibt als das. Und dass Enthaltsamkeit vor der Ehe gut ist."

„Sie haben ganz schön viel Einfluss auf dich", sagte Liz. Sie stieg die Treppe hinauf. „Wir haben Zeit, uns das alles zu überlegen, Schatz. Können wir nicht erstmal eine Weile verheiratet sein, bevor wir das Familienleben planen?"

„Ich weiß nicht", sagte Jeff und sah zu ihr hinauf. „Die Vorstellung, ein kleines Mädchen mit deinen blauen Augen zu haben, ist ausgesprochen reizvoll ..." Er legte eine Hand aufs Herz. „Mensch, die wird mich vom ersten Tag an um den kleinen Finger wickeln."

„Immer langsam, Superdad, nun mach mal halblang", sagte Liz und scheuchte ihn in Richtung Küche. „Jetzt geh schon. Sag Irene und Cecil Hallo. Ich bin in einer Minute wieder unten." Sie lehnte sich über das Treppengeländer und blies ihm einen Kuss zu. „Aber du lässt dir den besten Teil des Nachhausekommens entgehen."

Kapitel 5

Mary

„Während ich mal wieder über Lucas Rat nachdenke, den Bergen in meinem Leben zu sagen, wie groß mein Gott ist, anstatt wie üblich Gott zu sagen, wie groß die Berge sind, weiß ich immer noch nicht genau, wie es funktioniert. Aber in den drei Wochen nach unserem gemeinsamen Mittagessen scheint es in meinem Leben zu funktionieren. Jeden Tag bringe ich Liz und Luca und Jean-Marc vor Gott … und sage Gott einfach, dass die Berge zu groß für mich sind. Und jeden Tag ebnet er sie so weit ein, dass ich mich nicht so von Problemen erdrückt fühle.
Jeff ist seit einer Woche aus Kalifornien zurück, und Liz scheint weniger hektisch zu sein. Mich wundert das, weil sie jetzt noch mehr Arbeit hat als vorher. Warum sie sich die Mühe macht, ein Arbeitszimmer für Jeff einzurichten, obwohl er noch nicht einmal gesagt hat, ob er es überhaupt will, ist mir schleierhaft. Aber ich versuche mir anzugewöhnen, meinem Energiebündel von Tochter nur dann meine Meinung zu sagen, wenn sie mich darum bittet. Was bei Liz eigentlich nie vorkommt. Eins ist offensichtlich: Sie hat viel mehr innere Ruhe, wenn Jeff da ist. Und das ist wahrscheinlich ein gutes Zeichen für ihre gemeinsame Zukunft. Jeff macht aus ihr eine bessere Frau. Ich hoffe, sie ist sich dessen bewusst.“

Ein Klopfen an der Tür lässt mich von meinem Tagebuch aufschauen. Ich habe schon den ganzen Vormittag über die Düfte gerochen, die aus Mme. Delhommes Backofen heruntersteigen, und so öffne ich die Tür mit einem merci *auf den Lippen, aber ich bringe keinen Ton heraus, weil es nicht Mme. Delhomme ist. Meine Hand fährt zu meinem ungekämmten Haar hinauf und dann zum Revers meines Bademantels. Ich ziehe den Stoff zusammen, um mein tiefes Dekolleté zu bedecken und blicke in nordisch blaue Augen.*

„Bonjour chérie", *murmelt Jean-Marc, als er sich vorbeugt, um mir auf beide Wangen einen Kuss zu geben. Er überreicht mir einen riesigen Strauß Lilien und lacht dann laut, während er mein Kinn antippt, weil ich immer noch mit offenem Mund dastehe.*

„Madame Davis?" Ich kann nur Mme. Delhommes schwarze Schuhe sehen, als sie die Treppe vom Stockwerk über mir herunterkommt, dann den Saum ihrer Schürze und schließlich sie selbst mit einem Teller in der Hand, über den ein Geschirrhandtuch gebreitet ist. Ihr Blick wandert von Jean-Marc zu mir und wieder zurück, während sie zwei Stufen vor dem Treppenabsatz Halt macht.

Wenn Charme eine Krankheit wäre, hätte Jean-Marc David nie das Erwachsenenalter erreicht. In den nächsten paar Minuten stellt er sich vor, bringt Mme. Delhomme dazu, wie ein junges Mädchen zu erröten und zu kichern, nimmt ihre brioche *entgegen und überzeugt mich fast, dass meine unordentlichen Haare attraktiv zerzaust sind.*

Ich versuche meine Fassung wieder zu erlangen und gehe ins Schlafzimmer, um mich anzuziehen, während Jean-Marc in meiner Küche mit dem Geschirr klappert und Kaffee macht. Ich fühle mich ein wenig so, als hätte ich gerade einen der Stürme auf hoher See erlebt, wie Jean-Marc sie mir beschrieben hat. Solche, nach denen man atemlos und zugleich erfrischt ist.

Als ich schließlich in die Küche zurückkehre – ich habe mir nicht die Zeit genommen, Make-up aufzulegen –, genieße ich den Anblick dieses unverschämt gut aussehenden Mannes, der Kaffee in eine von zwei Tassen gießt, die er auf ein Tablett gestellt hat. Er hat eine Blüte vom Blumenstrauß gepflückt und auf den Teller gelegt, von dem ich annehme, dass er für mich gedacht ist. Und wenn ich nicht schon sprachlos vor Überraschung gewesen wäre, hätte das, was als Nächstes geschieht, mir mit Sicherheit die Sprache verschlagen. Jean-Marc David senkt den Kopf und spricht ein Tischgebet. Laut.

„Danke, dass ich Augen habe, mit denen ich sehen kann, und Ohren, mit denen ich hören kann, und für das Land und das Meer. Bitte lenke mein Schiff auf all seinen Wegen, und mögen die Schritte, die wir tun, uns zu dir führen." Er sagt Amen, und als ich die Augen öffne, fragt er mich nach meinen Plänen für den Tag und besteht darauf, dass ich sie nicht wegen ihm ändere. Er entschuldigt sich dafür, dass er unangemeldet erscheint, und zuckt mit den Schultern. „Du musst mir vergeben, aber es genügte mir immer weniger, nur deine Stimme am Telefon zu hören. Ich wollte dein Gesicht sehen." Er sieht auf seine Armbanduhr. „Und jetzt sag mir, wann du dich mit Annie triffst."

„Um zehn Uhr", erwidere ich, „aber ich kann –"

„Nein, du sollst gar nichts ändern. Ich will auch Luca sehen. Können wir heute Abend zusammen essen?"

„Natürlich." Er lehnt sich auf seinem Stuhl zurück und genießt seinen Kaffee, während er mich betrachtet. Ich

spüre, wie ich rot werde. „Irgendetwas nicht in Ordnung?" Ich berühre unsicher mein Haar.
Er lächelt und schüttelt langsam den Kopf. „Ganz und gar nicht", sagt er. „Alles ist genauso, wie es sein sollte. Endlich. Für immer und in alle Ewigkeit." Er lehnt sich vor und beginnt zu erzählen. Geschichtenerzähler sind für gewöhnlich wortgewandte Menschen, und Jean-Marc ist einer der besten. Als er fertig ist, fällt mir auf, dass die größte Geschichte, die er jemals erzählt hat, gar keine Redegewandtheit braucht. Einfache Worte – Sünde, Schuld, bezahlt, Kreuz, Glaube.
„Ich hatte ja keine Ahnung", murmelt er kopfschüttelnd. Er sieht zu mir auf und sein Lächeln ist strahlend und voller Wärme und Liebe. „An manchen Tagen ist es so, als hätte ich den Himmel oder das Meer vorher noch nie gesehen." Er macht eine hilflose Handbewegung. „Es ist, als wäre überall um mich herum neues Leben." Er seufzt.
„Neues Leben gibt es", erinnere ich ihn und lege meine Hand auf sein Herz, „hier drin."
Er nimmt meine Hand und küsst sie, bevor er sie loslässt und nach Liz fragt. Die Sonne scheint durch meine Fenster und über uns höre ich Mme. Delhomme aus voller Kehle singen. Wir lächeln, und in der nächsten Stunde sind wir zwei Freunde, die ihr Leben miteinander teilen, und gelegentlich auch zwei Eltern, die über ihre Töchter sprechen.

* * *

Wie immer hatte Mona ein Wunder vollbracht. Es roch noch nach frischer Farbe, als Liz sich lächelnd an den Schreibtisch in Papas – nein, *ihrem* – neuen Arbeitszimmer setzte. In weniger als einem Monat war Sam Davis' Herrschaftsbereich von der Höhle eines Löwen in einen hellen und luftigen Arbeitsplatz für eine durch und durch moderne Frau verwandelt worden. Papas Vermächtnis war durch den großen Schreibtisch gewahrt – und durch den Phonoschrank aus Teakholz, den Mona zu einer Bar umfunktioniert hatte. Anstatt mit einer Schiebetür ließ sich der Schrank jetzt durch eine Klappe öffnen, die gleichzeitig eine Sammlung von Flaschen und Gläsern zutage beförderte, alles in einem genial konstruierten Gestell. Was die Schallplatten betraf, so hatte Mimi dafür eine Lösung gefunden.

„Wirf sie weg", hatte sie kurz entschlossen gesagt, als Liz sie gefragt hatte.

„Das kann ich nicht", protestierte Liz.

„Magst du alte Musik, Elizabeth?", fragte Mimi.

„Nein, eigentlich nicht, aber –"

„Ich auch nicht", hatte Mimi erwidert, was Liz überraschte und wieder einmal die Frage aufwarf, an wen Mimi wirklich gedacht hatte, als sie damals Liz gebeten hatte, nicht mehr *„Beyond the Sea"* zu spielen, weil es zu schmerzlich sei.

„Aber Mimi –"

Liz hörte ihre Mutter seufzen. „Also gut. Ich habe noch einen anderen Vorschlag. Irene soll eine Liste der Titel und Interpreten machen, und dann mache ich mich schlau, ob irgendwelche davon einen Wert haben. Wenn ich mich recht erinnere, waren ein paar Beatles-Platten dabei. Für die würde man wahrscheinlich noch etwas bekommen. Vielleicht können wir alle verkaufen und das Geld der Stiftung spenden. Ist das besser?"

„Viel besser“, hatte Liz geantwortet.

„Gut, dann kümmere ich mich darum und sage dir Bescheid.“

Und nach wenigen Tagen hatte Mimi einen Musikalienhändler aufgetrieben, der vorbeikam, um Papas Sammlung zu begutachten. Sie sagte, dass er auf jeden Fall einen fairen Preis machen würde. Wahrscheinlich verdiente er an den Platten das Doppelte von dem, was er dafür bezahlte, aber so lief das nun mal, und sie sollten ihm den Gewinn nicht neiden.

Sowohl Liz also auch Mary waren überrascht gewesen, als der Händler sein Angebot vorlegte, darunter fünfzig Dollar für eines der Beatles-Alben und beinahe ebenso viel für einen Bob Dylan. Und wieder einmal überraschte Mimi ihre Tochter, als sie meinte, beide Platten hätten ihr gehört. *„Papa war damals mehr für Bobby Darin zu haben.“*

Mona hatte Liz' Ideen für das Arbeitszimmer begeistert aufgenommen – abgesehen von den schlammfarbenen Wänden. „Butterkrem“, hatte sie beharrt, während sie über den Rand ihres gepunkteten Brillengestells geblickt und die Augenbrauen hochgezogen hatte.

Liz lachte. „Wir reden hier über Wandfarbe, Mona, nicht über die Hochzeitstorte.“

Mona warf ihre pink gefärbte Mähne über die Schultern zurück. Sie ging zum Kamin, stellte sich in Pose und trommelte mit ihren lächerlich langen Fingernägeln auf dem Kaminsims. „Sie dürfen diese furchtbaren grauen Sessel und den Klotz behalten“, sagte sie und zeigte auf Sams Schreibtisch. „Ich darf dafür die Wände in Butterkrem streichen.“ Sie vollführte eine dramatische Geste. „Dale hat das vorgeschlagen. Und er muss es schließlich wissen."

Liz hatte nachgegeben. Zum Glück. Wenn der bekannte Künstler Dale Chihuly die Hintergrundfarbe für seine Kunstwerke vorschlug, sollte sie wahrscheinlich auf ihn hören. „Also gut", sagte sie. „Butterkrem." Sie kicherte. „Aber ich hoffe sehr, dass es mir gefallen wird."

„Hat Ihnen denn jemals ein von Mona gestalteter Raum *nicht* gefallen?" Die Frau tat so, als würde sie schmollen.

„Touché", gab Liz zu.

Und Mona hatte Recht gehabt. Das Arbeitszimmer sah umwerfend aus. Butterkremfarbene Wände und Dale Chihuly, nicht auf dem Kaminsims, sondern darüber schwebend. Es war eine transparente Skulptur aus mundgeblasenem Glas, die Liz in ihren Bann zog, wann immer sie das Kunstwerk betrachtete. Sie hatte sich von dem Augenblick an, als Mona den Raum enthüllte, darin wohl gefühlt. Bis vor ungefähr fünf Minuten.

Jetzt starrte sie auf ihren Computerbildschirm, die Stirn gerunzelt, und wickelte nervös eine Haarsträhne um ihren Zeigefinger. Mit einem Seufzer erhob sie sich und durchquerte den Raum. Sie hob einen lichtdurchlässigen weißen Vorhang, kroch darunter hindurch und öffnete ein Fenster. Die kühle Nachtluft war wie ein Schock auf ihrer Haut. Während sie sich die Arme gegen die Kälte rieb, wandte sie sich um und starrte auf den Monitor, der im Dunkeln leuchtete und das Wort *Passwortgeschützt* zeigte. Was war hier los?

Der Musikalienhändler hatte eine Nachricht auf ein

gelbes Blatt Papier gekritzelt, das von einem Notizblock abgerissen worden war.

> *Ich habe die Platten Ihres Vaters abgespielt, um mich zu vergewissern, ob keine Kratzer drauf sind. Dabei bin ich in einer leeren Plattenhülle auf diese hier gestoßen. Vielleicht vermissen Sie sie ja?*

Und hier saß nun Liz, an Papas Schreibtisch, mit drei geheimnisvollen Disketten und fürchtete noch mehr Überraschungen aus der Vergangenheit. Ihr Vater hatte die Etiketten eigenhändig beschriftet. Liz erkannte die schwungvollen Unterlinien beim J und G – etwas, das Papa immer getan hatte, wenn er mit einem Füllfederhalter schrieb. *JMD, GTK, JJS.* Die Buchstaben passten zu keinem Bauprojekt, an das Liz sich erinnern konnte, jedenfalls nicht, seit Papa begonnen hatte, mit dem Computer zu arbeiten. Sie warf die passwortgeschützte Diskette aus und schob die mit den Initialen *JJS* ein. Und dann starrte sie auf den Bildschirm, als der Name *Jeffrey James Scott* darauf erschien. Diese war nicht verschlüsselt.

Liz bewegte die Maus und wartete. Diese alten Computer brauchten immer so lange – *klick, klick, klick.* Endlich erschienen die Daten. Alles, was es über Jeffrey James Scott zu erfahren gab: seine Mutter Lily. Seine Geschwister. Seine Abstammung. Die Ausbildung. Papa hatte sogar prüfen lassen, ob Jeff vorbestraft war. Und wer auch immer es getan hatte, war gründlich gewesen, hatte sogar mit ehemaligen Freundinnen gesprochen, und hatte nicht eine negative Information über Jeff oder Lily oder Danny oder Sarah gefunden.

Jeffs Vater dagegen hatte nach der Scheidung bald wieder geheiratet. War verklagt worden. Hatte ein langes Strafregister, das unter anderem Klagen von seiner dritten Frau wegen Misshandlung enthielt. Derzeit saß er im Staatsgefängnis von Ohio eine fünfjährige Strafe wegen Körperverletzung ab. Wenn Jeff das wusste, hatte er es nie erwähnt. Er hatte immer gesagt: *„Ich habe nichts von meinen Vater gehört, seit er uns damals verlassen hat, und das ist mir auch ganz recht so."*

Sam Davis hatte offenbar die Gespräche mit seinem Informanten, der in der schmutzigen Wäsche gewühlt hatte, selbst abgetippt, nach jedem Treffen seine Eindrücke und Entscheidungen festgehalten. Während sie las, merkte sie, dass die Meinung, die ihr Vater von Jeff hatte, sich im Lauf der Zeit verändert hatte. Eine Zeit lang hatte er offensichtlich in Erwägung gezogen, Liz den Umgang mit Jeff zu verbieten.

> *Obwohl es im Moment keine Anzeichen dafür gibt, dass J. in die gewalttätigen Fußstapfen seines Vaters zu treten gedenkt, ist die Familiengeschichte ein Desaster. Ich werde es Elizabeth bald sagen müssen. Ich merke, dass sein Charme allmählich auf sie wirkt. Besser, ihr jetzt wehzutun, als sie irgendeiner Gefahr auszusetzen.*

Dieser Eintrag war einen Monat nach Jeffs erstem Besuch bei Liz' Eltern erfolgt. Wenn sie daran zurückdachte, fragte Liz sich, was passiert war, dass Papa von seinem Plan, ihre Beziehung zu beenden, Abstand genommen hatte. Was immer es sein mochte, ihm war kein Wort über die Lippen gekommen, und mit der

Zeit hatte Jeff sich offenbar als so zuverlässig erwiesen, dass Papa beschlossen hatte, die Sache auf sich beruhen zu lassen. Einen Monat später erwähnte er, dass er Jeff den Austin Healey hatte fahren lassen, sozusagen „um seine Zustimmung zu besiegeln". Das war die letzte Eintragung auf der Diskette, abgesehen von einer kurzen Notiz, die lautete: *Habe mit Jeff gesprochen. Zufrieden. Werde diese Datei für später aufheben – nur für den Fall –, aber ich habe das Gefühl, dass ich sie nicht brauchen werde.*

„Eins muss man dir lassen, Papa", murmelte Liz, während sie den Computerbildschirm betrachtete. „Du überlässt nichts dem Zufall." Sie sehnte sich nach einer Zigarette. Sie hatte vor einem Jahr versprochen, mit dem Rauchen aufzuhören, und es auch ganz gut durchgehalten, bis zu Mimis Umzug nach Paris und Jean-Marc Davids Erscheinen in ihrem Leben. Aber in den letzten beiden Wochen hatte sie keine einzige Zigarette angezündet, dank dem Pflaster an ihrem Oberarm, abgesehen von der einen, mit der sie Ryan Miller auf die Probe gestellt hatte, und die hatte sie ausgemacht, ohne sie zu rauchen.

Sie sprang auf, ging zu ihrer Handtasche und holte einen Streifen Kaugummi hervor, den sie für den Notfall bereithielt. Ihre Kiefer mahlten, als sie an Papas Schreibtisch zurückging, sich setzte und die Maus bewegte, um den Bildschirm wieder zum Leben zu erwecken. Papa hatte Jeffs Bankkonto gekannt. Was er in der Vergangenheit verdient hatte. Wie viel Miete er bezahlt hatte. Sogar, dass er einen Rentensparplan hatte und regelmäßig einzahlte.

Während sie in dem Sessel ihres Vaters saß und diese

Informationen betrachtete, war Liz gefühlsmäßig hin und her gerissen zwischen gerührter Dankbarkeit, weil ihr Vater sie offensichtlich sehr liebte und sie beschützen wollte, und gehöriger Wut gegen einen Mann, der so tyrannisch war, dass er hinter dem Rücken der Leute Informationen über sie sammelte. Sie musste es Jeff erzählen. Er verdiente es, die Wahrheit zu erfahren. Doch warum musste er es jetzt wissen? Welchen Zweck sollte das jetzt haben? Papa hatte sie nur beschützen wollen. Kontrollieren. Tyrannisieren. Nein, dachte Liz, sie würde es nicht erwähnen. Und dann stieg der nagende Gedanke in ihr hoch, dass Sam Davis sicher gewesen war, dass seine Tochter seinen Wünschen Folge leisten und im Ernstfall eine Trennung von Jeff in Kauf nehmen würde. Die Vorstellung, dass jemand ihr Leben manipulierte, war beunruhigend. Selbst wenn er es aus Liebe getan hatte, war Papa zu weit gegangen. Woher nahm er sich das Recht, so etwas zu tun? Sie bewegte die Maus. *Klick-klick.* Sie schloss die Datei. War es dieses Gefühl, das Mimi gehabt hatte? Manipuliert und kontrolliert zu werden und nicht sie selbst sein zu dürfen?

Liz stand auf, ging in die Küche, machte sich einen Kaffee und kehrte ins Arbeitszimmer zurück. Die zweite Diskette offenbarte, was sie schon vermutet hatte. JMD war Jean-Marc David. Diese Diskette war beunruhigender, weil sie zeigte, dass Papa noch Jahre nach seiner Hochzeit mit Mimi hinter Jean-Marc herspioniert hatte. Es gab eine lange Liste von Terminen und Orten. Und jedes Mal eine Bemerkung, wenn Jean-Marc ein neues Boot gekauft hatte. Papa hatte gewusst, dass Jean-Marc der Besitzer der *Sea Cloud* war. Papa wusste von Celine Dumas. Er kannte sogar den Namen ihres Mannes und hatte das Datum ihrer Scheidung vermerkt. Warum, fragte Liz sich, hatte er das wissen wollen? Warum hatte er Jean-Marc im Auge behalten?

Die dritte Diskette wartete. Liz überlegte, wer GTK sein könnte. Sie war nicht sicher, ob sie es überhaupt wissen wollte. Was brachte es, diese Seite von Sam Davis zu kennen? Und was, wenn er kontrollsüchtig und manipulierend gewesen war? Konnte sie das nicht akzeptieren und ihn trotzdem lieben – den Menschen lieben, ohne alle seine Eigenschaften zu lieben?

Das hatte Mimi getan, ihr ganzes Leben lang.

Liz starrte lange auf den Bildschirm und dachte darüber nach, dass dieser offenbarungsreiche Abend ihr helfen konnte, sich mit ihrer Mutter zu identifizieren. Bei allem, was sie über die geheime Seite von Sam Davis erfahren hatte, war niemand zu Schaden gekommen. Vielleicht hatte er kontrolliert und manipuliert, aber das bedeutete nicht, dass Liz mit dem Geld und der Macht, die er erworben hatte, nicht trotzdem viel Gutes tun konnte. Das konnte das Vermächtnis sein, auf das sie und auch Mimi stolz sein konnten – egal, was die Disketten über die persönlichen Eigenschaften von Sam Davis verrieten.

Als Liz schlafen ging, sagte sie sich, dass die dritte Diskette mit der Kennzeichnung GTK nicht wichtig war.

* * *

Sie wachte kurz nach Mitternacht auf und fragte sich, wie George Kincaids Mittelname lautete. Er sei ein guter Freund gewesen, hatte Papa immer gesagt. Es war ein Jammer, dass er trank, und eine Tragödie, dass er vom Zenith seiner Karriere auf die unterste Stufe der Gesellschaft gefallen war. „*Aber Freunde bleiben Freunde*“, hatte Papa gesagt. Und so war es auch gewesen. Oder etwa nicht? Und nachdem Papa nicht mehr da war, hatte auch Mimi dieses Prinzip beibehalten. Obwohl es zu einem schrecklichen Streit zwischen ihr und Liz geführt hatte, war Mimi für George eingetreten und hatte darauf bestanden, dass er der Architekt für den Krankenhaustrakt sein sollte, der zum Andenken an Papa geplant war.

Vielleicht, dachte Liz mit einem kleinen Frösteln, *wusste Papa etwas über George Kincaid, das geheim bleiben musste?* Und wenn das der Fall war – was würde es jetzt für *Davis Enterprises* bedeuten, wenn George bei diesem neuen Projekt so eng mit allen Beteiligten zusammenarbeitete? *Vielleicht*, sagte sie sich, *machst du dir auch völlig unnötige Sorgen. Du kennst ja noch nicht einmal seinen Mittelnamen.*

Mary

Ich stehe auf meinem Balkon, der nach hinten hinausgeht, schließe meine Augen und atme tief ein. Gott ist in seinem Himmel und die Welt ist in Ordnung. Auch wenn ich nicht genau weiß, woher die Zeile stammt, bade ich seit Jean-Marcs plötzlichem Erscheinen gestern Morgen in einem Gefühl der „Richtigkeit“. Es gab keine Spannung zwischen Mann und Frau. Nur Freundschaft. Und an diesem Morgen spüre ich eine neue Zuversicht, dass die Zukunft Gutes für die Menschen bereithält, die ich liebe, weil der Gott, der sie alle liebt, ihre Zukunft in seinen Händen hält.

Außerhalb des Innenhofes erwacht Paris, aber hier, zwischen den jahrhundertealten, dicken Mauern herrscht morgendlicher Friede. In der Wohnung über mir backt Mme. Delhomme schon wieder Brot. Der Hefeduft dringt durch ihre offenen Fenster und verzaubert den Hof mit einem Duft, den es hier wahrscheinlich schon seit Jahrhunderten gibt und der jeden Morgen von diesem oder jenem Gourmet aufs Neue verbreitet wird. Zu dem Duft von frischem Brot kommt der feinere Geruch warmer Steine. So ist es jeden Morgen, wenn die Sonne an den Himmel klettert und die Mauern im Hof bescheint und die satten Gerüche aus Madame Delhommes Küche mit dem gewissen Extra versieht.

Monsieur Beaufort gräbt die Erde der Blumenbeete um, die den noch schlummernden Brunnen im Hof umgeben. Ich bilde mir ein, auch das riechen zu können, denn die Erde ist saftig und schwarz und lässt die Frühlingsblumen schon ahnen. Mit einem Seufzer hebe ich die kleine Porzellantasse, die ich in meiner Handfläche halte, an die Lippen und nehme einen kleinen Schluck von dem Espresso, in den ich so viel Zucker getan habe, dass er mehr eine koffeinhaltige Süßigkeit als ein Frühstücksgetränk ist.

Meine Nachbarn haben mich akzeptiert, wenn auch mit französischer Zurückhaltung. Seit ich hier eingezogen bin, lebe ich in ihrer Mitte, aber nicht mit ihnen. In den ersten beiden Wochen hat Mme. Delhomme immer genickt, wenn sie mir auf der Treppe begegnet ist, und meinen Gruß mit einem knappen „Bonjour, Madame“ *erwidert, das keine weiteren Bemerkungen zuließ. Im Hof grüßte Monsieur Beaufort nur mit einem Nicken, wenn ich vorbeiging. Meine Frage, ob ich meine Blumen für den Balkon beim neu eröffneten Gartencenter am Westrand der Défeune kaufen könne, beantwortete er mit der Bemerkung:* „Für manche ist es ein modischer Laden. Ich persönlich mache mir nichts aus den Jungs. Sie haben keine Ahnung von meinem Garten.“ *Dann hatte er ein winziges Geschäft in einer engen Seitengasse ein paar Straßen weiter empfohlen, das ich noch nie bemerkt hatte. Der Eingang sah nicht sehr einladend aus, aber das Innere des Ladens führte zu einer Tür, die sich auf einen Innenhof mit wunderbarem Grün, blühenden Knospen und einigen Topfpflanzen öffnete, die so groß waren, dass ein Rollwagen und zwei Männer nötig waren, um sie zu transportieren.*

Die Leute in der kleinen evangelischen Kirche, die ich mir für mich ausgesucht habe, scheinen sich über meine Anwesenheit zu freuen. Die Frau hinter der Theke des Lebensmittelgeschäfts, in dem ich einkaufe, kennt inzwischen meine Vorlieben und Abneigungen. Charles, der Garçon in dem Café, in dem ich normalerweise nachmittags einen Kaffee trinke, weiß, dass ich gerne viel Sahne darin mag. Und trotzdem habe ich bislang das Gefühl, von außen in diese Welt hineinzublicken.

Luca hat versucht, mir die Zurückhaltung der Menschen zu erklären. „Es liegt nicht daran, dass wir keine Amerikaner mögen“, sagte er, als wäre er selbst geborener Pariser. „Aber Fremde wecken eine gewisse Vorsicht. Es gibt in Frankreich ein Misstrauen, das ihr Amerikaner nicht versteht. Ihr seid erst ein paar Hundert Jahre alt und wahrscheinlich wird keiner eurer Nachbarn in euer Land einmarschieren und eure Regierung stürzen."

Lucas Erklärungen haben mir geholfen zu verstehen, warum ich von meinen Nachbarn nicht mit offenen Armen aufgenommen worden bin. Mir ist sogar klar geworden, dass es in mancherlei Hinsicht fast genauso ist wie in Omaha. Die Frauen im „Club" hatten Mrs Samuel Davis vielleicht zum Essen eingeladen, aber ihre Freundlichkeit blieb immer an der Oberfläche. Nicht eine von ihnen hat seit meinem Umzug nach Paris geschrieben, wenn man von Meredith absieht, die angedeutet hat, dass ich ihr doch vielleicht ein Hotel empfehlen könnte. Gute alte Meredith. Subtil wie ein Elefant. Langsam glaube ich, dass ich mich doch nicht so sehr von meinen Pariser Nachbarn unterscheide. Ich will auch nicht, dass solche Leute in meine Privatsphäre einmarschieren.

Erst ein für diese Jahreszeit ungewöhnlich warmer Tag letzte Woche hat eine Veränderung in Gang gebracht. Ich hatte meine Balkontür offen stehen lassen, um frische Luft hereinzulassen, und während die Luft hinein- und meine Geigenmusik hinaus- drang, ahnte ich nicht, dass die Töne feine Löcher in die unsichtbaren Vorhänge rissen, die meine Nachbarn zwischen sich und der Ausländerin in Wohnung Nr. 1 gezogen hätten.

Am nächsten Morgen, als ich den Innenhof durchquerte, rief Mme. Delhomme von oben hinunter: „Vous aimez la brioche, Madame Davis?"

Ich sah zu der alten Frau mit dem faltigen Gesicht hinauf, die sich an das Eisengitter ihres winzigen Balkons klammerte, und amüsierte mich über den Klang meines amerikanischen Namens. Dah-wies, *sprach Mme. Delhomme ihn aus. Ich lächelte und rief zurück:* „Mais bien sur."

Die alte Frau nickte und wünschte mir einen guten Tag. Und als ich von meiner Essensverabredung mit Annie Templeton zurückkam, stand sie da, eine Brioche, in eins von Mme. Delhommes Geschirrtüchern gewickelt.
Ich genoss das Geschenk und brachte das Handtuch zurück. Als Mme. Delhomme ihre Wohnungstür mehr als nur einen Spalt breit öffnete und ich den erstaunlichen Putz in ihrem Flur bewunderte, wurde ich hereingebeten. Ich freute mich über die Einladung beinahe ebenso, als wäre ich zu einer Audienz bei der Königin von England geladen worden. Inzwischen hatte ich gelernt, dass es eine Sache war, in Paris zu leben, und eine ganz andere, Pariser kennen zu lernen. Deshalb schätzte ich Mme. Delhommes Einladung als das Geschenk, das sie war.
Mme. Delhomme liebt Musik, wie sich herausstellte. Und auch wenn Monsieur Beaufort der musikalische Geschmack von Mme. Delhomme abgeht, so mag er wiederum Mme. Delhomme, und als sie sagte, die Amerikanerin sei doch nicht so unausstehlich, bot er mir seine Hilfe bei der Wiederbelebung meines dahinsiechenden Farns an, den er an einem sonnigen Spätnachmittag auf meinem Balkon erspäht hatte.
Der Panzer hat also einen Sprung bekommen, und das ist geschehen, bevor Jean-Marc aufgetaucht ist und Mme. Delhomme mit seinem Charme eingewickelt hat. Ich bin zufrieden. Mit vielen Dingen. Ich habe einen Geigenlehrer ausfindig gemacht, der mit meinen aus der Übung gekommenen Fingern und falschen Tönen leben kann. Entweder sieht er den Schimmer einer Begabung, die Jahrzehnte lang geschlummert hat, oder den Schimmer des Geldes, der ihn durchhalten lässt. Ich bin nicht ganz sicher, was es ist, aber es ist mir eigentlich auch egal. Ich

genieße es, wieder Musik zu machen, nicht nur, weil sie den Abgrund zwischen mir und meinen Nachbarn zu überbrücken scheint, sondern auch weil, tja, weil ich Musik einfach liebe.

Annie und Arnaud behandeln mich wie eine Mischung aus Ersatzmutter und älterer Freundin, und ich gehe gerne zu all ihren Konzerten. Mein Glaube wächst, obwohl ich mich frage, ob es mir jemals gelingen wird, das Bibellesen zu einem selbstverständlichen Teil meines Tagesablaufs zu machen, so wie es bei Luca Santo der Fall ist. Es gibt viele Ablenkungen, die meine Aufmerksamkeit fesseln. Ich weiß, dass es wichtig ist, aber mit diesem Teil meines Lebens bin ich nicht zufrieden. Ich wollte Luca um Rat fragen. Ich schelte mich selber für diesen Gedanken. Nachdem ich meine persönliche Unabhängigkeit so betont habe, sollte ich einfach tun, wovon ich weiß, dass es richtig ist. Mich nach der reinen Milch des Wortes Gottes sehnen. Tag und Nacht darüber nachdenken. Und dafür sollte ich Luca Santo eigentlich nicht brauchen. Und auch keinen anderen Menschen.

Ich wende mich vom Balkon ab und ziehe mich in den golden leuchtenden Raum mit den hohen Fenstern und dem Flügel zurück. An diesem Morgen meide ich die Geige und setze mich stattdessen an das Tasteninstrument und beginne zu spielen. Ich fange mit einer einfachen Melodie von Brahms an und gehe zu einem moderneren Stück über. Meist spiele ich nach Gehör, und allmählich kehrt die Fähigkeit, mir Melodien zu merken und von einem Lied zum nächsten zu wandern, wieder. Manchmal vergesse ich die Zeit, wenn ich spiele, und meine Gedanken reisen in die Vergangenheit und springen von einer Erinnerung zur nächsten. An diesem Morgen fallen die

Sonnenstrahlen durch die Fenster, während ich spiele. Ich sehe zum strahlend blauen Himmel hinauf und denke, welch ein herrlicher Tag das für einen Motorradausflug wäre. Ich lächle, als mir wieder einmal die Widersprüche meines Lebens bewusst werden. Ich war so darauf bedacht, meine Unabhängigkeit zu entwickeln, und doch sitze ich jetzt hier und wünsche mir etwas, wofür ich einen Mann brauche. Närrische alte Frau.

* * *

„Wie lautet George Kincaids Mittelname?"

„Ich wünsche dir auch einen guten Morgen", erwiderte Mimi. „Obwohl es hier genau genommen … warte mal … Mitternacht ist." Sie hielt inne. „Was hast du gerade über George gesagt?"

„Seinen Mittelnamen", wiederholte Liz. „Kennst du den?"

„Thompson, glaube ich. Nein … vielleicht Thomas. Ich bin nicht sicher, aber er fängt mit T an. Warum?"

Liz sagte nichts.

„Stimmt irgendetwas nicht?"

„Nein. Ja. Ich meine …" Sie hörte im Hintergrund, wie es an der Wohnungstür ihrer Mutter schellte. „Mach ruhig auf, Mimi, ich warte." Während ihre Mutter zur Tür ging, lauschte Liz. Die Stimme war männlich. Der Besucher kam herein. Sie konnte hören, wie ihre Mutter sich bedankte und lachte. Dann war sie wieder am Telefon.

„In Ordnung, da bin ich wieder. Also, wie war das jetzt mit George Kincaid? Gibt es ein Problem?"

„Wer ist denn da?"

„Jean-Marc", sagte Mimi.

„Ich wusste gar nicht, dass er wieder in Paris ist."

„Er hat mich vor zwei Tagen überrascht. Ich öffnete die Tür und – *voilà* – stand dort ein gut aussehender Mann mit einem riesigen Blumenstrauß. Das passiert einer alten Frau schließlich auch nicht alle Tage!"

Liz konnte die Freude in der Stimme ihrer Mutter hören. Sie schloss die Augen und versuchte umzuschalten. „Sag ihm einen schönen Gruß von mir", sagte sie.

„Den kannst du ihm selber sagen", erwiderte Mimi. Und bevor Liz protestieren konnte, war Jean-Marc am Apparat und sagte Hallo. Er ließ Jeff grüßen und erinnerte Liz daran, dass er sich darauf freue, ihnen allen im nächsten Monat die *Sea Cloud* vorzustellen.

Wie typisch für ihn, dachte Liz, dass er das Schiff erwähnte, aber nicht die andere Tochter. Doch kaum hatte sie diesen Gedanken zu Ende gedacht, sagte Jean-Marc auch schon: „Und Celine wird auch da sein. Ich glaube, die Vorstellung, dich kennen zu lernen, macht sie nervöser, als sie zugibt."

„Sag ihr –" Liz zögerte. „Wenn du glaubst, dass es ihr hilft, kannst du ihr sagen, dass es mir genauso geht."

„Ich habe vorgeschlagen, dass sie dir eine E-Mail schreibt", sagte Jean-Marc, „aber sie will nicht. Sie hält nichts davon, auf diese Weise einen ersten Kontakt herzustellen."

„Der Meinung bin ich auch", erwiderte Liz schnell.

„Dann kommst du also? Kann die Firma dich eine Weile entbehren?"

„Ich hoffe es", sagte sie.

„Aber du hast ja gar nicht erwartet, mit mir zu sprechen, und ich habe schon viel zu viel von deiner kostbaren Zeit in Anspruch genommen. Hier ist deine *Maman.*" Und dann war Mimi wieder am Apparat.

„Wozu willst du denn Georges Mittelnamen wissen, Lizzie? Und hättest du ihn nicht einfach fragen können?"

„Ich … also … ich will für ihn etwas mit Monogramm gravieren lassen, um ihm für seine Arbeit an dem Projekt zu danken. Und ich wollte nicht, dass jemand hier es mitbekommt. Danke, Mimi", sagte Liz. „Und genieß die Zeit mit Jean-Marc."

„Danke, das werde ich."

„Wusstest du wirklich nicht, dass er kommen würde?"

„Ich hatte keine Ahnung. Du hättest mich sehen sollen, als ich die Tür aufgemacht habe. Mein Haar sah unmöglich aus und ich war ganz zerknittert."

„War sie nicht", war Jean-Marc im Hintergrund zu vernehmen. „Ihre natürliche Schönheit ist immer sichtbar, und die Haare sahen sexy aus."

Liz spürte, wie sie rot wurde, als er so mit Mimi flirtete. „Okay, ich lasse euch jetzt in Ruhe, damit du ihn in Schach halten kannst", sagte sie. Es überraschte sie, dass sie sich tatsächlich freute – für Mimi. Mimi hatte nicht viel gesagt, aber sicher hatte sie sich Gedanken über den Mann gemacht, der zu ihrem weihnachtlichen Wiedersehenstreffen erschienen war, Erinnerungen an die Vergangenheit geweckt und von der Zukunft gesprochen hatte … und dann verschwunden und bis jetzt merkwürdig stumm geblieben war. Was, fragte Liz sich, hatte der Mann eigentlich vor?

„Bist du sicher, dass alles in Ordnung ist?", fragte Mimi.

„Ganz sicher", log Liz. „Warte, bis du mein neues Arbeitszimmer siehst. Mona hat mal wieder ein Wunder vollbracht."

„Habt ihr euch schon entschieden, was den Umzug betrifft?"

„Noch nicht. Die Sache ist ein bisschen kompliziert. Jeff arbeitet sehr viel, und sein Boss hat ihn noch zweimal nach Kalifornien geschickt. Er hat im Moment keine ruhige Minute. Ich sage dir Bescheid, wenn wir es wissen", versicherte sie. „Und jetzt gib Jean-Marc einen Kuss von mir und lass es dir gut gehen. Ich hab dich lieb, Mimi." Als sie auflegte, wurde ihr mit einem Mal bewusst, dass sie ihrem leiblichen Vater indirekt einen Kuss gegeben hatte. Es fühlte sich irgendwie merkwürdig an und war auch gar nicht geplant gewesen. Woher war das nur gekommen? Die Diskette. Irgendwie führte die Existenz der Diskette dazu, dass sie das Gefühl hatte, sich für etwas entschuldigen zu müssen. Ihn für etwas zu entschädigen. Hatte Papa mehr getan, als Jean-Marc David nur im Auge zu behalten? Er hatte immerhin überlegt, ob er sie und Jeff auseinander bringen sollte. Vielleicht hatte er auch vorgehabt, sich in Jean-Marcs Leben einzumischen. Der Gedanke verursachte ihr Unbehagen. Das war nicht der Samuel Frederick Davis, den Liz kennen wollte.

* * *

Corbin Stewart war so dünn, dass er schon fast magersüchtig wirkte, und er betrat Liz' Büro mit der Anmut eines Nilpferds. Er ging nicht, er stakste. Seine Haare waren kurz und oben flach wie ein Brett geschoren, und an den Füßen trug er Birkenstocksandalen und schwarze Socken. Jetzt stolperte er über seine eigenen Füße und strauchelte in die Mitte des Raumes. Liz sah erstaunt zu, wie schnell er sich erholte und in Sekundenschnelle wieder aufrecht vor ihr stand. Sie hielt sich die Hand vor den Mund, um nicht laut loszulachen, als er seine Brille die Nase hinaufschob, seine Krawatte geradezog, und an seinen Hosenbeinen zupfte.

„S-Sie wollten mich sprechen?"

Nun überschlug sich auch noch seine Stimme. Liz unterdrückte ein Kichern, indem sie sich räusperte und anbot, ihm eine Tasse Kaffee zu holen.

„Danke", sagte er.

Liz stand auf und ging zu ihrer Bar. „Schwarz? Milch? Zucker?"

„Ja. Äh. Schwarz."

„Setzen Sie sich, Mr Stewart, und entspannen Sie sich", sagte Liz, während sie den Kaffee holte. „Sie sind nicht in Schwierigkeiten, ich brauche nur einen Rat."

Sie stellte den Kaffee vor ihm ab und ging dann um den Schreibtisch herum zu ihrem Sessel. Sie unterdrückte ein Gähnen. „Entschuldigen Sie bitte", sagte sie. „Ich habe mich die letzten drei Abende bis spät in die Nacht mit einem Computerproblem herumgeschlagen, und ich hoffe, dass Sie mir helfen können."

Stewart rutschte auf die vordere Kante seines Besuchersessels. „Ein Problem? Mit den Computern bei Davis Enterprises? Mir war nicht bekannt, dass –"

„Nein. Es geht um meinen Computer in meinem Arbeitszimmer zu Hause." Liz nippte an ihrem Kaffee. „Normalerweise würde ich einfach einen von euch kommen lassen, aber es ist ein so kleines Problem, dass ich Sie nicht damit belästigen will. Ich glaube, wenn Sie mir einfach ein paar Fragen beantworten können …" Es war offensichtlich, dass Stewart sich nicht entspannen würde. Er hatte seinen Kaffee noch nicht einmal angerührt. „Ich habe versucht, ein paar alte Dateien auszumisten, und dabei bin ich auf eine Diskette gestoßen, die passwortgeschützt ist." Sie versuchte so beiläufig wie möglich zu klingen. „Es ist wahrscheinlich gar nicht wichtig, aber ich frage mich, ob man das vielleicht irgendwie umgehen kann."

„Umgehen …?" Stewart blinzelte. „Ach, Sie meinen, indem man das Passwort errät? Den Code knackt? So was?"

„Genau so was."

Stewart lächelte. „Ich liebe solche Dinge. Wenn Sie wollen, können Sie mir die Diskette mitbringen, dann –"

„Nein nein", sagte Liz, nicht zu abrupt, wie sie hoffte. „Ich will Ihnen nicht Ihre kostbare Zeit damit rauben." Sie lächelte. „Einen solchen Aufwand ist die Sache gar nicht wert. Ich dachte, wenn Sie mir vielleicht ein paar Tipps geben könnten, dann könnte ich ein bisschen damit rumspielen und sehen, ob ich es selber herausbekomme. Wenn nicht, werfe ich die Diskette einfach weg. Ich will gar nicht so viel Zeit investieren."

„Na gut." Stewart lehnte sich in seinem Sessel zurück und schob die Brille auf der Nase wieder ein Stück höher. Er spreizte die Finger, legte die Fingerkuppen gegeneinander und stützte das Kinn auf die Spitze des so entstandenen „Zeltes". Er machte ein schmatzendes Geräusch mit den Lippen und begann dann zu sprechen. „Die meisten Menschen wählen Passwörter, die leicht zu erraten sind. Also. Wenn Sie wissen, wer die Diskette erstellt hat, fangen Sie an, mit Namen und Daten herumzuspielen. Geburtstage. Hochzeitstag. Alte Adressen. Telefonnummern. Ausweisnummer. So was in der Art."

„Ausweisnummer?", fragte Liz. „Aber das ist doch –"

„Ja, blöd. Aber die Leute machen es immer wieder."

„Man fängt also an –"

„Ich würde eine lange Liste mit diesen Dingen erstellen."

„Und dann einfach anfangen zu raten?"

Corbin nickte. „Intelligent raten."

„Das kann aber doch ewig dauern."

„Kann es", sagte er. „Aber Sie können auch schon beim dritten Versuch draufkommen. Das ist das Schöne daran."

Liz erhob sich. „Vielen Dank." Sie deutete mit einer Kopfbewegung auf den Kaffee. „Sie haben Ihren Kaffee ja gar nicht getrunken."

„Das ist schon in Ordnung", sagte Stewart und sprang aus seinem Sessel auf. „Ich mag eigentlich gar keinen Kaffee." Er blieb mit seiner Jacke hängen und nickte, dann ging er zur Tür. „Wenn … äh … wenn ich behilflich sein kann …"

„Dann sage ich Bescheid", versprach Liz. *Sobald die Hölle zufriert.*

Kapitel 6

„W-was?“ Liz spuckte ihren Kaugummi aus und ignorierte den Anflug von Schuldgefühl, als sie die Schublade ihres Schreibtischs herauszog und die Schachtel Zigaretten hervorzog, die sie dort versteckt hatte. Sie blickte Jeff finster an, fast als wollte sie ihn herausfordern, etwas zu sagen, als sie eine Zigarette nahm, damit auf der Schachtel aufklopfte und sie zwischen die Lippen steckte. „Sag nichts“, warnte sie, als sie die Zigarette anzündete. Sie nahm einen tiefen Zug, lehnte sich zurück und starrte Jeff an. Als er tatsächlich nichts sagte, knüllte sie die Schachtel zusammen und warf sie in den Papierkorb. „Siehst du“, sagte sie und erhob sich, um hinter ihrem Schreibtisch auf und ab zu gehen. „Fühlst du dich jetzt besser?“

Jeff seufzte und schüttelte den Kopf. „Ich will mich im Moment nicht mit dir übers Rauchen streiten, Liz. Ich will überhaupt keinen Streit.“

„Gut“, sagte Liz und ging in das winzige Bad, das von ihrem Büro abging. Dort spülte sie die Zigarette hinunter, bevor sie über die Schulter zurückrief: „Dann sag: ‚Danke, Henry. Ich weiß das wirklich zu schätzen und fühle mich sehr geehrt. Aber nein, ich möchte nicht nach Kalifornien ziehen. Meine Wurzeln sind hier in Omaha. Genau genommen überlegen Liz und ich gerade, ganz auf das Davis-Anwesen zu ziehen.‘“ Sie erschien wieder in der Tür zum Büro, eine Hand erhoben und gegen den Türrahmen gestützt. Als Jeff nicht antwortete, fragte sie: „Oder etwa nicht?“

Jeff räusperte sich. „Ich weiß, dass *deine* Wurzeln hier in Omaha sind. Du hast noch nie irgendwo anders gelebt. Und deine Familie auch nicht. Aber ich." Er lehnte sich vor und stützte die Ellenbogen auf die Knie. Dann sah er zu ihr auf und fragte: „Muss es denn automatisch ein Nein sein? Ein Angebot wie das, was Henry mir da macht, sollte ich nicht leichtfertig ablehnen."

„Aber ernsthaft in Erwägung ziehen solltest du es auch nicht", erwiderte Liz gereizt. Sie sah an Jeff vorbei auf das Aquarell ihres Familiensitzes, das an der gegenüberliegenden Wand hing. „Ich kann nicht glauben, dass es für dich überhaupt in Frage kommt." Ihr Blick wanderte wieder zu ihm. „Ich kann nicht aus Omaha weggehen."

Er setzte sich wieder aufrecht hin und umfasste die Armlehnen seines Sessels. „Du *kannst* nicht? Oder *willst* du nicht? Ich sage ja nicht, dass du die Firma verkaufen sollst", argumentierte er. „Ich sage nur ... vielleicht können wir ja ... ein bisschen kreativ denken. Du könntest zum Beispiel deine Arbeit neu strukturieren. Mehr von dem Alltagsgeschäft delegieren." Sein Gesicht hellte sich auf. „Vielleicht könntest du dort sogar einen Zweig von *Davis Enterprises* aufbauen. Expandieren."

Liz schritt langsam zu ihrem Schreibtisch zurück und setzte sich. Sie legte beide Hände flach auf die Arbeitsplatte und starrte Jeff an. „Du willst also umziehen?"

„Es gibt einige positive Aspekte, die wir bedenken sollten. Für uns beide."

Liz erhob sich erneut und schritt vor der Fensterfront hinter ihrem Schreibtisch auf und ab. „Ich kann verstehen, dass es für dich fantastisch wäre, Partner in der Anwaltskanzlei zu werden." Sie blieb hinter ihrem Schreibtischsessel stehen, stützte die Hände auf die Rückenlehne und sah ihn an. „Aber ich kann nicht erkennen, was es *mir* bringt." Sie hatte ihn verletzt, das konnte sie sehen.

„Was es dir bringt", wiederholte Jeff betont ihre Worte. Er holte tief Luft und lehnte sich in seinem Sessel zurück. „Wie wäre es hiermit? *Dir* würde es das Wissen bringen, dass du deinen zukünftigen Mann unterstützt. Zur Abwechslung."

„*Zur Abwechslung*?" Liz konnte spüren, wie ihr die Röte in die Wangen stieg. „Was soll *das* denn bitte heißen?"

Jeff seufzte und senkte den Blick. Er fuhr sich mit der Hand durchs Haar. „Tut mir leid. Das war unfair. Aber wenn du dir das letzte Jahr einmal ansiehst …" Er zählte an den Fingern ab. „Die Reise nach Paris. Die Versöhnung mit deiner Mutter. Der Verkauf deiner Wohnung. Dein Umzug nach Hause. Das neue Arbeitszimmer." Er hörte mit dem Zählen auf. „Wir haben uns um eine Menge Dinge gedreht, die mit dir und deiner Familie und der Vergangenheit zu tun haben." Seine Stimme war sanft. „Komm schon, Bitsy. Setz dich und lass uns die Sache in aller Ruhe besprechen. Dir muss doch klar sein, dass ich ein solches Jobangebot wahrscheinlich nur einmal im Leben bekomme. Henry Widhelm bietet mir an, mich zum *Partner* zu machen. Er hat mich auserwählt, die Abteilung in Kalifornien zu leiten. Du kannst doch sicher verstehen, dass ich mir über so etwas ernsthaft Gedanken mache."

Liz ignorierte die Argumente, die er in Bezug auf seine Karriere vorbrachte. „Es war nicht nur *mein* Privatleben, das in letzter Zeit unsere Zeit und Aufmerksamkeit erfordert hat." Sie starrte ihn an. „Ich erinnere mich nicht, dass Henry Widhelm seinen Firmenjet für eine Rettungsmission bei Danny zur Verfügung gestellt hat." Es war ein Schlag unter die Gürtellinie, und das wusste sie auch. Aber sie nahm nichts zurück.

Jeff zog die Augenbrauen hoch. Dann holte er tief Luft. „Wir wollen Sarah und Danny doch aus dem Spiel lassen, ja? Ich bitte dich im Moment nur darum, dass wir genauso viel Energie in meine Karriere und berufliche Zukunft investieren wie in die Dinge, die dir wichtig sind." Seine Stimme klang bittend. „Komm schon, Liz. Können wir nicht einmal darüber reden? Du weißt, dass dies eine unglaubliche Chance für mich ist. Das musst du doch erkennen. Und" – er nickte – „natürlich gefällt mir der Gedanke, Verwandte in der Nähe zu haben, wenn wir unsere eigene Familie gründen."

Liz verschränkte die Arme vor der Brust. „Deine Verwandten. Nicht meine."

Jeff seufzte. „Deine Mutter lebt in Europa, Liz."

„Und was ist mit Irene und Cecil? Sie sind für mich wie Verwandte. Und Kalifornien ist noch weiter von Mimi entfernt."

„Dann kaufen wir Nutzungsrechte an einem schnelleren Flieger."

Liz konnte hören, dass er langsam mit seiner Geduld am Ende war. Sie schwieg weiter und wartete.

„Sieh mal", sagte er schließlich. „Ich sage nicht, dass ich den Job *nehme*." Er presste die Lippen zusammen und fuhr mit dem Handrücken darüber. Er schloss für einige Sekunden die Augen, und als er sie wieder öffnete, blickte er ihr direkt in die Augen und sagte langsam: „Aber ich werde hinfliegen, um mich dort umzusehen. Und ich hätte gerne, dass du mitkommst."

„Ich ziehe nicht nach Kalifornien. Kommt überhaupt nicht in Frage."

Jeff erhob sich. „Ich verstehe", sagte er. „Na dann." Er ging zur Tür. „Dann würde ich sagen, ich ruf an, wenn ich wieder da bin."

„Du fliegst?", wollte Liz wissen. „Obwohl du weißt, wie ich darüber denke?" Ihre Worte sprudelten jetzt hervor. „Und wie genau stellst du dir das vor, eine Hochzeit, Flitterwochen und eine leitende Tätigkeit am anderen Ende der Nation in den Monat Mai zu packen, nachdem du dir schon frei genommen hast, um nach Paris zu fliegen und um Zeit mit Danny und Sarah zu verbringen? Und was ist mit der Hochzeit in Florenz im nächsten Monat? Und dann die Zeit mit Jean-Marc – du redest doch immer davon, auf der *Sea Cloud* mitzufahren. Was ist denn damit?"

Jeffs Schultern sackten. Er wandte sich um. „Ich weiß es nicht, Liz. Ich dachte, wir würden darüber reden. Und eine Lösung finden, mit der wir beide leben können. Die *gut* für uns beide wäre." Er wiederholte die Worte und betonte: „Für uns *beide*."

Liz setzte sich wieder. „Es gibt keine Lösung, wie man all das in die nächsten zehn Wochen packen kann."

„Es gibt nicht viele Paare, die eine dreiwöchige Hochzeitsreise machen", sagte er.

Sie runzelte die Stirn. „Du hattest also vor, unsere Reisepläne zu ändern?"

Er zuckte mit den Achseln. „Das ist keine Verschwörung, Liz. Ich habe keine versteckten Pläne, die ich dir unterjubeln will. Ich hatte nur gehofft, du und ich könnten die Dinge unvoreingenommen besprechen. Und ich hatte gehofft, du würdest dich für mich freuen." Er schluckte und starrte auf den Teppich hinunter. „Ich dachte, wir könnten einen Tag nach dem anderen in Angriff nehmen und einfach darüber *nachdenken*. Zusammen."

„Warum sollten wir unsere Zeit damit verschwenden, über etwas nachzudenken, von dem wir beide wissen, dass wir es doch nicht tun werden?", blaffte Liz. „Und ich finde es keine überzogene Reaktion, nicht in Marin County herumtingeln zu wollen. Ich finde, es ist gutes Zeitmanagement."

Er hielt ihrem Blick lange stand. Dann nickte er. „In Ordnung", sagte er. „Ich nehme an, ich kann deine Sichtweise verstehen." Er räusperte sich und legte die Hand auf die Türklinke. Dann wandte er sich um. „Weißt du, Liz, ich hoffe um deinetwillen, dass du irgendwann den Versuch aufgibst, der Mann zu sein, der dein Vater nie war." Mit einem traurigen Lächeln ging er.

Mary

„Mimi."

Die Stimme, die ich höre, ist kaum mehr als ein Schluchzer. „Was ist los? Was ist denn passiert?" Meine Hand umkrallt das Telefon und mit den Lippen formuliere ich lautlos Liz' Namen für Jean-Marc. Wir wollten uns an diesem Freitagabend gerade zu einem späten Essen in meiner Wohnung niederlassen, als das Telefon klingelte. Er tritt an meine Seite und legt eine Hand auf meine Schulter. Ich halte das Telefon ein Stück von meinem Ohr weg und bin froh, dass er da ist. Ich will, dass er hört, was immer Liz zu sagen hat.

„Ich –" Liz räuspert sich. „Ich glaube, Jeff ... Ich glaube ..."

Ich kann spüren, wie sie um Fassung ringt. „Geht es Jeff gut?"

„Ja. Nein." Liz stöhnt.

Meine eigene Kehle ist vor lauter Gefühl wie zugeschnürt. Ich blicke zu Jean-Marc auf. Er runzelt die Stirn. Legt seinen Arm um meine Taille und hält mich. Getröstet von seiner unausgesprochenen Liebe, zwinge ich mich dazu, ruhig zu klingen. „Hol tief Luft und sag mir, was los ist, Elizabeth." Mir wird klar, dass ich wahrscheinlich genauso klinge wie damals, wenn sie als Teenager zu spät nach Hause kam. Aber vielleicht hilft es meinem Mädchen – der jungen Frau –, sich zu sammeln.

„Wir haben uns furchtbar gestritten", sagt Liz.

Meine Eieruhr in der Küche klingelt. Unser Essen ist fertig. Jean-Marc gibt mir ein Zeichen, dass er sich darum kümmern wird. Ich nicke. Liz schluchzt jetzt. „Er – er fliegt nach Kalifornien. Ich glaube ... vielleicht ... die Hochzeit ... ach, ich weiß *es nicht."*

Ich flüstere ein Gebet und hoffe, dass meine Stimme ganz ruhig klingt, als ich frage: „Wo bist du?"

„In der Stadt, in meinem Büro. Ich sitze hier und überlege und überlege. Ich wollte dich nicht damit belästigen, aber –"

„Sitzt du am Schreibtisch oder auf dem Sofa?"

„Am Schreibtisch."

„Geh zum Sofa rüber. Machst du das?" Sie versichert mir, dass sie gerade zur Sitzecke geht. „Gut. Jetzt hol tief Luft. Und jetzt das Ganze noch mal, Schatz. Beruhige dich. Und jetzt erzähl mir von Anfang an, was passiert ist, wenn du kannst. Erzähl mir alles."

Während ich Liz durch die einzelnen Schritte führe, versuche ich, sie selbst zu beherzigen, und gehe zu der Couch neben den hohen Fenstern, von denen aus man einen Blick über Paris hat. Straßenlaternen erleuchten die Viertel, die mir mit jedem Tag vertrauter werden. Gegenüber, auf der anderen Straßenseite steht ein Pärchen auf dem Balkon, und die Silhouetten der beiden zeichnen sich vor dem hell erleuchteten Fenster klar ab. In der Küche mahlt Jean-Marc Kaffee. Der Duft verheißt Geborgenheit. Ich werde etwas ruhiger, habe die Situation besser im Griff.

„Wir können die ganze Nacht reden, wenn du willst, Liebling. Ich höre zu, wenn du so weit bist."

Jean-Marc reicht mir eine Tasse Kaffee über die Rückenlehne der Couch und drückt meine Schulter. Dann setzt er sich mit seiner eigenen Tasse neben mich. Während ich wieder das Telefon zwischen uns positioniere, spüre ich, wie Liz sich sammelt und beruhigt.

„In Ordnung", sagt sie. „Es geht mir jetzt besser." Sie hält kurz inne, bevor es aus ihr herausplatzt: „Henry Widhelm will Jeff zu seinem Partner machen."

„Das ist ja toll!", ist die einzige ehrliche Reaktion meinerseits.

„Nicht, wenn du den zweiten Teil des Angebots hörst", protestiert Liz. „Es bedeutet, dass er die kalifornische Zweigstelle übernehmen soll."

„Partner und *Leiter der Filiale? Das ist doch wunderbar!"*

Jean-Marc nickt zustimmend.

„Ich nehme an, dass sein Name in der Geschäftsstelle schon genannt wurde, bevor man ihm den Auftrag für Marin County gegeben hat. Und dass er das gut hingekriegt hat, hat ihm dann zu dem Job verholfen. Wenn er ihn will."

„Und will er?"

„Danach zu urteilen, wie er vor kurzem in mein Büro stolziert kam und es verkündet hat und dann in den höchsten Tönen davon geschwärmt hat, wie toll es wäre, in Dannys und Sarahs Nähe zu wohnen und dass es mir ja sicher nichts ausmachen würde, weil meine Mutter ja nicht einmal mehr in den USA lebt ..."

Ich weiß nicht, wo es geschrieben steht, aber es scheint mir, dass irgendwo eine Regel existiert, die Mutterschaft mit Schuld gleichsetzt. Und hier ist sie wieder. Meine Tochter hat ein Problem, und ich bin nicht da, um es zu lösen. Deshalb ist es meine Schuld. Was genau mein Vergehen ist, kann ich nicht sagen – vielleicht schon, dass ich nicht in Omaha lebe. Wenn ich ein paar Minuten Zeit hätte, könnte ich bestimmt eine ganze Liste nennen. Hier geht es nicht um dich, sondern um Liz. *Ich versuche, mich auf die Gegenwart und die Herausforderung des Augenblicks zu konzentrieren. „Und Jeff ist einfach in dein Büro marschiert und hat gesagt, dass er den Job annimmt? Das klingt gar nicht nach ihm." Jean-Marc verzieht das Gesicht und blickt auch skeptisch drein.*

„Na ja, eigentlich hat er es nicht direkt verkündet, aber er ... er will es tun. Das merke ich. Er wollte, dass ich mit ihm zusammen hinfliege, damit wir uns alles ansehen können. Er hat sogar eine Andeutung gemacht, dass wir unsere Flitterwochen verschieben oder zumindest kürzen müssen."

„Warum kannst du nicht mit ihm hinfliegen, damit ihr es euch zusammen ansehen könnt?"

„Aber wozu denn, Mimi? Er kann den Job nicht nehmen. Es ist reine Zeitverschwendung für mich, dort hinzufliegen. Vergiss nicht, dass ich jetzt einen Praktikanten habe, der mir den ganzen Tag über die Schulter guckt. Was soll Ryan Miller machen, wenn ich weg bin?"

Sie versucht, ihre Position zu verteidigen. Das kann ich nicht zulassen. „Du bist nicht der einzige Mensch im Universum, der Ryan Miller etwas über die Baubranche beibringen kann. Du hättest mit einem einzigen Telefonat jemand anders damit beauftragen können. Aber das ist nicht das eigentliche Problem hier. Lizzie-Bär, es ist nie eine Zeitverschwendung, den Mann zu unterstützen, den du liebst." Während sie die sanfte Zurechtweisung verdaut, beschließe ich etwas zu sagen, was ihr völlig lächerlich vorkommen wird. „Du könntest eine Überraschung erleben. Vielleicht gefällt es dir ja dort."

Wie vorherzusehen war, schnaubt Liz verächtlich. „Sicher. Warst du schon mal in San Franzisko, Mimi? Es ist ungefähr so weit weg von Omaha wie –"

„Paris? Verschließ dich nicht vor neuen Möglichkeiten."

Als ich diese Worte ausspreche, nickt Jean-Marc und zwinkert mir zu. Und ich spüre, wie ich rot werde. „Hat Jeff gesagt, wann er umziehen will?"

„Nicht so direkt. Aber es ist klar, dass er hofft, ich würde meine Meinung ändern."

„Woher willst du das wissen?"

„Weil er, als ich gesagt habe, dass ich nicht gehen werde, einfach aufgestanden und gegangen ist. Und er hat gesagt, dass er mich anruft, wenn er wieder da ist." Sie weint wieder. Das ist nicht die Liz Davis, die ich kenne. „Wenn er zurückkommt, Mimi. Er fliegt ohne mich."

„Gut."

„Was hast du gesagt?“

„Ich sagte: Gut. Willst du einen Mann, den du mit dem Ring an seinem Finger – oder durch die Nase – herumkommandieren kannst?“

Als Liz nicht antwortet, rede ich weiter. „Das Letzte, was du brauchst, Elizabeth, ist, dass Jeff seine Entscheidungen danach trifft, was du denkst oder sagst. Du würdest ein solches Leben hassen. Du würdest alle Achtung vor Jeff verlieren und wärest total unglücklich. Genau die Eigenschaft, die Jeff daran hindert, sich von dir herumschubsen zu lassen, ist einer der Gründe, warum du dich in ihn verliebt hast. Und es ist auch eine seiner Eigenarten, die aus dir eine bessere Frau machen kann – und eine glücklichere. Erinnerst du dich an vergangenen November, als er dir gesagt hat, er brauche etwas Abstand? Bist du nicht froh, dass er sich diese Zeit genommen hat?“

„Das war etwas anderes.“

„Flieg mit.“

„Was?“

„Ich habe gesagt, flieg mit.“ Ich hole tief Luft. „Wenn du Jeff bei dem, was er mit seinem Leben anfangen will, nicht unterstützen kannst, dann solltest du ihn nicht heiraten. Jeff hat etwas Besseres verdient, und wenn du das nicht einsiehst, dann …“ Ich kann nicht sagen, was ich denke, nämlich: dann bist du nicht gut genug für ihn.

„Aber Mimi – die Firma. Der Onkologietrakt. Das … das Anwesen.“

„Ein Gebäude nimmt dich an einem kalten Winterabend nicht in den Arm, Lizzie.“ Jean-Marc lächelt mir zu.

„Ich kann nicht glauben, dass du das sagst!“

Einen Augenblick lang fürchte ich, dass Liz aufgelegt hat. Doch dann höre ich ein schnüffelndes Geräusch und fahre *fort: „Geh und guck dir die Gegend an. Vielleicht gibt es einen Kompromiss. Vielleicht muss es ja gar nicht Omaha oder Kalifornien sein. Vielleicht findet ihr eine Lösung, bei der ihr beides haben könnt. Aber wenn nicht …" Ich bringe noch immer nicht über die Lippen, was ich denke. Also rede ich um den heißen Brei herum. „Du weißt, was ich von Jeff halte, Schatz. Ich liebe ihn jetzt schon so, als wäre er mein Sohn. Einen wie ihn gibt es so schnell nicht wieder."*

Sie weint wieder und schluchzt ins Telefon. „Ich weiß einfach nicht, was ich tun soll."

Das ist der goldene Moment im Leben einer Mutter. Ein erwachsenes Kind fragt, was es tun soll. Und ich weiß, was ich sagen muss. „Ruf Jeff an. Sag ihm, dass du mit ihm nach Kalifornien fliegst. Wenn er schon weg ist, reise ihm nach. Bitte Gott, dir zu zeigen, was richtig ist."

„Ich glaube, Gott hat wichtigere Dinge zu tun, als sich Gedanken darüber zu machen, ob Liz Davis glücklich und zufrieden bis an ihr Ende lebt", antwortet sie schnippisch.

Ich schieße sofort zurück. „Glücklich und zufrieden bis an ihr Ende ist ein Märchen, Elizabeth. Das hier ist das Leben, und du bist keine Märchenprinzessin mehr, die in dem Schloss ihres Vaters lebt. Es wird Zeit, dass du erwachsen wirst. Du musst dich entscheiden, was du willst. Willst du die Schlösser, die Papa gebaut hat, oder den Prinz, der in den Sonnenuntergang reitet?" Ich reiche Jean-Marc meine leere Kaffeetasse. Er gibt mir einen Kuss auf die Wange und geht in die Küche. Ist es der Kaffee oder sein Rasierwasser, das so – tröstlich riecht?

„Ich kann nicht plötzlich beschließen umzuziehen. Ich weiß auch, dass ich nicht unersetzbar bin, aber entbehrlich bin ich auch nicht."

„Dann musst du delegieren", erinnere ich sie. „Nur weil dein Vater niemandem über ein bestimmtes Maß hinaus vertraut hat, heißt das nicht, dass du es genauso machen musst. Gibt es nicht irgendein verheißungsvolles Nachwuchstalent, das dir aufgefallen ist? Jemand, der in deine Fußstapfen treten könnte, wenn er ein bisschen eingearbeitet worden ist?"

„Was ist mit dem Haus?", schnieft Liz. „Wir können es nicht einfach verkaufen, solange Cecil und Irene darin leben."

„Was aus dem Haus werden soll, weiß ich auch noch nicht." Und ich weiß es wirklich nicht. Aber ich habe bereits meine Wahl getroffen zwischen dem Herrenhaus und meinem Glück. Abgesehen von der Sorge um Irene und Cecil Baxter fühle ich bei dem Gedanken, das Haus zu verkaufen nichts als … Erleichterung. Es macht mich traurig, dass mein eigenes Kind offensichtlich nichts aus meinem Fall gelernt hat. „Aber ich wette, wenn wir die Köpfe zusammenstecken, werden wir eine Lösung finden."

„Ich kann einfach nicht glauben, dass du das ernst meinst", platzt Liz heraus. „Du bleibst wirklich dort drüben, oder?"

„Ich denke", erwidere ich, „wenn das Anwesen für uns ein Klotz am Bein ist und wenn es zwischen dir und Jeff steht, dann sollten wir uns davon befreien und fertig. Wir brauchen es nicht. Aber du hast Recht, was Cecil und Irene betrifft. Sie müssen auf jeden Fall bei unseren Plänen berücksichtigt werden."

Liz explodiert. „Ich will mein Zuhause nicht *verkaufen! Ich will dort* heiraten. *Ich will meine* Kinder *dort herumlaufen sehen. Ich will –"*

„Wenn du heiratest, wird dein Zuhause dort sein, wo dein Mann ist, Liz."

„Du weißt, wie ich es gemeint habe.“

Leider weiß ich das tatsächlich. „Kann ich mit dir beten?“

„Sicher. Ich nehme jede Hilfe an, um diesen Schlamassel zu ändern.“

„Ich habe in letzter Zeit die Erfahrung gemacht, mein Schatz, dass Gebete nicht so sehr die Umstände *ändern, sondern vielmehr* mich.“

„Wenn das alles ist, was du zu bieten hast, dann vergiss das mit dem Beten.“ Ihre Stimme klingt wütend. „Ich will *mich nicht ändern.“*

Ich brauche eine Weile, bis ich feststelle, dass meine Tochter aufgelegt hat. Ich lehne den Kopf zurück und schließe die Augen. Dann fühle ich Jean-Marcs Hand auf meiner. Ich öffne die Augen und lächle ihn an, dankbar für das, was er mir schenkt. Schweigen. Freundschaft. Offene Arme.

* * *

„Führerschein. Wagenpapiere. Versicherungsnachweis, bitte.“ Der Polizeibeamte beugte sich herunter, um in das Fenster auf der Fahrerseite zu schauen.

„Können Sie vielleicht die Scheinwerfer abstellen?“, fragte Liz ungehalten. „Sie blenden mich im Rückspiegel.“

„Können Sie vielleicht aussteigen?“ Der Beamte machte einen Schritt zurück und betrachtete ihren Führerschein. Dann sah er etwas näher hin. „Nichts für ungut. Ist irgendetwas nicht in Ordnung, Miss Davis?“ Er lächelte sie an. „Sie waren zwanzig Kilometer pro Stunde zu schnell.“

„Ich bin einfach … müde“, sagte Liz. „Das ist alles.“ *Und die Wimperntusche läuft mir über die Wangen und die Ringe unter meinen Augen sind kein Modeeffekt.* Mussten die eigentlich immer so dämliche Fragen stellen?

„Bleiben Sie im Auto sitzen. Ich komme gleich wieder“, sagte der Polizist und ging zu seinem Streifenwagen zurück.

Liz ließ den Kopf gegen die Lehne des Fahrersitzes sinken. Vierzig Dollar für Wimperntusche, die verlief. Wenigstens hatte der Typ sie nicht gezwungen auszusteigen. Kurz darauf erschien er wieder an ihrem Fenster.

„Ich kann es leider nicht bei einer Verwarnung belassen“, sagte er, als er ihr die Papiere zurückgab – und dazu einen Strafzettel. Er tippte sich an die Mütze. „Fahren Sie vorsichtig, Miss Davis. *Übrigens, mein Bruder ist von seinem Praktikum bei Ihnen ganz begeistert.“*

Na super! Fantastisch. Ryan Millers großer Bruder. Deshalb war ihr sein Gesicht so vertraut erschienen. Sie räusperte sich. „Er ist ein guter Junge. Hat Potenzial.“

„Ja, Madam“, sagte der Beamte und grinste. „Tut mir leid wegen dem Knöllchen. Ein Mann muss schließlich seine Arbeit machen. Das verstehen Sie sicher.“

Liz nickte. „Natürlich. Jeder muss seine Arbeit machen.“ Sie zwang sich zu lächeln. Dann wartete sie, bis Ryans Bruder in den Streifenwagen gestiegen war und an ihr vorbeifuhr. Er fuhr winkend davon. Sobald er verschwunden war, legte Liz den Gang ihres Porsches ein und fuhr los. Langsam. Den Rest der Strecke legte sie mit genau drei Stundenkilometern unter der Geschwindigkeitsbegrenzung zurück, bis sie das Anwesen erreicht hatte. „Ein Mann muss schließlich seine Arbeit machen." Der Gedanke machte sie wütend. Es war genau diese Einstellung, die Jeff nach Kalifornien führte. Machogehabe. Kaum hatte sie das Tor zu ihrem Grundstück hinter sich gelassen, trat sie das Gaspedal ganz durch. Der Porsche machte einen Satz und schlidderte die gewundene Auffahrt zum Haus hinauf. Liz umklammerte das Lenkrad und genoss die Vorstellung, riskant zu leben – bis zu dem Augenblick, in dem sie eine Kurve falsch einschätzte und der Porsche den Asphaltweg verließ und einige Meter durch Cecil Baxters sorgfältig gehegten Rasen pflügte.

Kapitel 7

„Wenn ich 1978 gewusst hätte, dass du Zimtbrötchen backen kannst, die so gut riechen, dann hätte ich dir früher einen Antrag gemacht."

Als sie die Stimme ihres Mannes hörte, sah Irene Baxter von der Spüle auf, vor der sie stand und das Geschirr von Hand spülte. Sie lächelte.

„1978 konnte ich noch keine Zimtbrötchen backen, die so gut riechen", sagte Irene. „Was du da riechst, sind Jahrzehnte ausgefeilter Backtechnik, alter Mann. Und jetzt zieh deine dreckigen Stiefel aus, bevor du auf die Fliesen trittst."

„Jawohl, Boss", sagte Cecil, während er die Küchentür hinter sich ins Schloss zog und sich bückte, um der Aufforderung Folge zu leisten.

Irene sah, wie ihr Mann das Gesicht verzog, und fragte sich, warum der alte Mann sich stur weigerte, die Bank zu benutzen, die nur wenige Zentimeter entfernt stand. „Setz dich, du alter Narr", sagte sie. „Ich liebe dich, mit steifen Knochen und allem. Vor mir brauchst du nicht so zu tun, als ob."

Cecil murmelte einen Protest, aber er setzte sich, und die Gummistiefel waren nach einem Minimum an Grunzen und Stöhnen ausgezogen. Er deutete mit dem Kopf in Richtung Gartentür. „Ist Miss Lizzie heute Morgen schon unten gewesen?"

Irene schüttelte den Kopf. „Hab keinen Mucks gehört."

„Hmpf", machte Cecil. Er stützte seine knochigen

Hände auf den Knien ab und stemmte sich hoch. Dann ging er zu dem kleineren der beiden Kühlschränke, öffnete die Tür und goss sich ein Glas Orangensaft ein, das er in einem langen Zug leer trank.

„Hmpf – was?“, fragte Irene.

„Hmpf – ich frage mich, was los ist“, erwiderte Cecil. „Jemand ist vom Asphalt abgekommen und in den Garten gefahren. Und ist nur mit Schwierigkeiten wieder auf die Auffahrt gekommen. Sieht aus, als wäre der Fahrer aufgebracht oder beschwipst gewesen. Ich hoffe, aufgebracht.“

Irene wischte sich die Hände an ihrer Schürze ab. Sie griff in demselben Augenblick nach dem Topflappen, als die Zeitschaltuhr am Backofen klingelte. Sie nahm das Blech mit den Zimtbrötchen aus dem Ofen und ließ sie zum Abkühlen auf einen Rost gleiten. Dann setzte sie sich an den Küchentisch und schlug das mit Spiralbindung versehene Notizbuch auf, das sie für ihre Einkaufslisten und alle anderen Einzelheiten ihres Haushälterinnenlebens verwendete. „Ich gehe davon aus, dass wir es wissen werden, bevor der Tag vorbei ist – so oder so.“

* * *

Oben in ihrem Zimmer stöhnte Liz und rollte sich aus dem Sonnenstrahl, der sie gerade aus einem wunderbaren Traum gerissen und in die unwirtliche Realität befördert hatte. Jeff war in dem Traum vorgekommen, und jetzt galt ihm ihr erster bewusster Gedanke. Er hatte nicht angerufen, seit er gestern ihr Büro verlassen hatte. Sie wusste nicht, wann er flog, und auch nicht, wie lange er fortbleiben würde. „Sich die Sache ansehen“ umfasste wahrscheinlich Sitzungen, Bürobesichtigungen und vielleicht sogar ein Gespräch mit einem Immobilienmakler. Er würde es gründlich machen, auf irritierend männliche Machoart. Jetzt hatte er das Sagen. Dabei war er es doch, der ständig von der Ehe als Partnerschaft redete, wie sie gemeinsam die Geschäfte führen würden. Doch wenn sie einmal Nein zu etwas sagte, das *ihm* wichtig war, ging er einfach ohne sie.

Sie schloss die Augen. Es war Samstagmorgen, sie hatte viel gearbeitet und … Mmmm ... Irene backte Zimtbrötchen. Wenn sie nur eine Methode finden könnte, das Gefühl von Zuhausesein, das sie durchströmte, wenn dieser Duft durchs Haus zog, in Flaschen zu füllen und zu vermarkten, könnte sie sich zur Ruhe setzen. Wenn sie das wollte. Der Gedanke brachte sie wieder in die Gegenwart zurück. Nach einer Nacht, in der sie sich ununterbrochen in dem einsamen Bett herumgewälzt hatte, war sie kein bisschen klüger als zuvor. Sie seufzte, stand auf und wickelte sich in den Chenillebademantel, den Mimi ihr letztes Jahr geschenkt hatte – *„Aus einem alten Bettüberwurf genäht, Schatz. Ist das nicht geschickt?“* – und machte sich auf den Weg in die Küche.

* * *

Liz blieb auf der untersten Stufe stehen und genoss den vertrauten Anblick von Cecil, der in der Nische am Küchenfenster saß, während Irene sich in der Küche zu schaffen machte, dies abspülte, jenes ordnete. Die morgendlichen Gepflogenheiten der Baxters, zusammen mit dem Duft von Zimt und Butter und frisch gebrühtem Kaffee, spielten eine entscheidende Rolle in Liz' Definition des Wortes *Zuhause*. Wie, fragte sie sich, konnte Jeff auch nur andeuten, dass all dies ein Ende haben sollte für einen Job? Und genau das würde passieren, wenn sie Omaha verließen. Mimi hatte das Haus ein Mausoleum genannt.

Ob es an Luca Santo oder an Jean-Marc oder an beiden lag – allmählich gewöhnte Liz sich an den Gedanken, dass Mary Davis nie wieder in Omaha leben würde. Sie würde zu Besuch kommen, aber es würde nicht ihr Zuhause sein. Und jetzt verlangte Jeff von Liz, dass sie dasselbe tat wie ihre Mutter. Dass sie alles hinter sich ließ. Als wäre es nicht mehr als eine Immobilie. Aber schon bei diesem Gedanken wurde ihr klar, dass sie alles zu dramatisch sah. Jeff hatte nichts von ihr verlangt. Er hatte sie nur gebeten, mit ihm zu fliegen, um sich die Sache anzusehen. Er hatte gesagt, dass sie vielleicht eine Möglichkeit finden könnten, und endlich gestand sie sich selbst ein, dass Jeff Recht hatte – Henry Widhelm hatte ihm ein erstaunliches Angebot gemacht. Liz seufzte und rutschte gegenüber von Cecil auf die Bank in der Fensternische.

„Haben Sie das Kaffeetrinken aufgegeben?", sagte Irene, als sie den Stöpsel aus der Spüle zog.

„Nein", murmelte Liz zu dem Geräusch von ablaufendem Wasser und gurgelnden Seifenblasen. „Ich denke nach."

Irene trocknete sich die Hände an ihrer sauberen Schürze ab. Sie öffnete den Schrank, der eine ganze Generation von Davis'schen Kaffeebechern enthielt und holte Liz' Lieblingsbecher heraus, auf dem eine *Junggesellenauktion* beworben wurde, eine Wohltätigkeitsveranstaltung, bei der sie ein Essen mit Jeffrey James Scott „gewonnen" hatte. Sie hatten sich bei einem Seminar kennen gelernt, und als er bei der Versteigerung auf den Laufsteg getreten war, hatte Liz viel geboten.

„Geht's Ihnen gut heute?" Irenes Stimme klang besorgt, als sie den Becher auf den Tisch stellte.

Liz schnupperte an dem würzigen Getränk. Dann seufzte sie und fuhr mit der Hand über ihre Stirn, um sich die Haare aus dem Gesicht zu streichen, und schüttelte den Kopf. Sie trank einen Schluck Kaffee und entschuldigte sich bei Cecil. „Tut mir leid wegen des Gartens."

Cecil zuckte mit den Schultern. „Ich bitte Allison, etwas Erde draufzutun, dann füllen wir es auf. Ich kann allerdings nicht versprechen, dass am Hochzeitstag nichts mehr davon zu sehen ist."

„Ich werde nicht jammern, wenn man es sehen sollte", versprach Liz. „Geschieht mir recht, wenn ich mich so unreif verhalte."

„Sie müssen ein bisschen ruhiger werden, kleines Fräulein", mahnte Cecil. „Diese Raserei ist zu nichts gut. Gott sei Dank ist Ihnen nichts passiert. Wenn Sie dieses Manöver ein paar Meter weiter unten veranstaltet hätten, wäre es gut möglich gewesen, dass Sie die Böschung hinunter und geradewegs durch das Fenster der Bibliothek gesaust wären."

Der Gedanke war ernüchternd. Und Liz wusste, dass Cecil Recht hatte. Sie trank noch einen Schluck Kaffee, dann stand sie auf und nahm sich ein Brötchen.

„Können Sie beide mir etwas sagen?", fragte sie. „Was ist das Geheimnis einer langen Ehe?"

Irene sah Cecil an, der wie üblich erwartete, dass sie wie aus der Pistole geschossen antwortete, bevor er seine Meinung kundtat. „Wüsste nicht, dass es irgendein Geheimnis gibt", sagte sie.

Cecil erwiderte den Blick seiner Frau, und Liz sah, dass sie sich ohne Worte verständigten.

„Haben Sie und Cecil sich eigentlich *jemals* gestritten?"

Cecil sah erneut zu Irene hinüber und zwinkerte.

„Nur einmal", erwiderte Irene und machte eine kleine Pause, bevor sie weitersprach. „Ungefähr drei Jahre lang." Auf Liz' erstaunten Blick hin nickte Irene.

Cecil grinste und nickte zustimmend. „Die ersten drei Jahre unserer Ehe waren …"

„… schrecklich", vervollständigte Irene seinen Satz.

„Ich war ein sturer alter Bock", sagte Cecil, während er seine Frau mit einem liebevollen Lächeln bedachte.

„Und ich hatte einen ganz schönen Dickschädel."

„Wir sind so oft aneinandergeraten, während wir lernten, miteinander zu leben …", sagte Cecil.

„… dass wir eine Weile fast vergessen haben, warum wir geheiratet hatten."

„Und warum haben Sie geheiratet?", platzte Liz heraus, ruderte aber dann gleich zurück. „Ich meine, was war einer der Hauptgründe?"

Irene schien das Thema unangenehm.

„Die Bienen und Schmetterlinge", sagte Cecil, „waren damals ganz schön aktiv, wenn ich mich recht erinnere."

„Ach, du!", sagte Irene und stieß ihn spielerisch in

die Seite. Sie sah Liz an. „Wir hatten beide beim ersten Mal eine gute Ehe gehabt. Und ich vermute, wir haben uns zu der Zeit kennen gelernt, als uns klar wurde, dass man dem verstorbenen Ehepartner nicht untreu wird, wenn man sich einen Partner für den Rest des Lebens wünscht." Sie lächelte Cecil zu. „Und als ich diesen gut aussehenden Gauner hier traf, fingen die Bienen so richtig laut an zu summen."

Liz verkniff sich ein Lächeln. „Aber haben Sie …? Waren Sie irgendwann kurz davor sich zu trennen?"

„Nur einmal pro Tag", sagte Irene. Sie sah ihren Mann an, der zustimmend nickte.

„Ich weiß nicht, Jeff und ich sind jung", sagte Liz, „aber ich bin nicht sicher, ob wir die Kraft dazu haben." Sie hielt inne. „Mir scheint, als würden wir in letzter Zeit furchtbar oft streiten."

„Das überrascht mich nicht", sagte Irene. „Sie beide sind wie Cecil und ich." Sie setzte sich neben ihren Mann auf die Bank. „Dann mal raus damit."

Liz schüttete ihr Herz aus, wobei sie Jeffs Rolle als sturer Bock betonte und die Konsequenzen ausmalte. „Nicht zuletzt", sagte sie, „würde es bedeuten, dass Sie beide umziehen müssten."

„Also, lassen Sie sich davon nicht beeinflussen", sagte Cecil sofort.

Irene stimmte zu. „Überhaupt nicht." Sie sah ihren Mann an. „Wir haben was fürs Alter gespart."

„Tatsache ist", ergänzte Cecil, „dass meine Knie nicht mehr das sind, was sie mal waren. Es wird nicht mehr lange dauern, dann muss sowieso ein Jüngerer diese Arbeit übernehmen. Vielleicht gehört das alles zu Gottes Plan." Er streckte die Hand über den Tisch und nahm, ganz untypisch für Cecil Baxter, Liz' Hand in seine. „Hören Sie auf mich, kleines Fräulein“, sagte er und drückte ihre Hand. „Wagen Sie es nicht, Irene und mich für Ihren Streit mit Mr. Jeffrey Scott zu missbrauchen.“

Irene ergriff das Wort. „Er ist ein guter Fang.“

„Ich kann Omaha nicht verlassen“, flüsterte Liz. „Ich kann einfach nicht.“

„Können Sie nicht?“, forderte Irene sie heraus. „Oder wollen Sie nicht?“ Sie wartete eine Minute, und als Liz nicht antwortete, sagte sie: „Wissen Sie was, Liz? Irgendwann im dritten Jahr meiner Streiterei mit Cecil ist mir etwas klar geworden. Vielleicht können Sie aus meinen Fehlern lernen und selbst nicht so lange warten.“

„Was haben Sie denn herausgefunden?“

Irene sprach bedächtig. „Was ich Ihnen schon vor ein paar Minuten gesagt habe. Wenn Sie einen Mann genug lieben, tun Sie alles, um ihn zu behalten.“

„Starke Frauen tun das aber nicht“, erwiderte Liz.

„Das mögen Sie jetzt denken“, sagte Irene, „weil Sie im Moment vielleicht gar keine starke Frau sind.“ Als Liz sie verständnislos ansah, nickte sie. „Vielleicht sind *Sie* im Moment der sture Bock.“ Sie lehnte sich ein Stückchen vor. „Manchmal, Miss Lizzie, muss man *stärker* sein, um *nachzugeben*, als man es je musste, um den eigenen Willen durchzusetzen. Und wenn Sie mir nicht glauben, fragen Sie Ihre Mutter.“

Cecil sah auf seine Armbanduhr und erklärte, er müsse Allison wegen der Erde anrufen. Irene erhob sich, und er entfaltete seine langen Beine mit einem Grunzen und rutschte aus der Nische. Er dehnte seinen Rücken und sagte zur Decke hinauf: „Irgendwie hat das was, nicht den lieben langen Tag Hecken zu schneiden und Bäume auszuputzen.“ An der Küchentür blieb er stehen und sagte mit einem Blick zurück auf Liz: „Ich rede ja normalerweise nicht so viel, Miss Lizzie, aber wie ich das sehe, haben Sie da einen anständigen Mann gefunden. Und davon gibt es heutzutage nicht mehr viele. Wie ich es sehe, jedenfalls.“ Er schloss leise die Tür hinter sich.

„Haben Sie schon mit Ihrer Mutter über die Sache gesprochen?“, fragte Irene.

Liz nickte.

„Und?“

„*Geh nach Westen, junge Frau*“, zitierte Liz.

Irene stand auf. „Sie rufen jetzt besser Ihren Piloten an“, sagte sie. „Ich packe Ihnen ein paar von diesen Brötchen ein.“ Sie tätschelte Liz’ Schulter. „Noch ein kluger Rat, Schätzchen. Es kann nie schaden, sich die Sache zu versüßen, wenn man in den sauren Apfel beißen und klein beigeben muss.“

* * *

Liz’ E-Mail an ihre Mutter war kurz. *Bin nach Westen aufgebrochen. Wir reden später. Grüß JMD von mir.* Mimi würde sich freuen.

JMD … JJS … GTK. Liz zog die Schreibtischschublade auf und holte die Diskette heraus, die sie nicht lesen konnte. Sie hatte getan, was Corbin Stewart ihr geraten hatte, und eine Liste von Dingen gemacht, die Papa mit George Kincaid in Verbindung gebracht und als Passwort benutzt haben könnte. Sie probierte es mit Kincaids Hochzeitstag. Zugriff verweigert. Die Hausnummer seines alten Architekturbüros. Nichts.

Liz entnahm die Diskette und legte sie zur Seite. Dann schickte sie eine zweite E-Mail, und zwar an Margaret, ihre Assistentin.

Muss unerwartet die Stadt verlassen. Sagen Sie für Montag alle Termine ab. Wahrscheinlich auch Dienstag. Ryan Miller soll am Mittwochmorgen um 7.00 Uhr in mein Büro kommen. Sagen Sie ihm, dass er bei der Vorstandssitzung am Mittwochvormittag eine offizielle Präsentation seiner Idee zur Reduzierung der Baukosten vorstellen wird.

Damit, dachte Liz, würde der übereifrige Ryan Miller gut beschäftigt sein, bis sie wiederkam.

Als sie wieder in ihrem Zimmer war, lackierte sie sich die Zehennägel rot, während sie über Irenes und Cecils Rat nachdachte. Alles, worum Jeff sie gebeten hatte, war, dass sie es sich ansah. Und das war eigentlich eine vernünftige Bitte. Sie hatte noch jede Menge Zeit, Gründe zu finden, warum er besser in Omaha blieb. Sie hatte zu heftig reagiert – was verzeihlich war, wenn man bedachte, was für einen Stress sie im Moment hatte. Und wenn sie in Kalifornien auftauchte, würde Jeff das berücksichtigen und ihr verzeihen. Das war eines der Dinge, die sie so an ihm liebte. Er war nicht nachtragend.

Mit einem letzten Tupfer beendete sie ihre Pediküre und stand auf. Ihr Blick fiel auf etwas Rotes inmitten der Abendgarderobe in ihrem Ankleidezimmer. Mit den Schwämmchen zwischen den Zehen humpelte sie auf das rote Nachthemd zu. In einem hatte Irene sicher Recht: Es konnte nicht schaden, etwas Süßes bereitzuhalten, wenn ein Mädchen in den sauren Apfel beißen und klein beigeben musste.

* * *

Mit einem Blick auf den Tachometer ihres Porsches klappte Liz ihr Handy auf und tippte die Kurzwahl für eine Nummer in Kalifornien ein. „Hallo, Danny", sagte sie. „Um wie viel Uhr erwartest du Jeff?"

„Was?"

„Um wie viel Uhr kommt Jeff an?"

„Äh … Liz, tut mir leid, aber ich weiß nichts davon, dass Jeff noch mal herkommt. Haben wir einen Anruf oder eine Mail nicht bekommen?"

„Entschuldige, da muss ich etwas missverstanden haben. Er hat bei euch in der Gegend geschäftlich zu tun. Ich fliege auch, aber wir konnten nicht denselben Flieger nehmen. Ich war einfach davon ausgegangen, dass er sich für heute Abend bei euch angemeldet hat." Liz räusperte sich. Sie wollte ihren zukünftigen Schwager nicht anlügen. Aber sie wollte auch nicht, dass ihr Privatleben öffentlich bekannt wurde. „Also, sag mal nichts, okay? Wenn er dich überraschen wollte, würde er mich umbringen."

„Klar, Liz", sagte Danny. „Kein Problem."

„Wie geht es Sarah?"

„Eigentlich ziemlich gut", erwiderte Danny. „Sie hat einen Job."

„Das ist ja toll."

„Und die Kinder scheinen mit ihrer Therapie gut

klarzukommen. Es ist wirklich eine große Hilfe, dass ihr uns da unter die Arme greift."

„Ich bin froh, dass wir etwas tun können", sagte Liz. „Dafür ist Familie doch da, oder?"

Danny klang amüsiert, als er sagte: „Nun, ich denke, dass Gott es sich so vorgestellt hat, als er den Menschen erschaffen hat. Aber ich könnte dir Geschichten von einigen meiner Klienten da draußen erzählen –" Er verstummte plötzlich und sagte dann: „Aber das willst du sicherlich nicht hören."

„Jedenfalls werden wir ganz erstaunt tun, wenn Jeff plötzlich auf der Matte steht."

„Danke", sagte Liz. Sie zwang sich zu lachen. „Damit ersparst du mir eine Schelte."

„Ja, ich weiß, was du meinst. Jeff kann manchmal ganz schön gemein zu dir sein."

Dannys freundlicher Sarkasmus beendete ihr Gespräch.

* * *

„Gibt es Ärger im Paradies?" Sarah stand in der Küchentür. Während sie sprach, zog sie sich das Schweißband vom Kopf und leerte gierig ein Glas Wasser.

„War es ein schöner Spaziergang für Diego und dich?"

„Der Hund ist ein Ungeheuer. Er zerrt mich hinter sich her, bis ich das Gewicht tatsächlich *verliere*." Sie ging zum Kühlschrank und öffnete die Tür. Sie nahm eine Dose mit Milchshake heraus und schüttelte sie. „Ist schon in Ordnung", sagte sie zu ihrem Bruder. „Das ist erlaubt. Es ist meine einzige Kalorienzufuhr für die nächsten zwei Stunden. Und dann", sagte sie, während sie in die Keksdose langte, „gönne ich mir *diesen* Luxus hier." Sie nahm sich einen kleinen Eiweißriegel.

„Ab mit dir, Mädchen", sagte Danny und gab seiner Schwester einen Kuss auf die Wange.

„Noch mal", sagte Sarah, „gibt es Ärger im Paradies?" Sie hielt eine Hand hoch. „Ich weiß, ich weiß, das habe ich nicht mit der gebührenden Menge christlicher Nächstenliebe gesagt, die ich allen Menschen entgegenbringen soll. Ich kann mir einfach nicht helfen", sagte sie. „Elizabeth Davis macht es mir wirklich schwer."

„Lass das", sagte Danny. „Irgendetwas stimmte nicht mit diesem Anruf." Er nahm das Telefon erneut zur Hand. Wählte. Wartete. Runzelte die Stirn. „Jeff geht nicht dran. Keine Mailbox. Nichts."

Sarah schüttelte den Kopf. „Diese beiden. Mir ist klar, was sie in unserem Bruder sieht. Aber ich muss dir sagen, dass ich ihn, mal abgesehen von der Figur und dem Gesicht, nicht verstehe." Sie seufzte. „Aber ich nehme an, ich muss es auch nicht verstehen. Ich will sie schließlich nicht heiraten und Jeff scheint wirklich verrückt nach ihr zu sein." Sie nippte an ihrem Milchshake.

„Nur weil du Liz nicht magst –"

„Ich mag sie wohl", protestierte Sarah. „Sie ist meine zukünftige Schwägerin. Ich muss sie mögen. Sie bezahlt die Therapie für meine Kinder. Und hat angeboten, eine Tagesmutter zu engagieren. Wenn es nach ihr ginge, bräuchte ich als Mutter bald gar nichts mehr zu tun. Sie könnte mir Ersatz für alle meine Tätigkeiten organisieren. Und dann wäre ich frei, irgendetwas – wie sie es so wunderbar ausgedrückt hat – Sinnvolles zu tun."

„Das hat sie bestimmt nicht gesagt", protestierte Danny.

„Vielleicht nicht", gab Sarah zu. „Aber gedacht hat sie es." Ohne die Antwort ihres Bruders abzuwarten, wedelte Sarah mit ihrem schweißdurchtränkten Stirnband durch die Luft. „Ich weiß, ich weiß. Wessen Anerkennung will ich haben – die von Liz oder die von Gott?" Sie schüttelte den Kopf. „Wenn diese Hexe auf Rädern wirklich meinen Bruder heiratet, hätte ich gerne beides. Und bevor du mit mir schimpfst, entschuldige ich mich für diese Bemerkung." Ihre Miene wurde ernst. „Ich bin wirklich gemein. Sie gibt mir einfach das Gefühl ... fett zu sein. Hässlich. Eine totale Versagerin. Und", fügte sie hinzu, nachdem sie den Rest ihres Milchshakes getrunken hatte, „hatte ich *fett* erwähnt?"

„Jetzt sei nicht so selbstkritisch." Dannys Stimme klang sanft. „Liz Davis kann einen wirklich einschüchtern. Niemand macht dir einen Vorwurf daraus, dass du ihr gegenüber gemischte Gefühle hast. Soweit ich das beurteilen kann, hast du dich gut gegen sie durchgesetzt und sie dort helfen lassen, wo es wichtig war. Ich hatte auch schon so ähnliche Gedanken wie du. Insgesamt würde ich sagen, du schlägst dich ganz tapfer."

„Ja, sicher – ich bin fantastisch", sagte Sarah. Sie fuhr sich mit den Fingern durch ihr feuchtes Haar. „Ich habe zwei Jungs, die nur glücklich sind, wenn sie hören, dass ihr Vater sich nicht im selben Bundesstaat aufhält, und eine Tochter, die die Königin der Notfallbereitschaft ist."

„Was sagt denn übrigens die Seelsorgerin über Hills Rucksacktick?"

Sarah zuckte mit den Schultern. „Ich soll sie lassen. Wenn es ihr ein Gefühl der Sicherheit gibt, einen Rucksack mit sich herumzuschleppen, soll ich sie lassen."

„Was hat sie eigentlich da drin?"

„Eine Taschenlampe. Kekse. Ihre Babydecke. Das Buch mit Geschichten aus der Bibel, das du ihr geschenkt hast. Telefonnummern."

„Telefonnummern?", fragte Danny.

Sarah nickte. „Genau. Deine. Die von Jeff. Meine Nummer bei der Arbeit. Eine alte Schachtel mit Buntstiften."

„Buntstifte", überlegte Danny stirnrunzelnd. „Ich wusste nicht, dass Hillary gerne malt."

„Tut sie auch nicht. Aber ihre Brüder", sagte Sarah. „Irgendwie" – sie räusperte sich – „ist Hillary von dem Gedanken besessen, dass sie für sie sorgen muss. Wie damals an dem Abend, als ich bewusstlos war." Tränen stiegen ihr in die Augen. „Ich bete jeden Tag zu Gott, dass Hillary nie merkt, was wirklich los war und dass ich bewusstlos war, weil ihr Vater mich so heftig geschlagen hat. Sie glaubt noch immer, dass ich von den Schmerzen ohnmächtig wurde, nachdem ich ‚gefallen' war und mir den Arm gebrochen hatte."

Danny stand auf und ging zu seiner Schwester hinüber.

„Ach, lass", wehrte Sarah ab, während sie sich über die Augen wischte. „Ich bin ganz verschwitzt."

„Ich habe keine Angst vor Schweiß“, sagte Danny und zog sie an sich, damit sie ihren Tränen freien Lauf lassen konnte.

* * *

„Guck mich nicht so an“, sagte Sarah, als sie an diesem Abend Jeffs Glas mit Milch füllte. „Ich bin der letzte Mensch auf Erden, der Ratschläge für die Ehe – oder für die Zeit davor – gibt. Wenn du mit Liz Streit hast, musst du genauso im Dunkeln tappen, wie jeder andere Mann, der etwas auf sich hält, es in deiner Situation tun würde.“

„Aber du bist eine Frau“, protestierte Jeff. „Kannst du mir nicht helfen, das Ganze aus weiblicher Perspektive zu sehen?“

Sarah sah einen Moment lang zur Decke hinauf. Schließlich ging ihr Blick zu Jeff zurück. „Versteh mich nicht falsch, Bruderherz. Aber Liz Davis ist eine andere Art Frau, als ich es bin. Ich kann dir nicht helfen, sie zu verstehen, weil ich sie selbst nicht verstehe. Ich wollte nie etwas anderes sein als Ehefrau und Mutter. Und wenn ich einen Mann wie dich hätte, der mit mir vor den Altar treten will – dann würde ich mit ihm nach Timbuktu gehen, wenn er dort leben wollte.“

„Das Gleiche gilt für mich“, stimmte Danny zu. „Für die Sache mit dem Frauenverstehen – oder Liz.“ Er lehnte sich in seinem Sessel zurück und hakte die Daumen in die Gürtelschlaufen seiner Jeans ein.

Jeff starrte durchs Fenster in die Ferne hinaus.

„Iss“, sagte Sarah und reichte ihm einen Teller Spaghetti. „Sei froh, dass die Zwerge dir was übrig gelassen haben und dass sie im Bett sind und schlafen. So hast du etwas Zeit zum Nachdenken, bevor sie dich morgen früh wecken." Sie grinste. „Sie werden übrigens begeistert sein, dass du so schnell wiedergekommen bist."

„Dank dir, Schwesterherz", sagte Jeff. Er nahm seine Gabel in die Hand und wickelte eine große Portion Spaghetti darum.

„Hey, du kannst das ja richtig gut", sagte Danny. „Du siehst wie ein echter Italiener aus."

„Der einzige Italiener, den ich kenne, hat weiße Haare", sagte Jeff. „Er hat mir übrigens gezeigt, wie man das hier macht." Jeff nahm einen Löffel in die linke Hand und eine Gabel in die rechte und wickelte die nächste Runde Pasta auf.

„Ich bin beeindruckt", sagte Danny. „Aber nicht so beeindruckt, wie ich wäre, wenn du tatsächlich auf so einer Damati oder so säßest."

„Ducati", korrigierte Jeff.

„Egal", winkte Danny ab. „Ihr hattet viel Spaß drüben in Europa, was?"

„Für Liz war es schwer, aber ich glaube, sie würde inzwischen sagen, dass es sich gelohnt hat. Durch die schwierigen Umstände, hat sie jetzt ein anderes Verhältnis zu ihrer Mutter. Und es hat auch Spaß gemacht. Die Motorräder, die Oper an Silvester." Die Erinnerung an Liz in ihrem dunkelblauen Abendkleid, das sie an jenem Abend getragen hatte, und die leidenschaftlichen Gefühle, die es in ihm ausgelöst hatte, kamen wieder hoch. „Alles in allem", lächelte er, „bekommt Weihnachten – und Silvester – in Paris definitiv zehn von zehn Punkten." Sein Blick ging wieder zum Fenster hinaus. Die Sonne war untergegangen, und Schatten lagen auf den Hügeln. Liz in diesem Kleid … der Streit gestern … Liz … Schließlich legte Jeff seine Gabel nieder. „Tut mir leid, Schwesterchen", sagte er zu Sarah. „Ich weiß es zu schätzen, dass du das Essen für mich aufgewärmt hast, aber ich habe einfach keinen Hunger." Er stand auf. „Ich glaube, ich gehe eine Runde spazieren."

Mary

„Dort." Ich zeige auf den Bildschirm und die Worte in Liz' E-Mail, grüß JMD von mir, *bevor ich zu Jean-Marc aufblicke, der hinter mir steht. „Betrachte dich als gegrüßt."*

Jean-Marc lächelt. „Du bist sicher froh, dass sie auf deinen Rat gehört hat."

„Das bin ich. Es kommt nicht oft vor." Ich lache leise. „Vielleicht hält meine eigene Tochter mich auf meine alten Tage noch für weise."

„Der Lohn des Älterwerdens", stimmt Jean-Marc zu. „Meine Celine scheint von demselben Virus befallen zu sein. Erst letzte Woche hat sie mich angerufen, um mich wegen einer Sache um Rat zu fragen. Und sie hat dann tatsächlich getan, was ich vorgeschlagen habe." Er schweigt einen Moment, dann deutet er mit dem Kinn auf den Bildschirm. „Heißt das, du kannst jetzt mit mir kommen? Ich weiß, dass es nicht so früh geplant war."

Ich schüttle den Kopf. „Das Zimmer im Hotel ist erst in einem Monat gebucht."

Er tut das Problem mit einer Handbewegung ab. Lucas

Verwandtschaft besitzt ein Hotel im Oltranobezirk in Florenz. Er ist sicher, dass sich da etwas machen lässt.
Ich bin nicht überzeugt. „Ich bin Annies Ersatzmutter, jetzt, wo ihre Eltern sich wegen der Hochzeit so anstellen."
Noch während ich die Worte ausspreche, weiß ich, dass es ein schwaches Argument ist. Annie Templeton würde es romantisch finden, wenn ich mit Jean-Marc verschwinde. Aber Annie Templeton ist auch nicht diejenige, die von Luca Santo träumt. „Ich kann doch nicht –"
Jean-Marc gibt sich nicht so leicht geschlagen. „Annie wird selbst bald in Florenz sein. Was kann schon passieren? Und Celine und die Jungen sind schon ganz gespannt darauf, dich kennen zu lernen." Er legt eine Hand auf meine Schulter.
Ich tätschle seine Hand, schließe mein E-Mail-Konto und stehe auf. „Ich kann einfach nicht einen Monat in Italien bleiben", protestiere ich. „Jedenfalls nicht jetzt."
Seine nordisch blauen Augen begegnen meinen. Schließlich lächelt er und zuckt mit den Schultern. „Luca hatte Recht."
„Was hat Luca damit zu tun?" Ich weiß, dass es kindisch ist, aber jetzt bin ich in rebellischer Stimmung. Haben die beiden schon wieder hinter meinem Rücken Pläne geschmiedet?
„Ich habe ihm gesagt, dass ich dich überreden würde, früher nach Florenz zu kommen. Er sagte, ich würde es nicht schaffen. Du hättest deinen eigenen Kopf."
„Und was hast du *darauf gesagt?"*
Jean-Marc zuckt wieder die Achseln. „Dass er mir das nicht zu erzählen braucht – ich habe das schon vor Jahrzehnten gelernt." Er beugt sich vor und küsst mich auf die Wange. Dann sagt er mit einem Zwinkern: „Aber ich

habe ihm nicht gesagt, dass ich die Zauberworte kenne, mit denen ich dich überreden kann.“

„Und welche Worte sollen das sein?“ Ich kann nicht anders. Ich kann ihm nicht lange böse sein. Er ist einfach charmanter, als es ihm guttut. Vielleicht als es mir guttut.

„Sea Cloud.“

„Ich freue mich darauf, sie kennen zu lernen“, gebe ich zu. „Aber jetzt noch nicht. Wie ich schon sagte, ich kann jetzt nicht nach Italien fahren.“

„Warte.“ Er tippt auf meine Nasenspitze. „Du hast noch nicht alle meine Zauberworte gehört.“

Ich verschränke die Arme wie eine Mutter, die ihr ungezogenes Kind ausschimpft. „Ich warte.“

„Bösendorfer.“

„Eine wunderbare Klavierwerkstatt …“

„Ja. Mehr als das“, nickt Jean-Marc, während er die Hände ausstreckt und mit den Fingern in der Luft Klavier spielt. „Und Celine hat einen Musiksalon in ihrer Villa, von dem man über Florenz blicken kann.“ Sein Blick wandert von seinen Fingern zurück zu mir. „Bring bitte deine Geige mit. Wir machen wieder als Paar Musik.“

Ich weiß nicht, ob Jean-Marc klar ist, was er da gesagt hat. Aber bevor ich das entscheiden kann, spricht er das letzte seiner Zauberworte aus.

„Ducati.“

„Wie bitte?“

„Wenn du nach Florenz kommst, wo es wärmer ist, bringen wir dir das Motorradfahren bei.“

„Wir?“

„Luca und ich. Hat er dir das nicht erzählt? Es gibt Probleme bei der Renovierung der Villa, in der seine Schwester

lebt und wo die Hochzeit stattfinden soll. Er fährt am Montagmorgen nach Florenz."

Er scheint überrascht, dass ich nichts davon weiß. Und ich bin es auch. Überrascht – und ein wenig verletzt, dass Luca es mir nicht selbst gesagt hat. Er hatte in letzter Zeit sehr viel zu tun, und wir haben nicht oft miteinander gesprochen. Jean-Marc und ich haben ihn gestern Abend zum Essen eingeladen, aber er hatte keine Zeit.

„Also, was sagst du?", fragt Jean-Marc. „Traust du uns zwei alten Rennkumpels zu, dass wir dir das Motorradfahren beibringen?"

„Ich ganz alleine auf dem Motorrad?"

Er nickt. „Du ganz alleine."

„Ich muss aber erst mit Annie sprechen."

Er reicht mir das Telefon mit einem selbstzufriedenen Lächeln. Ich weiß, was er denkt. Er kennt die Zauberworte. Sea Cloud … Bösendorfer … Ducati. *Ich rede mir ein, dass dies die Gründe dafür sind, dass ich eine vorzeitige Abreise nach Florenz in Erwägung ziehe. Die Tatsache, dass Luca dort sein wird, ist schön, aber nicht der ausschlaggebende Faktor. Auf keinen Fall. Ist es nicht. Es …*

Kapitel 8

„Tut mir leid wegen der Unannehmlichkeiten, Miss Davis", sagte Dave, „aber ich weiß, dass ich Sie benachrichtigt habe. Es ist eine planmäßige Wartung."

Liz erinnerte sich und fluchte insgeheim.

„Soll ich nachsehen, was ich Ihnen sonst anbieten kann? Viel Auswahl gibt es allerdings so kurzfristig nicht."

„Nein, ist schon gut", sagte Liz. „Ich werde erst einmal versuchen, ob ich einen Linienflug bekomme. Irgendjemand hat bestimmt einen Last-Minute-Platz frei."

Jemand hatte einen. Ungefähr für das Doppelte dessen, was ein Erste-Klasse-Ticket normalerweise kostete. Außerdem musste sie in Denver umsteigen und würde erst gegen zehn Uhr abends in Oakland ankommen. Aber der Schlag wurde etwas gedämpft, als sie erfuhr, dass sie ein Cabrio mieten konnte, das mit einem Navigationssystem ausgestattet war. Die Fahrt zu Dannys Haus in Mill Valley würde ihr helfen, den Kopf frei zu bekommen. Bei heruntergelassenem Verdeck in einem Mustang zu sitzen, war keine so furchtbare Aussicht. Solange es nicht regnete. Wie würde das Wetter wohl sein? Sie konsultierte den Wettersender. Du meine Güte! War in Kalifornien denn niemals Winter? Und mit dem Navigationssystem würde sie Dannys Haus wenigstens finden – egal, wie spät es war. Sie hoffte, dass Jeff mit seinem Handy neben dem Bett schlief. Sie hoffte, er würde drangehen, wenn „ihr" Klingelton ertönte. Jetzt, da sie beschlossen hatte, Mimis Rat anzunehmen, machte die Warterei sie ganz verrückt.

* * *

„Haben Sie Probleme mit Ihrem Laptop?"

Liz sah den Typen an, der neben ihr saß, und schüttelte den Kopf. „Ich habe ihn in letzter Sekunde noch in mein Bordcase gestopft, ohne zu bedenken, dass er mit ‚antiker' Technologie nicht kompatibel ist." Sie hielt die Diskette hoch, auf deren Etikett die Buchstaben GTK standen.

Der Mann neben ihr lächelte. „Tja, die Server-Spezis mit ihren Riesen-HDDs und Flash-Speichern haben die Floppys ziemlich gecrasht."

„Entschuldigung?" Er hatte genau genommen keinen Unsinn geredet. Liz wusste, dass Corbin Stewart alles, was der Typ gesagt hatte, kapiert hätte. Sie allerdings verstand kein Wort.

„Tut mir leid", lächelte er und hielt ihr die Hand zu Begrüßung hin. „Gil Dayton. Ich bin eine Art IT-Typ. Von Ihrem Computermodell zu schließen, dachte ich, Sie wären auch in der IT-Branche."

Liz schüttelte den Kopf. „Nee. Ich will nur nicht, dass mein technisches Equipment mich daran hindert, die Nummer eins im Geschäft zu sein."

„Aber Sie sind sicherlich die Lieblingskundin Ihres Händlers."

„Könnte man sagen", erwiderte Liz lächelnd.

„Ich wollte nur sagen: Diese Disketten werden heutzutage eigentlich nicht mehr benutzt. Es gibt inzwischen sicherere Methoden, Daten – und zwar extrem viele – zu speichern." Er steckte die Hand in seine Jackentasche und zog einen schmalen silberfarbenen USB-Stick hervor.

„So einen habe ich auch", sagte Liz. „Mit einem Gigabyte Speicher." Sie streckte ebenfalls die Hand aus. „Elizabeth Davis." Sie tippte auf die Diskette. „Die gehörte meinem Vater. Er ist vor zwei Jahren gestorben."

„Tut mir leid", sagte Mr Dayton.

„Danke. Jedenfalls habe ich ein paar alte Akten durchgesehen, und dabei habe ich die hier in seinem alten Arbeitszimmer gefunden. Sie ist passwortgeschützt und –"

„Und es macht Sie verrückt, dass Sie nicht wissen, was drauf ist?"

„Genau. Wahrscheinlich ist es gar nicht wichtig, aber ich wüsste es gerne genau, bevor ich das Ding wegwerfe."

„Ich weiß, wie das ist. Man hat das Gefühl, als würde man ein Stück von dem Menschen, den man geliebt hat, aus dem Fenster werfen."

„Ihr Vater lebt auch nicht mehr?", fragte Liz.

Er schüttelte den Kopf. „Meine Frau. Vor dreieinhalb Jahren." Er zuckte mit den Schultern. „Und ich habe immer noch jedes Schmuckstück, das ich ihr jemals geschenkt habe. Und die Schuhe. Ich konnte mich einfach nicht von den Schuhen dieser Frau trennen." Er sah auf seine Hände hinunter und berührte den goldenen Ring an seinem Finger. „Idiotisch, oder?"

„Nicht idiotisch", sagte Liz. „Süß." Sie machte eine Pause. „Eine Treue wie Ihre, das ist heutzutage selten."

„Ich habe bemerkt, dass Sie verlobt sind", sagte Mr Dayton und fügte dann schnell erklärend hinzu. „Verkäuferangewohnheit. Man bezeichnet es als ‚Kundenanalyse'. Ich wollte Sie nicht abtasten." Er schüttelte den Kopf. „Ich verzettel mich hier immer mehr. Lassen Sie mich das anders formulieren." Er lächelte. „Herzlichen Glückwunsch."

„Danke."

„Und wann ist der große Tag?"

„Am 24. Mai, hoffe ich." Und schon war Liz dabei, dem verwitweten Fremden, der mehr wie ein Fitnesstrainer aussah als ein Computerfachmann, zu erzählen, warum sie in diesem Flugzeug saß, warum sie nach Oakland flog – und er hörte zu.

„Mensch", sagte er, „was für eine Geschichte."

„Tut mir leid", entschuldigte Liz sich. „Sie waren so höflich, und schon langweile ich Sie mit meinen –"

„Es ist nicht langweilig. Und ich kann Ihnen vielleicht ein paar Tipps zu Ihrer Diskette geben. Das ist nämlich so eine Art Spezialität von mir."

„Wenn Sie mir helfen können, an diesem Passwort vorbeizukommen" –, Liz tippte wieder auf die Diskette – „dann kaufe ich Ihnen ein leckeres Steak. Oder einen Ferrari. Sie haben die Wahl." Plötzlich war sie der Vorsehung dankbar dafür, dass der Firmenjet ausgerechnet diese Woche gewartet wurde.

„Ich bin Vegetarier", lachte er, „also seien Sie lieber vorsichtig. Ich glaube, Ferraris kosten heutzutage mehr als ein normales T-Bone-Steak. Wahrscheinlich haben Sie schon eine Liste mit Geburts- und Hochzeitstagen und diesen Dingen durchprobiert, oder?"

Liz nickte.

„Was ist mit den ‚traurigen' Zahlen?"

„Was meinen Sie?"

„Die meisten Menschen nehmen an, dass Passwörter aus positiven Assoziationen im Leben entstehen. Aber nach dem 11. September 2001 haben garantiert Tausende von Menschen neue ‚geheime' Passwörter rund um dieses Datum gebastelt. Oder die Zahlen der Feuerwehrbrigaden … oder die Flugnummern. Solche Dinge eben. Wenn Sie also ‚glückliche' Zahlen ausprobiert haben und keinen Erfolg hatten, versuchen Sie es einmal mit den ‚traurigen' Zahlen im Leben des Betreffenden."

„Daran hatte ich nicht gedacht", gab Liz zu.

„Die meisten von uns denken nicht daran. Wir vergessen, dass Dinge, die wir Sterblichen als negative Ereignisse betrachten, oft viel länger im Gedächtnis bleiben als die glücklichsten Momente. Wir sagen, dass wir einen wunderbaren Sonnenuntergang oder eine romantische Begegnung nie vergessen werden. Aber in Wirklichkeit tun wir es doch." Er sah auf seinen Ehering hinunter.

Das Essen für die Passagiere in der ersten Klasse kam. Liz verstaute ihren Laptop und die Diskette, und es dauerte nicht lange, bis sie mit Gil Dayton über Filme sprach und dann über das Reisen. Gil war schon überall auf der Welt gewesen. „Paris fand ich nicht annähernd so schön wie Italien."

„Jeff und ich sind dort nächsten Monat zu einer Hochzeit eingeladen."

„Wirklich? Wo denn?"

„In Florenz."

„Ah, die Toskana …" Er sah auf den Teller mit dem Fertiggericht der Fluggesellschaft. „Also, *die* können kochen …" Und schon ging er ganz in seinem Thema auf, das diesmal nicht Technologie, sondern italienische Küche lautete. „Egal, was Sie tun, Sie dürfen auf keinen Fall ein Essen bei Angiolino auslassen“, sagte er. „Das ist eine kleine *trattoria* ein paar Schritte abseits von der *Via Maggio.* Fußläufig zum *Ponte Vecchio.*“ Er legte seine Gabel ab. „Am besten schlendern Sie an einem Frühlingsabend bei Sonnenuntergang alleine am Fluss entlang, sehen zu, wie die Lampen eine nach der anderen aufflackern, gehen dann zur *Via Santo Spirito* hinunter und bald lädt die Leuchtreklame Sie zu Angiolino ein.“ Er spitzte die Lippen, legte Daumen und Zeigefinger aufeinander und machte einen genüsslich schnalzenden Laut. „*Ottimo.*“

„Und“, fragte Liz, „was bestellen wir bei Angelina am besten?“

„An-gio-li-no“, korrigierte Gil sie. „Vertrauen Sie dem Ober. Je nachdem, wozu der Koch sich an dem Tag inspiriert fühlt, das essen Sie. Und dazu den Chianti des Hauses. Achten Sie darauf, unbedingt den zu bestellen, auch wenn Sie es gewohnt sind, teurere Weine zu trinken. Sie haben ihr eigenes Etikett und –“ Er räusperte sich und schüttelte den Kopf. „Tut mir leid. Bei Florenz gerate ich immer ins Schwärmen.“

„Sie bringen mich noch auf den Geschmack hinzufahren, obwohl ich gerade beschlossen hatte, dass ich es nicht schaffen werde.“

„Zu viel Hochzeitsplanung?“

„Zu viel von allem.“

„Feiern Sie die Hochzeit kleiner.“ Er sah sie eindringlich an. „Fahren Sie nach Florenz, Miss Davis. Es wird Ihr Leben verändern.“

„Na gut“, lachte Liz. „Sie haben mich überzeugt.

Haben Sie noch eine gute Idee, wie ich meinem Verlobten Omaha schmackhafter machen kann?"

„Nein", sagte Gil. „Aber ich werde dafür beten, dass Sie das Problem lösen können. Ich will schließlich, dass Sie auch weiterhin erfolgreich sind, damit Sie, wenn Sie es tatsächlich schaffen, das Passwort zu knacken, mir auch wirklich den Ferrari kaufen können." Er zwinkerte ihr zu. „Aber jetzt, Miss Davis, habe ich viel zu viel geredet." Er gab seinen Teller der Flugbegleiterin und ließ sich Kaffee nachschenken. „Darf ich Ihnen eine Frage stellen? Sie brauchen nicht zu antworten, wenn Sie nicht wollen."

Liz sah auf ihre Armbanduhr. „In der nächsten Stunde werde ich nirgendwo hingehen, wie es aussieht."

„Okay", sagte Gil. „Hier ist mein Vorschlag: Sie sind in Florenz und haben den Rat dieses Typen befolgt, den Sie im Flugzeug kennen gelernt haben, und sind mit dem Bus den Hügel hinaufgefahren zu dem berühmten Ausblick über die Stadt. Sie beschließen, die lange Treppe hinaufzugehen, die zur Kirche hinaufführt. Und als Sie oben ankommen, senken sich die Wolken über Sie und Sie haben das Gefühl, in einer anderen Dimension zu sein. Engel singen, Harfenspiel – die ganze Palette. Aber Sie können nicht mehr sehen, was am Ende der Treppe ist. Aus irgendeinem Grund sind Sie überzeugt, dass etwas Wunderbares – vielleicht sogar der Himmel – dort oben ist. Und das wollen Sie sehen. Aber als Sie die letzten Stufen hinaufsteigen, tritt ein Mönch aus den Wolken und fragt nach Ihrer Eintrittskarte."

„Meiner Eintrittskarte … in den Himmel?", fragte Liz lachend.

„Genau“, nickte Gil. „Nehmen wir an, dass es wirklich der Himmel ist, dort oben am Ende der Treppe. Und der Mönch will Sie hereinlassen. Er muss nur Ihr Ticket überprüfen.“ Er lächelte. „Was glauben Sie? Was würde ein nettes Mädchen aus Omaha dem alten Mann bieten können – vorausgesetzt, natürlich, er wäre Vegetarier und hätte keinen Führerschein?“

* * *

Jeff stand auf Dannys Dachterrasse, von der aus man die Oase überblicken konnte, die sein Bruder aus einem struppigen Grashaufen geschaffen hatte, und lächelte. Sein Bruder hatte beinahe ein Wunder vollbracht, indem er ein einfaches Haus in ein gemütliches Zuhause verwandelt hatte, das sich hinter einem Zedernzaun verbarg und zwischen einer riesigen blühenden Bougainvillea, einem Hibiskusspalier und weißem Jasmin kaum zu sehen war.

„Du hast es echt drauf, Bruderherz“, sagte Jeff, als Danny sich auf der Dachterrasse zu ihm gesellte und über das weite Tal unter ihnen blickte. Er zeigte auf den Garten. „Es kommt mir wie gestern vor, dass da unten nur Unkraut wuchs.“

Danny stellte zwei Coladosen auf die Balustrade der Terrasse. Er öffnete eine und reichte sie Jeff. Er lachte. „Sag zu einem Scott niemals, dass etwas unmöglich ist.“

Jeff holte tief Luft. „Wie wahr.“

„Erzählst du mir, was mit dir und Liz los ist, oder soll ich weiter im Dunkeln tappen?“

Jeff warf seinem Bruder einen Blick zu.

Danny nickte. „Verstanden. Dunkel also." Er stellte seine Getränkedose ab, zog seine Jacke aus und reichte sie Jeff. „Nimm sie. Du wirst sie zu schätzen wissen, wenn du oben ankommst."

„Danke", sagte Jeff. Die Brüder standen ein paar Minuten lang Schulter an Schulter da, bevor Jeff sich auf den Weg machte.

„Hey, Bruderherz", rief Danny ihm nach.

Jeff drehte sich um.

„Ist sie es wert?"

„Das ist genau die Frage."

Danny nickte. Er sah zum Himmel hinauf. „Klasse Abend für eine Wanderung", sagte er und machte es sich in einem der Liegestühle bequem. „Wenn du wiederkommst, falls du reden willst …"

„Ich weiß", erwiderte Jeff. „Danke." Er ging die Straße hinauf. Er wusste, wo er langmusste und welchen Gipfel er erklimmen wollte – den vollkommenen Ort, um die Einsamkeit zu finden, die er brauchte. Er und Danny waren stundenlang auf den Wanderwegen rund um Mill Valley gegangen, seit Danny nach Kalifornien gezogen war. Aber jetzt, wo er alleine ging, merkte Jeff, dass er nicht mehr fit genug war für die steilen Anstiege und nicht halb so trittsicher, wie er es einmal gewesen war. Wie passend, dachte er, als er darüber nachzudenken begann, auf wie vielfältige Weise er vom Weg abgekommen war, seit er Elizabeth Davis bei jenem Seminar zum ersten Mal begegnet war. Er erinnerte sich an den Schock, als er merkte, aus welch unterschiedlichen Welten er und Liz kamen. Er war sich sicher, dass sein gesamtes Elternhaus in der Eingangshalle des Davis-Anwesens Platz gehabt hätte. Als

Junge hatte er gelernt, das, was er essen wollte, selbst zuzubereiten. Was Liz gelernt hatte, war kaum mehr, als einen Tisch zu reservieren. Jeff Scott wusch seine Wäsche selbst. Liz war mit Irene aufgewachsen, die alles für sie erledigte und die Wäsche in die Reinigung gegeben hatte, nachdem sie von zu Hause ausgezogen war. Wenn Liz etwas in einem Zimmer ändern wollte, rief sie Mona Whitcomb an. Jeff fuhr zum Baumarkt und kaufte Plane, Wandfarbe und neue Malerrollen. Durch diese Unterschiede war ihre Beziehung manchmal schwierig gewesen, aber es hatte sich immer gelohnt. Bis jetzt. Diesmal war es nicht einfach eine Frage der Flexibilität und Bereitwilligkeit, Dinge anders zu machen als bisher, die einer Zukunft mit Liz die Bahn ebnen würden. Diesmal wusste Jeff einfach nicht, wie er den Abgrund zwischen ihnen überbrücken sollte.

Als die Sonne verschwand und die Schatten länger wurden, machte er den Reißverschluss von Dannys Jacke zu, dankbar für das Fleecefutter und die geräumigen Taschen. Er konnte spüren, wie sich die Muskeln im oberen Rücken und Nacken verkrampften. Es lag nicht an der Kälte. Anspannung hatte bei ihm immer diese Wirkung. Manchmal musste er lächeln, wenn er daran dachte, dass andere Menschen Jeff Scott buchstäblich im Nacken sitzen konnten.

Es gab vieles an Liz Davis, das bewundernswert war. So viel Gutes. Aber die „Bulldogge“ in ihr konnte einen einfach wahnsinnig machen. Sie hatte Omaha und Davis Enterprises fest in ihren Klauen. Jeff fragte sich, ob es stimmte, was er gehört hatte – dass eine Bulldogge selbst dann nicht losließ, wenn man ihr den Kopf abschlug. Kein Bild, das er auf sein Privatleben angewandt wissen wollte oder auf die Frau, die er liebte. Er wollte es nicht darauf ankommen lassen. Es tat weh zu erkennen, dass Liz offenbar nicht dieselbe Zähigkeit hatte, wenn es darum ging, ein gemeinsames Leben mit ihm zu gestalten. Für ihn bedeuteten Liebe und Ehe, dass man tat, was nötig war, damit es funktionierte. Es hieß immer, die Ehe sei ein ständiges Geben und Nehmen. Aber wo und wann, überlegte er, gab der eine Partner, damit der andere nehmen konnte? Wenn er diesen Job wollte, sah es so aus, als würde er ihn ohne Liz nehmen müssen. Und er wusste nicht, ob er das konnte.

Er hatte noch nie zuvor so ein hoffnungsloses Gefühl im Blick auf ihre Zukunft gehabt. Erst Ende des letzten Jahres, als er der Meinung gewesen war, dass Liz ihre Mutter schlecht behandelte, war er auf Abstand gegangen und hatte sie eine Zeit lang weder angerufen noch gesehen. Es war ihm so schwergefallen wie kaum etwas anderes in seinem Leben, aber er war sicher gewesen, dass alles gut ausgehen würde. Als sie schließlich nach Paris flogen, stellte sich heraus, dass er Recht gehabt hatte. Sie hatte sich mit ihrer Mutter versöhnt, und er war so stolz auf sie gewesen wie nie zuvor. In der Aufregung, Jean-Marc zu begegnen und zu erfahren, dass er und nicht Sam Davis ihr leiblicher Vater war, hatte sie sich auf ihn gestützt.

Er blieb stehen, um wieder zu Atem zu kommen, und sah zum Himmel hinauf. Er wünschte, er könnte an Gott glauben, so wie Danny und Sarah es taten, während er sich fragte, ob alles, was er mit Liz durchgemacht hatte, im Nichts enden würde. Er hatte Angst, dass er mehr als nur auf Abstand gehen musste, wenn er seine Selbstachtung wahren wollte. Würde er die faszinierendste Frau, die er je kennen gelernt hatte, verlassen müssen?

Wo lag die richtige Antwort auf all seine Fragen? Er wusste, dass Liz niemals einen Mann achten würde, den sie herumschubsen konnte, und er konnte sich kein Eheleben mit einer Frau vorstellen, die ihn nicht achtete. War dauerhafte Liebe nicht zumindest teilweise abhängig von gegenseitigem Respekt? Aber sie hatte gesagt, für sie komme Kalifornien nicht in Frage. Sie hatte verlangt, dass er auch ihre Gefühle respektiere, was eigentlich vernünftig war, wenn er darüber nachdachte.

Er seufzte und setzte mit kräftigen Schritten seinen Weg fort. Nach wenigen Minuten hatte er die Anhöhe erreicht. Dort, in der Ferne, war am Himmel der sanfte Schimmer der Lichter von San Franzisko zu sehen. Dieser Himmel! An diesem Abend war das Firmament eine unendlich weite kobaltblaue Schüssel, die über ein samtig dunkles Tal gestülpt war und in der Lichter wie Diamanten funkelten, die eine riesige Hand ausgestreut zu haben schien. Sein erster Gedanke war ein Wunsch, nämlich diese Schönheit zusammen mit Liz zu erleben. Nicht nur heute Abend, sondern auch morgen. Nicht nur in diesem Tal, sondern in ganz Marin County. Er würde ihr so gerne zeigen, welche Chance in einem Leben abseits vom Vermächtnis ihres Vaters lag. Abseits von dem Anwesen, das Liz zu ihrer beider Zuhause machen wollte – für immer. Jeff hatte immer gewusst, dass er, wenn er Liz Davis heiratete, stark genug sein musste, die zweite Geige zu spielen und sie anzufeuern. Er hatte entschieden, dass es ihm nichts ausmachen würde. Aber in Sam Davis' Schatten zu leben war etwas ganz anderes. Jeff wusste nicht, ob er das konnte, wusste nicht, ob er es wagen sollte.

Irgendwas konnte einfach nicht stimmen, wenn die Witwe eines Mannes besser in der Lage war, loszulassen und ihr eigenes Leben zu gestalten, als seine Tochter es war. Selbst jetzt musste Jeff lächeln, als er an Mary Davis dachte. Als er sie das letzte Mal gesehen hatte, war sie in diese grässliche Motorradmontur gekleidet an Luca Santos Arm eine Pariser Straße mit irgendeinem extravaganten Namen entlanggelaufen und hatte zehn Jahre jünger ausgesehen. Das wünschte er sich auch mit Liz. Nicht die Motorräder oder die Lederklamotten, aber dieselbe Lebensfreude. Mary Davis hatte sie gefunden. Warum konnte Liz es nicht? Machte er vielleicht etwas falsch? Verlangte er zu viel oder zu wenig? Hätte er verlangen sollen, dass sie mit nach Kalifornien kam, oder war es richtig gewesen, sie zurückzulassen? Beide verhandelten sie erfolgreich in ihrem Berufsleben. Warum schafften sie es nicht, hier einen Weg zu finden?

Weil sie nicht will. Sei doch mal ehrlich. Sie hat sich bereits entschieden. Und nicht für dich.

Was er brauchte, war eine heiße Dusche, beschloss er, als er sich den schmerzenden Nacken rieb. Und einen starken Drink. Mit Rücksicht auf Sarahs und Dannys religiöse Überzeugungen würde er sich auch nur mit der Dusche zufriedengeben. Irgendwie hatte er das Gefühl, dass Gin und Tonic für sie jetzt nicht mehr dazugehörten. Er dachte an den Mann, der während seines letzten Besuches hier die Bibelstunde geleitet hatte. Welchen Rat würde er einem verlobten

Mann geben, dessen Zukünftige die Füße dermaßen in den Boden stemmte wie Liz Davis?

Sie hat sich entschieden. Sieh dich um. Sie ist in Omaha. Du bist in Kalifornien.

Beim Abstieg zurück zum Wanderweg blieb er stehen und sah wieder zum Himmel hinauf. Eine Gedichtzeile fiel ihm ein – oder war es etwas, das Dannys Pastor vor Wochen gesagt hatte? *„Was ist der Mensch, dass du seiner gedenkst?"* Wenn man den Nachthimmel betrachtete, konnte einem in der Tat bewusst werden, welchen Platz man in dem großen Universum einnahm. Keinen sehr wichtigen. Der Gedanke einer durchdachten Schöpfung erschien logisch, genau wie die Idee, dass derjenige, der das ganze Chaos ins Leben gerufen hatte, es inzwischen bereute. Er wünschte fast, Sarah und Danny hätten Recht damit, dass Gott ein persönliches Interesse daran hatte, was auf den Hügeln und in den Tälern der Welt geschah.

Also, wenn du hier oben bist ... Er hielt inne. Lächerlich, hier zu stehen und mit dem Himmel zu sprechen.

Sie hat sich entschieden.

Mit hängenden Schultern machte Jeff sich auf den Weg zu dem Lebensmittelladen am Ende des Wanderwegs, gleich um die Ecke von Dannys Haus. Die Kinder würden sich freuen, wenn sie Donuts zum Frühstück bekamen und Sarah würde ihm sicher verzeihen, dass er den Zuckerkonsum der Kinder kurzfristig anhob. Sarah vergab immer allen. Sogar für ihren nutzlosen Mann fand sie noch freundliche Worte.

Er fragte sich, wie Liz in Zukunft über ihn reden würde. Irgendwie glaubte er nicht, dass er es hören wollte. Das war Bitsy. Feuer und Eis. Ein warmes Herz und ein eiserner Wille. „*Her heart belongs to Daddy*" – *ihr Herz gehört ihrem Papa. Gib auf. Jeffrey James Scott kann mit dem Heiligen Samuel Frederick Davis nicht mithalten. Wach auf und sieh endlich den Tatsachen ins Auge, Mann. Sie hat sich entschieden, und zwar nicht für dich.*

Im Laden kaufte er Donuts und Tabletten gegen Schmerzen und Schlaflosigkeit. Bei Danny angekommen, ging er ums Haus herum, öffnete das Gartentor, stieg die Steintreppe hinunter und betrat das Haus leise durch den Hintereingang. Diego begrüßte ihn lautlos, indem er seine kalte Schnauze in Jeffs Hand presste und leise winselte. Jeff schob die Donuts in den Kühlschrank und nahm zwei von den Tabletten. Dann streckte er sich auf dem Sofa aus und schloss die Augen. Das Letzte, woran er sich erinnerte, war Diego, der an seinen Haaren schnupperte und dann versuchte, ihm die Tränen vom Gesicht zu lecken.

Kapitel 9

Das Summen wollte nicht aufhören. Erst leckte Diego in einer unerwünschten Sympathiebezeigung sein Gesicht ab und jetzt das. Jeff versuchte das Geräusch zu ignorieren, aber das Telefon, das er gestern Abend nicht aus der Tasche genommen hatte, ließ sich nicht ignorieren. Er zog es hervor, ohne die Augen zu öffnen, und blinzelte dann im Dunkeln. Dunkel? War es noch gar nicht Morgen? Er starrte auf das blaue Display seines Handys und blinzelte erneut. Dann erkannte er die Nummer und war plötzlich hellwach. Er antwortete mit einem Wort. „Hi."

„Ich weiß, dass ich dich geweckt habe", sagte Liz. „Aber es tut mir nicht leid."

Er sah auf seine Armbanduhr. „In Omaha ist es nach Mitternacht. Was ist los?"

„Genau genommen", sagte Liz, „ist es hier eher früher Sonntagmorgen. Ich bin hier. In Mill Valley."

„Hier? Hier … wo?" Jeff setzte sich auf und blickte zur Decke hoch, während er sich vorstellte, dass Liz oben saß, und er fragte sich, wie sie hereingekommen war und warum er nichts gehört hatte. „Bei Danny?"

„Natürlich nicht, du Dummerchen. In einer Pension in der Stadt. Das Navigationssystem in meinem Mietwagen hat versagt, und ich hatte keine Chance, um zwei Uhr morgens bei strömendem Regen den Weg zu Danny zu finden." Sie schwieg einen Augenblick. „Wir … müssen reden. Kannst du kommen?"

„Jetzt?"

„Hätte ich vorher anrufen und einen Termin machen sollen?"

Ihre Stimme klang gereizt. Sie war hier, aber sie hatte den Kampf noch nicht aufgegeben. Oder vielleicht war sie gekränkt, weil er nicht sofort gesprungen kam. Oder sie war einfach müde, so wie er.

Er holte tief Luft. „Ich habe eigentlich alles gesagt, was ich zu sagen habe, Liz. Warum ruhst du dich nicht ein bisschen aus und ich komme morgen oder vielmehr heute nach der Kirche bei dir vorbei." *Dass er die Kirche erwähnte, würde sie aufregen. Und wenn schon.*

„Bitte, Liebling. Kannst du bitte kommen? Ich … ich will das nicht."

Es klang, als weinte sie. Ihre Stimme war irgendwie anders. Weicher? Hörte er eine Entschuldigung darin? Er dachte an sein Fast-Gebet vor wenigen Stunden. War dies eine Art kosmische Antwort? Meinte das Schicksal es endlich einmal gut mit ihm? Nach einem erneuten Blick auf die Uhr gab er nach. „Ich bin in etwa zwanzig Minuten da."

* * *

„Du hast Arbeit mitgebracht." Er konnte den Laptop aus Liz' Bordcase herauslugen sehen, den sie auf dem kleinen Tisch in der Ecke des Zimmers geöffnet hatte.

„Ich wollte nur etwas haben, mit dem ich mich im Flugzeug beschäftigen kann."

„Wie? David hatte nicht die richtigen Filme an Bord?" Sarkasmus. Das war nicht gut. Liz hasste Sarkasmus, vor allem, wenn er auf ihre Kosten ging. Und es war nicht fair. Er wollte nicht mit harten Bandagen spielen. Eigentlich wollte er überhaupt nicht spielen.

„Ich bin mit einer Fluggesellschaft geflogen", sagte Liz. „Der Firmenjet stand nicht zur Verfügung." Sie machte eine Pause. „Wartung." Sie lächelte ihm zu.

Du meine Güte, was für ein Lächeln diese Frau hatte. Fast wünschte er, sie wäre nicht gekommen. Alleine auf einem Hügel zu stehen und sich selbst zu sagen, dass er standhaft bleiben musste, war eine Sache. Dasselbe zu tun, wenn sie nur ein paar Meter entfernt war und er ihr Parfüm riechen konnte, war etwas ganz anderes. Er ballte die Hände zu Fäusten, um sich selbst daran zu hindern, sie zu berühren.

„Also habe ich dieses grandiose Schnäppchen ergattert", sagte sie, während sie ihn ins Zimmer zog und die Tür schloss. „Nur 1.300 Dollar für einen dreistündigen Aufenthalt in Denver und einen Mietwagen – inklusive defektem Navigationssystem." Sie lächelte das breite, aufgesetzte Lächeln, das sie oft anwandte, wenn sie die falsche Freude eines Kunden nachmachte, den sie in der Verhandlung übertroffen hatte.

„Tut mir leid", sagte Jeff.

„Nein, Liebling", sagte sie. „Ich bin diejenige, der es leidtut." Sie biss sich auf die Unterlippe.

Es machte ihn verrückt, wenn sie das tat. Er konnte spüren, wie sein Körper auf sie reagierte. Sie legte ihre Arme um seine Taille und schmiegte sich an ihn, die Wange an seine Brust gelegt.

„Liz, ich –"

„Halt den Mund", sagte sie. Und küsste ihn.

* * *

Bei Sonnenaufgang saß Jeff auf Dannys Dachterrasse, einen Kaffeebecher in der Hand, und kämpfte gegen die völlig neuartigen Gefühle an, die seine Beziehung zu Liz Davis veränderten. Schuldgefühle. Nach all seinen Worten auf dem Anwesen in Omaha hatte er es total vergeigt. So viel zu den hochtrabenden Reden über „gute alte Werte". So viel zum Thema Abstinenz bis zur Hochzeit. Was für ein Heuchler er doch war!

Er sollte an diesem Morgen mit Danny und Sarah zur Kirche gehen. Was würden sie denken, wenn sie von der letzten Nacht wüssten. Was würden sie sagen? Obwohl er schon wusste, was sie sagen würden. Sie würden sagen, dass es nicht wichtig war, was sie dachten. Wichtig war, was Gott dachte. Und darüber dachte Jeff lieber nicht nach. Er war ziemlich sicher, dass Danny und Sarah Recht hatten und dass, wenn Gott sich tatsächlich für jeden Menschen ganz persönlich interessierte, er heute Morgen von Jeff Scott wahrscheinlich nicht gerade begeistert war. Es war ein neues Gefühl. Und es gefiel Jeff nicht.

Er stand auf und ging wieder ins Haus, wo er sich von den Donuts bediente. Liz würde bald hier sein. Aber wahrscheinlich würde sie nicht lange bleiben, wenn er ihr sagte, wie er sich fühlte. Sie hatten beide immer an Treue geglaubt, und sie waren einander nicht untreu geworden. Wenn er davon sprach, dass er wegen gestern Nacht ein schlechtes Gewissen hatte, würde ihr wahrscheinlich in jeder Hinsicht der Kragen platzen.

* * *

Er wartete vor dem Haus, als sie vorfuhr, und überschüttete sie gleich mit allen „neuen Regeln“ auf einmal. Dabei kam er sich vor wie ein Kind, das seiner Mutter beichtet und verspricht, es nie wieder zu tun. „Das darf nicht noch einmal passieren, Liz. Ich liebe dich. Aber das scheint mir einfach nicht richtig. Nicht mehr. Es klingt wahrscheinlich so, als hielte ich mich für besser als du.“ Er versuchte zu lachen, aber es klang gezwungen. „Ich bin ziemlich sicher, dass ich den Eindruck hätte, wenn es andersherum wäre und du dasselbe zu mir sagen würdest. Aber ich will keine Heimlichkeiten mehr. Ich will, dass wir Dannys und Sarahs Werte respektieren, von denen deiner Mutter und von Cecils und Irenes ganz zu schweigen. Deshalb –“

„Deshalb … in Ordnung“, sagte Liz und küsste ihn auf die Wange. Sie sah an ihm vorbei zum Haus. „Gibt es da drinnen frischen Kaffee?“

Einen Moment lang war er sprachlos. „Klar“, sagte er dann. „Ich … ich habe vorhin welchen gemacht. Die anderen schlafen alle noch.“

Sie schob ihren Arm unter seinen. „Also können wir ihnen einfach sagen, dass ich dich überrascht habe und gestern Abend spät angekommen bin. Ich wollte niemanden aufwecken, deshalb bin ich zu der Pension gefahren und … was immer du meinst.“ Sie zog ihn in Richtung Haus.

„Was immer *ich* meine?“

Sie lachte verlegen. „Du brauchst es mir nicht unter die Nase zu reiben. Du hast mich sehr genau verstanden. Was immer du meinst. Aber wir müssen trotzdem reden. Mit Worten anstatt mit zerwühlten Bettlaken.“

„Ich habe nichts Neues zu sagen", erwiderte Jeff. „Ich will Henry immer noch eine Chance geben. Und wenn er mir ein wirklich gutes Angebot macht, dann möchte ich auch weiter über die Möglichkeit nachdenken, den Job anzunehmen."

Liz nickte. „Das verstehe ich. Ich will immer noch nicht umziehen. Ich kann es mir nicht einmal vorstellen. Aber ich möchte mir ansehen, was es hier zu sehen gibt. Wenn du nichts dagegen hast." Sie senkte den Kopf, und er konnte sehen, dass ihr Kinn zitterte. Diese Liz Davis kannte er nicht. Überhaupt nicht. „Du hast gesagt, wir würden gemeinsam entscheiden. Und versuchen, eine Lösung zu finden, die funktioniert", sagte sie. „Für uns beide." Sie zuckte mit den Schultern. „Als ich endlich meine Gefühle sortiert hatte, wurde mir klar, dass das eine realistische Erwartung ist. Wenn es andersherum wäre und ich diejenige wäre, die den Job ihres Lebens angeboten bekommt, würdest du dasselbe für mich tun."

Jeff erlaubte sich ein Lächeln. Sie gab sich Mühe. Und das war alles, worum er sie gebeten hatte.

„Ich gebe nicht so schnell auf, wenn mir etwas wichtig ist", sagte sie. „Das weißt du. Ich bleibe dran. Bewerkstellige Unmögliches. Zusammenschlüsse. Feindliche Übernahmen."

„Und was von beidem, glaubst du, versuchen wir hier?", fragte Jeff. „Einen Zusammenschluss oder eine feindliche Übernahme?"

Sie antwortete nicht. „Erinnerst du dich an den Leserbrief letztes Jahr? In dem ich beschuldigt wurde, eine Bulldogge zu sein, weil ich nicht lockerlasse, wenn ich etwas erreichen will?"

„Ich erinnere mich. Es war im Zusammenhang mit dem Krankenhausprojekt."

Sie nickte.

„Was ist mit Omaha, Liz? Willst du das auch festhalten wie eine Bulldogge?"

„Im Moment", erwiderte Liz, „mache ich mir mehr Gedanken darüber, wie ich *dich* festhalten kann." Sie sah zum Haus hinüber. „Deshalb schlage ich vor, wir gönnen uns eine Pause und eine Tasse Kaffee."

* * *

„Donuts!", schrie Joshua. Er starrte mit großen Augen auf die Schachtel in der Küche, aber dann, mit einem Blick auf Liz, verschwand er wieder im Flur. Liz konnte hören, wie er flüsterte: „*Sie* ist hier."

Sarah sagte etwas Unverständliches.

„Na, *sie!* Onkel Jeffs Freundin."

Man hörte verschiedene Geräusche – Türen, die geöffnet und geschlossen wurden, Stimmen – und dann kam Danny den Flur hinuntergeeilt. Es wirkte komisch, wie er versuchte, sich nicht zu beeilen, als er in die Küche kam. „Na, das ist ja eine Überraschung!", sagte er und ging zur Arbeitsplatte, um sich Kaffee einzuschenken.

„Ich bin gestern Abend spät angekommen", sagte Liz. „Ich wollte Jeff überraschen und früh herkommen. Ich nehme an, er hat dir erzählt, was für eine Hexe ich war." Warum verwandelte sie sich nur immer in eine plappernde Närrin, sobald sie in Dannys Haus war? Es war, als säße sie einer verärgerten Geschäftsleitung gegenüber, die eine Erklärung für sinkende Gewinne und eine fragwürdige Buchhaltung forderte. Obwohl sie mit einer solchen Situation vielleicht sogar besser fertig würde als mit ihrer Rolle als „Die Jeff unglücklich macht“ in Sarahs und Dannys Gegenwart.

Josh kam aus dem Flur zurückgerannt, dicht gefolgt von Andy und beide offensichtlich mit der Donut-Schachtel als Ziel, aber als sie Liz sahen, blieben sie wie angewurzelt stehen. Neben Danny. Und warteten. Liz nahm die Schachtel vom Tisch und hielt sie den beiden hin. „Hier, bitte“, sagte sie. „Ich hole euch Milch.“

„Ich will Saft“, sagte Josh. „Apfel.“

„Geht in Ordnung“, sagte Liz. Jeder der beiden Jungen nahm sich einen Donut. Dann setzten sie sich an den Tisch. Und warteten. Danny holte Gläser heraus und Liz schenkte den Saft ein.

„Danke“, sagte Sarah, die in Jeans, Karohemd und Wanderschuhen in der Tür erschienen war.

Liz runzelte die Stirn. „Ich dachte, Jeff hätte gesagt, dass wir in die Kirche gehen.“

„Tun wir auch“, sagte Sarah. „Warum?“

„Ich … ich …“

Jeff kam die Treppe vom Untergeschoss herauf. „Erinnerst du dich an das letzte Mal, als wir hier waren, Schatz? Es ist ganz locker. Entspannt. Du kannst einfach das tragen, was du gerade anhast.“

Sarahs Lächeln schien aufgesetzt. „Ja. Wirklich. Es ist immer eine Art ‚Komm-wie-du-bist‘-Gottesdienst. So wie es bei Gott eben ist.“

„Was?“, fragte Liz.

„Komm, wie du bist. Zu Jesus.“ Sarah sah Danny an, dann Jeff und zum Schluss wieder Liz. „Ihr könnt das besser erklären“, sagte sie. „Ich muss Hillary noch überzeugen, dass sie nicht ihre nasse Zahnbürste in den Rucksack packt."

Sarah verschwand in der Diele. Liz sah Danny an. „Welchen Rucksack?"

„Später", sagte Danny und rollte die Augen in Richtung der beiden Jungs. Aber Josh hatte die Frage mitbekommen.

„Hilly hat immer einen gepackten Rucksack dabei, damit wir alles haben, was wir brauchen."

„Alles, was ihr braucht?", fragte Liz verständnislos.

„Genau", schaltete Andy sich ein. „Für den Fall."

Bevor Liz nachfragen konnte, reichte Jeff ihr einen Becher Kaffee und gab ihr ein Zeichen, ihm zu folgen. Im Wohnzimmer, wo die Kinder sie nicht hören konnten, erklärte Jeff: „Hillary hat ihren Rucksack mit Sachen voll gepackt, die sie vielleicht braucht, für den Fall, dass sie für die Jungen sorgen muss. Für den Fall, dass ihr Vater kommt und versucht, sie zu holen. Für den Fall, dass Sarah etwas zustößt."

Liz' Augen füllten sich mit Tränen. Sie räusperte sich und kam sich albern vor, weil sie so emotional reagierte. „Was sagt denn der Therapeut dazu?"

„Dass man sie lassen soll", erwiderte Jeff. „Dass sie Zeit braucht. Und um sie herum verantwortungsbewusste Erwachsene, die einander nicht anschreien und andere schlagen, die sich lieb haben und nüchtern von der Arbeit nach Hause kommen und gemeinsam essen und lachen und *die Kinder* lieben."

Von der Tür erklang Sarahs Stimme. „Und sie ihm Dunkeln in den Arm nehmen, wenn sie Angst haben, und sie daran erinnern, dass Jesus sie liebt und versprochen hat, sie nie im Stich zu lassen."

„Ihr Therapeut redet über Jesus?", fragte Liz. „Ist er – oder sie – ein Profi?"

„Es ist jemand von der Kirche", sagte Jeff.

„Jemand Professionelles? Oder ein Jesus-Freak, der glaubt, dass Bibelverse alles kurieren?"

„Entspann dich, Liz", sagte Sarah. „Rachel hat alle nötigen Kürzel hinter ihrem Namen, um sogar dich ausreichend zu beeindrucken. Sie glaubt nur zufällig an etwas, das noch vertrauenswürdiger ist als ihre Psychologiebücher. Nämlich an das Buch, das Gott geschrieben hat – die Bibel." Sarahs Stimme klang defensiv. „Davon hast du doch schon mal gehört, oder?"

„Tut mir leid", sagte Liz. „Ich wollte nicht … ich dachte nur …" Und schon wieder war sie den Tränen nahe. Was war nur mit ihr *los*? „Sieh mal, Sarah. Ich weiß nicht, was genau du an mir so hasst, aber kannst du mir mal eine Chance geben?"

„Ich hasse dich nicht", erwiderte Sarah. „Ich fände es nur nett, wenn du gelegentlich in Erwägung ziehen könntest, dass ich vielleicht auch einen Verstand habe. Wir hatten nicht alle das Glück, von Papa eine Firma zu erben."

„Hey, Schwesterchen", schaltete Jeff sich ein. „Waffenstillstand. Gehen wir jetzt zur *Kirche*?"

Die Farbe wich aus Sarahs Gesicht. Sie schloss die Augen. „O Gott."

Liz dachte erst, ihr wäre das so rausgerutscht, aber wie sich herausstellte, sprach Sarah wirklich mit Gott.

„Es tut mir leid", sagte Sarah und sah zum Himmel hinauf. Ihre Stimme bebte. „O Gott", flüsterte sie noch einmal.

Liz unterbrach sie. „Vergiss es. Ich habe es drauf angelegt."

„Nein", sagte Sarah. „*Das* hast du definitiv nicht provoziert." Sie blickte Jeff an. Jetzt standen ihr die Tränen in den Augen.

„Hey, Jeff!", ertönte Dannys Stimme von der Gartentür. „Kannst du mir bitte helfen, Diego ins Untergeschoss zu bugsieren? Wenn die Nachbarn sich noch einmal beschweren, weil der Hund am Sonntagmorgen bellt, krieg ich ein Bußgeld aufgebrummt."

„Wir machen uns besser fertig", sagte Sarah, „wenn wir nicht wollen, dass Danny ohne uns fährt."

„Lass ihn fahren", sagte Liz. „Ich habe mein Cabrio." Sie griff in ihre Tasche und zog den Autoschlüssel heraus.

„Das ist schön. Für dich. Ich habe ein paar Kinder im Minivan, um die ich mich kümmern muss", erwiderte Sarah.

„Entschuldigung", sagte Liz gereizt.

„Nein, ich entschuldige mich", fauchte Sarah zurück. „Nicht für die Kinder, aber …" Sie seufzte. „Sieh mal, Liz, es fällt mir einfach schwer, dich zu verstehen. Ich meine, was hast du denn schon für Stress? Ich habe einen fünfzehn Jahre alten Minivan und drei Kinder – und du hast Jeff und ein Cabrio. Und trotzdem jammerst du rum, weil du vielleicht nach Sausalito ziehen musst. *Sausalito*." Sie hob die Hände. „Hallo? Als wäre es eine solche Last, in der Yuppiestadt zu leben und morgens zu Starbucks zu schlendern, während du überlegst, ob du einen oder drei Chihulys für dein Büro kaufen sollst." Sarah sah Liz an. „Ja, ich weiß, wer Chihuly ist. Das Arboretum zu Hause hat letztes

Jahr eine Ausstellung gemacht. Seine Glasblumen in einem echten Garten. Es war erstaunlich. Ich musste Hillary förmlich anbinden, damit sie nicht eine von den ‚glänzenden blauen Blumen' pflückt, die natürlich mehr kosteten als meine Lebenshaltungskosten für einen Monat."

„Ich wusste nicht, dass du Kunst magst", sagte Liz.

„Ich habe Kunst im Hauptfach studiert, als ich Gary kennen lernte."

„Das wusste ich nicht."

„Genau, Liz. Du weißt es nicht. Und warum nicht? Du kennst mich seit zwei Jahren. Und alles, was du von mir zu wissen scheinst, ist, dass ich drei Kinder und einen nichtsnutzigen Mann habe. Du warst überrascht, als du Dannys Haus gesehen hast, nicht wahr? Wir nennen ihn das Erdferkel, und du hast an Bauarbeiter gedacht und eine bessere Baracke erwartet. Ich konnte den erstaunten Blick in deinen Augen sehen, als du zum ersten Mal durch das Gartentor kamst. Mein Bruder ist auch ein Künstler, Liz. Der durchschnittliche Maurer in Mill Valley verdient fünfunddreißig Dollar die Stunde. Weißt du, was Danny berechnet? Siebzig Dollar. Und er hat eine Warteliste, die bis zum Jüngsten Gericht reichen wird, weil er so gut ist. Seine Kundenkartei liest sich wie das ‚Who is who?' von San Franzisko.

Aber du weißt das nicht, weil du, wenn du mit uns zusammen bist, nur die Leute siehst, die dir Jeff wegnehmen. Sieh dich mal um, Schätzchen. Die Welt ist *riesig*, und sie dreht sich nicht nur um *dich*."

Mit einem Schluchzer schnappte Sarah sich ihre Bibel. Sie warf Liz einen Blick zu, und in ihrer Stimme lag keine Wut, als sie weitersprach. „Ich bin keine so große Heuchlerin, wie man vielleicht meinen könnte", sagte sie. „Ich glaube das ganze Zeug über Jesus wirklich. Ich bring es nur manchmal einfach nicht rüber, nehme ich an." Sie seufzte. „Sieh mal, vielleicht sind wir wirklich so inkompatibel wie Öl und Wasser. Aber wir haben eine Sache gemeinsam. Wir lieben beide Jeffrey Scott und wollen, dass er glücklich ist. Deshalb …" Sie streckte die Hand aus. „Waffenstillstand?"

„Sicher", sagte Liz. Sarah hatte Recht. Sie passten wohl wirklich nicht zusammen. Es war offensichtlich, dass Sarah von der Vorstellung, sie als Schwägerin zu haben, alles andere als begeistert war. Aber im Moment konnte Liz ihr nicht einmal einen Vorwurf daraus machen. Alles, was Sarah gerade gesagt hatte, war die Wahrheit. Peinlich, aber wahr.

„Danke", sagte Sarah. Danny ließ draußen die Hupe ertönen. Die Kinder riefen. Unten winselte Diego und kratzte an der Tür. Die beiden Frauen gingen hinaus. „Eins muss ich dir lassen", sagte Sarah, „dir verdanke ich, dass ich Dr. Lanning jetzt sagen kann, dass ich mich mit meinen Problemen auseinandersetze. Mich ihnen stelle, auch wenn ich mir wie ein Reh vorkomme, das im Licht der Scheinwerfer erstarrt."

Auf dem Weg zu ihrem Mustang dachte Liz über Sarahs Analogie mit den Scheinwerfern nach. Und sie fragte sich, ob sie diejenige war, die hinter diesen Scheinwerfern am Steuer saß. In ihrer Branche die Konkurrenten auszuschalten, war eine Sache. Jeffs Schwester fertig zu machen – und das, wo sie es ohnehin nicht leicht hatte – war etwas ganz anderes. Sie schämte sich beinahe für sich selbst. Es war an der Zeit, Sarah eine Verschnaufpause zu gönnen.

* * *

„Was genau ist hier eigentlich los?“, raunte Sarah Danny auf dem Heimweg zu. „Und sieh mich nicht so an. Du weißt genau, was ich meine. Sie ist *nett* zu mir. Sie wollte Andy helfen, die Schuhe zu binden. Sie hat mich sogar in ihr *Gesangbuch* gucken lassen!“

Danny schüttelte den Kopf. „Keine Ahnung. Sie verhalten sich beide irgendwie seltsam.“

„Wollen wir hoffen, dass es gut seltsam ist“, sagte Sarah und drehte dann den Kopf nach hinten, um die Rückbank des Vans zu kontrollieren. „Joshua, Liebling, steck bitte die Gummischlange nicht in Hillarys Rucksack. Du weißt, dass sie das nicht leiden kann.“

Kapitel 10

Lebensmittelvergiftung. Grippe. Was auch immer. Als wäre das Leben nicht kompliziert genug. Der Rest des Sonntags lag wie im Nebel. Liz wollte nichts, als sich irgendwo in einem Loch zu verkriechen. Stattdessen holte Sarah eine handgearbeitete Patchworkdecke heraus, türmte einen Kissenberg auf der Couch in Dannys Wohnzimmer auf und rannte mit Saft und Zwieback rein und raus. Jeff bot an, ihr den Rücken zu massieren. Die Jungs gingen mit übertrieben langsamen Schritten an der Tür vorbei, aber Liz hätte schwören können, dass sie dabei mehr Lärm machten, als wenn sie wie sonst auch über den Flur gerannt wären. Selbst Diego zeigte Mitgefühl. Er rollte sich mit einem riesigen Seufzer neben dem Sofa zusammen und sah sie mit traurigen Augen an. Nein, sie glaubte nicht, dass sie Fieber hatte. Nein, sie wollte nicht noch ein Kissen. Nein – nein – nein. Was sie wollte, sagte Liz zu Jeff, war in die Pension zurückzugehen und in Ruhe gelassen zu werden.

„Kommt nicht in Frage", erwiderte Jeff. „Ich will dich in der Nähe haben, damit ich dich im Auge behalten kann." Er saß auf der Armlehne des alten Sofas, auf dem Liz gleich nach ihrer Rückkehr vom Gottesdienst zusammengesackt war. Sie hatte steif und fest behauptet, es sei der Jetlag, aber das glaubte ihr keiner.

„Haltet bloß Abstand", sagte Liz. „Das Letzte, was Sarah jetzt braucht, ist, dass die Kinder sich anstecken."

„Kommt ebenfalls nicht in Frage“, entschied Jeff. Er rutschte neben sie und überredete sie, den Kopf auf seinen Schoß zu legen. Sie schloss die Augen und er strich ihr sanft über die Stirn und massierte ihre Kopfhaut. Das Nächste, woran sie sich erinnerte, war, dass es Abend war und sie sich fast wieder normal fühlte.

Sarah kam auf Zehenspitzen herein, wieder mit einem Tablett in Händen. „Wackelpudding“, sagte sie.

„Rot oder grün?“

„Rot.“

„Danke“, sagte Liz und schon weinte sie wieder. „Tut mir leid“, sagte sie. Sie setzte sich auf und griff nach einem Taschentuch. „Ich nehme an, ein Mädchen ist nie zu alt, um sich nicht gelegentlich seine Mami herbeizuwünschen. Meine hat mir immer Wackelpudding gemacht, wenn ich krank war.“

„Kirsche oder Himbeere?“, fragte Sarah.

„Kirsche.“

„Bingo“, sagte Sarah und stellte das Tablett auf dem Couchtisch ab. „Unsere Mutter hat das Gleiche getan.“

„Wie war sie denn so, eure Mutter? Jeff erzählt nicht viel von ihr.“

Sarah hockte sich auf die Kante des dick gepolsterten Sessels dem Sofa gegenüber. „Unermüdlich. Sanft. Verständnisvoll.“

„Stopp!“, protestierte Liz, während sie einen Löffel voll Götterspeise aß. „Noch eine Übermutter, die man nie erreichen wird, das hat mir gerade noch gefehlt.“

„Also, wenn es dir dann besser geht“, sagte Sarah, „sie konnte auch ein richtiges Aas sein, wenn man dreckiges Geschirr in der Spüle stehen ließ." Sie schlug sich die Hand vor den Mund. „Hab ich das gerade wirklich gesagt?" Sie kicherte.

Liz deutete auf ihre Schüssel mit dem roten Wackelpudding. „Gut."

„Danke", erwiderte Sarah. „Er ist mir angebrannt."

„Tatsächlich?"

„Du weißt doch, wie das Zeug beim Kochen plötzlich schäumt –" Sie hielt inne. „Ich meine, wenn man Wackelpudding kocht, entsteht ganz plötzlich ein Schaum ..."

„Ob du es glaubst oder nicht, ich habe schon mal selbst Götterspeise gemacht", sagte Liz. Sie wusste, dass das wie eine Verteidigung klang, aber es war ihr egal. „Ich kann auch einen Knopf annähen. Und Rasen mähen."

Sarah nickte. „Jedenfalls hat das Telefon geklingelt, als ich dies hier gemacht habe. Ich bin nur kurz vom Herd weggegangen, es hat geschäumt, und ist übergekocht." Sie rümpfte die Nase. „Zum Glück gibt es Duftsprays."

Liz setzte sich auf. „Ich sollte wirklich zurück in die Pension."

Sarah schüttelte den Kopf. „Von wegen. Du bleibst heute Nacht hier. Auf diesem Sofa. Wo wir dich alle mit unserer Fürsorglichkeit in den Wahnsinn treiben können."

Liz ließ sich wieder unter die Patchworkdecke sinken und murmelte ihren Dank. Sie sah über ihre Schulter zu der Tür hinüber, hinter der Jeff heute Nacht schlafen würde. „Du kannst Danny sagen, dass wir uns benehmen werden."

„Das weiß er", sagte Sarah lächelnd. „Jeff hat uns von eurer kleinen Unterhaltung erzählt."

Liz war zu müde, um ihm böse zu sein.

* * *

Der Montagmorgen kam schneller als erwünscht. Liz taumelte zum Frühstückstisch und bestand trotz aller Proteste darauf, Jeff zu dem Treffen mit Henry Widhelm in die Stadt zu begleiten. Nach einem etwas holprigen Anlauf und einem Ausflug ins Bad, wo sie ihr Frühstück wieder von sich gab, begann sie sich allmählich besser zu fühlen. Im Laufe des Vormittags schien es ihr, als sei der Virus, der sie heimgesucht hatte, auf der Suche nach einem neuen Opfer weitergezogen. Nachdem ihr körperliches Wohlbefinden auf dem Wege der Besserung war, wurde nun ihr seelisches Wohlbefinden am Montag und Dienstag auf die Probe gestellt. Fantastisches Wetter, ein entzückendes Büro, eine muntere Kollegenschar und ein Gehalt jenseits der kühnsten Träume zauberten ein Lächeln auf Jeffs Gesicht und einen Knoten von der Größe Omahas in Liz' Magen. Eine Bootsfahrt nach Sausalito war eine Herausforderung für ihren Magen, überzeugte sie aber beinahe davon, dass das Leben in Kalifornien doch nicht so übel sein könnte. Sie und Jeff wanderten durch die Straßen, betrachteten die Schaufenster von Kunstgalerien und machten Halt bei einer Eisdiele in der Nähe des Anlegers.

„Wenn dein Va-, wenn Jean-Marc zu Besuch käme", sagte Jeff, „würde es ihm hier bestimmt gefallen."

„Was soll man auch daran nicht mögen", sagte Liz

und zuckte angesichts seiner erstaunten Miene mit den Schultern. „Es ist traumhaft." Sie nahm noch einen Löffel von ihrer Eiskrem. „Aber ich will immer noch nicht umziehen."

„Ich weiß", sagte Jeff. Später am Flughafen küsste er sie freundschaftlich und sagte: „Henry sagte, ich kann es mir eine Weile überlegen. Er weiß, dass es eine folgenschwere Entscheidung ist. Für uns beide."

„Warum muss eigentlich etwas, das für dich so wunderbar ist, für mich so furchtbar sein? So sollte es nicht sein", sagte Liz. Tränen stiegen ihr in die Augen. Schon wieder.

„Du hast morgen eine wichtige Sitzung und fühlst dich immer noch nicht fit. Sieh zu, dass du genug Schlaf bekommst, Bitsy. Ruh dich aus. Wir werden eine Lösung finden."

Wenn sie ihm doch nur glauben könnte.

Mary

„Du solltest fahren", sagt Annie, während sie ein weiteres Stück Zucker in ihren Tee fallen lässt.

Am Samstag habe ich Jean-Marc erzählt, dass ich Annies Gesicht sehen müsse, wenn ich mit ihr darüber rede, dass ich Paris vielleicht früher verlassen will, und deshalb sitzen wir jetzt an unserem Lieblingsort – dem Café in der Nähe des Place de la Sorbonne. Es ist Dienstagabend und die erste freie Minute für Annie, seit ich angerufen habe.

„Einfach so?" Ich lache und schüttle den Kopf. „Ist das schön, noch einmal jung und impulsiv zu sein."

Annie stellt ihre Teetasse ab. „Wenn du impulsiv *wärest,*

hättest du mich gestern Vormittag von Bord der Sea Cloud *angerufen", sagt sie und wehrt zugleich meine Antwort mit einer Handbewegung ab. „Ich weiß, ich weiß. Das würdest du nie tun. Überhaupt nicht deine Art. Vor allem dann nicht, wenn du dir Sorgen um Liz machst."*
„Sie hat mir gestern Morgen eine E-Mail geschickt", sagte ich. „Ihre Zeit in Kalifornien lief ganz gut. Zumindest reden sie und Jeff wieder miteinander."
„Wie lange wirst du fort sein, wenn du mit Jean-Marc fährst?"
„Die Reise von Arcachon bis Livorno dauert sechzehn Tage – wenn der Wind mitspielt. Er sagte, wir sollten uns lieber auf zwanzig Tage einstellen, weil wir unterwegs ein paar Mal wegen ‚technischer Dinge' an Land müssen. Und er hat betont, dass wir nicht alleine sein würden. Sein Assistent Paul wäre auch an Bord."
„Na klasse", sagt Annie, „ein Anstandswauwau." Sie seufzt. „Wirklich, Mary, drei Wochen auf See an Bord eines Traumschiffs mit einem wunderbaren Mann, der dich liebt. Was ist los mit dir?" Sie beißt von ihrem Kuchen ab, bevor sie fortfährt. „Ich finde es toll, dass du so gewissenhaft die Rolle meiner Mutter übernimmst, aber ich schaffe eine Anprobe meines Kleides auch ohne dich, und alles andere läuft doch prima." Sie schluckt den Bissen hinunter, lehnt sich vor und sagt: „Tu's!" Als ich nichts sage, verengen sich ihre Augen zu Schlitzen und sie legt den Kopf schief. „Was hindert dich noch daran mitzufahren?"
„Ich weiß nicht", seufze ich. „Ich habe einfach das Gefühl, dass es nicht richtig ist."
Annie zieht eine Grimasse. „Also, fassen wir zusammen, madame. *Deine Tochter berichtet, dass ihre Reise nach Kalifornien ein Erfolg war und dass sie und Jeff sich ge-*

küsst und wieder vertragen haben. Ich weiß zufällig, dass dein Geigenlehrer auf Konzertreise ist und erst nächsten Monat zurückkommt. Du hast eine Unterkunft, wenn du nach Florenz kommst und … warte mal …“ Annie tut so, als versuche sie sich krampfhaft an etwas zu erinnern. „Ach ja! Dann sind da noch zwei unglaublich gut aussehende Männer, die ganz wild darauf sind, dir das Motorradfahren auf einer Ducati beizubringen. In der Toskana.“ Sie betont das letzte Wort und verdreht die Augen. „Ich verstehe, dass das eine furchtbar schwierige Entscheidung ist.“

Ich merke, wie ich rot werde. „Schon gut, schon gut. Ich habe verstanden.“ Ich beuge mich vor. „Aber du kannst nicht davon ausgehen, dass sie beide wild darauf sind.“

Annie lehnt sich auf ihrem Stuhl zurück. „Also, das ist es – Luca.“

Ich zucke mit den Achseln. „Ich weiß, dass er viel zu tun hat. Es gibt ein Problem bei den Restaurierungsarbeiten an seinem Elternhaus in Florenz. Es klingt, als hätte er gar keine Zeit.“

„Arnaud hat mir davon erzählt“, sagt Annie. „Und es ist wirklich viel Arbeit. Was Luca sein ‚Elternhaus‘ nennt, ist eine alte Villa. Sie haben irgendwas in der Kapelle gemacht und unter dem Putz Fresken entdeckt. Nachdem sie einen Experten zu Rate gezogen haben, gibt es jetzt eine große Diskussion darüber, ob der Maler einer von Botticellis Schülern war oder der Meister selbst.“ Als sie meinen erstaunten Blick sieht, nickt sie. „Ja. Botticelli. Frühes 16. Jahrhundert. Renaissance und so.“

„Ich hatte keine Ahnung.“

Annie nickt. „Ich weiß. Woher solltest du auch. Luca lebt sehr einfach.“

„Was bedeutet diese Entdeckung in der Kapelle für eure Hochzeit?“

Sie zuckt mit den Schultern. „Dann machen wir es draußen im Garten. Das ist kein Problem.“ Ihr Gesicht leuchtet vor Glück. „Es ist mir egal, *wo!*“ Ein Schatten trübt plötzlich die Freude. „Ich wünschte nur, meine Eltern …“

„Es tut mir sehr leid“, sage ich. „Als du erzählt hast, dass Weihnachten alles gut gelaufen sei …“

„Das war, als wir noch vorhatten, ein paar Jahre mit der Hochzeit zu warten.“

„Deine Eltern sind für eine lange Verlobungszeit?“

„Scheint so“, seufzt Annie. „Aber sie sind auch dafür, dass Enkel geboren werden, *nachdem* ihre Eltern geheiratet haben.“ Sie macht eine abwehrende Handbewegung. „Nein, nein. Das ist es nicht. Ich bin nicht schwanger. Aber ich habe versucht, meinen Eltern zu erklären, dass wir nicht zwei Jahre verlobt sein können, wenn sie wollen, dass das weiße Kleid tatsächlich etwas *bedeutet*.“

„Und was haben sie gesagt?“

Sie seufzt erneut. „Offenbar hatte Mama sich nicht überlegt, dass ihre Tochter irgendwann mit meinem Schoko-Crossie *schlafen* würde.“ Sie zieht eine Grimasse. „Tut mir leid, das war ein schlechter Witz. Ich versuche mir selbst einzureden, dass es nicht das Ende der Welt ist, wenn meine Eltern nicht zu meiner Hochzeit kommen.“ Sie blinzelt die Tränen fort, die ihr plötzlich in die Augen steigen. „All die großen Reden über Rasse und Gesellschaft, die sie geschwungen haben …“ Sie schüttelt den Kopf. „Du kannst dir vorstellen, wie überrascht ich war, als ich herausfand, dass sie all das Gerede über die Schönheit einer vielfältigen Welt eigentlich gar nicht *glauben*.“

„Es tut mir leid, dass die Situation für dich so schwierig ist."

Sie lächelt wieder. „Du warst eine Riesenhilfe", sagt sie. „Und Arnauds Familie ist einfach toll."

„Und alle mögen dich", erinnere ich sie. „Das heißt, ihr werdet eine Menge Unterstützung von Verwandten haben. Und deine Eltern werden sich auch irgendwann einkriegen."

„Danke", sagt Annie. Sie beißt in ihr Kuchenteilchen, bevor sie sagt: „Also fassen wir noch einmal zusammen: Die Vorbereitungen meiner Hochzeit laufen nach Plan. Vor ein paar Tagen hast du dir noch Sorgen um Liz gemacht, jetzt brauchst du das nicht mehr. Vor ein paar Minuten hast du dir Sorgen wegen Luca Santos Schweigen gemacht, aber das habe ich gerade erklärt." Sie lehnt sich vor und sagt mit einem übertriebenen Flüstern: „Fahr nach Florenz!" Sie zwinkert. „Du musst dich nur noch entscheiden, ob du das Segelboot, das Flugzeug oder den Zug nimmst."

„Den Zug. Ich sehe gerne die Landschaft an mir vorbeiziehen."

Annie grinst und zwinkert noch einmal. „Luca wird erleichtert sein."

„Sei nicht albern", protestiere ich.

„Ich bin nicht albern. Ich habe Augen im Kopf. Und Ohren habe ich auch. Und einen Riecher für Romantik." Sie macht eine Pause und sagt dann mit einem leichten Stirnrunzeln: „Aber ich habe eine Frage wegen der Hochzeit."

„Natürlich." Ich erwarte eine Bitte, ob ich beim Ausschenken oder Kuchenschneiden helfen kann.

„Zu Lande oder zu Wasser?"

Es dauert eine Weile, bis ich merke, dass Annie nicht von

ihrer *Hochzeit spricht. „Also wirklich“, schimpfe ich, „du bist einfach unverbesserlich.“*
„Absolut“, stimmt Annie mit einem kleinen Nicken zu. „Aber ich kann mich wirklich nicht entscheiden, was besser wäre – ein Hügel in der Toskana oder eine Jacht in Livorno.“

* * *

„Und wie Sie auf diesen neuen Zeichnungen erkennen können …“

Ryan Miller hatte neue Blaupausen erstellt. Er entschuldigte sich für die primitive Anmutung, aber als er die Skizzen auf die Leinwand projizierte, fand Liz nichts daran, wofür man sich hätte entschuldigen müssen. Sie fragte sich allerdings, ob Ryan Miller überhaupt geschlafen hatte, seit er Margarets Notiz über diese Sitzung erhalten hatte. Der Junge wusste, wie man mit CAD umging. Und er hatte einen Prospekt vorbereitet, in Spiralbindung, mit einem Deckblatt, das aussah, als hätte ein Grafikdesigner ihn entworfen. Sie hatte ihm gesagt, er solle eine Präsentation vorbereiten, nicht das Firmenbudget sprengen. Im Laufe der Sitzung schmolz ihre Verärgerung wegen der Kosten jedoch allmählich dahin. Ryan Miller entpuppte sich immer mehr als Genie, wenn es um das Baugewerbe ging.

Sein Vortrag war hervorragend. Vom Scheitel bis zu seinen italienischen Ledersohlen wirkte er wie ein alter Hase in Sachen Vorstandssitzung, den ein Hauch von Erfolg umgibt. Liz’ prüfendem Blick entging nichts, wobei sie darauf achtete, sich nicht von seinem Gesicht oder seiner Statur oder seinen kräftigen Händen beeinflussen zu lassen. Sie beobachtete, wie die Vorstandsmitglieder auf ihn reagierten. Innerhalb weniger Minuten wandelte sich der Ausdruck auf ihren Gesichtern von höflicher Toleranz (Geben wir dem Jungen ein paar Minuten, bevor wir uns den eigentlichen Themen widmen) über ungläubiges Staunen (Er will uns doch wohl nicht weismachen, dass er uns so viel Geld einsparen kann) bis zu gespanntem Interesse (Was der Typ sagt, hat Hand und Fuß).

Seine Zahlen waren unanfechtbar. Er schien die meisten möglichen Fragen schon vorhergesehen zu haben, und als Jamison Roberts etwas fragte, was Ryan nicht erwartet hatte, überlegte der Junge einen Augenblick und sagte: „Daran habe ich nicht gedacht. Können Sie das bitte noch einmal erklären?" Er machte sich Notizen, während Roberts die Gründe für seine Frage darlegte. Liz konnte förmlich sehen, wie Ryans Verstand die Informationen verarbeitete.

„Ich bin nicht sicher, was das betrifft", sagte Ryan. Er sah in die Runde. „Kann vielleicht jemand anders die Frage von Mr Roberts beantworten?"

Niemand meldete sich. Liz machte einen Vorschlag. Ryan erklärte, warum das nicht funktionieren würde. Und dann meldete sich Jamison Roberts zu Wort und schlug selbst eine Lösung vor, der Ryan erst nach einigen Minuten Diskussion zustimmte.

„Na, wie war ich?", fragte er, als die Sitzung vorbei war.

„Ich glaube, Sie wissen ganz genau, wie Sie waren", sagte Liz. „Aber wenn Sie es von mir hören wollen …"

„Das will ich", sagte Miller. „Sie sind die Einzige, auf

die es wirklich ankommt." Er wartete einen Augenblick, lächelte. „Ich meine, Sie sind die Chefin."

Liz hatte den vagen Verdacht, dass Ryan Miller mit ihr flirtete, was sie angesichts ihres Altersunterschieds nicht glauben konnte. Sie schalt sich selbst für den bloßen Gedanken. „Okay", sagte sie. „Hier ist meine Einschätzung: Fantastisch. Gründlich. Genau auf den Punkt. Wenn Sie sich mit dieser Präsentation bei unsere Firma beworben hätten, würde ich sagen, dass Sie den Job haben."

„Wenn Sie einen Job hätten, würde ich ihn nehmen."

Mary

Als mein Telefon am Morgen nach meinem Treffen mit Annie klingelt, rechne ich damit, Jean-Marcs Stimme zu hören.

„Stimmt es?", fragt Luca. „Hat Jean-Marc dich wirklich überredet, schon früher nach Florenz zu kommen?"

Ich zögere und bin unsicher, weil ich fürchte, ich könnte etwas anderes als Freude in Lucas Stimme hören, wenn ich Ja sage.

„Jean-Marc hat mich angerufen", sagt Luca. „Bitte sag, dass es wahr ist und du tatsächlich früher ankommst."

„Also gut. Es stimmt." Ich beeile mich zu erklären: „Aber ich komme nicht mit der Jacht. Ich … ich nehme den Zug." Dummkopf. Als würde ihn das interessieren.

„Jean-Marc geht davon aus, dass du mit ihm auf der Sea Cloud *reist", sagt Luca.*

Ich schüttle den Kopf. „Nein. Ich …" Ich weiß nicht, was ich sagen soll. Ich glaube, bis vor einer halben Minute, als ich Lucas Stimme am Telefon gehört habe, war ich nicht einmal hundertprozentig sicher, wie ich mich entscheiden würde. Das Schweigen am anderen Ende der Leitung macht mich nervös. Deshalb verstecke ich mich hinter meinen Töchtern, sowohl der leiblichen als auch der adoptierten. „Annie sagt, ich soll unbedingt fahren, aber ich will nicht Hals über Kopf aufbrechen. Und Liz und Jeff haben einige Probleme."

„Nichts Ernstes, hoffe ich?"

Das Mitgefühl in seiner Stimme hilft mir, mich zu entspannen. „Das hoffe ich auch nicht." Und schon erzähle ich ihm alles. Jede Einzelheit, die ich über Jeffs Stellenangebot weiß, über Liz' Widerstand, den Streit um das Haus, alles. Ich ende mit: „Ich weiß, dass Jean-Marc sein Möglichstes tun würde, aber ich will nicht warten, bis wir in einen Hafen einlaufen können, so dass ich einen Flieger oder einen Zug bekomme, falls die Lage sich verschärft und ich in Omaha gebraucht werde."

„Er wird es verstehen", sagt Luca.

„Ich dachte, ich warte noch mindestens zwei Wochen, bevor ich in den Süden aufbreche." Ich habe mir das gar nicht überlegt. Bis jetzt. Aber als ich es sage, spüre ich, wie ich innerlich ruhig werde und weiß, dass es das ist, was ich tun will. Ich will Paris jetzt noch nicht verlassen. Später werde ich analysieren, was das bedeutet. Im Moment bin ich nur erleichtert, dass ich eine Entscheidung getroffen habe.

„Ich kann dich am Flughafen abholen", bietet Luca an.

„Zug", sage ich. „Ich würde gerne mit dem Zug fahren. Um die Landschaft zu genießen."

„Bene. *Alles wird fertig sein."*

„Alles?"

„Sì. Alles. Das Hotel, die Ducati."

„Du musst mir aber wirklich nicht beibringen, wie man eine Ducati fährt", sage ich. „Annie hat mir von der Villa und den Fresken erzählt. Sind sie wirklich von Botticelli?"

Er ignoriert meinen Themenwechsel. „Ich tue es nicht, weil ich muss, Mary", versichert er mir. „Es ist mir ein Vergnügen."

„Ich will keine Last sein."

Schweigen. Ich schließe die Augen und erinnere mich, warum ich das Telefon nicht besonders mag. Wenn ich ihn sehen könnte, wüsste ich vielleicht, was das Schweigen zu bedeuten hat. Es gäbe irgendeinen Hinweis, einen Gesichtsausdruck, irgendetwas. Aber jetzt sehe ich nur meine Hand, die das Telefon umklammert, während ich darauf warte, dass Luca etwas sagt.

„Du könntest mir nie zur Last werden, cara mia.*"*

Ich habe eine Gänsehaut. Ich bin ein Dummkopf. Eine alte Närrin. Eine Moto-maman.

„Du bringst doch deine Lederkluft mit, sì*? Und du rufst mich an, wann ich dich am Bahnhof abholen soll,* sì*?"*

Das werde ich. O ja. Das werde ich.

* * *

Bis zum Mittwochabend, als ich mit Jean-Marc zum Essen verabredet bin, habe ich mich einigermaßen beruhigt. Wir gehen an der Seine entlang, den an den Louvre angrenzenden Quai hinunter, durch einen Bogendurchgang und an der Glaspyramide vorbei. Nach einem langen, aber nicht unangenehmen Schweigen frage ich ihn: „Hat Liz dich zu ihrer Hochzeit eingeladen?"

„Das hat sie", erwidert Jean-Marc, während er mich an

der Pyramide vorbei durch einen anderen Torbogen auf die Rue de Rivoli führt.

„Und nimmst du die Einladung an?"

Jean-Marc schweigt, während wir in Richtung Champs-Elysées gehen. Ich kann nicht erkennen, ob er versucht sich zu entscheiden oder nicht. Schließlich sagt er: „Es wäre merkwürdig für sie. Meinst du nicht? Auch wenn ich nur als ein Freund von dir dabei wäre."

Ich frage mich, ob er versucht, mich in ein persönlicheres Gespräch zu verwickeln, aber als es mir gerade unbehaglich zu werden beginnt, spricht er weiter.

„Ich würde natürlich sehr gerne kommen. Aber ich glaube, die Einladung beruht mehr auf politesse als auf einem echten Wunsch von ihrer Seite."

„Ich weiß nicht, was ich dir dazu sagen soll", gebe ich zu. „Vielleicht sollten wir warten, bis wir sehen, wie Annies Hochzeit läuft. Soweit ich weiß, haben sie und Jeff immer noch vor, nach Florenz zu kommen." Ich seufze. „Obwohl ich, was Liz betrifft, manchmal die Letzte bin, die erfährt, was wirklich los ist."

Jean-Marc nimmt meinen Arm. „Vielleicht solltest du für eine Weile nach Omaha zurückkehren. Wenn du glaubst, dass ihr das hilft."

„Das habe ich mir auch schon mehr als einmal überlegt. Aber ich will nicht überreagieren. Sie hat mir gemailt, als sie beschlossen hat, nach Kalifornien zu fliegen." Ich zögere. „Sie hätte anrufen können. Ich verstehe das als ein Zeichen, dass sie mich zwar einerseits über ihre Entscheidung informieren, aber andererseits auch eine unausgesprochene Botschaft senden wollte."

„Und welche Botschaft wäre das?", fragt Jean-Marc.

„Dass sie die Dinge auf ihre Weise regeln will."

Er tätschelt meine Hand, nickt, sagt etwas über die Rätsel der Kommunikation mit erwachsenen Kindern und während wir eine vertraute Straße entlanggehen, wird mir bewusst, dass wir instinktiv hierher kommen für unser letztes gemeinsames Essen, bevor Jean-Marc Paris verlässt. Luca und ich haben unsere Lieblingsrestaurants, und jetzt haben Jean-Marc und ich auch eines.

Er ergreift das Wort. „Bist du sicher, dass ich dich nicht überreden kann, deine Meinung zu ändern und nach Italien zu segeln, anstatt den Zug zu nehmen? Wir könnten ein internationales Handy besorgen. Das über Satellit funktioniert. Ist der letzte Schrei in Sachen Technologie."

„Danke", lächle ich. „Aber nein. Liz wird mich wahrscheinlich gar nicht brauchen, aber ich muss wissen, dass ich jederzeit zu einem Flughafen komme, falls sie per Mail oder telefonisch um Hilfe bittet, und zwar, ohne dass ich erst einen Hafen ansteuern und dann noch weit über Land fahren muss."

Wir bestellen unser Essen. Jean-Marc erzählt mir von all den Plänen, die er und Luca für mich haben, wenn sie mir in der Toskana das Motorradfahren beibringen wollen. Er nennt mir die Internetseite von Ducati, damit ich mir die neue Ducati Monster ansehen kann, die sie beide für ein Motorrad halten, das zu mir passen würde.

Das Gespräch wandert von einem Thema zum anderen. Manchmal schweigen wir auch, aber es ist kein unangenehmes Schweigen. Schließlich haben wir zu Ende gegessen und machen uns auf den Weg zurück zu meiner Wohnung. Als wir so gehen, schiebt er meine Hand durch seinen Arm und zieht mich näher.

Wir überqueren eine Brücke und steigen die Treppe zum Flussufer hinab, wo Jean-Marc mich im vergangenen

Dezember gedrängt hat, meine Schuldgefühle und meine Trauer über meine Vergangenheit mit den einzelnen Blüten aus einem Blumenstrauß den Fluss hinunterzuschicken. Wir schwelgen in Erinnerungen, während wir über eine andere Steintreppe wieder hinaufgehen und die inzwischen vertrauten Straßen entlang bis zu meiner Wohnung. An der Tür beugt er sich hinab und küsst mich. „Ich überlasse dich deinen Töchtern … und freue mich darauf, dich meiner vorzustellen.“ Er streichelt mit dem Handrücken über meine Wange. „Es wird mir eine große Freude sein, wenn mein Traum endlich wahr wird“, sagt er.

„Was für ein Traum?“

„Du. An Bord meiner Sea Cloud.“ Mit einem zweiten, flüchtigen Kuss flüstert er: „Keine dreißig Tage mehr.“ Dann ist er fort.

* * *

Am Freitagnachmittag fühlte sich Liz wieder so, wie es in ihren Augen normal war. Sie hatte im Büro ein paar kleinere Katastrophen bei verschiedenen Projekten abgewendet, hatte mit Ryan Miller die Baustellen abgeklappert, ein Dutzend Fragen wegen des Hochzeitsbüffets beantwortet und das perfekte Hochzeitsgeschenk für Jeff gefunden, der morgen von seiner „langsameren Variante“ der Westküstentour zurückkommen sollte. Ein Anruf bei Mona hatte zu Hause alles geregelt. Mona hatte die Maler für Samstag früh bestellt und versprochen, dass alles fertig sein würde, damit Jeff in der nächsten Woche sein fertiges Hochzeitsgeschenk sehen konnte.

Am Samstagmorgen schaltete Liz ihren Computer im Arbeitszimmer an, schob die GTK-Diskette ein und begann, verschiedene Passwörter auszuprobieren.

„Entschuldigung", sagte Mona von der Tür her. „Kurze Rücksprache, bitte."

Liz sah auf. „Sie haben eine neue Frisur."

Mona posierte mit einer Hand am Kopf und der anderen auf den Hüften. Ihr Haar passte farblich zu ihrer fuchsienfarbenen Bluse und war auf ihrem Kopf aufgetürmt, zu einem Knoten gedreht und mit einem Paar roter Stricknadeln festgesteckt. „Kommen Sie bitte", schnurrte sie mit einem aufgesetzten Wink ihrer Rechten, durch den ihre schwarz lackierten Fingernägel noch unheimlicher wirkten.

Liz erhob sich und folgte ihr durch die Eingangshalle in den Raum, der noch vor einer Woche die Bibliothek gewesen war. Jetzt hing der Geruch frischer Farbe in der Luft, und Mona hatte, wie immer, ein Wunder vollbracht – nämlich einen dunklen und altmodischen Raum in einen anregenden Arbeitsplatz verwandelt, der einem aufstrebenden Anwalt mehr als angemessen war.

Mit einer dramatischen Geste öffnete Mona die Tür. Die karamellfarbenen Wände in Jeffs neuem Arbeitszimmer sahen umwerfend aus. Sie umrahmten ein Gemälde, das er in einer der Galerien von Sausalito bewundert hatte. Liz hatte am Dienstagabend angerufen und es zu Monas Firma schicken lassen. Jeff würde überrascht sein und Liz war sicher, dass er begeistert sein würde. Hoffentlich mehr als von Kalifornien.

„Was soll ich sagen?", fragte Liz, während sie sich staunend im Zimmer umsah.

„Erstaunlich. Unglaublich. Mona, Liebes, Sie haben es mal wieder geschafft. Es ist ein Wunder. Ich kann es kaum erwarten, im Club davon zu erzählen." Mona klimperte mit ihren indigoblauen Wimpern und lachte.

„Aber was sage ich – im Club!", witzelte Liz. „Wie wäre es, wenn ich eine ganzseitige Anzeige im *World Herald* buche, die Sie in den Himmel lobt?"

„Originell", grinste Mona. „gefällt mir." Sie sammelte einen Stapel Bücher ein, schob Liz aus dem Zimmer zurück an die Arbeit und verabschiedete sich.

In ihrem Arbeitszimmer machte Liz sich wieder daran, die Passwörter auszuprobieren, die sie aus Kincaids „traurigen" Lebensdaten erstellt hatte. Der Todestag seiner Frau. Ihre Beerdigung. Die Anschrift des Architektenbüros, das er hatte aufgeben müssen, als das Designdebakel Schlagzeilen gemacht hatte. Und dann gab sie das Datum des Ereignisses ein, das Georges Karriere endgültig beendet hatte, in Kombination mit der Adresse der Baustelle … und das war der Schlüssel.

Sie hatte erwartet, die gleiche Art von Information auf der Diskette zu finden, die Papa über Jean-Marc und Jeff gesammelt hatte. Daten. Angaben zu Ereignissen. Berichte von Privatdetektiven. Stattdessen fand sie Datenblätter. Zeichnungen. Blaupausen. Bauberichte. Und Notizen, die mehr Fragen aufwarfen, als sie beantwortet haben wollte. Allerdings wusste Liz, dass sie, wo sie jetzt schon so weit war, auch diese Antworten haben musste. Weil das, was da war, nicht das sein konnte, was sie sah. Sie musste die Dinge falsch interpretieren.

Liz lehnte sich vor und vergrub das Gesicht in den

Händen. Sie konnte hören, wie die Stimme ihres Vaters sagte: „Davis Enterprises wird immer die Integrität als höchstes Ziel haben." Und ein anderes Mal, als es der Firma nicht gut ging, hatte Sam gesagt: „Wir gehen vielleicht unter, Elizabeth, aber wenn, dann liegt es nicht daran, dass wir unehrlich gewesen wären."

War all das eine Lüge? Was hatte Jeff letztens gesagt? *„Ich hoffe, dass du irgendwann aufhören kannst zu versuchen, der Mann zu sein, der dein Vater nie war."* Ihr wurde schlecht bei dem Gedanken, dass Jeff die ganze Zeit von diesen Dingen gewusst haben sollte und es vor ihr verborgen hatte.

* * *

Sie rief Ryan Miller an. Getreu seiner Veranlagung zum übereifrigen Praktizieren kam er in Rekordzeit zum Anwesen und entschuldigte sich für seine zerknitterte Erscheinung.

„Hören Sie auf sich zu entschuldigen und werfen Sie einen Blick auf das, was ich auf diesen USB-Stick kopiert habe", knurrte Liz. „Ich brauche die Meinung eines Ingenieurs zu dem, was ich hier vor mir habe, bevor ich es lösche." Dann lächelte sie und hoffte, dass das Lächeln nicht so unecht aussah, wie es sich anfühlte. Ryan sollte keinen Verdacht schöpfen, dass sie die Daten geändert hatte – denn das hatte sie, indem sie Namen, Datumsangaben und alles, von dem sie fürchtete, es könnte auf Kincaid Towers hinweisen, gelöscht hatte. „Ich will nur sichergehen, dass ich keine brillante neue Erfindung übersehe, die mir einen Ferrari und ein Ferienhaus am Strand einbringen könnte."

„Ist mir ein Vergnügen, dabei behilflich zu sein“, sagte Ryan und schob den Datenträger in seine Jackentasche. „Ich sehe es mir gleich heute Abend an.“

„Sagen Sie mir einfach am Montag, was Sie davon halten“, sagte Liz, in der Hoffnung, dass es beiläufig klang. „Jeff kommt in ein paar Stunden von einer Geschäftsreise wieder. Ich glaube kaum, dass ich mich vor Montag damit befassen kann.“ Sie erhob sich. Er tat es ihr gleich und ging zur Tür.

„Sind Sie sicher, dass ich Sie nicht nachher anrufen soll, wenn ich es mir angesehen habe?“

„Bringen Sie die Daten einfach Montag mit ins Büro.“ Sie hoffte, dass sie ihn nicht angefahren hatte. Sie nahm seinen Arm und schob ihn sanft aus dem Arbeitszimmer. „Schreiben Sie sich die Zeit auf, die Sie brauchen, das sind natürlich Überstunden. Und dann genießen Sie das Wochenende“, sagte sie. Sie blieb oben an der geschwungenen Treppe stehen, die vor der kreisförmigen Auffahrt endete. Unten stand ein kleines silbernes Auto – vielleicht ein Fiat?

„Da passen Sie rein?“, fragte Liz und sah ihn an.

„Einigermaßen. Wichtiger ist, dass es in mein Budget passt.“

Liz lachte. „Ich verstehe.“

Mit einem Nicken und einem Lächeln ging Ryan die Treppe hinunter, stieg in sein Auto und fuhr davon.

* * *

Liz hatte ihn nie zuvor nervös gesehen, aber am Montagmorgen saß er ihr in ihrem Büro gegenüber und zappelte ganz eindeutig. „In Ordnung“, sagte sie,

„dann sagen Sie mir, was Sie davon halten.“ *Lehn dich zurück,* dachte sie. *Guck nicht so nervös.*

„Sie wissen wirklich nicht, was das ist?“, fragte er, als er den USB-Stick hochhielt.

„Ich habe keine Ahnung“, log Liz. Sie zwang sich, einen Scherz zu machen. „Sagen Sie nicht, ich schulde Ihnen jetzt einen Prozentsatz von irgendeiner großartigen Entdeckung.“

Er schüttelte den Kopf. „Jemand hat mit Stützbalken und Tragesystemen herumgespielt. Was ich nicht verstehe, ist, dass die ursprünglichen Zeichnungen fantastisch sind. Aber dann gibt es auf halber Strecke eine Änderung in der Art, wie einer der Balken angebracht ist. Ich bin die Sache mehrmals durchgegangen, weil ich dachte, es müsse irgendeine Verbesserung sein, die ich vorher nicht gesehen hatte. Aber … es gibt für mich keinen Zweifel: Wenn diese Änderung tatsächlich vorgenommen würde, … dann würde dieses Ding … diese Brücke einstürzen.“

„Einstürzen?“ Liz hielt sich mit beiden Händen an der Schreibtischkante fest. „Also, dann ist es überhaupt keine neue Entdeckung, sondern vielmehr eine minderwertige Arbeit, die ich wegwerfen kann.“ Sie stand auf. „Danke. Ich hätte Stunden gebraucht, um das herauszufinden.“

„Genau genommen habe ich nicht nur das gemacht“, sagte er.

„Nein?“

Er schüttelte den Kopf. „Ich interessiere mich besonders für solche Sachen. Ich versuche eine Reihe von Trägern zu entwerfen, die es einem ausgewachsenen Mann ermöglichen würden –“ Er verstummte. „Aber das wollen Sie gar nicht wissen. Was ich fragen wollte, ist, ob Sie sich an den Zwischenfall in dem Hotel unten in Kansas City vor einigen Jahren erinnern?"

„Wer erinnert sich nicht daran?", erwiderte Liz.

Er nickte. „Das hier ist dieselbe Geschichte. Eine kleine Änderung, die ein Prüfer vielleicht nicht einmal bemerkt. Aber die Brücke in diesen Blaupausen hätte nicht einmal der Last von fünfzig Menschen standgehalten."

„Ich verstehe. Gott sei Dank sind das nur die wenig überzeugenden Ideen eines Bauingenieurs, die nie über eine alte Computerdiskette hinausgelangt sind." Sie zwang sich zu einem Lächeln. „Danke. Jetzt kann ich das Zeug vergessen, ohne zu fürchten, dass ich die beste Ingenieurskunst meines Vaters zum Fenster hinauswerfe – oder irgendein geheimes Projekt, das ihm wichtig war." Sie ließ die Diskette in den Papierkorb fallen. „Und was steht für Sie heute noch auf dem Programm?" Ihr Herz schlug so heftig, dass sie sicher war, Ryan müsse es hören.

„George Kincaid nimmt mich mit zur Baustelle am Krankenhaus", sagte er. „Es ist sicher interessant, die Sache aus Sicht des Architekten zu betrachten. Und wir gehen mit der Innenarchitektin essen. Nach allem, was ich von ihr gehört habe, dürfte das lustig werden."

„Ach ja, meine Mona." Liz lächelte. „Sie hat das ganze Projekt so durchgestylt, dass ich fürchte, die Patienten wollen hinterher gar nicht mehr nach Hause." Sie zog die mittlere Schreibtischschublade heraus und warf einen Blick hinein. „Grüßen Sie beide von mir, ja?", sagte sie, während sie tat, als würde sie ihren Kalender zu Rate ziehen. Dann stand sie auf. „Ich habe in ein paar Minuten eine Sitzung, deshalb –"

Ryan sprang auf und eilte zur Tür. „Sagen Sie Bescheid, falls es noch etwas wie diese Sache gibt, wobei ich Ihnen helfen kann."

„Danke." Sie griff zum Telefon. Endlich war er fort. Sie beugte sich über den Papierkorb und fischte die Diskette heraus, während sie ihre Assistentin anrief.

„Ja, Madam." Margaret war gleich am Apparat.

„Können Sie bitte Billy vom Archiv sagen, er soll ein paar alte Blaupausen für mich raussuchen? 1994. Alles, woran George Kincaid gearbeitet hat. Und dann rufen Sie bitte Jeff an und sagen Sie ihm, dass ich lange arbeiten muss und nicht mit ihm essen gehen kann."

„In Ordnung, Madam."

Bildete sie sich das ein, oder hatte sie in Margarets Stimme einen Hauch von Missbilligung gehört? Liz setzte sich an ihren Schreibtisch und blickte nach Süden in Richtung Kansas City. Jeff flog am nächsten Morgen noch mal für eine Woche nach Kalifornien, aber er musste das verstehen. Und ihr Magen hätte sowieso nichts Essbares vertragen.

* * *

Am Dienstagmittag, den 16. März, endete das Leben, wie Liz Davis es kannte. Sie hatte den Vormittag damit zugebracht, beim *World Herald* alte Ausgaben auf Mikrofilm zu lesen. Jetzt saß sie in ihrem Arbeitszimmer und brütete über einem Stapel alter Baupläne, wobei ihr Blick immer wieder von den Blaupausen zu dem Bild auf ihrem Computerbildschirm wanderte. Die Wahrheit ließ sich nicht leugnen. Die Unregelmäßigkeiten, die Ryan Miller auf der Computerdiskette entdeckt hatte, waren auf den Blaupausen in der Akte ebenso zu sehen – Blaupausen für *Kincaid Towers,* das innovative Projekt, das George Kincaids Foto auf die Titelseite des Architekturjournals gebracht und ihm landesweit Beachtung beschert hatte.

Sie war im ersten Jahr ihres Studiums gewesen, als es passiert war, und sie erinnerte sich an viele Einzelheiten im Zusammenhang mit den Türmen. Ihr Einsturz in den frühen Stunden eines Frühlingsmorgens war für Papa unendlich peinlich gewesen, bis in der Untersuchung herauskam, dass *Davis Enterprises* an dem Vorfall unschuldig war. George Kincaid war es, der für das fehlerhafte Design verantwortlich gewesen war. George Kincaid hatte in letzter Minute eine Änderung in der Art und Weise vorgenommen, wie eine bestimmte Brücke gestützt werden sollte. George Kincaid hatte den Fehler begangen. Und dieser Fehler hatte zu tragischen Verlusten geführt – nicht von Menschenleben, Gott sei Dank, denn das Gebäude war eingestürzt, als niemand auf der Baustelle gewesen war –, aber viel Geld war dabei verloren gegangen. Und ein guter Ruf.

Als Liz an dem alten Schreibtisch ihres Vaters saß und Ausgabe für Ausgabe den Zeitungsberichten des *Omaha World Herald* von 1994 folgte, war sie überrascht, wie oft ein besorgter Samuel Davis auf den Bildern zu sehen war, den Arm um die Schultern seines Freundes gelegt, ein Muster an Loyalität. Während die Medien sich über George Kincaid hermachten, blieb Samuel Davis stets der treue Freund, der zu ihm hielt, was immer auch geschah.

Liz rieb sich mit zitternder Hand die Stirn. Hatte George Kincaid vielleicht Verdacht geschöpft, dass er sabotiert worden war? Was hatte ihn zum Alkoholiker gemacht? War es der Einsturz seines Gebäudes oder der Verrat durch einen Freund? Während in ihrem Kopf Vermutungen und Leugnung einander ablösten, streckte sie die Hand nach dem Füllfederhalter auf ihrem Schreibtisch aus. Sie drehte den Stift zwischen den Fingern und dachte daran, wie Papa ihr die Überlegenheit eines Füllers im Vergleich zum Kugelschreiber erklärt hatte. Er hatte seine Vorliebe für Federhalter als Illustration dafür verwendet, „dass *Davis Enterprises* für Vortrefflichkeit stehe". Als sie jetzt die Bilder auf dem Bildschirm anstarrte, musste Liz Davis mit aller Kraft an sich halten, um nicht das Schreibgerät zu nehmen und seine Vierundzwanzig-Karat-Goldfeder in den ledernen Tintenlöscher zu bohren. Liz verbarg das Gesicht in ihren Händen und weinte.

Kapitel 11

Sie musste Jeff von der Diskette erzählen. Sie konnte es nicht. Aber sie musste. Er hatte ein Recht, es zu wissen. Warum musste er es wissen? Was würde ein Skandal jetzt bringen? *Das Leben eines Mannes wurde ruiniert. Du musst das richtigstellen.* Nein, sagte sie sich. Sie konnte Jeff nicht davon erzählen. Er hatte ihr vorgeworfen, sie wolle der Mann sein, der ihr Vater nie gewesen war. Was auch immer das für Jeff bedeutete – wenn er das hier erfuhr, würde es ihm nur noch mehr Munition für den Umzug nach Kalifornien liefern.

In den folgenden Tagen schien ihr Leben immer mehr auseinanderzufallen. Liz schnauzte Ryan mit einem „Das sollten Sie inzwischen eigentlich wissen“ an und scheuchte ihn aus ihrem Büro mit einem Auftrag, der längst nicht so wichtig war, wie sie vorgab. Sie stritt mit dem Mann vom Partyservice, der das Büffet für ihre Hochzeit liefern sollte, als er sagte, einen Schokoladenbrunnen müsse er extra berechnen und ließ die Sache so weit eskalieren, bis sie sich selbst sagen hörte: „Ach, vergessen Sie's. Sagen Sie alles ab, ich finde jemand anders.“ Als sie den Hörer auf die Gabel knallte, dämmerte es ihr, dass Mona kaum so kurzfristig einen neuen Lieferanten finden würde. Sie rief zurück und entschuldigte sich.

* * *

Die Dinge liefen wirklich nicht gut, als Jeff am Wochenende aus Kalifornien zurückkam und endlich sein Hochzeitsgeschenk sah. Er war nicht annähernd so verliebt in Monas Karamellwände, wie Liz erwartet hatte.

„Das ist … interessant", sagte er.

„Aber du fandest das Gemälde doch so toll, als wir es in der Galerie da drüben sahen", sagte Liz. „Es sieht an dieser Wand einfach fantastisch aus. Mona hat die Farbe dreimal neu mischen lassen, bevor sie genau den richtigen Farbton getroffen hat, um die Wirkung des Gemäldes zu unterstreichen." Er musste wissen, dass es keine schnell zusammengeschusterte Aktion gewesen war, trotz der Kürze der Zeit. Sie hatte viel investiert. Und er war nicht beeindruckt? Sie kämpfte gegen die aufsteigenden Tränen der Wut an.

„Ich habe gesagt, dass ich es mag", sagte Jeff leise. Er schob die Hände in die Hosentaschen und ging im Zimmer umher. „Ich habe nicht gesagt, dass ich damit leben will", sagte er, ihr gegenüber auf der anderen Seite von Sam Davis' Schreibtisch. Was Jeff nicht einmal bemerkt hatte, das wurde Liz jetzt klar. Sie hatte ihm *den Schreibtisch ihres Vaters* geschenkt. Bedeutete ihm das gar nichts?

„Wir haben noch nicht einmal entschieden, ob wir hier leben werden." Er betrachtete sie einen Augenblick, um zu sehen, wie sie reagierte. Es war offensichtlich, dass ihm nicht gefiel, was er da sah. „Ich verstehe", sagte er und verließ das Arbeitszimmer durch die Tür hinter seinem Schreibtisch. Sie führte auf eine geräumige Veranda hinaus, die sich über die Rückseite des Hauses erstreckte.

Liz folgte ihm. Von der Terrassentür aus fragte sie laut: „Du verstehst was?"

Er drehte sich nicht einmal zu ihr um, als er sprach. „Ich verstehe, dass *du* dich ganz offensichtlich entschieden hast. Die einzige Frage, die noch offen war, betraf die Farbe der Wände." Er warf einen Blick über die Schulter zurück in den frisch gestrichenen Raum. „Und jetzt hast du auch das entschieden."

„Du solltest keine voreiligen Schlüsse ziehen", sagte Liz gereizt. Sie trat auf die Veranda hinaus und ging zu der steinernen Brüstung, wo sie sich umdrehte und ihn aus einigen Metern Entfernung ansah. „Du hast gesagt, es sei eine gute Idee, mein Arbeitszimmer zu renovieren. Und dass es nie ein Fehler ist, ein Haus zu modernisieren. Was ist so schlimm daran, dass ich *zwei* Räume modernisiert habe?"

Der Streit eskalierte, bis sie wie zwei Schwertkämpfer aufeinander einschlugen, immer mit dem Ziel, dem anderen die schmerzhafteste Wunde zuzufügen.

Schließlich hob Jeff beide Hände mit der Handfläche nach außen, wie ein Pantomime, der eine imaginäre Mauer zwischen ihnen errichtete. „Das hier führt zu nichts."

„Wir haben alles andere versucht!" Liz' Stimme klang schrill. „Ich habe Wort gehalten. Ich habe dich begleitet. Ich bin sogar wie ein braves Mädchen mit zur *Kirche* gegangen. Und *nichts* hat sich verändert." Es war, als stände sie neben sich und beobachtete die Szene. Wann, überlegte sie, hatte sie sich in dieses außer Kontrolle geratene Wesen verwandelt? Das Herz schlug ihr bis zum Hals und sie zitterte am ganzen Körper. Und doch hatte sie nicht die Kraft, sich zu ändern. „Vielleicht täte uns beiden eine gute alte Prügelei mal ganz gut."

Jeff presste die Lippen zusammen und sah zu den Bäumen am Rand des Grundstücks hinüber. Er holte tief Luft und sagte: „Dann prügle du dich ruhig, Bitsy." Seine Stimme wurde um einige Dezibel leiser. „Aber such dir dafür jemand anders, denn ich spiele nicht mit." Er ging wieder hinein.

„Und ich ziehe nicht um!", schrie Liz ihm nach. Das Kreischen in ihrer Stimme erschreckte sie selbst. Aber sie hatte es gesagt und würde es auch nicht zurücknehmen. Während ihre Worte noch im Foyer verhallten, stand sie mit geballten Fäusten da und versuchte nicht zu weinen, doch ohne Erfolg. Sie brach in Tränen aus, rannte die geschwungene Treppe hinauf und ließ sich auf ihr Bett fallen. Sie wartete auf Jeff und schlief über dem Warten ein.

* * *

Das Telefon weckte sie am frühen Sonntagmorgen.

Liz öffnete die Augen, nahm ab und schniefte. „Es tut mir leid."

„Was tut dir leid?"

Es war Mimi.

„Oh … Mimi!" Wieder begannen die Tränen zu fließen und ihr Magen war ein einziger Knoten. „Wieso rufst du an? Hast du … hast du mit Jeff gesprochen?"

„Jeff? Nein, ich habe nichts von Jeff gehört. Ich rufe eigentlich an, um dir zu sagen, dass ich beschlossen habe, früher nach Florenz zu fahren. Aber das kann warten. Warum sollte Jeff mich anrufen?"

„Wir haben uns gestritten."

Liz konnte ihre Mutter seufzen hören. „Ach, Schatz, das tut *mir* leid."

„Alles läuft schief", sagte Liz. „Jeff ist wütend auf mich. Er mag sein neues Arbeitszimmer nicht. Ich habe ein Gemälde gekauft, das er mochte, und jetzt sagt er, dass er es doch nicht so gut findet. Und ich hätte beinahe den Partyservice gefeuert … und …" Liz zählte eine Litanei von Vergehen und Problemen auf und endete mit einem elenden „Ich kann einfach nicht alles gleichzeitig machen, Mimi. Ich schaffe es nicht".

„Elizabeth. Es war ausgesprochen unklug, dir ausgerechnet jetzt noch eine Renovierung aufzuhalsen, und ich habe doch gesagt, dass Mona und ich uns um das Essen kümmern."

„Ich weiß, aber ich dachte …" Liz hielt inne. „Wo wirst du denn in Florenz wohnen?"

„Im Hotel Lucia. Es gehört der Zwillingsschwester von Luca. Ich weiß, ich weiß. Luca und Lucia – das ist ganz schön kitschig. Liz, wenn du etwas zum Schreiben hast, diktiere ich dir die Telefonnummer. E-Mail geht auch. Luca will mir zeigen, wie ich meinen Laptop anschließe, so dass ich sofort Internetzugang habe."

Liz notierte sich die Nummer. „Ich wusste nicht, dass du so früh runterfährst", sagte sie.

„Mir war es auch nicht klar, aber darüber können wir ein andermal reden."

Liz erzählte von ihren Problemen, und während Mimi zuhörte und am Telefon sogar ein kurzes Gebet für sie sprach, beruhigte sie sich allmählich. „Danke. Ich fühle mich jetzt schon besser." Sie putzte sich die Nase. „Ich komme schon klar."

„Vielleicht solltest du die Reise nach Italien absagen“, schlug Mimi vor. „Jeder würde das verstehen. Du kannst später im Jahr kommen, wenn die Lage sich wieder ein bisschen beruhigt hat. Nachdem der Kliniktrakt eingeweiht ist und nach deiner eigenen Hochzeit.“

„Nein. Das würde Jeff nur noch mehr aufregen. Er freut sich wirklich auf die Reise und darauf, mit Jean-Marc auf der Jacht zu segeln. Ich merke, dass er von der Idee ganz begeistert ist. Ich will nicht der Grund für noch mehr Enttäuschungen sein.“ Wieder drohten die Tränen zu fließen. „Ich weiß nicht, was mit mir los ist. Ich heule bei jeder Kleinigkeit. Und wenn ich nicht heule, bin ich wegen irgendetwas wütend. Ist das typisch für eine angehende Braut?“

„Das ist egal. Für *dich* ist es nicht typisch.“ Mimi seufzte. „Weißt du, was du tun solltest? Ruf Dr. Reese an. Mach einen Termin bei ihm und erzähl ihm genau das, was du mir erzählt hast.“

„Ich brauche keinen Arzt“, protestierte Liz. „Das ist nur noch ein zusätzlicher Termin.“

„Dann tu es für mich. Denn wie die Dinge jetzt stehen, vergesse ich besser Florenz und nehme den nächsten Flug nach Omaha.“

„Sei nicht albern. Das kannst du nicht machen.“

„Ich kann tun, was ich will“, beharrte Mimi.

„In Ordnung, ich rufe Dr. Reese an. Versprochen. Gleich als Erstes morgen früh.“

„Er soll dir wenigstens etwas verschreiben, damit du mit dem Stress besser fertig wirst, bis die Hochzeit vorbei ist.“

„Ich brauche keine Beruhigungspillen, um Jeff zu heiraten.“

Mimis Stimme klang entschlossen. „Kann sein. Aber vielleicht brauchst du Hilfe dabei, mit den anderen Dingen in deinem Leben fertig zu werden. Es ist vollkommen normal, mit den alltäglichen Verpflichtungen und einer Hochzeit überfordert zu sein – ganz zu schweigen von all dem, was du durchgemacht hast, seit dein Vater gestorben ist. Ich habe irgendwo einmal gelesen, dass unser Körper zwischen gutem und schlechtem Stress keinen Unterschied macht. Du hattest wirklich eine *Menge* zu verkraften." Sie schwieg einen Moment, bevor sie fragte: „Ich kann morgen da sein. Soll ich kommen?"

„Spiel bitte nicht die Märtyrerin, Mimi", sagte Liz müde. „Jean-Marc hat mir in einer E-Mail geschrieben, dass er versucht hat, dich zu einer früheren Abreise zu bewegen. Ich bin froh, dass ihr beide mehr Zeit miteinander verbringen könnt."

„Ich spiele nicht die *Märtyrerin*. Und Jean-Marc ist nach Arcachon zurückgefahren, um mit der *Sea Cloud* nach Livorno zu segeln. Er kommt dann nach Florenz, sobald er im Hafen vor Anker gegangen ist. Bis dahin werde ich ein bisschen auf eigene Faust die Stadt erkunden und mich vielleicht ein paar Mal mit Luca zum Essen verabreden. Aber das alles bedeutet nicht, dass ich nicht für dich da sein will, Lizzie-Bär."

„Ich weiß, dass du für mich da bist. Aber bleib bitte, wo du bist. Fahr nach Florenz. Ich gehe zu Dr. Reese. Ich habe deine Telefonnummer. Und wenn es außer meiner üblichen Verrücktheit irgendetwas zu berichten gibt, rufe ich dich an."

„Und du nimmst, was immer er dir verschreibt?"

„Ja. Versprochen."

„Wenn es dir innerhalb der nächsten Tage nicht *wesentlich* besser geht, komme ich. Ob du willst oder nicht. Es gibt nun mal Depressionen, Lizzie, und es hat nichts damit zu tun, dass man schwach wäre. Ich habe es selbst erlebt, und ich kann dir sagen, wenn du so etwas hast, dann wird kein noch so perfekter Zeitplan dir helfen, dich besser zu fühlen."

„Verstanden", sagte Liz.

„Und ruf mich an – egal, wie spät es hier ist. Der Zeitunterschied ist derselbe, unabhängig davon, ob ich in Paris oder in Florenz bin. Luca würde mich auch nach Rom bringen, wenn ich schnell einen Flug in die Staaten bekommen müsste."

„Das wird nicht nötig sein", sagte Liz.

„Ich will nur, dass du es weißt", sagte Mimi.

Liz fühlte, wie ihr erneut die Tränen in die Augen stiegen. „In Ordnung, Mimi. Danke." Der Gedanke, Mimi für eine Zeitlang wieder hierzuhaben, war erstaunlich tröstlich. Wenigstens so lange, bis Dr. Reese ihr „Problem" diagnostiziert und ihr versichert hatte, dass alles, was sie empfand, völlig normal war.

* * *

„Ich weiß nicht, ob ich mich einmischen sollte, aber egal, ich tu's trotzdem …" Beim Klang von Mary Davis' Stimme auf seinem Anrufbeantworter am Sonntagabend ließ Jeff den Autoschlüssel auf den Couchtisch fallen und setzte sich auf das Sofa. Er nahm sich nicht einmal die Zeit, seinen Wintermantel auszuziehen, sondern saß dort, die Ellbogen auf die Knie gestützt und die Fäuste geballt, während er das Band abhörte.

„Ich habe vor einer Weile mit Liz telefoniert. Ich habe ihr einen Rat gegeben. Und angeboten, nach Omaha zu kommen, wenn sie das Gefühl hat, dass sie Hilfe braucht. Sie hat darauf bestanden, dass ich hierbleibe. Aber ich muss immerzu an euch beide denken. Ich hoffe, du hast jetzt nicht den Eindruck, ich wäre so eine Schwiegermutter, die überall ihre Nase reinsteckt, aber du sollst wissen, Jeff, wenn du anders darüber denkst als Liz, wenn du findest, ich sollte zurückkommen, dann nehme ich den ersten Flieger nach Omaha. Wenn du reden willst – falls das irgendwie hilft –, kannst du mich gerne anrufen. Jederzeit. Aber ich will mich wirklich nicht einmischen." Ihre Stimme zitterte ein wenig. *„Ich habe dich sehr lieb, Jeff. Und … ich bete für dich. Für euch beide."*

Mary hatte aufgelegt, dann aber offenbar noch einmal angerufen, als PS sozusagen: *„Du kannst mich auch anrufen, wenn es hier zwei Uhr morgens ist."*

Jeff sah auf seine Uhr. Es war in Paris genau zwei Uhr morgens. Er kramte unter dem DVD-Spieler nach dem Telefonbuch von Omaha und der Vorwahl von Frankreich.

* * *

„Tut mir leid, dass ich um diese Uhrzeit anrufe", sagte Jeff sofort, als Mary abnahm. „Ich bin gerade nach Hause gekommen und habe deine Nachricht abgehört."

„Ich habe doch gesagt, du kannst jederzeit anrufen. Das war ernst gemeint."

Er wusste nicht, wo er anfangen sollte. Seine Kehle

war wie zugeschnürt. Er schluckte und zerrte an seiner Krawatte, um sie zu lockern.

„Tu einfach so, als wäre ich deine Mutter. Ein bisschen habe ich sowieso schon das Gefühl, dass ich es bin."

Er schüttelte den Mantel ab und schaltete den Lautsprecher ein. Dann setzte er sich wieder und lehnte den Kopf gegen die Rückenlehne der Couch. „Ich weiß nicht, wo ich anfangen soll. Um ehrlich zu sein, will ich nicht über deine Tochter schimpfen."

„Es gibt wohl kaum jemanden, bei dem du besser über sie schimpfen kannst", erwiderte Mary. „Ich weiß besser als jeder andere Mensch, wie schwierig sie sein kann. Aber sie liebt dich. Und ich will nicht, dass du sie aufgibst."

„Ich habe nicht die Absicht aufzugeben", sagte Jeff schnell. „Ich kann nur ... es scheint nur allmählich zur Gewohnheit zu werden, dass ich Liz Zeit gebe, sich abzuregen. Beinahe jede Diskussion endet in einem ausgewachsenen Krach. Und ich weiß nicht, warum."

„Sie hat eine Menge Stress. Der Gedanke, von allem, was sie kennt, fortzuziehen, macht ihr Angst. Liz ist es nicht gewohnt, sich zu fürchten." Mary räusperte sich. „Und sie ist es nicht gewohnt, ihren Willen nicht zu bekommen."

„Jedes Mal, wenn das Wort Kalifornien fällt, oder sich auch nur dem Gespräch nähert, gehen bei ihr die Jalousien runter." Jeff fuhr sich mit der Hand durch die Haare und stand auf. Er ging im Zimmer auf und ab, während er weitersprach. „Weißt du, Mary, ich glaube beinahe, dass sie mir vor zwei Wochen zu Danny nachgereist ist, war nur Show. Es ist, als wäre sie nur mitgekommen, um Informationen zu sammeln, mit denen sie ihre Argumente gegen einen Umzug noch untermauern kann."

„Ich glaube nicht, dass das der Fall ist", sagte Mary.

„Gut, denn die Vorstellung, dass sie solche Spielchen spielt, macht mich wütend." Er erzählte ihr von dem Arbeitszimmer, das Liz ohne sein Wissen hatte renovieren lassen. „Ich habe den Eindruck, sie tut alles, um mich nur noch mehr in ihrer Welt hier zu verankern."

„Gefällt dir das neue Büro nicht?"

„Es sieht toll aus. Du weißt, wie gut Mona Whitcomb ist. Und Liz hat ein Bild gekauft, das uns beiden bei unserem Besuch in Sausalito gefallen hat. Der ganze Raum ist um das Gemälde herum gestaltet."

„Aber?"

„Aber schöne Dinge verlieren ihren Reiz, wenn Bedingungen daran geknüpft sind, und ich kann dir sagen, dass an dieses Arbeitszimmer auf jeden Fall Bedingungen geknüpft sind. Mindestens ein Dutzend davon."

„Hast du mal darüber nachgedacht, wegen der ganzen Sache zu beten?"

„Was?"

„Beten. In den Sprüchen Salomos gibt es ein paar Verse, die ich besonders liebe", sagte Mary. „Verlass dich auf den Herrn von ganzem Herzen, und verlass dich nicht auf deinen Verstand, sondern gedenke an ihn in allen deinen Wegen, so wird er dich recht führen.'"

Jeff war sprachlos. Er fragte sich, ob dies Zufall war oder die Stimme Gottes.

„Jeff? Bist du noch da? Ich weiß, dass ich nicht viel

darüber geredet habe, aber seit meiner Ankunft in Paris bin ich Christin geworden. Ich habe nicht vor, dich mit meinem Glauben zu erschlagen, aber die Verse kamen mir gerade in den Sinn, und ich hatte gehofft –"

„Nein, nein. Das ist es nicht." Jeff lehnte sich zurück, stellte den Lautsprecher aus und nahm das Telefon ans Ohr. „Das sind genau die Verse, von denen mein Bruder Danny gesprochen hat, bevor ich Kalifornien verlassen habe."

„Ach, wirklich?"

„Ja. Er hat sie sogar für mich auf eine Karteikarte geschrieben." Jeff griff in seine Hemdtasche. „Ich habe sie hier."

„Ich wusste nicht, dass Danny ein … spiritueller Mensch ist."

„Oh, er ist mehr als nur spirituell", sagte Jeff. „Er ist ein echter wiedergeborener Jesus-Freak, um deine Tochter zu zitieren." Er schwieg einen Moment und schluckte. „Mary?"

„Ja, Jeff."

„Ich bin … ich weiß nicht so recht, wie ich das sagen soll. Es ist alles so neu für mich. Aber … als ich dort war … habe ich mich … äh … verändert."

Marys Stimme klang herzlich, als sie sagte: „Erzähl mir davon."

„Also, ich habe dir doch von Danny erzählt. Er und Sarah gehen mit den Kindern zu einer Gemeinde. Es schien ihnen sehr zu helfen. Ich war neugierig, und ich will alles tun, um Sarah und den Kindern zu helfen. Deshalb war es ganz logisch, dass Onkel Jeff mitgeht. Sogar Liz ist mitgekommen, als sie in Kalifornien war. Ich hatte eigentlich nicht erwartet, dass es irgendetwas bringt. Für mich persönlich, meine ich. Ich bin in erster Linie als moralische Unterstützung für Sarah mitgegangen. An einem Abend war ich sogar bei einem Bibelkreis. Zuerst kam ich mir fehl am Platze vor. Wie ein Fisch an Land. Aber dann haben die Leute über Dinge gesprochen, die mich interessierten. Es war, als wären sie Mitglieder eines Vereins, zu dem ich nicht gehörte. Sie hatten einen anderen Lebensstil. Ich meine, ich hatte mir nie Gedanken darüber gemacht, dass es Menschen geben könnte, die all das, was in der Bibel steht, tatsächlich glauben und versuchen danach zu leben. Die Zehn Gebote. Sicher. Aber … diese Leute nehmen die Sache wirklich ernst. Es hat ihr ganzes Leben verändert. Zuerst habe ich mich nicht wohl gefühlt, weil ich dachte, dass Danny und Sarah vielleicht auf eine Sekte hereingefallen sind, aber letzte Woche waren wir drei wieder bei dem Bibelkreis. Ich habe einige knifflige Fragen gestellt. Mehr als einmal. Wir saßen stundenlang da und sind alles immer wieder durchgegangen, und dann war es plötzlich, als hätte jemand das Licht angeknipst, und ich habe es verstanden."

Mary weinte. Er konnte sie schniefen und sich schnäuzen hören. Als sie schließlich das Wort ergriff, sagte sie nur, wie glücklich sie sei und dass sie wünschte, er wäre in der Nähe, so dass sie ihn in den Arm nehmen könnte. Dann fragte sie: „Ist das der Grund, weshalb du und Liz in Wirklichkeit streitet?"

Jeff schüttelte den Kopf. „Glauben? Nein. Ich hatte noch nicht einmal die Gelegenheit, Liz davon zu erzählen. Sie hatte es furchtbar eilig, mir das neue Büro zu zeigen, und dann haben wir … ich … ich verstehe es nicht. Ich verstehe es einfach nicht. Christen sollen doch tun, was Gott will, oder? Das heißt doch, wenn Gott wollte, dass wir umziehen, würde er dann nicht auch ihre Einstellung ändern? Vielleicht ist es gar nicht Gott. Vielleicht will ich nur ein fettes Gehalt – eines, das sogar Liz beeindrucken würde. Das ist im Moment die Frage für mich. Woher *weiß* man wirklich, was Gott will?"

„Willkommen im Glaubensleben", sagte Mary. „Jedenfalls kenne ich es so. Jede Menge Fragen." Sie überlegte. „Die Antworten kommen irgendwann. Aber in meinem Fall erst nach und nach. Und es gibt immer noch viele Fragen, auf die ich keine Antworten weiß. Ich bin wie du, Jeff. Manchmal weiß ich nicht, was Gott will. Soll ich nach Omaha fliegen oder nach Florenz fahren? Mein Anruf war Teil des Versuchs, eine Antwort auf diese Frage zu finden."

„Und was glaubst du, wie Gott antwortet?", fragte Jeff. „Wissen wir einfach instinktiv, was wir tun sollen? Oder gibt es jemanden, der es uns von Gott ausrichtet?"

„Ja. Beides. Entweder oder. Manchmal auch keins von beidem."

„Danke, Mary, jetzt ist es mir viel klarer." Er lachte, und ihm wurde bewusst, dass es ihm irgendwie besser ging, auch wenn er noch immer keine Antworten hatte. Als Mary nichts erwiderte, sagte er: „Du wirst mir nicht sagen, was ich tun soll, oder?"

„Nein", sagte Mary. „Und ich glaube, das muss ich auch gar nicht."

„Wenn Liz wüsste, wie gerne ich sie aus Omaha wegholen würde –" Jeff verstummte plötzlich. „Tut mir leid. Ich wollte nicht respektlos Sam oder dir gegenüber sein."

„Ich telefoniere von Paris aus mit dir, Jeff. Wer könnte besser verstehen, dass du Liz' aus ihren ungesunden Bindungen an die Dinge in ihrem Umfeld befreien willst."

„Sie ist so furchtbar stur", sagte Jeff.

Mary gab ihm Recht. „Aber gib sie deswegen nicht auf. Ihre Sturheit ist eine der Eigenschaften, derentwegen sie darauf gewartet hat, dass du in ihrem Leben auftauchst. Sie wollte sich nur mit dem Besten zufriedengeben."

„Danke für das Kompliment, aber vielleicht bereut sie diese Entscheidung inzwischen."

„Liebst du sie noch?"

„Ja."

„Dann hab Geduld. Und bete. Bete viel und oft."

Und danach beteten sie gemeinsam, dort am Telefon. Irgendwie ging es Jeff besser, als er auflegte. Ungefähr fünf Minuten lang. Dann kamen die Zweifel wieder. Es schien ihm nicht fair. Er hatte eine Antwort auf die Frage, wo er die *Ewigkeit* verbringen würde. Aber er hatte keine Ahnung, was mit den nächsten fünfzig Jahren war. Irgendwie hatte er erwartet, dass es einfacher werden würde, wenn einem vergeben war.

* * *

Liz war in das Zimmer ihrer Mutter gegangen und saß jetzt auf dem Fensterplatz und sah dem Schnee zu, als Irene die Tür öffnete.

„Hier sind Sie also“, sagte sie. „Kann ich Ihnen irgendwas bringen?“

Liz schüttelte den Kopf. „Nein, danke. Es ist schon spät. Sie und Cecil sollten lieber fahren, bevor die Auffahrt zu glatt wird.“

„Wie wäre es mit einem heißen Kakao?“

„Ich brauche nichts.“ Sie drehte sich zu Irene um und zwang sich zu lächeln. „Wirklich. Ich brauche nur Zeit zum Nachdenken.“

„Soll ich Ihnen morgen früh ein paar von meinen Brötchen backen?“

Liz sah wieder zum Fenster hinaus. „Ich glaube nicht, dass Zimtbrötchen diesmal helfen.“ Als sie hörte, dass Liz' Stimme zitterte, kam Irene durch den Raum und nahm sie in den Arm.

„Es kommt mir vor, als hätten Sie erst vor kurzem hier gesessen und sich von Ihrer Mama die Haare kämmen und eine Geschichte vorlesen lassen. Sie sind immer so gerne hier hinaufgeklettert und haben dem Schnee zugesehen. Genau wie heute Abend.“

Liz versuchte den Frosch in ihrem Hals loszuwerden, indem sie sich räusperte. Sie konnte nicht weinen. Wenn sie einmal damit anfing, würde sie vielleicht nie wieder aufhören können.

Irene legte eine Hand auf ihre Schulter. „Sie und Jeff schaffen das schon“, sagte sie. „Sie machen nur gerade eine schwierige Zeit durch. Sie finden bestimmt eine Lösung.“ Als Liz nichts erwiderte, beugte Irene sich vor und gab ihr einen Kuss auf die Wange. „Sie wissen doch, dass wir Sie lieb haben“, sagte sie.

Liz tätschelte Irenes Hand. „Und ich habe Sie auch sehr lieb – Sie beide.“

„Rufen Sie uns, wenn Sie irgendetwas brauchen, ja?“

Liz nickte.

„Versprechen Sie es“, beharrte Irene.

„Ich verspreche es.“

Mit einem letzten Streicheln über Liz' Schulter ging Irene und zog leise die Tür hinter sich ins Schloss. Liz blickte wieder zum Fenster hinaus. Der Wind war stärker geworden. Die Schneeflocken wirbelten durch die Gegend und der Rasen wurde allmählich weiß. Eiskristalle rieselten gegen die Fenster. Fröstelnd zog Liz den Chenillemantel, den Mimi ihr gegeben hatte, fester um ihre Schultern. Sie stand auf und machte sich auf den Weg nach unten, während die Fragen in ihrem Kopf herumwirbelten. Warum, fragte sie sich, als sie an den Gästezimmern vorbeikam, hatte Papa nie jemanden zu Besuch haben wollen? Hatte er auch bei anderen die Kincaid-Nummer abgezogen? Hätte es ihm wirklich wehgetan, wenn er Mimi das hintere Treppenhaus hätte gelb streichen lassen, wie sie es schon seit Jahren gerne getan hätte? Warum hatte Jeff nicht angerufen? Wie konnte sie morgen ins Büro gehen und so tun, als wäre nichts geschehen?

Während Liz die Hintertreppe hinunter durch Irenes Küche und in ihr Arbeitszimmer ging, jagten die Fragen weiter durch ihren Kopf. Sie öffnete ihre Aktentasche und zog die Broschüren heraus, die sie an diesem Tag aus Dr. Reeses Praxis mitgebracht hatte. Sie brauchte die Schreibtischlampe nicht einzuschalten, um sich an die Titel zu erinnern. Mit einem kleinen Schluchzer ging sie wieder hinauf, zurück in Mimis Zimmer, in Mimis Bett. Sie legte die Broschüren auf den Nachttisch, kroch unter die Bettdecke und dachte an die unglaublichen Ereignisse dieses Nachmittags zurück.

„Sie werden sich freuen zu hören", hatte Dr. Reese gesagt, „dass Sie nichts haben, das sich nicht mit der Zeit von selber regeln würde." Und dann, auf Liz' fragenden Blick hin, hatte er gelächelt und gesagt: „Ich würde sagen, so um den 15. September."

„Was?" Liz begriff immer noch nicht.

„Ihr errechneter Termin", sagte Dr. Reese. „Sie sind schwanger, Liz. Herzlichen Glückwunsch."

„Sind Sie sicher?"

„Natürlich", sagte er. „Sie hatten doch sicher schon einen Verdacht. Sie haben mir erzählt, dass Ihr Zyklus –" Er schwenkte um und sagte in einem weniger freudigen Tonfall: „Diese Überraschung ist keine angenehme?"

„Doch. Nein. Ich meine …" Sie versuchte nicht, die Verzweiflung zu verbergen, als sie in ihrem Sessel zusammensackte. „Ich weiß nicht. Die Hochzeit ist erst im Mai."

„Sie werden nicht die erste Braut sein, die ‚vorzeitig' entbindet."

„Aber ich will kein … ich kann nicht …" Sie biss sich auf die Unterlippe. „Es tut mir leid, Dr. Reese. Ich muss wie eine völlige Idiotin klingen. Aber wir haben wirklich immer verhütet." Abgesehen von ein- oder zweimal vielleicht. Sie strich sich mit der Hand über die Stirn. „Es geht einfach nicht. Ich kann kein *Kind* bekommen. Nicht jetzt. Es ist der unpassendste Zeitpunkt überhaupt. Wir haben uns in den letzten Wochen nur gestritten. Seit Tagen *reden* wir nicht einmal mehr miteinander." Sie schluckte schwer.

Der Arzt schob ihr eine Schachtel mit Papiertaschentüchern hin, dann öffnete er seine Schreibtischschublade, blätterte durch eine Mappe und zog einige Broschüren heraus. „Sie haben Alternativen. Sie sind alle völlig risikolos. Und der Datenschutz ist natürlich gewährleistet."

Liz warf einen Blick auf die Broschüre, die obenauf lag. *Adoption … Elternschaft … Schwangerschaftsabbruch: Was ist die richtige Lösung für Sie*? Sie schüttelte den Kopf und wollte dem Arzt die Blätter zurückgeben.

„Behalten Sie sie. Für später, wenn Sie die Neuigkeit verarbeitet haben und klarer denken. Wie Sie sich entscheiden, ist allein Ihre Sache. Wenn Sie ein gläubiger Mensch sind, würde ich Ihnen raten, mit Ihrem Priester oder Rabbi zu sprechen. Oder mit Ihrem Pastor. Ich halte es auch für das Beste, wenn Sie die Sache mit Ihrem Partner besprechen, aber Sie haben angedeutet, dass es da gewisse Probleme gibt." Er lächelte freundlich. „Es ist nicht für jede Frau der richtige Zeitpunkt, um Mutter zu werden, Miss Davis. Fast die Hälfte aller Amerikanerinnen hat bis zu ihrem fünfundvierzigsten Lebensjahr mindestens einen Schwangerschaftsabbruch hinter sich. Es ist eine relativ unkritische Prozedur."

Liz schlug die Broschüre auf. Es gab zwei kostenlose Rufnummern, über die man mit speziell ausgebildeten Beratern sprechen konnte. Je eher, desto sicherer und einfacher. Die drei verschiedenen Methoden wurden kurz erklärt. Sie wandte den Blick ab. „Ich weiß nicht."

„Sie müssen auch nicht sofort eine Entscheidung treffen", sagte Dr. Reese. „Nehmen Sie die Informationen einfach mit. Schlafen Sie erst einmal darüber. Wir können uns dann noch einmal unterhalten. Und Sie haben dort die Telefonnummern, die Sie rund um die Uhr anrufen können."

„Wäre es … müsste ich dafür ins Krankenhaus?", fragte Liz.

Er schüttelte den Kopf. „So aufwendig ist es nicht. Die Praxis, die ich empfehle, ist in einer ruhigen Gegend. Das Haus hat einen sehr wohnlichen Charakter. Bequem."

Liz hatte die Broschüren genommen, sie in ihre Aktentasche gestopft und Dr. Reeses Sprechzimmer so benommen und verwirrt verlassen, wie sie es noch nie in ihrem Leben gewesen war. Sie war nicht ins Büro zurückgefahren. Stattdessen hatte sie, nachdem sie wie in Trance auf den Fahrersitz ihres Porsches gesunken war, Margaret angerufen, ihrer Assistentin gesagt, sie fühle sich nicht wohl, und Ryan Miller eine unsinnige Aufgabe gegeben. Dann war sie wie in einem Nebel nach Hause gefahren, hatte ihre Tasche auf den Schreibtisch geworfen und sich die Treppe hinaufgeschleppt. In ihrem Zimmer angekommen, hatte sie sich ausgezogen und die Sachen in einem Haufen auf dem Boden des Ankleidezimmers liegen gelassen. Eingewickelt in den Bademantel aus Chenille hatte sie sich in den Sessel neben ihrem Bett fallen lassen.

Doch auch nach all den Stunden, in denen sie die Broschüren gelesen, Irene mit Ausflüchten abgespeist, alleine über alles nachgedacht und in Mimis Zimmer Trost gesucht hatte, konnte sie immer noch nicht fassen, dass sie schwanger war. Ganz zu schweigen davon, dass eine Entscheidung zu treffen war.

Ruf Mimi an. Sie war nie ein Mensch gewesen, der gleich zu seiner Mutter rennt, aber jetzt wünschte jede Faser ihres Körpers, Mimi wäre hier. Unter der Bettdecke zog Liz den Bademantel zur Seite und legte eine Hand auf ihren Unterleib, während sie sich vorzustellen versuchte, wie es sein würde, wenn er in den nächsten Wochen anschwellen würde. Wenn sie schwanger blieb. Eine große Hochzeit wäre eine Farce. Wenn sie schwanger blieb. Hatte sie nicht im letzten Jahr genau dasselbe gesagt, als eine ihrer Studienkolleginnen geheiratet und sechs Monate später ihr Kind bekommen hatte? Das Mädchen hatte Glück, weil sie eine Figur hatte, bei der es nicht auffiel. Wenn sie schwanger blieb, würde sie bestimmt aufgehen wie ein Hefeteig.

Sie stand auf, schaltete Mimis Schreibtischlampe ein und ging zu dem Platz am Fenster zurück, von wo aus sie auf die schneebedeckte Landschaft hinausblicken konnte, wo sie die Broschüren noch einmal lesen und nachdenken konnte. Es gab eine Menge Informationen, die verarbeitet werden mussten. Sie las einen Satz und dachte an Jeff. Bei jeder neuen Information, jedem Vorschlag, jeder Frage … dachte sie an Jeff.

Ruf Jeff an.

Aber der Arzt hatte gesagt, dass ihr „Partner" nichts davon zu erfahren brauchte, wenn sie das Kind abtreiben ließ.

Ruf Jeff an.

Sie konnte nicht. Er schwieg immer noch. In letzter Zeit war es eine Art Wettkampf geworden: zu sehen, wer als Erster schwach wurde. In diesem Fall war es besser, wenn nicht sie den ersten Schritt machte. Wenn es darauf ankam, würde Jeff tun, was richtig war, nämlich sie heiraten. Er war wie ein Pfadfinder in diesen Dingen. Zuverlässig. Ehrlich. In gewisser Weise altmodisch. Seit er mehr Zeit mit Danny und Sarah verbracht hatte, war er irgendwie … spiritueller geworden. Ja, das war der richtige Ausdruck. *Spirituell.*

Gott. Was, wenn Jeff entschied, dass es Gottes Wille war? Dass es ein Zeichen oder so etwas war? Was war, wenn er sie heiratete, auch wenn er es gar nicht wollte, nur weil er glaubte, Gott wolle es so?

Vielleicht hatte Gott tatsächlich etwas mit der ganzen Sache zu tun. Vielleicht bestrafte er sie dafür, dass sie Jeff in den letzten Wochen das Leben so schwer gemacht hatte. Vielleicht hatte Gott beschlossen, dass Jeff zu seinen Leuten gehörte. Vielleicht zeigte er Liz Davis, wer hier der Boss war.

Liz blickte aus dem Fenster und schüttelte seufzend den Kopf. Das Wetter war typisch für die ersten Frühlingstage in Nebraska. Schnee. Morgen früh würden an den gelben Blüten des Forsythienstrauchs dort hinten weiße Kristalle kleben. Der Busch, der im Schutz der Garagenmauer jede Stunde Sonnenwärme aufsog, blühte immer früh im Jahr. Und wurde dann oft von einem Schneesturm vernichtet. Meist waren die Blüten an diesem Strauch nur von kurzer Dauer. Wie die Pläne, die sie und Jeff gemacht hatten. Sie konnte förmlich spüren, wie sie vertrockneten und starben.

Kapitel 12

Jeff dachte, sie würde am Dienstag anrufen. Achtundvierzig Stunden – das war normalerweise die Zeit, die Liz brauchte, um sich wieder zu beruhigen.

Sie rief nicht an.

Gut, überlegte er. Der Streit war heftiger gewesen als sonst. Sogar Irene und Cecil hatten gehört, wie sie einander angebrüllt hatten. Er wusste das, weil Irene am Samstagabend, als er das Anwesen verließ, mit Zimtbrötchen zu seinem Wagen gekommen war. Also würde er Liz einen zusätzlichen Tag geben. Am Mittwoch rief sie sicherlich an. Er würde bis mittags warten, dann würde er selbst anrufen. Das bedeutete nicht, dass man eine Marionette war. Es bedeutete, dass man verliebt war und die Frau, die man liebte, vermisste.

Am Mittwochnachmittag hatte er den Anrufbeantworter in Liz' Büro dran und ihre Mailbox zu Hause und auf ihrem Handy. Und sie reagierte nicht auf seine Nachricht.

Am Donnerstag hinterließ er eine zweite, dringlichere Nachricht. Er schickte Blumen, zusammen mit einer Karte. Darin sagte er nicht, dass es ihm leid tue, aber es hatte ihn einige Anrufe gekostet, um jemanden zu finden, der lachsfarbene Rosen liefern konnte, von denen Liz wusste, dass sie schwer zu bekommen waren. Sie würde den Aufwand zu schätzen wissen.

Sie rief nicht an.

Er überlegte, ob er Mary um Rat fragen sollte. Aber sie sollte morgen nach Florenz aufbrechen, und er wollte nicht, dass sie ihre Pläne änderte. Er wollte auch nicht, dass Liz das Gefühl bekam, als würden sie sich gegen ihn verbünden. Nein. Mary sollte in Europa bleiben und beten.

Als er am Freitagmorgen Liz' Büronummer wählte, ging Ryan Miller ans Telefon.

Anstatt zu brüllen: *Wie kommen Sie dazu, ein Gespräch auf der Privatleitung meiner Verlobten entgegenzunehmen?*, tat Jeff so, als sei er nicht im Mindesten überrascht. Es fiel ihm nicht leicht, aber er ignorierte die winzigen Nadelstiche der Eifersucht in seinem Gehirn. Er war höflich. Er hinterließ eine Nachricht, die der Wunderknabe offensichtlich nicht weiterleitete, denn es wurde Mittag und …

Sie hatte nicht angerufen.

Also machte er eine lange Mittagspause und ging zu dem Gebäude am Alten Markt hinunter, wo er Liz' Porsche auf ihrem Parkplatz stehen sah, kaufte noch einen Strauß Rosen – diesmal rote – und ging zu ihrem Büro hinauf, wo Margaret ihn so breit anlächelte wie noch nie zuvor und ihn in Liz' Büro schob. Liz sei bei einer Besprechung ein paar Häuser weiter, würde aber bald zurück sein und er solle doch warten. Was er auch tat. Er setzte sich auf die Ledercouch und versuchte zu beten, aber stattdessen wanderten seine Gedanken in die Vergangenheit und in die Zukunft und in beiden Fällen sah er sich und Liz küssend auf genau diesem Sofa sitzen.

Verwelkte Rosen würden keinen besonderen Eindruck machen, deshalb stand er auf, um eine Vase zu holen. Jemand öffnete die Tür zum Büro. Ryan Miller.

„Hübsch", sagte der Junge, der im Türrahmen lehnte, und deutete mit dem Kinn auf den Strauß. „Die werden ihr gefallen."

„Ja."

„Ich wollte nur ein paar Berichte auf ihren Schreibtisch legen." Schnell zog er sich zurück.

Jeff hörte, wie die Tür sich schloss, dann griff er nach der Vase, die ihm im nächsten Augenblick aus der Hand glitt und auf dem Boden zerschellte.

Wütend auf sich selbst, weil er so ungeschickt war und weil seine Zunge offenbar noch nicht so errettet war wie seine Seele, betätigte er den Stöpsel im Waschbecken und ließ Wasser ein, um die Rosen frisch zu halten, während er die Scherben beseitigte. Als er die Überreste von Liz' Lieblingsvase in den Abfalleimer fallen ließ, sah er sie. Die Schachtel, die Anleitung, die Bestätigung. Lange starrte er darauf. Rosa für positiv. Rosa für … Schwangerschaft.

* * *

Jeff war erleichtert, als Danny schon nach dem zweiten Klingeln ans Telefon ging.

„Hallo, Bruderherz", schalt Danny ihn, „wie ist die Lage bei den Rockefellers?"

„Kompliziert", sagte Jeff. „Wo ist Sarah?"

„Sie genießt einen Abend ohne die Kids. Ich hoffe jedenfalls, dass sie ihn genießt. Sie schien nicht so recht zu wissen, was sie alleine anfangen sollte. Sie hat sogar versucht, zu Hause zu bleiben. Ich habe sie weggeschickt."

„Das ist gut", sagte Jeff. „Gut. Und die Kinder?"

„Du klingst wie ein Roboter, der eine Liste abhakt", sagte Danny. „Was ist los?"

„Ich muss mit jemandem reden."

„Ich bin jemand. Rede."

„Bist du … sind die Kinder –"

„Die sind im Bett."

„So früh?"

„Das Vorrecht des Babysitters", sagte Danny. Jeff konnte Geschirr im Hintergrund klappern hören. „So, jetzt habe ich einen Becher Kaffee in der Hand … und gehe zum Schreibtisch … und setze mich … und beobachte Diego, der neben dem Sandkasten schläft … so …" Er seufzte. „Ich wiederhole: Was ist los?"

Jeff setzte sich auf das Fußende seines Bettes. „Liz ist schwanger."

Nach langem Schweigen sagte Danny: „Mann oh Mann."

„Ich hatte gehofft, du könntest etwas Hilfreicheres sagen."

„Rufst du an, weil du einen Rat brauchst, oder weil du jemanden brauchst, der zuhört?"

„Beides", sagte Jeff. Er sprach einige Minuten. Über ihre Meinungsverschiedenheit in Bezug auf die ihm angebotene Stelle, über Liz' Launen, bis zu dem jüngsten Krach wegen „seines" neuen Arbeitszimmers.

„Was hat sie gesagt, als du ihr von deiner Bekehrung erzählt hast?"

„Dazu hatte ich noch gar keine Gelegenheit", sagte Jeff. Als Danny nichts erwiderte, fügte er hinzu: „Na gut, ich habe mich nicht getraut. Ich hatte den Eindruck, dass wir uns schon über genug Dinge in den Haaren liegen, ohne dass ich ihr noch mit Jesus komme.“ Er wartete auf eine Reaktion, aber nichts kam. „Ich war feige. Also erschieß mich.“

„Du brauchst gar nicht so defensiv zu sein“, sagte Danny. „Es ist für uns alle noch ziemlich neu. Und ich bin wahrlich kein Experte. Liebst du sie noch?“

„Musst du das wirklich fragen?“

„Eigentlich nicht. Ich will nur den Stand der Beziehung abchecken angesichts der jüngsten Ereignisse.“

„Ich liebe sie. Ich bewundere und achte sie. Ich will den Rest meines Lebens mit ihr verbringen. Kinder, Mutti und Apfelkuchen – den ganzen amerikanischen Traum.“

Danny schwieg. Lange. Schließlich sagte er: „Glaubst du, dass Liz deine Kinder-Mutti-und-Apfelkuchen-Vorstellung von einem glücklichen Leben teilt?“

„Ich dachte, das täte sie“, sagte Jeff. „In ihrem tiefsten Innern. Ich dachte, wir könnten auch einen Weg finden, wie sie die Firma behalten kann. Ich habe ihr gesagt, sie könne delegieren, und die Firma auch von Kalifornien aus leiten und vielleicht sogar eine Zweigstelle dort gründen.“

„Jeff“, sagte Danny, „eine Firmengründung ist nicht gerade das ideale Karrieresprungbrett für Kinder, Mutti und Apfelkuchen.“

„Aber sie will ja Kinder. Wir wollten nur noch eine Weile warten. Und ich habe immer noch geglaubt, dass wir mit ein paar kreativen Ideen meine Beförderung und ihre Firma unter einen Hut bekommen könnten. Aber jetzt …“ Jeff beschrieb die Woche völligen Schweigens, die Rosen und seine Entdeckung. „Und ich habe immer noch nichts von ihr gehört. Weiß sie, dass ich es weiß? Soll ich zum Anwesen rausfahren und sie zur Rede stellen? Oder warte ich besser, bis sie zu mir kommt? Rufe ich sie an und tue so, als wüsste ich von nichts?"

„Das fragst du *mich*?", erwiderte Danny. „Ich habe gesagt, dass ich zuhören werde. Ich habe nie vorgegeben, Frauen zu verstehen. Vielleicht solltest du mit Sarah sprechen."

„Ich spreche aber mit dir", sagte Jeff, leicht gereizt. „Von Mann zu Mann. Von Bruder zu Bruder. Von Christ zu Christ. Du hast dich zuerst bekehrt. Ich dachte, du wüsstest mehr."

„Jetzt willst du also auch noch geistlichen Rat", sagte Danny. „Was würde Jesus tun? Ist das deine Frage?"

„Könnte man so sagen", gab Jeff zu, und ihm wurde klar, dass er genau nach einem solchen geistlichen Rat gesucht hatte, auch wenn es ihm vielleicht nicht bewusst gewesen war. Er wusste nur nicht, wie man darum bat.

„Ich *weiß* natürlich nicht, was Jesus sagen würde, das du tun sollst … außer sie zu lieben. Mit der *agape*-Liebe."

„Mit der *was*?"

„Die Bibel spricht von verschiedenen Arten von Liebe. Ich erinnere mich nicht an all die griechischen Begriffe, aber es gibt ‚sexuelle' Liebe, die ihr beide offensichtlich kennt. Dann gibt es die ‚freundschaftliche' Liebe, und trotz der letzten Wochen würde ich sagen, dass ihr beide insgesamt gute Freunde seid. Wahrscheinlich ist sie sogar das, was euch durch alle Stürme zusammengehalten hat. Aber die beste Art von Liebe in der Bible ist *agape* – Gottes Art von Liebe. Das ist die Liebe, die das tut, was für den anderen am besten ist, auch wenn es bedeutet, dass man ein persönliches Opfer bringen muss."

„Für Gott ist das leicht", wandte Jeff ein. „Er *weiß* schließlich immer, was für einen Menschen am besten ist. In gewisser Hinsicht glaube ich, es wäre das Beste für Liz, wenn ich Schluss machen würde und sie dort bleiben könnte, wo sie am liebsten ist. Sie ist perfekt in der Rolle der Bienenkönigin und sie weiß das auch."

„Und du glaubst wirklich, das wäre das Beste für sie?", fragte Danny. „Du gestattest mir sicher, anderer Meinung zu sein. Ich gehe jede Wette ein, dass Liz dir, wenn du sie fragt, sagen würde, dass ihr lange nichts so viel Freude gemacht hat, wie ihrer Mutter diese Wohnung und die Geige zu schenken. Und als sie hier war und ihr so schlecht war, hatte Sarah fast den Eindruck, als gefiele es Liz, wie ein Familienmitglied behandelt zu werden und nicht wie eine königliche Hoheit auf Besuch.

Ich weiß nicht, Jeff. Vielleicht ist all das Gottes Art und Weise, sie an den Gedanken zu gewöhnen, dass es eine der schönsten Erfahrungen der Welt ist, etwas anderes als Geld zu geben. Und ein Kind zu haben bedeutet, weiß Gott, eine Menge zu geben." Er schwieg einen Augenblick lang. „Ich weiß nicht, was ich dir sonst noch sagen soll. Es klingt wie ein Klischee, aber am Ende ist sie genauso wie wir. Sie braucht Jesus mehr als alles andere auf der Welt. Ich wünschte, ich könnte dir versichern, dass Liz die Kurve kriegt und ihr heiratet und du glücklich bis an dein Ende mit einer Frau zusammenleben wirst, die plötzlich entdeckt hat, dass es ihr Lebensinhalt ist, deine Kinder großzuziehen. Aber ich kann dich nicht belügen. Ich weiß es einfach nicht. Aber ich weiß, dass Gott nicht im Himmel sitzt und sich fragt, was er tun soll. Ich meine, irgendwie ist alles Teil seines Plans. Er wird dir die Antwort geben. Du musst nur warten. Und du weißt, dass ich um Weisheit für dich beten werde. Und das meine ich ernst."

Jeff wusste, dass es ihn trösten sollte. Aber das tat es nicht.

„Darf ich dein Schweigen als einen gewissen Mangel an Begeisterung für meine Plattitüden deuten?", fragte Danny.

„Ist schon in Ordnung. Ich habe eigentlich auch nicht erwartet, dass du eine Lösung parat hast. Danke fürs Zuhören. Erzähl Sarah, was du für richtig hältst. Und wenn sie irgendeinen besonders weisen Vorschlag für mich hat, würde ich mich über einen Anruf freuen."

„Vielleicht solltest du dich dort in Omaha mal mit einem Pastor unterhalten."

„Vielleicht", sagte Jeff. „Allerdings hätte ich keine Ahnung, wo ich anfangen sollte. Ich kann genauso gut die Gelben Seiten an die Wand heften und mit einem Dartpfeil drauf werfen, so wenig weiß ich über die Kirchen hier in der Stadt."

„Ich rede mit unserem Pastor hier", bot Danny an. „Vielleicht kennt er jemanden bei euch. Oder kann uns zumindest einen Tipp geben, worauf du achten solltest."

Als Jeff das Gespräch beendete, fühlte es sich an, als würde er eine Rettungsleine durchtrennen.

„Italien ist Tausende von Jahren tief." *Ich sitze im Zug und lese Frances Mayes' Buch* Unter der Sonne der Toskana, *was aus mir, wie ich vermute, eine typische Touristin macht. Aber die Landschaft, die sie beschreibt, und die Erfahrungen, von denen sie berichtet, lösen etwas in mir aus. Ich blicke aus dem Fenster, gerade noch rechtzeitig, um eine mittelalterliche Kirche zu sehen, die so schnell den Blicken entschwindet, wie sie gekommen ist. Ich seufze. So ist es, seit der Zug heute Morgen in Paris den Bahnhof verlassen hat – Dorf an Dorf, jedes mit seiner eigenen Geschichte. Auch Frankreich ist Tausende von Jahren tief. Ich bin froh, weil dadurch, dass ich nach Europa gekommen bin, meine Begeisterung für meine Geschichte wieder aufgelebt ist. Ich frage mich, während ich im Zug sitze und abwechselnd lese und aus dem Fenster schaue, wie die Reise nach Florenz das Endergebnis beeinflussen wird. Ein Teil von mir freut sich auf das inzwischen vertraute Lächeln, das mich am Bahnhof Santa Maria Novella in Florenz begrüßen wird. Ein anderer Teil von mir hat ein bisschen Angst. Ich habe Jean-Marcs Einladung, mit ihm zu segeln, abgelehnt, weil ich für Liz erreichbarer sein wollte, und das ist die Wahrheit. Aber es gibt noch einen anderen Grund. Und das ist Luca. Ich habe versucht, nicht zu ergründen, was ich für ihn fühle, und habe mir gesagt, wie reich ich mit zwei männlichen Freunden beschenkt bin, die meine Gesellschaft zu genießen scheinen und mir vergnügliche Unterhaltung bieten. Aber in drei Wochen wird Jean-Marc in Italien sein. Und dann brauche ich vielleicht mehr als beiläufige Gedanken über die Freundschaft.*

Wenn Italien Tausende von Jahren tief ist, vielleicht kann ich dann die Bruchstücke meines Lebens ausgraben und endlich einen Weg finden, wie ich die ausgefransten Kanten wieder zusammenfügen kann – wie ein Archäologe, der einen antiken Steinkrug zusammensetzt. Liz hat mir geholfen, diesen Prozess einzuleiten, als sie mir die zauberhafte Wohnung in Paris und die Amati-Geige geschenkt hat. Und ich wünsche ihr so sehr, dass sie ihre Zukunft zusammensetzen kann. Mit Jeff natürlich. Aber vor allem mit Gott. Je mehr ich über Liz und Jeff nachdenke und für sie bete, desto überzeugter bin ich, dass mein Lizzie-Bär die Firma aufgeben sollte. Davis Enterprises ist ein Relikt, dessen Zeit vorbei ist, zumindest für uns beide.

Manche Stücke in meiner Vergangenheit können nie gekittet werden, das weiß ich. Sie bereiten mir Kummer. Eine Folge davon, dass ich gläubig geworden bin, ist, dass ich den schmerzlichen Verlust, wenn ich an Sam denke, viel stärker spüre. Ich frage mich, wo er ist … und dann fröstelt es mich und ich muss es immer wieder an Gott abgeben. Werde ich ihn jemals wiedersehen? Ist er im Himmel? Mir schwirren Teile von Bibelversen im Kopf herum, die Luca mir einmal gezeigt hat. Die geheimen Dinge gehören Gott … überlass das dem rechtschaffenen Gott, der gerecht richtet. *Ich klammere mich an diese Worte. Und an die Hoffnung.*

Es gibt auch noch andere Geheimnisse in der Vergangenheit. Rätsel, die ich wahrscheinlich nie lösen werde. An Sam gab es so vieles, das ich nicht verstanden habe. Ich sage mir, dass ich diese Dinge loslassen muss, und allmählich gelingt mir das auch. Immer mehr kann ich diese quälenden Gedanken aus der Vergangenheit mit dem Füllmaterial vergleichen, das der Archäologe benutzt, um einen antiken Tongegenstand zu restaurieren. Fehlende Scherben bedeuten nicht immer, dass das Stück nicht ausgestellt werden kann, und fehlende Stücke aus meiner Vergangenheit hindern Gott nicht daran, mich jetzt zu gebrauchen. „Vergiss, was hinter dir liegt", *hat mein Pastor in Paris gesagt,* „und sieh nach vorne." *Das ist ein guter Rat. Ich arbeite daran.*

Während ich über die Vergangenheit nachsinne und sie vor dem Zugfenster vorbeiziehen sehe, versuche ich die schrille Stimme zu ignorieren, die ich auf dem Sitz hinter mir hören kann. Eine Frau in den Dreißigern lässt sich über die Schönheit von Siena aus und beschwert sich über die Schlangen vor den Uffizien in Florenz. Sie hat einen Plan. Eine Methode, wie man die Museumsschlangen vermeiden könnte. Und sie versteht nicht, warum nicht „irgendjemand" „irgendetwas" dagegen tut. Warum, fragt sie, ist es so schwierig, auf die Liste derer zu gelangen, die den Vasari-Korridor besichtigen dürfen? Warum muss das so ein Problem sein? Und während sie jammert, frage ich mich, warum es so oft amerikanische Stimmen sind, die so lautstark und herrisch verkünden, dass sie es besser wissen. Es ist mir unangenehm. Ich will mich bei der Frau, die neben mir sitzt, entschuldigen. Wir sind nicht alle so, will ich sagen. Ich sehe sie an und lächle und schüttle den Kopf. Wir leiden gemeinsam ohne Worte. Sie zeigt auf den Reiseführer, der aus meiner Tasche lugt.

„È Americana?"

„Sì. Habito a Paris." *Als ich schon glaube, mit meinen jämmerlichen Italienischversuchen völlig zu scheitern, erhellt sich ihre Miene.*

„Alors … vous parlez français, madame?"

O ja, ich spreche Französisch. Ich kann ihr auf Fran-

zösisch sagen, dass wir nicht alle so sind, und sie nickt. Sie weiß das. Sie hatte jahrelang amerikanische Gäste in ihrer Pension in Lucca, sagt sie. Und in der nächsten halben Stunde verwickelt sie mich in einen Austausch, wie er ein Leben lang in Erinnerung bleibt. Als sie hört, dass ich musikalisch bin, sagt sie, mir würden bestimmt die kostenlosen Konzerte in der anglikanischen Kirche St. Markus in Florenz gefallen. Fast jeden Abend, sagt sie. Gelegentlich spielt dort ein zehnjähriges Wunderkind Geige. Ihre Tochter, die oberhalb von Florenz in einer Villa wohnt, hat ihr von dem Kind erzählt. Die Frau steigt in Lucca aus. Aber vorher wünscht sie mir noch viel Glück für mein florentinisches Abenteuer.

Der Zug fährt am frühen Nachmittag in den Bahnhof Santa Maria Movella ein. Mit Hilfe meines Reiseführers hatte ich die Gelegenheit, Wanderungen durch Florenz für mindestens eine Woche zu planen. Obwohl Luca hier ist, darf ich nicht davon ausgehen, dass er viel Zeit mit mir verbringen kann. Er hat eine Familie, ein laufendes Restaurierungsprojekt und eine Hochzeitskulisse in Arbeit. Und wenn ich Luca richtig einschätze, wird er eine Ausrede für mindestens einen Ausflug zur Ducatifabrik in Bologna finden.

Ich steige mit meinem kleinen Reisegepäck aus dem Zug. Und da ist es. Dieses Lächeln.

Kapitel 13

Jeffrey Scott konnte eine schwierige Verhandlung in seiner Kanzlei ohne Probleme bewältigen. Aber am Sonntagmorgen, als er die Kirche in Omaha besuchte, die Dannys Pastor empfohlen hatte, und einen völlig Fremden um ein Gespräch über Glauben und Ehe bat, zitterte seine ausgestreckte Hand und seine Stimme überschlug sich vor Nervosität. Er war überzeugt davon, dass er wie ein Zweijähriger klang. Aber Reverend Dayton, der Jeff aufforderte, den Titel zu vergessen und ihn Gil zu nennen, schien das gar nicht zu bemerken. Er gab Jeff einen festen Händedruck, klopfte ihm auf den Rücken und erklärte sich bereit, Jeff noch am selben Abend zu treffen. Den ganzen Tag hoffte Jeff einerseits, dass Liz anrief, und war andererseits erleichtert, dass sie es nicht tat. Es sprach einiges dafür, dass er Zeit hatte, eine Lösung zu finden – wenn ihre Probleme überhaupt gelöst werden konnten. Allmählich zweifelte Jeff an dieser Möglichkeit.

Als Gil zu dem Gespräch am Sonntagabend in Jeans und T-Shirt erschien, nahm Jeff an, dass der Pastor seinetwegen eine Familienunternehmung unterbrochen hatte, und entschuldigte sich. „Es tut mir leid, dass ich Ihnen den Sonntagabend verderbe. Ich kann auch morgen Mittag kommen, wenn Ihnen das besser passt."

„Wissen Sie," sagte der Pastor, „ich habe die Erfahrung gemacht, dass der Sonntagabend ein ganz guter Zeitpunkt ist, um für die Menschen da zu sein. Deshalb betrachte ich einfach den ganzen Sonntag als Arbeitstag und mache von Freitagmittag, wenn meine Kinder aus der Schule kommen, bis Samstagabend mein Wochenende."

„Ach so." Jeff lockerte seine Krawatte. Er folgte dem Pastor durch ein Labyrinth von Gängen. Er hatte keine Ahnung gehabt, dass diese Kirche so viele Anbauten hatte. Keiner von ihnen war von der Straße aus zu sehen.

„Keine Angst", scherzte Gil, „ich werde Sie nicht in den Katakomben verhungern lassen." Er bog nach rechts ab, nahm seinen Schlüsselbund heraus und schloss eine Tür auf. „Der Herr hat unsere Gemeinde wachsen lassen, aber ein neues Grundstück, damit wir unsere Räume auf architektonisch sinnvolle Weise erweitern können, hat er uns noch nicht beschert." Er zeigte auf einen Plan, der auf Styropor aufgezogen und an der Wand hinter seinem Schreibtisch angebracht war. „Das ist der Traum", sagte er und machte dann eine Handbewegung in die Runde. „Und das ist die Realität." Er drehte sich um und öffnete eine Schranktür, hinter der sich ein kleiner Kühlschrank verbarg. „Kann ich Ihnen eine Flasche Wasser anbieten? Ich habe Evian hier. Oder – oh Schreck! – Cola." Er grinste. „Obwohl letztere ein Verstoß gegen meinen Gesundheitsfimmel ist."

„Evian", sagte Jeff, während er sein Staunen über einen Pastor mit importiertem Wasser in einem geheimen Kühlschrank zu verbergen suchte.

„Etwas, das ich an Europa am meisten mag, ist die große Auswahl an gesunden Getränken. Wussten Sie, dass es Dutzende Sorten Mineralwasser gibt? Und jedes hat seinen ganz eigenen Geschmack."

„Nein“, erwiderte Jeff. „Dass es so viele gibt, wusste ich nicht. Aber ich war über Weihnachten mit meiner Verlobten in Paris und habe ein paar probiert.“

„Paris“, sagte Gil. „Schön. Ich bin allerdings eher ein Italienfan. Die Familie meiner Frau hat mich überzeugt.“ Er lächelte. „Ihr Mädchenname war Arezzo.“ Er sprach es perfekt italienisch aus, soweit Jeff das beurteilen konnte. „Ich liebe Europa. Als ich noch keine Kinder hatte, bin ich überall herumgereist.“ Er öffnete eine Flasche und setzte sich. „So, Jeff, Sie wollten mit mir sprechen über …?“

Er fing so an, wie Danny es ihm geraten hatte, nämlich bei sich selbst, seinem Hintergrund und der jüngsten Veränderung. Aber je länger er redete und je mehr er von Liz erzählte, desto klarer wurde ihm, wie verfahren die Situation war. Er war noch nicht einmal bis zu der Schwangerschaft gekommen, als er seinen Bericht unterbrach. „Ich habe das Gefühl, eine endlose Liste von Fragen und keine Antworten zu haben. Ich meine, ich glaube schon, dass ich die grundlegenden Dinge verstanden habe. Ich bin ein Sünder. Durch das Kreuz wird mir vergeben. Ich habe eine neue Beziehung zu Gott. Aber … wenn es darum geht, was ich mit all dem jetzt anfange, stehe ich ziemlich auf dem Schlauch. Ich meine, das Leben ist ausgesprochen kompliziert geworden. Mir ist all das klar geworden – aber Liz nicht. Ehrlich gesagt“ –, er holte tief Luft – „habe ich ihr noch nicht einmal von meiner Bekehrung erzählt.“

„Okay“, sagte der Pastor. „Fangen wir mal mit den Grundlagen an, damit, was mit einem Menschen geschieht, wenn ihm klar wird, welche geistlichen Bedürfnisse er hat." Während er redete, zeichnete Dayton einfache Diagramme, mit denen er Begriffe wie *Neuwerdung* und *Geisttaufe*, *alter Mensch* und *neuer Mensch* gebrauchte. Er konnte diese neuen Begriffe so definieren und erklären, dass Jeffs Intelligenz nicht beleidigt wurde. Und er fand Antworten auf alle Fragen, die Jeff hatte. Schließlich machte er eine Pause und lehnte sich zurück. „Sie scheinen sehr daran interessiert, etwas zu lernen. Wenn Sie es schaffen, kommen Sie doch mittwochmorgens zum Starbucks in der Dodge Street. Ich treffe mich da mit einer Gruppe von Männern, die ziemlich bunt gemischt ist. Und es ist ziemlich früh, um sechs Uhr morgens, aber –"

„Ich werde da sein", sagte Jeff.

Gil grinste. Nickte. „Gut." Er überlegte einen Moment. „Und jetzt muss ich Ihnen, glaube ich, den gleichen Rat geben, den meine Großmutter mir gegeben hat, kurz nachdem ich zum Glauben gekommen war. Verwechseln Sie niemals Christen mit Christus. Die Christen sind manchmal ein unvollkommener Haufen von Dummköpfen. Also, wenn Sie zu Starbucks kommen und erwarten, dass wir alle perfekt sind, dann machen Sie sich auf eine Enttäuschung gefasst. Aber insgesamt, wenn Sie uns ein bisschen Zeit geben, werden wir unser Möglichstes tun, Sie komplett um den Finger zu wickeln."

Jeff musste lachen. „Könnte sein, dass Sie da schief gewickelt sind."

„So, und nun zum Rest der Geschichte", sagte Gil. „Sie haben eine tolle Verlobte und eine vielversprechende Zukunft. Aber …?" Er wartete ab, wie Jeff den Satz beenden würde.

„Ich liebe Liz mit jeder Faser meines Herzens. Aber in den vergangenen Wochen scheine ich alles falsch zu machen. In ihren Augen. Mir wurde gerade eine Beförderung angeboten, mit der ich mir einen Lebenstraum erfüllen könnte. Aber es würde bedeuten, dass ich aus Omaha wegziehen muss. Und Liz hat keinen Zweifel daran gelassen, dass mit uns beiden Schluss ist, wenn ich den Job annehme." Ihm war schwer ums Herz, als er tief Luft holte. Er sprach von Kalifornien. Von Danny und Sarah. Von Josh und Andy und Hillary. Und von dem Job.

„Ich dachte, es wäre die perfekte Gelegenheit für Liz und mich, einen Neuanfang zu machen, endlich damit aufzuhören, unser Leben über Sam Davis zu definieren und stattdessen etwas Eigenes aufzubauen. Aber Liz ..." Seine Stimme zitterte ein wenig. „Sie gibt einfach nicht nach. Zuerst dachte ich, sie würde ihre Meinung ändern. Aber jetzt bin ich mir da nicht so sicher. Und das ist nicht einmal das Schlimmste. Es geht um mehr als darum, dass ich mich zwischen Liz und dem Job entscheiden muss." Er machte eine Pause und schluckte. Dann erzählte er Gil von seiner Entdeckung in Liz' Büro. „Sie ist schwanger. Aber sie hat es mir nicht erzählt. Und ich weiß nicht, warum."

Gil schwieg eine Weile. Schließlich schlug er seine Bibel auf. „Ich würde Ihnen gerne ein paar Passagen nennen, die mir helfen, wenn ich keine Antworten finde. Macht es Ihnen etwas aus, wenn ich Ihnen einfach einige Stellen vorlese?"

Jeff schüttelte den Kopf. „Ich bin für alles offen."

Gil sah auf seine Bibel hinunter. „Irgendwann werden Sie eigene Bibelverse haben, die für Sie in besonderer Weise wichtig sind. Aber da Sie sich noch nicht so gut in diesem Buch auskennen, möchte ich Ihnen ein paar von meinen anbieten. ‚Das eine aber wissen wir: Wer Gott liebt, dem dient alles, was geschieht, zum Guten. Dies gilt für alle, die Gott nach seinem Plan und Willen zum neuen Leben erwählt hat.'" Er blätterte ein paar Seiten weiter und las: „‚Darum lebe nicht mehr ich, sondern Christus lebt in mir.' Das bedeutet, wenn Sie Christus Ihr Herz übergeben haben, geben Sie ihm auch Ihr Leben. Er nimmt das sehr ernst, und manchmal schmerzen die Veränderungen, die er vornimmt. Aber wir brauchen keine Angst zu haben." Er senkte den Blick und las weiter. „‚Als ich den Herrn um Hilfe bat, antwortete er mir und befreite mich von meinen Ängsten.' Sie brauchen sich nicht zu fürchten, weil alles, was Gott tut, gut für uns ist."

„Ich verstehe aber nicht, wie es gut sein kann, wenn ich Liz – und vielleicht mein Kind – verliere."

„Ehrliche Frage. Ich kenne das Gefühl." Er erzählte Jeff vom Tod seiner Frau.

„Es tut mir sehr leid", sagte Jeff. Als Gil einfach nur nickte, nahm Jeff den Faden des Gesprächs wieder auf. „Also, was ist die Antwort? Wie kann Gott am Werk sein, wenn alles den Bach runtergeht?"

Gil holte tief Luft. „Gott ist kein Zauberer." Er hob die Hände und wedelte mit einem imaginären Zauberstab. „Puff! Alle Probleme weg!" Er schüttelte den Kopf. „Christen machen genauso schwere Zeiten durch wie alle anderen. Und wir kennen auch nicht alle Antworten. Aber die Verheißungen sind immer noch wahr. Gott wird daraus letzten Endes etwas Gutes entstehen lassen. Und wir brauchen keine Angst zu haben. Wir setzen uns mit den Schwierigkeiten auseinander, wir gucken, was die Bibel dazu sagt und dann glauben wir. Gott will, dass wir unsere natürliche und ganz verständliche menschliche Angst mit einem übernatürlichen Glauben ersetzen, in dem Wissen, dass er alles unter Kontrolle hat. Unter allen Umständen, an jedem Tag."

„Das kann ich nicht", sagte Jeff kopfschüttelnd. „So wie ich es sehe, sind die Dinge völlig *außer* Kontrolle."

Gil nickte. „Auch das kann ich gut nachvollziehen. Das Gefühl habe ich selbst erlebt. Aber die Wahrheit ist, dass menschliche Logik in geistlichen Dingen nicht immer funktioniert. Wir überlassen Gott unsere Schwäche und vertrauen ihm und er gibt uns die Kraft durchzuhalten. Dann wird uns bewusst, dass wir selbst es nicht können, aber dass Gott es kann. Wir finden unsere Stärke in ihm. In unserem Menschsein sind wir schwach, aber als Gottes Kinder können wir übernatürliche Kräfte entwickeln.

Das lernen wir nicht von heute auf morgen, Jeff. Es ist ein Prozess, der Zeit braucht. Und er ist nie beendet. Mit dem Glauben, den Sie heute haben, machen Sie nur winzige Schritte, aber mit der Zeit wächst Ihr Glaube."

„Im Moment habe ich jedenfalls keinen großen Glauben", sagte Jeff. „Wie ich schon sagte, mir scheinen die Dinge ziemlich außer Kontrolle geraten zu sein. Und ich sehe nicht, dass Gott in Liz' Leben irgendetwas tut."

Gil lehnte sich zurück und lächelte. „Nein? Lassen Sie mich Ihnen eine Geschichte erzählen. In Ordnung?"

Jeff nickte.

„Der Vorstand dieser Kirche hier hatte beschlossen, mich zu einer Pastorenkonferenz zu schicken, die vor einigen Wochen in Kalifornien stattfand. Und eins unserer Mitglieder überraschte mich mit einer Flugkarte erster Klasse. Wie sich herausstellte, saß ich neben einer jungen Frau, die eindeutig Probleme mit ihrem Laptop hatte. Vor meinem Theologiestudium war ich Vertreter für Computersoftware, also …"

Ein paar Minuten später kämpfte Jeff gegen die aufsteigenden Tränen an, als Dayton seine Geschichte beendet hatte. „Ich kann Ihnen nichts über diese Diskette erzählen", sagte der Pastor, „aber eins kann ich Ihnen sagen: Gott ist in Ihrem Leben am Werk und auch in dem von Liz. Halten Sie durch, Bruder. Halten Sie durch."

* * *

Das Haus in Regency, von dem alle sprachen, hatte einmal George Kincaid gehört. Als es neu erbaut war, wurde es zum Ziel für viele Sonntagnachmittagsausflügler. Papa hatte gespottet und gegrummelt, als ein Zeitungsartikel über das fantastische neue Wohnhaus erschien. „Gaffer! Haben die nichts Besseres zu tun, als hundert Kilometer zu fahren, um ihre Nase durch dieses Gartentor zu stecken?" Er hatte noch andere unfreundliche Dinge zu sagen, aber Mimi wusste, wie sie ihn zum Schweigen brachte oder zumindest Liz aus dem Zimmer bugsierte. Als sie jetzt, mit ihrer neuen Meinung von Sam Davis, daran zurückdachte, erkannte Liz, dass ihr Vater eifersüchtig gewesen war.

Eifersüchtig, dass jemand anders in Omaha das Davis-Anwesen übertreffen könnte.

Als sie sich am Sonntagabend George Kincaids bescheidenem Haus im Ranchstil näherte, wurde ihr bewusst, dass jetzt niemand mehr auf George sein neidisch würde. Auch wenn sein Sturz von der Spitze nicht unmittelbar nach dem Einsturz von Kincaid Towers erfolgt war, so war er doch letzten Endes unvermeidlich gewesen. Der Verlust seines guten Rufs hatte zu dem Verlust seiner Firma und letztendlich zum Verlust seines 1000-Quadratmeter-Hauses geführt. Gerüchten zufolge hatte George schon geraume Zeit getrunken, aber irgendwann war er dem Alkoholismus verfallen. Und all das war von Samuel Frederick Davis in Bewegung gesetzt worden.

Liz zitterte, als sie im gelben Licht der Verandalampe stand und darauf wartete, dass George an die Tür kam. Auch wenn sonst in ihrem Leben alles auseinanderbrach, die Dinge außer Kontrolle waren, konnte sie vielleicht hier – wenigstens in dieser einen Sache – etwas Gutes bewirken. Wenn sie George davon erzählte, würde er sie hassen. Aber vielleicht fand er den Glauben an sich selbst wieder. Der Einsturz des Hotelturms hatte nichts mit ihm zu tun. Es war nicht seine Schuld. Vielleicht, hatte Liz überlegt, vielleicht gab es George eine neue Perspektive für sein Leben. Sollte er jemals wieder versucht sein, die eigenen Fähigkeiten anzuzweifeln, dann konnte sie ihm zumindest das ersparen, dachte Liz. Diesen Teil des Chaos, das ihr Vater hinterlassen hatte, konnte sie bereinigen. Und trotzdem fürchtete sie, was ihr an diesem schönen Sonntagabend in Omaha, Nebraska, bevorstand. George Kincaid ge-

genüberzutreten war das Schwierigste und vielleicht das Wichtigste, das sie jemals getan hatte.

Vielleicht, dachte sie beinahe flehentlich, vielleicht war er ja nicht zu Hause. Dann konnte sie sich zurückziehen und noch einmal darüber nachdenken und sich die Sache eventuell ausreden. Aber er war da. Er kam an die Tür und öffnete sie.

„Liz? Was ist –"

Sie musste zweimal ansetzen, bevor ihre Stimme ihr gehorchte. „Ich muss mit Ihnen reden", sagte sie.

„Kommen Sie rein", sagte George. Er streckte die Hand aus und fasste sie am Arm. „Du meine Güte, Mädchen, Sie zittern ja am ganzen Körper. Was ist denn los?"

Er kümmerte sich um sie wie eine Glucke, zog sie ins Wohnzimmer, drückte sie in einen Sessel, lief in die Küche, um Tee zu machen – und die ganze Zeit musste Liz daran denken, dass dies der schlimmste Augenblick ihres Lebens war. Schlimmer als der Tag, an dem Papa gestorben war. Denn nach diesem Tod, erkannte sie, hatte ein Teil von ihm in ihr weitergelebt. Jetzt musste sie sich mit der Möglichkeit auseinandersetzen, dass es den Sam Davis, den sie mit aller Macht hatte am Leben erhalten wollen, vielleicht nie gegeben hatte. Als sie zu dem Familienporträt über George Kincaids Kamin hinaufblickte, hatte Liz Mühe, die Fassung zu bewahren.

* * *

George kam ins Wohnzimmer zurück, in der Hand einen dampfenden Becher. Er hatte einen Sprung, und das Pappschildchen des Teebeutels hing über den Rand. „Es tut mir leid. Ich habe die Servietten vergessen." Er sah zur Küche hinüber. „Ich werde –"

„Nein, George. Bitte. Setzen Sie sich." Sie stellte den Teebecher auf einer alten Ausgabe des *Architekturjournals* ab. George hob den Becher an, zog die Zeitschrift darunter hervor und ersetzte sie durch eine andere. Erst jetzt sah Liz die Titelseite. *George Kincaid: Wo der Flair des mittleren Westens und der Charme der alten Welt einander begegnen.*

Er schien peinlich berührt. „Es ist … nun ja …"

„Ich erinnere mich daran, wie meine Eltern sich für Sie gefreut haben", sagte sie. Sie schloss die Augen. Tatsächlich war es Mimi gewesen, die sich gefreut hatte. Papa hatte es ganz ungerührt aufgenommen, was Liz damals nicht verstanden hatte. Jetzt war ihr klar, warum. Eifersucht. Auch hier. Papa war neidisch auf Georges Erfolg. Aber warum?

„Ich –" Liz lehnte sich vor und kramte in der orangefarbenen Stofftasche zu ihren Füßen. „Ich muss Ihnen etwas geben", sagte sie. Sie zog die Diskette heraus und reichte sie ihm. Als er sie in der Hand umdrehte und sie verständnislos anstarrte, platzte es aus ihr heraus. „Ich habe sie gefunden. In einem Versteck im Arbeitszimmer meines Vaters. Es … es hat mit den Türmen zu tun. Etwas … mein Vater –" Sie brach ab, holte zitternd Luft und brachte die ganze Geschichte zwischen Schluchzern hervor. Sie erklärte. Alles. Wie sie alles herausgefunden hatte.

„Er hatte genug Bautechnik studiert, um das zu machen, um zu wissen, wie er die Blaupausen ändern musste. Und die Veränderung war so gering, dass die

Bauleute sie nicht hinterfragt hätten. Und dann war Sam ‚ganz zufällig' da, als die Prüfer die Baustelle besichtigten. Es dürfte ihm nicht schwergefallen sein, sie abzulenken. Und nach dem Unglück hat er dann auf die guten Blaupausen verwiesen und es aussehen lassen, als hätten Sie eine nicht autorisierte Änderung zu verantworten." Sie brach ab und wischte die Tränen ab, die ihr übers Gesicht liefen. „Ihr Wort stand gegen seins und er hat gewonnen."

Sie holte rasselnd Luft. „Es tut mir leid", sagte sie. „Wirklich unendlich leid. Ich nehme es Ihnen nicht übel, wenn Sie mich jetzt rausschmeißen. Oder wenn Sie an dem Klinikprojekt nicht mehr mitarbeiten wollen. Ich würde Ihnen keinen Vorwurf machen, egal, was sie tun. Erst wollte ich es Ihnen nicht erzählen. Aber dann dachte ich: Was ist, wenn er seine eigenen Fähigkeiten anzweifelt? Wenn er Aufträge ablehnt, weil –" Sie putzte sich die Nase. „Jedenfalls habe ich beschlossen, dass Sie ein Recht auf die Wahrheit haben."

Nachdem sie mit dieser Wahrheit herausgeplatzt war, saß sie da, die Knie zusammengepresst, die Hände gefaltet und mit stechenden Schmerzen im Rücken. Sie konnte sich nicht dazu durchringen, sich zu bewegen, und saß so still wie möglich und wartete … wartete … wartete, … während George auf die Diskette starrte wie ein Kind, das ein unbekanntes Spielzeug inspiziert.

„So", sagte er schließlich und ließ die Diskette mit einem traurigen Lächeln auf den Couchtisch fallen. Das war alles. Nur „so". Er lehnte sich zurück und blickte einen Moment lang in die Ecke des Zimmers. Als er endlich sprach, konnte Liz seine Reaktion überhaupt nicht einordnen. „Es tut mir leid, Liz."

„*Ihnen* tut es leid? Aber –“

„Ich wusste, dass es irgendwo Beweise geben musste.“ Er zuckte mit den Schultern. „Ich hatte angenommen, dass Sam sie lange vor seinem Tod vernichtet hat. Ich war lange sehr verbittert. Wollte es unbedingt beweisen. Irgendetwas finden wie das, was auf dieser Diskette ist und meinen Namen ein für alle Mal rein wäscht.“ Er seufzte und schüttelte den Kopf. „Aber ich wollte nie, dass Sie es erfahren. Und es tut mir ehrlich leid, dass Sie die hier gefunden haben.“ Er deutete auf die Diskette.

„Sie … Sie wissen, was da drauf ist?“ Liz starrte ihn ungläubig an. George Kincaid konnte nichts davon wissen. Es war unmöglich.

George lehnte sich wieder zurück und dachte einen Augenblick nach. Schließlich ließ er die Hände auf seine Knie fallen. „Wissen Sie was, Elizabeth, wir machen uns jetzt vernünftigen Tee.“ Er stand auf und streckte eine Hand aus. „Kommen Sie mit in die Küche?“

Während George den Tee machte, erzählte er. „Irgendwann in den frühen neunziger Jahren hatte Ihr Vater die verrückte Vorstellung, ich würde versuchen, ihm Mary auszuspannen. Ich weiß nicht, woher das kam. Den einzigen möglichen Anlass sah ich darin, dass ich sie einmal an Heiligabend zum Tanzen aufgefordert hatte. Und dann tanzten wir eine ganze Zeitlang miteinander.“ Er hielt inne, den Wasserkessel in der Hand, während er sich erinnerte. „Jedenfalls schaltete Sam sich ungefähr beim vierten Tanz ein. Ich habe nie wieder einen so mörderischen Blick in den Augen eines Mannes gesehen.“ Er stellte den Kessel auf dem Herd ab und blickte zu Liz hinüber, die sich an den

Küchentisch gesetzt hatte. „Wussten Sie, dass Ihr Vater ein eifersüchtiger Mensch war, Elizabeth?"

Sie schüttelte den Kopf, doch dann nickte sie. „Bis vor kurzem wäre es mir nie in den Sinn gekommen. Was gab es denn, worauf er hätte eifersüchtig sein können?"

„Genau", sagte George, während er die Herdplatte unter dem Kessel ausschaltete. „Es gab keine treuere Frau als Mary Davis." Er seufzte, öffnete den Schrank rechts vom Herd, nahm zwei Porzellantassen und Untertassen heraus und sagte gähnend: „Es ist traurig." Er schüttelte den Kopf, als könne er es immer noch nicht fassen. „Sehr traurig. Er hat nie erkannt, welch ein Juwel er hatte." Er warf Liz einen kurzen Blick zu. „Tut mir leid, wenn ich Ihnen Ihre Illusionen raube, aber …" Er kümmerte sich wieder um den Tee. Liz bemerkte, dass seine Hand ein wenig zitterte, als er heißes Wasser auf die Teeblätter goss. Es war ein Ritual, das er schon oft zelebriert haben musste. In der Küche war es still, aber es war nicht unangenehm. Wie hätte diese rot-weiße Küche mit dem weißhaarigen Mann in seinem karierten wollenen Morgenmantel auch ungemütlich sein können, dachte Liz. Und trotzdem schlug ihr das Herz bis zum Hals.

George sprach erst wieder, als er ihr gegenüber am Tisch saß und sie aufforderte, den Tee zu probieren, während er Milch in ihre Tasse gab, einen Würfel Zucker hinzufügte und umrührte. Er wartete, bis sie die Mischung gekostet hatte, wartete auf ihre zufriedene Reaktion und nahm dann die Unterhaltung wieder auf. „Natürlich wissen Sie, dass ich die Dinge damals nicht so abgeklärt gesehen habe. Es gab eine Zeit", sagte er, „da hatte ich eine kleine Flasche Brandy dort im

Schrank versteckt.“ Er tat so, als würde er einen Schuss Alkohol in seinen Tee schütten. „Und Sie hätten nichts gemerkt.“ Er nickte. „Gott sei Dank ist das vorbei.“

In diesem Moment bemerkte Liz ein abgenutztes Buch, das am anderen Ende des Tisches lag. Eine Bibel. George griff danach. „Aber die Zeiten haben sich geändert. Und wie es scheint, kann man einem alten Hund durchaus noch neue Tricks beibringen – mit ein bisschen übernatürlicher Hilfe.“

Er tätschelte das Buch und fuhr fort: „Damals hatte ich noch viel mehr Probleme als ein fehlgeschlagenes Projekt. Als Kincaid Towers einstürzte, war das lediglich das Ereignis, das der Welt Einblick in das gewährte, was in meinem Leben los war. Ich war am Ende. Die Türme haben den Prozess vielleicht beschleunigt, aber ihnen gebe ich nicht die Schuld.“ Er machte eine Pause und sah Liz dann direkt in die Augen. „Und ich gebe die Schuld auch nicht Sam Davis.“

„Wussten Sie es denn?“ Liz konnte die Frage nicht zurückhalten.

„Ich wusste, dass er sich für irgendein eingebildetes Vergehen rächen wollte. Vielleicht war es der Tanz damals. Vielleicht war es auch etwas anders. Aber Ihr Vater war sehr, sagen wir vorsichtig, was Ihre Mutter betraf. Er brauchte offenbar immer eine Art Bestätigung von ihr. Warum, weiß ich nicht. Wie gesagt, sie war ihm ganz und gar ergeben, und niemand stellte das je in Frage – außer Sam selbst.“ Er seufzte. „Armer Sam.“ Er fasste Liz’ Hand und drückte sie.

Liz strich mit der anderen Hand die Haare aus ihrem Gesicht. „Ich weiß nicht, was ich tun soll“, murmelte sie.

„Ich glaube, ich weiß es“, sagte George. Er stand auf. Er war nur wenige Augenblicke verschwunden, bevor er mit der Diskette in der Hand zurückkehrte. Er ging zum Herd und stellte eine Platte an. Dann legte er die Diskette in eine Pfanne und sah zu, wie sie schmolz.

Kapitel 14

Sie glaubte eigentlich nicht an Wunder, aber wenn sie es täte, würde sie das, was sie an diesem Sonntagabend erlebte hatte, für ein Wunder halten, überlegte Liz auf ihrer Heimfahrt. Anstatt in mörderische Wut zu geraten, wie man es erwarten konnte, machte George Kincaid Tee. Und redete. Überzeugend.

„Sie müssen mir glauben, Liz, ich hege keinen Groll gegen Ihren Vater. Ich war lange sehr verbittert. Aber dann wurde mir allmählich klar, dass Sam Davis nicht derjenige war, der mir mein Leben gestohlen hat. Das habe ich selbst durch viele unkluge Entscheidungen getan. Und selbst wenn wahr ist, was wir beide glauben, dann ändert das nichts. Ich bin alt genug, um zu erkennen, dass der Einsturz von Kincaid Towers nicht der Anfang vom Ende für mich war. Es war der Anfang des wirklichen Anfangs." Er hatte einen Punkt auf ein Blatt Papier gemalt. „Das ist jetzt. Mein ganzes Leben." Von diesem Punkt ausgehend zeichnete er eine Linie, die in einem Pfeil endete. „Das ist die Ewigkeit. Das ist der Teil, auf den ich mich jetzt konzentriere."

George Kincaid sagte, er sei glücklich, und nachdem sie in seine Augen gesehen hatte, musste Liz zugeben, dass er die Wahrheit zu sagen schien.

Wenn es nur stimmte, dachte sie, als sie auf dem Weg nach Hause um die letzte Ecke bog. Wenn doch nur …

Blaulicht holte sie aus ihren Gedanken in die Gegenwart zurück. *O nein, nicht schon wieder!* Wenn das wieder Ryan Millers Bruder war ... Sie wippte unruhig mit dem linken Fuß, als der Polizist sich zu ihr herunter beugte. Zum Glück war es nicht Miller.

„N'Abend“, sagte er. „Wissen Sie, wie schnell Sie gerade gefahren sind?“

„Es tut mir leid“, sagte Liz, und sie versuchte zerknirscht zu klingen. Sie hoffte, der Beamte würde nicht merken, dass sie ihre Hände zur Faust geballt hatte. Sie konnte ihn nicht ansehen, denn dann würde er die Rebellion sehen, die ihr ins Gesicht geschrieben stand. Nur dieses eine Mal – konnten sie nicht ein einziges Mal einen Porsche vorbeifahren lassen, ohne die Geschwindigkeit zu messen? „Ich habe nicht darauf geachtet, wie schnell ich war. Ich komme gerade von einer anstrengenden Sitzung und –“

„Ach ja“, sagte der Beamte. Sie konnte den Sarkasmus in seiner Stimme hören und die spöttische Miene sehen. „Diese Sitzungen am Sonntagabend haben es echt in sich.“

Bitte, wenn er es so wollte, dann war Schluss mit freundlich. Sie zog ihren Führerschein und die Autopapiere aus dem Handschuhfach und hielt sie ihm mit einer abrupten Bewegung unter die Nase.

„Versicherungsnachweis, bitte“, erinnerte er sie.

Liz suchte danach. Fand ihn. Hielt ihn aus dem Fenster. Während sie darauf wartete, dass der Polizist zu seinem Streifenwagen zurückging und ihr einen weiteren gesalzenen Strafzettel aushändigte, hörte sie George Kincaids Stimme sagen: „*Sehen Sie mich an, Liz. Sie sehen einen glücklichen Mann vor sich sitzen. Ich* brauche *kein neues Projekt oder ein Architektenbüro, um zu definieren, wer ich bin.*“ Er hatte eine interessante

Art, es zu beschreiben. *„Ich bin George Kincaid, bekehrter Schurke, der sein Möglichstes tut, auf Gott zu hören und seinen Willen zu tun.“* Sie gab nicht vor es zu verstehen, aber sie musste seine Einstellung bewundern.

Den ganzen Weg nach Hause und noch nachdem sie die Treppe zu ihrem Zimmer hinaufgestiegen und ins Bett gefallen war, dachte sie an ihre Begegnung mit George. Es war eines dieser erstaunlichen Ereignisse im Leben eines Menschen, die man für einen Traum halten könnte. Sie würde am Montag wahrscheinlich einen Großteil des Vormittags damit verbringen, sich selbst zu überzeugen, dass es kein Traum war. George Kincaid wusste Bescheid … und wollte keine Rache.

* * *

Am Montag hatte Liz jedoch gar keine Zeit, über George Kincaid nachzudenken. Sie war zu sehr damit beschäftigt, sich zu übergeben. Sie hatte sich noch nicht einmal entschieden, ob sie die Schwangerschaft durchziehen würde, da machte sie sich schon bemerkbar. Auf sehr unangenehme Weise. Irene würde ihr die Geschichte von einer Magen-Darm-Grippe auch nicht mehr oft abnehmen. Was sollte sie nur tun? Stöhnend griff sie nach dem Telefon, um Margaret zu sagen, dass sie später käme. Eine Stunde später rief sie erneut im Büro an, nachdem sie Irene überredet hatte, sie einfach schlafen zu lassen.

„Wenn nicht noch ein Wunder geschieht, schaffe ich es heute gar nicht mehr. Ich gehe wieder ins Bett. Rufen Sie mich an, wenn es etwas gibt, das ich wissen muss.“

„In Ihrem Kalender ist nichts eingetragen", sagte Margaret. „Aber das wissen Sie ja ohnehin. Ryan Miller hat sich vorhin gemeldet. Er ist früh zur Klinikbaustelle gefahren und hat angerufen, um zu sagen, dass der Vorarbeiter ihm heute da draußen Arbeit gibt." Margaret machte eine Pause und fragte dann: „Soll ich Mr Scott sagen, dass er Sie zu Hause anrufen soll? Er hat heute Vormittag mehrmals angerufen. Er sagte, Sie gehen nicht an Ihr Handy."

Liz zögerte. Ihr Blick fiel auf die Überschrift einer der Broschüren, die sie von ihrem Arzt bekommen hatte. Alternativen. Es gebe Alternativen, hieß es dort. Sie konnte fühlen, wie ihr Magen sich hob. Schon wieder. Margaret fragte sich, was los war. Sie war taktvoll …, aber sie wunderte sich. „Sagen Sie ihm, ich rufe ihn später an. Aber erwähnen Sie bloß nicht, dass ich krank bin. Ich will nicht, dass er herkommt. Wenn das ansteckend ist, will ich nicht, dass Jeff es auch bekommt. Ich brauche einfach nur ein bisschen Ruhe." Sie hoffte, dass es überzeugend genug klang, um Margarets Neugier zu befriedigen. Und sie hoffte, Jeff würde nicht anrufen. Jedenfalls jetzt noch nicht. Sie brauchte Zeit zum Nachdenken. Alternativen … Wunder … Kincaid Towers … Babys … Jeff … Kalifornien … Einige der Broschüren steckten im Schreibtisch ihrer Mutter. Sie sollte sie herausholen und wieder in ihre Aktentasche tun – sobald sie das Gefühl hatte, sie könnte es die Treppe hinunterschaffen, ohne zum Bad rennen zu müssen. In ihrem Kopf drehte sich alles … aber es war kein Vergleich zu dem, was in ihrem Magen vor sich ging.

„Bin ich gestorben und Italien ist der Himmel?" Ich komme mir vor wie ein ehrfurchtsvoll staunendes Kind, als ich mich in meinem Hotelzimmer umsehe und die Fresken an den Wänden, die Kassettendecke, die Bogenfenster und die eleganten Möbel wahrnehme.
Luca lacht. „Meine Schwester Lucia hat darauf bestanden, dass du das schönste Zimmer im ganzen Hotel bekommst. Ich bin froh, dass es dir gefällt."
„Gefällt?" Hinter mir stellt ein Page meinen Koffer ab, wartet auf ein Trinkgeld von Luca – das, wie ich bemerke, aus einem Geldschein besteht und nicht aus Münzen – und geht. „Das ist für königliche Hoheiten, die zu Besuch kommen. Hier kann ich unmöglich bleiben."
„Du wirst staunen", sagt Luca, „aber soweit ich weiß, hat der König von Spanien hier tatsächlich einmal übernachtet. Irgendwann im 16. Jahrhundert. Das Gebäude gehörte früher einem der Medici. Aber es ist jetzt schon sehr, sehr lange ein Hotel. Lange bevor unsere Familie es gekauft und nach der einzigen Tochter benannt hat. Schön, dass es dir gefällt. Willkommen im Hotel Lucia."
Er verbeugt sich, bevor er den Raum durchquert und an einer goldenen Kordel zieht, um die Vorhänge zu öffnen.
Als ich den Ausblick sehe, stoße ich einen kleinen Entzückensschrei aus. Die Altstadt von Florenz liegt vor mir.
Luca zeigt auf verschiedene Kuppeln und nennt die Namen der Kirchen: „Von Westen nach Osten haben wir Santa Maria Novella, San Lorenzo, *das Baptisterium neben* Santa Maria del Fiore *und weiter hinten* San Marco *und schließlich ganz im Osten* Santa Croce." *Er*

scherzt: „Es ist nicht Paris, aber wir haben auch ein paar Kirchen, damit du nicht verzweifelst."

„Ich weiß schon, welche ich zuerst besichtigen möchte. Im Reiseführer heißt es, Santo Spirito *sei etwas für Architekturpuristen. Sie sagen, es sei eines der Meisterwerke von Brunelleschi, richtig?"*

Er zuckt mit den Schultern. „Für meinen Geschmack viel zu düster. Und was Brunelleschi betrifft, wenn du das wahre Meisterwerk sehen willst …"

„Den Duomo*?"*

„Sì." Er nickt. „Unsere Kirchen sind ganz anders als die gotischen Kathedralen in Frankreich. Mich würde interessieren, was du von ihnen hältst. Wenn du nichts dagegen hast, dass ich dich bei deinen Besichtigungstouren begleite?"

„Das kann ich aber wirklich nicht von dir erwarten", protestiere ich.

„Und ich", sagt er lächelnd, „kann mir keine bessere Methode vorstellen, die Tage zu verbringen, in denen Lucia alle mit den Hochzeitsvorbereitungen in den Wahnsinn treibt."

„Kann ich irgendwie dabei helfen? Ich täte es gern."

„Du", sagt Luca, „solltest dich so weit wie möglich da raushalten. Lucia ist … ach, meine Schwester zu erklären, ist unmöglich. Wenn du sie kennen lernst, wirst du sehen, was ich meine. Und in der Zwischenzeit, bis Jean-Marc eintrifft, wird es mir ein Vergnügen sein, dir meine Stadt zu zeigen."

„Ich erwarte aber nicht, dass du die ganze Zeit den Babysitter für mich spielst. Nach allem, was ich in meinen Reiseführern gelesen habe, kann man sich in Florenz ganz gut zu Fuß fortbewegen. Ich habe bereits für mindestens

eine Woche Programm geplant, das dich wahrscheinlich unendlich langweilen würde."

Luca protestiert. Langeweile, versichert er mir, sei in Florenz gar nicht möglich.

„Es macht dir also nichts aus, mit mir in einer Schlange zu stehen, um den David zu sehen?"

„Du rufst vorher an und machst einen Termin aus. Keine Schlange", erklärt er. „Und obwohl ich mit dem David *aufgewachsen bin, der praktisch gegenüber von unserem Haus stand, weiß ich ihn trotzdem zu schätzen. Sie haben ihn an einen anderen Ort gebracht, seit ich das letzte Mal hier war und ich habe gehört, dass auf dem Gang vier meiner Lieblingswerke des Künstlers zu bewundern sind."*

„Und was ist mit den Uffizien*? Noch eine Schlange, oder?"*

„Es sei denn, du rufst an und vereinbarst eine Besichtigungszeit. Und selbst dann gibt es manchmal noch eine kurze Schlange. Aber um diese Jahreszeit dauert es nicht lange, und während wir warten, kann ich dich *mit meinem Vortrag über die italienischen Meister langweilen."*

„Du hast einen Vortrag über die italienischen Meister auf Lager?"

„Absolut", grinst er. „Angefangen bei Ducati bis hin zu Moto Guzzi – mit ein paar Bemerkungen zu den Ausländern, Kawasaki und Honda."

„Mal wieder Motorräder", schelte ich ihn. „Wusste ich's doch! Durch deine Adern läuft wirklich Motorenöl."

Wir lachen und er sagt: „Und wenn du es leid bist, durch Florenz zu wandern, überleg dir, wohin du noch möchtest – nach Siena zum Beispiel – und ich werde mit dir dorthin fahren."

„Ich weiß nicht, wo ich anfangen soll", sage ich und zitie-

re den Roman, den ich gelesen habe. „Italien ist Tausende von Jahren tief ..."

„Wenn ich etwas vorschlagen darf?", sagt er, und seine Augen bitten mich um Erlaubnis.

„Du darfst."

„Am besten fängst du mit dem an, was dir am meisten am Herzen liegt." Er lächelt. „Magst du heute Abend mit uns zusammen essen in unserer Familienvilla?"

Als ich seine Essenseinladung annehme, sagt er sofort etwas über Jean-Marcs Reise und seine geplante Ankunftszeit, und er blickt dabei aus dem Fenster. Er schließt mit den Worten: „Du hättest die Seereise genossen. Und er war sehr enttäuscht, als du Nein gesagt hast."

Da ist sie wieder. Diese leichte Verärgerung, wenn ich mir bewusst mache, dass Jean-Marc und Luca über mich sprechen. Warum macht mir das eigentlich etwas aus? „Es war mir nicht wohl bei dem Gedanken, dass Liz mich nicht erreichen könnte. Natürlich hat Jean-Marc versprochen, dass das jederzeit möglich sei, aber du weißt ja, wie das mit Jean-Marc und seinen Segeltouren ist. Da kann alles passieren."

Luca nickt zustimmend und wiederholt: „Alles."

Das Schweigen zwischen uns ist nicht direkt unangenehm, aber es ist länger als gewöhnlich. Bilde ich mir das ein, oder seufzt er, bevor er sagt, dass er mich gegen sieben heute Abend abholen kommt? Am Aufzug dreht er sich noch einmal um und sagt, er könne auch früher kommen, so dass er noch eine Stunde hat, um mir mit dem Computer und dem E-Mail-Programm zu helfen, bevor wir essen. Ich beschließe, dass es Spaß machen wird, mich an die toskanische Zeitauffassung zu gewöhnen. Und dann bemerke ich es. Luca Santo trägt keinen Ehering mehr.

Ich staune immer noch ehrfürchtig über die Aussicht vom Eingang zur Santo-Villa, als eine korpulente Frau die Tür öffnet und mich vereinnahmt, indem sie ihre Arme um mich schlingt und mich auf beide Wangen küsst, bevor sie Luca aus dem Weg scheucht, um mir die Villa zu zeigen. Luca hatte Recht mit dem, was er über seine Schwester gesagt hat. Lucia Maria Lungarno Biacci ist eine Frau, die man nicht erklären kann, sondern die man erleben muss. Ich bin ganz außer Atem, sowohl von Lucias Energie als auch von den Fragen, die ihren Reiseleitervortrag unterbrechen.

„Und das ist unsere schöne kleine Kapelle, die wir gerade restaurieren wollen, aber jetzt haben sie dieses schreckliche Gemälde gefunden." Sie neigt sich zu mir und senkt die Stimme zu einem Flüstern. „Es ist mir egal, ob es von Botticelli ist, ich finde es furchtbar." Sie seufzt. „Aber natürlich muss es erhalten werden, also bin ich dazu verdammt, es mir bis an mein Lebensende anzusehen. Ich bitte Sie", sagt sie und deutet auf die Wand, an der ich nur vage eine bleiche Frau erkennen kann, die aussieht, als sei sie ergriffen von der Offenbarung eines Engels.

„Mariä Verkündigung?"

„Sì, sì." *Lucia nickt.* „Esatto. *Die heilige Jungfrau nimmt es so wunderbar auf, finden Sie nicht? Aber dieser Engel! Wer will schon mit so einem Engel leben?!" Und schon ist sie wieder bei einem anderen Thema, einem künstlerischen Detail, das mich fasziniert und mir zugleich zeigt, wie wenig ich doch weiß. So viel finde ich eigentlich an dem Engel gar nicht auszusetzen.*

Eins wird mir bei Lucia schnell klar: Sie braucht einfach nur ein gutes Publikum. Ich bin eins, weil ich schlicht und ergreifend sprachlos bin angesichts dessen, was die

Frau über Kunstgeschichte weiß. Ist das die Folge davon, dass man in Florenz groß geworden ist? Ist die Kunst hier so beherrschend, dass sie das Leben jener, die in dieser Stadt aufwachsen, dermaßen durchdringt? Lernen sie diese Dinge durch Osmose? Oder ist Lucia ein besonderer Fall?
Als wir mit dem ersten Stockwerk des Hauses fertig sind, komme ich mir vor wie ein Kind, das durch ein Märchenschloss geführt wird. Lucas Elternhaus ist einfach atemberaubend. Marmorfußböden, Springbrunnen, Gärten – alles noch verstärkt durch einen Ausblick über das Tal, das sich in Richtung Florenz ausdehnt. Zur Linken ist die Festung Forte di Belvedere *zu sehen. Man sagt mir, dass ein Teil ihrer Mauer die Grenze zu den* Boboli-Gärten *bildet. Im Mittelpunkt des Panoramas überquert der Ponte Vecchio den Arno in malerischer Pracht. Die Kuppeln all der Kirchen in Florenz leuchten tieforange, als die untergehende Sonne ihre letzten Strahlen auf die Dachziegel wirft.*
Das Abendessen ist ein fröhliches Durcheinander. Lucias Kinder treffen mit einem Dutzend Enkel ein und jeder setzt sich dorthin, wo Lucia es anordnet. Und dann kommt das Essen – antipasti, *gefolgt von einem ersten Gang, gefolgt vom zweiten Gang mit mehreren Beilagen.* Contorni, *nennt Luca sie. Die Portionen sind klein, aber trotzdem habe ich das Gefühl zu platzen. Schließlich das Dessert,* dolci. *Es wird gelacht und gelärmt, und es ist alles so wundervoll, dass ich, als Lucia sich über eines der Kinder beugt, um es in die Wange zu kneifen und zu küssen, plötzlich Tränen in den Augen habe. Ich vermisse Liz. Luca legt eine Hand auf meine und beugt sich zu mir. „Wir können jederzeit gehen, wenn du genug hast. Ich weiß, dass es ein bisschen überwältigend ist.“*

Ich schüttle den Kopf. „Nein, das ist es nicht. Ich bin nur ein bisschen eifersüchtig. Diese ganze Familie. Wunderbar. Allmählich bedauere ich, dass ich nur ein Kind bekommen habe. Und ich frage mich, was genau der Grund dafür ist, dass ich so weit weggezogen bin."

Lucias Mann, Donato, ist ein ruhiger Zeitgenosse, was wahrscheinlich sein Überleben in dieser lautstarken Familie sichert, mit wundervollen dunklen Augen und einem gänzlich kahlen Kopf. Er hebt sein Glas und bringt einen Toast aus. Auf mich. Ich spüre, wie ich rot werde. Ich habe keine Ahnung, was er sagt, aber Lucia schaltet sich ein, steht auf und beendet seine Rede. Alle am Tisch fangen plötzlich an zu lachen. Luca weigert sich zu übersetzen. Er schimpft mit seiner Schwester, aber seine Miene zeigt seine Liebe zu ihr.

„Schon gut, schon gut", sagt Lucia und wedelt mit ihrer Serviette, um ihre Familie zum Schweigen zu bringen.

Sie beruhigen sich allmählich, aber ich kann ein unterdrücktes Kichern hier und dort hören, während Luca – lautstark – protestiert, Lucia solle aufhören. „Du bringst unseren Gast in Verlegenheit", sagt er. „Es reicht!"

Lucia wirft den Kopf in den Nacken, so dass ihr wunderbares schwarzes Haar ihr auf den Rücken fällt. Sie erhebt ihr Glas und sagt auf Englisch: „Wie ich schon seit vielen Jahren sage, meine Freundin Sophia", sie bekreuzigt sich und sieht gen Himmel, „möge der liebe Gott ihre Seele in Frieden ruhen lassen und uns alle eines Tages gemeinsam mit ihr im Himmel an einen Tisch bringen …" Sie räuspert sich. „Meine liebe Freundin Sophia hat viel zu viele Jahre damit verbracht, aus Luca einen anständigen Ehemann zu machen, als dass all die Mühe in einer Ducati-Werkstatt in Paris verschwendet werden sollte!" Sie nickt

mir zu. „Möge eure Freundschaft gesegnet sein, so wie ich Sophias Segen über euch spüre!" Nach diesen Worten trinkt Lucia aus ihrem Glas und setzt sich.
Neben mir hebt Luca die Hand an die Stirn und tut so, als würde er sein Gesicht verbergen. Aber er sieht mich unter der Hand hindurch an.
Ich lehne mich zu ihm hinüber. „Ich verstehe jetzt, was du in Bezug auf Lucia gemeint hast."

* * *

An dem Morgen, nachdem Lucia mich vor Lucas ganzer Familie blamiert hat, erscheint sie im Hotel, um sich zu entschuldigen. „Luca ist sehr böse auf mich", sagt sie. Sie hat sogar Tränen in den Augen. „Er sagt, Sie hätten sich furchtbar geschämt und würden bestimmt nicht so schnell wieder mit uns essen. Bitte erlauben Sie, dass ich mich entschuldige."
„Das brauchen Sie nicht zu tun", sage ich schnell. „Ich habe die Zeit mit Ihnen sehr genossen. Mit Ihnen allen."
„Sie sind sehr freundlich, signora.*" Lucia lächelt. „Sie müssen wissen, dass ich seit unserer Geburt der … äh … Wachhund für meinen Zwillingsbruder bin. Vielleicht passe ich manchmal ein bisschen zu sehr auf ihn auf. Luca ist erwachsen. Und ich … äh … ich mische mich in seine Angelegenheiten ein. Vielleicht zu viel."*
„Danke. Aber es ist wirklich –"
„Und deshalb will ich Sie entschädigen. Heute gehen Sie hierhin." Sie drückt mir ein graues Heft in die Hand, in dem ein Wellnesscenter angepriesen wird, auf dem Umschlag ein stilisierter Schwan und das Wort Fonbliù. *„Ich komme nicht mit. Zu viele Hochzeitsvorbereitungen. Aber*

Tomaso wird sich wunderbar um Sie kümmern. Und jetzt gehe ich. Ciao. Und Luca holt Sie heute Nachmittag am Bad ab und geht mit Ihnen in eine ausgezeichnete trattoria *essen. Keine Speisekarte. Sie sitzen, der Koch kocht, Sie essen.* Perfetto." *Sie presst die Fingerspitzen zusammen und setzt einen schmatzenden Kuss darauf. Dann wünscht sie mir einen guten Tag und ist verschwunden.*

In Lucias Sog bin ich ganz atemlos. So wäre Liz, wenn sie in Italien geboren wäre, denke ich. Ich sehe auf meine Armbanduhr. Es ist noch zu früh, um sie anzurufen. Sie wird noch ein paar Stunden schlafen. Also setze ich mich und sehe mir die Broschüre an, in der Lucia vermerkt hat, was sie für mich bestellt hat. Entspannung, Entgiftung und Erfrischung … Heißes Lavagestein wird verwendet … Die Methode wurde von den Indianern überliefert.

Ich grinse. Ich bin in Italien und werde von einer Tradition der Ureinwohner Nordamerikas verwöhnt. Lucia hat außerdem eine umfassende zweistündige Behandlung, die Gesicht und Körper wiederbelebt und reinigt, *geordert, mit etwas, das sich* Boue-Marine-du-Mont-St.-Michel-Schlamm *nennt.* Mont St. Michel *ist eine mittelalterliche Stadt auf einer winzigen Insel im Norden Frankreichs, die jedes Mal bei Hochwasser vollständig vom Meer umschlossen ist. Eine Festung, die nie erobert wurde. Ein mittelalterliches Wunder. Ich wollte es immer schon einmal sehen. Vielleicht ist eine Kur mit Mont-St.-Michel-Schlamm das Nächstbeste?*

Als Luca sich gestern Abend beim Hotel von mir verabschiedete, erzählte er mir, Lucia habe unter ihrer „Wachhund"-Persönlichkeit ein Herz von der Größe Italiens. „Und wenn sie einen Menschen in dieses Herz ge-

schlossen hat, dann ist er reich gesegnet." Ich glaube ihm. Ich hatte nur nicht erwartet, dass zu dem Segen einer Freundschaft mit Lucia auch die Behandlung mit heißen Steinen und ein Schlammbad gehören.

Kapitel 15

Wenn ihr erster Arbeitstag ein Anhaltspunkt war, würde Alessandra Buonartti nicht lange im *Fonbliù*-Wellnesscenter arbeiten. Sie hatte alles falsch gemacht, was man nur falsch machen konnte. Die Buchung war ein völliges Chaos. Eine Behandlung dauerte zwanzig Minuten, eine andere vierzig. Und dieser Grobian Tomaso erwartete, dass sie alles beherrschte, das ganze Programm, als würde sie schon seit Jahren hier arbeiten, und nicht erst ein paar Stunden. Sie war den Tränen nahe, als der Schrei aus dem Schwimmbad ertönte. *Was ist denn jetzt los?*, konnte sie nur denken, aber der nächste Laut war ein Schrei um Hilfe. Alessandra sprang auf, rannte den Gang hinunter und hielt sich starr vor Schrecken an der Wand fest, als sie auf die Stelle starrte, an der zwei Besucher des Kurbads eine reglose Frau aus dem Wasser zogen. Blut – überall war Blut. Und Alessandra konnte den Anblick von Blut nicht ertragen. Aber sie musste. Sie musste.

Sie schnappte sich ein Handtuch und rollte es zusammen, als sie an die Seite der Frau trat. Sie hatte sich den Kopf angeschlagen. „Hier“, sagte Alessandra und drückte das Handtuch auf die Wunde, die, wie sie sehen konnte, genäht werden musste. In diesem Fall wusste sie, was zu tun war. Ein Mädchen wuchs nicht mit Brüdern auf, ohne zu wissen, wie man mit einem Loch im Kopf umging. Die Frau war immer noch bewusstlos. Und Amerikanerin. Tomaso würde vor Wut außer sich sein. Man würde sie verklagen … Sie sprang auf und lief zum Telefon, um einen Krankenwagen zu rufen, bevor sie wieder zu der Frau zurückeilte, um die sich eine kleine Gruppe Badegäste versammelt hatte.

Niemand kannte die Frau. Alessandra nickte einem Kollegen zu. „Brich ihr Schließfach auf und sieh nach ihrem Ausweis."

„Tomaso weiß alles", sagte ein anderes Mädchen. „Signora Biacci hat sie zu uns geschickt."

Alessandra schloss die Augen. Konnte es noch schlimmer kommen? Die Amerikanerin kam von Lucia Biacci? Alessandra sah im Geiste, wie ihr Job sich in Luft auflöste. In diesem Augenblick stöhnte die Frau. Alessandra sprach mit ihr, erhielt aber keine Antwort. Sie konnte den Rettungswagen die Straße hinaufkommen hören.

„Hier." Jemand reichte ihr die Brieftasche der Frau. Sie enthielt einen Zettel, auf Englisch. Aber sie erkannte die Worte *Im Notfall.* Sie wusste, wen sie in Amerika anrufen musste. Das würde sie zuerst tun. Die Tochter zuerst. Dann Signora Biacci. Und wenn sie die nicht erreichen konnte, würde jemand im Hotel Lucia wissen, was zu tun war. Und dann, erst dann, würde sie Tomaso informieren.

* * *

Irene runzelte die Stirn und schüttelte den Kopf, als könnte die Anruferin sie sehen. „Was? Ja, ja. Ich meine, sie wohnt hier. Aber sie kann nicht ans Telefon kommen. Sie hat Grippe. Ich kann ihr eine Nachricht geben." Sie presste die Lippen aufeinander. „Sie hören mir nicht zu. Ich sagte, dass Miss Davis krank ist.

Sie kommt nicht ans Telefon. Sagen Sie es mir. Und können Sie vielleicht langsamer sprechen? Wenn Sie so brüllen, verstehe ich Ihren italienischen Akzent auch nicht besser. Ich bin alt, aber nicht taub. Was? Was? Sie verstehen nicht? Ich auch nicht, Schätzchen. Dann müssen Sie eben noch mal anrufen, wenn Sie jemanden gefunden haben, der so spricht wie ich."

Irene knallte den Hörer mit mehr als ihrer üblichen Entschlossenheit auf. „Irgendein vorlautes junges Ding, dem man mal die Ohren lang ziehen müsste", knurrte sie. „Wie eine Verrückte ins Telefon zu brüllen."

Von seinem Platz am Tisch aus, wo er die Zeitung las und Kaffee trank, erwiderte Cecil: „Und du bist genau die Richtige, um das zu tun, Schatz. Abgesehen von der Tatsache, dass deine Arme nicht lang genug sind, um sie über den Atlantik hinweg an den Ohren zu packen." Er kicherte.

„Sehr witzig", sagte Irene. Sie hastete zur Hintertreppe. „Ich gehe nur schnell rauf und sehe nach, ob Lizzie irgendetwas braucht. Vielleicht hat sie Lust auf rote Götterspeise." Während sie die Treppe hinaufstieg, machte sie ihrem Unmut über das Leben im Allgemeinen Luft. Sie hätte nie gedacht, dass die Dinge sich so entwickeln würden. Das Haus war kaum mehr als ein Museum, in dem sie und Cecil herumkramten, während Liz kam und ging. Und das Mädchen kämpfte jetzt schon seit Tagen gegen die Grippe an, hörte aber kein bisschen auf Irenes Rat. Sie wollte in Ruhe gelassen werden. Sie wollte Jeff nicht sehen. Sie wollte nicht, dass ihre Mutter davon erfuhr. Es ergab einfach keinen Sinn.

* * *

Irene war gerade auf dem oberen Treppenabsatz angekommen, als das Telefon erneut klingelte. Sie ging an Liz' Tür vorbei in Marys Zimmer, um den Anruf entgegenzunehmen.

„Elizabeth Davis?" Diesmal war es eine männliche Stimme. Wieder ein italienischer Akzent.

„Nein", wiederholte Irene. Sie bemühte sich nicht, ihre Verärgerung zu verbergen. „Ich habe schon beim letzten Anruf gesagt, dass Miss Davis krank ist und nicht ans Telefon kommt. Wenn Sie auch nicht mit mir reden wollen, brauchen Sie gar nicht mehr anzurufen, denn ich werde nicht –" Irene schloss die Augen, um sich besser konzentrieren zu können. Diesen Anrufer konnte sie wenigstens verstehen. „Was haben Sie gerade gesagt? Mrs Davis ist …in *welchem* Krankenhaus?" *O mein Gott.* Sie stützte sich auf dem Schreibtisch ab. „Einen Moment bitte. Warten Sie. Ich hole etwas zum Schreiben." Sie kramte in Mrs Davis' Schreibtischschublade, zog ein Blatt Schmierpapier heraus und begann sich Notizen zu machen.

„In Ordnung", sagte sie. „Okay. Das habe ich notiert. Ich wiederhole." Sie las den Namen des Krankenhauses vor. Das war überhaupt kein Schmierpapier. Es war eine Art … *Guter Gott!* „Was haben Sie gesagt, was passiert ist? Ein Sturz?" *Im Falle einer ungeplanten Schwangerschaft sind Sie nicht allein.* Sie versuchte sich besser auf das Telefonat zu konzentrieren. Sie kritzelte das Wort *bewusstlos.* Das konnte schlimm sein. *Knochenbruch.* Sie wiederholte die Telefonnummer des Krankenhauses, die der Mann ihr diktiert hatte. Jetzt, wo sie besser zuhörte, klang er nicht mehr ganz so aggressiv. *Bitte, Herr … ein glatter Bruch. Gute Ärzte.*

Aber sie musste daran denken, als die Haushälterin der Zimmermans sich vor zwei Jahren den Fuß gebrochen hatte. Es hatte beinahe ein Jahr und mehrere Operationen gedauert. Die arme Frau musste in Rente gehen und in ihrem Fuß hatte sie jetzt so viele Metallstücke, dass sie am Flughafen den Alarm auslöste.

Nachdem sie aufgelegt hatte, betrachtete Irene die Broschüre in ihrer Hand genauer. Sie erklärte einiges. Über eine Menge Dinge. Liz' Launen. Warum sie abends hier in das Zimmer ihrer Mutter gegangen war. Der Gedanke, dass Liz sich zum Reich ihrer Mutter hingezogen fühlte, war rührend und zugleich herzzerreißend. Und es war logisch, dass sie diesen Müll in den Schreibtisch hier geschoben hatte, wo Irene nur Staub wischte und ansonsten alles so ließ, wie es war. Es war nicht vorherzusehen gewesen, dass Irene eine der Schubladen an Mary Davis' Schreibtisch öffnen würde. Liz hatte sich das wahrscheinlich genau überlegt. Liz hatte sich eine Menge Dinge genau überlegt, wie es schien. Aber sicherlich gehörte eine Abtreibung nicht dazu, dachte Irene. Wenn Mrs Davis jemals davon erfuhr! Und was war mit Jeff? Das hätte sie Jeff nicht zugetraut. Es ergab überhaupt keinen Sinn. *Oder vielleicht doch. Wenn Jeff gesagt hatte, dass er kein Kind wollte … wenn Jeff Schluss gemacht hatte … wenn Jeff nach Kalifornien zog.*

* * *

„Liz. Wachen Sie auf." Irene stand über sie gebeugt und rief ihren Namen. Während der Baldachin ihrer Träume, der so schwer auf ihr gelegen hatte, als hätte sie Schlaftabletten genommen, sich allmählich hob, bemerkte Liz den besonderen Tonfall in Irenes Stimme. Dies war nicht ihr Ich-werde-versuchen-die-abwesende-Mutter-zu-ersetzen-Klang. Liz drehte sich um und öffnete die Augen. Sie hatte Angst, den Kopf vom Kissen zu heben, obwohl ihr Magen sich in den letzten paar Stunden, in denen sie geschlafen hatte, beruhigt zu haben schien.

In dem Augenblick, als Liz die Augen aufschlug, sagte Irene: „Es hat einen Unfall in Florenz gegeben."

Panik erfasste Liz. Sofort hellwach, setzte sie sich im Bett auf und verschwendete keinen Gedanken mehr an ihre morgendliche Übelkeit. „Ist sie … geht es ihr gut? Was ist passiert?"

„Wenn Sie sich beruhigen, erzähle ich es Ihnen", sagte Irene. „Sie war in einem dieser neumodischen Wellnesscenter, ist ausgerutscht und hat sich den Kopf angeschlagen. Sie haben gesagt, dass sie nicht bei Bewusstsein ist. Ich glaube, sie hat eine Platzwunde. Und irgendwas gebrochen, aber da war der Italiener am Telefon sich nicht sicher." Irene sah auf das Blatt Papier in ihrer Hand. „Sie haben mir die Telefonnummer vom Krankenhaus gegeben." Sie drückte der jungen Frau die Broschüre in die Hand.

Liz konnte Irene lange nicht in die Augen sehen, blickte stattdessen zu Boden. Einer von Irenes Schuhen wippte im Takt auf dem Teppich.

„Ich habe nicht herumspioniert, falls Sie das denken. Der junge Mann hat geredet und ich musste etwas aufschreiben, also habe ich die Schublade am Schreibtisch Ihrer Mutter geöffnet und das erste Blatt Papier herausgenommen, das ich finden konnte. Wahrscheinlich hätte ich kommen und Ihnen Bescheid sagen sollen, aber da Sie schon so lange mit der *Grippe* zu kämpfen haben und so *krank* zu sein schienen, wollte ich Sie nicht stören. Ich dachte, Sie hätten nichts dagegen, wenn ich die Nachricht entgegennehme."

Liz beugte sich vornüber und stützte die Stirn auf ihre Hände. Wie konnte man so tief und fest schlafen, fragte sie sich, und trotzdem so erschöpft sein? „Niemand behauptet, dass Sie herumspionieren, Irene. Beruhigen Sie sich." Sie schüttelte den Kopf. „Ich kann jetzt nicht darüber reden. Ich muss –" Ihre Gedanken gingen in eine andere Richtung. Sie sah auf die Nummer, die Irene aufgeschrieben hatte. Sie brauchte Luca Santos Nummer. „Ich muss Luca anrufen. Er wird wissen, was los ist." Sie schob den Bettüberwurf zur Seite und setzte die Füße auf den Boden.

„Ist Ihnen noch schlecht?", fragte Irene.

Liz schüttelte den Kopf. „Nein, es ist besser."

Irene legte die Broschüre auf den Nachttisch und ging zur Tür. Kaum hatte sie den Raum verlassen, drehte sie sich noch einmal um. „Ihr emanzipierten Frauen sagt doch immer, dass ihr keinen Mann brauchte, um im Leben erfolgreich zu sein, oder?"

„Wenn Sie es so formulieren wollen ..."

„Nein", erwiderte Irene gereizt. „*Ich* will es nicht ‚so formulieren'. Ich glaube nämlich nicht, dass Männer Accessoires sind, die man tragen kann, wenn man sie mag, und ablegen, wenn der Glanz nachlässt. Aber das meine ich nicht." Sie holte tief Luft. „Wenn Jeffrey Scott das Baby nicht will, dann sind Sie ohne ihn besser dran." Ihre Stimme zitterte. „Aber denken Sie daran, was Sie gesagt haben, Lizzie. Sie *brauchen* keinen Mann, um erfolgreich zu sein." Und in einer emotionalen Aufwallung platzte sie heraus: „Wir können das Baby großziehen, Lizzie. Wir alle zusammen." Ihr Kinn bebte. „Sie wissen doch, dass ich die kleinen Wesen liebe. Ich und Cecil, wir beide lieben Kinder." Jetzt liefen ihr die Tränen übers Gesicht. „Tun Sie es nicht, Lizzie. Bitte."

Liz konnte ihr nicht in die Augen sehen. Sie war hin und her gerissen, sich zu entscheiden. Doch nun war ein denkbar ungünstiger Zeitpunkt für eine solche Entscheidung. Mimi war verletzt. Sie musste an Mimi denken. Während sie die Tränen von ihren Wangen wischte, nickte sie. „Danke, Irene, das … bedeutet mir sehr viel."

„Sie fahren nach Italien?"

„Natürlich. Es sei denn, Luca Santo oder Jean-Marc oder irgendjemand anders kann mir sagen, was passiert ist. Es sei denn, ich kann mit Mimi selbst sprechen."

„Ich glaube, ich habe ein paar Vitaminpräparate da, mit denen Sie sich besser fühlen werden", sagte Irene. „Und wenn Sie ein paar Kräcker bereitlegen – manchmal hilft es, wenn Sie morgens einen oder zwei davon essen, noch bevor Sie den Kopf vom Kissen heben."

Liz räusperte sich. „Danke, Irene. Für alles. Wirklich." Aber Irene war schon fort. Liz fragte sich, ob sie vielleicht den Gang hinunter geflohen war aus Angst vor dem, was Liz als Nächstes sagen könnte. Als sie ihr Handy zur Hand nahm, ging sie im Geiste schon eine To-Do-Liste durch. Lucas Nummer war in ihrer

Aktentasche. Auf ihrem Weg nach unten beschloss sie, dass Mary Davis auf jeden Fall spätestens morgen Abend ein Handy haben würde, mit dem sie ihre Mutter über Satellit in Florenz erreichen konnte. *Was natürlich unheimlich viel bringt, wenn sie bewusstlos ist.* Die Was-wäre-wenn-Fragen begannen wieder durch ihren Kopf zu geistern. *Konzentrier dich. Jetzt ist nicht der richtige Zeitpunkt dafür. Konzentrieren.*

Sie rief Margaret an. „Hängen Sie sich ins Internet oder ans Telefon und suchen Sie mir so schnell wie möglich einen Flug nach Florenz, Italien, raus. Meine Mutter hatte einen Unfall. Wenn Dave mich nach Newark fliegen kann und ich dadurch schneller nach Florenz komme, soll er den Flugplan erstellen. Wenn ich in Italien niemanden erreiche, der mir sagen kann, was los ist, bin ich in zwanzig Minuten im Wagen und unterwegs zum Flughafen. Rufen Sie mich auf dem Handy an und sagen Sie mir Bescheid, ob ich zum Davis-Hangar oder zum Terminal fahren soll." Was für ein Segen, in einer solchen Situation jemanden wie Margaret zu haben. *Super. Du hast ein paar Tage mit Danny und Sarah verbracht und schon hast du dir ein frommes Vokabular angewöhnt. Seit wann betrachtest du irgendetwas als Segen? Es ist einfach ein* Glück, *dass du Margaret hast.*

Margaret sprach. „Ich hab's. Ich bin jetzt online. Ich rufe Sie in ein paar Minuten zurück. Soll ich ein paar Euros zum Flughafen bringen?"

„Sie sind ein Genie", sagte Liz. „Ja, vielen Dank. Zwei- oder dreihundert."

„Und Ihren Pass. Ich habe ihn gerade schon mal herausgeholt."

„Sie sind eine Göttin", sagte Liz.

Margaret ignorierte das Kompliment. „Soll ich Mr Scott anrufen?" Als Liz nicht antwortete, fügte sie hinzu: „Er würde es sicher wissen wollen."

Es war ganz untypisch für Margaret, private Ratschläge zu erteilen. Bildete Liz sich das ein, oder hatte Margarets Tonfall sich bei den Worten *er würde es sicher wissen wollen* verändert? War das eine Anspielung? Hatte Margaret vielleicht den Schwangerschaftstest gesehen? Gute alte Margaret, megaeffizient. Manchmal putzte sie, wenn Liz nicht im Büro war. Und sie war letzte Woche oft nicht da gewesen. Liz schloss die Augen und holte tief Luft.

Warum hatte sie eigentlich geglaubt, sie müsse Dr. Reeses Diagnose überprüfen? Wie wahrscheinlich war es, dass seine Laborwerte nicht stimmten? Aber nein, Elizabeth Davis wollte dem Arzt ja nicht glauben. Elizabeth Davis musste losziehen und ihren eigenen Schwangerschaftstest kaufen, um auf Nummer sicher zu gehen. Wie blöd sie doch war! Und dann hatte sie die Beweise auch noch in den Mülleimer geworfen.

„Vergessen Sie nicht die Rosen", sagte Margaret.

„Rosen? Welche Rosen?"

„Die Rosen, die Mr Scott im Waschbecken in Ihrem Bad gelassen hat."

O nein! Jeff hatte ihr Rosen gebracht? Jeff war im Bad gewesen?

„Ich habe übrigens eine neue Vase gekauft."

„Eine neue Vase?"

„Um die zerbrochene zu ersetzen. Die Scherben lagen im Mülleimer."

Zerbrochene Vase … Mülleimer … Bad … Die Wahrheit traf sie wie ein Schlag. Sie wussten es. Beide wussten sie es.

Konzentrieren, du musst dich konzentrieren. „Ich wusste nichts von den Rosen", sagte Liz. „Ich war an dem Tag gar nicht mehr im Büro. Und Jeff habe ich auch nicht gesehen."

„Das erklärt einiges", sagte Margaret.

Ich kann mich jetzt nicht darum kümmern. Ich kann nicht. Liz räusperte sich. „Ich kann mich jetzt nicht um Mr Scott kümmern. Sie können ihn anrufen und ihm das mit meiner Mutter erzählen, *nachdem* ich abgeflogen bin. Sagen Sie ihm, ich melde mich, sobald ich etwas weiß. Und danken Sie ihm für die Rosen. Nein. Lassen Sie das. Erwähnen Sie die Rosen lieber nicht." Wenn sie die Rosen erwähnte … sie schüttelte den Kopf. Nein. Wenn er nichts sagte, würde sie es auch nicht tun. Zumindest jetzt noch nicht. Während Margaret sich an die Arbeit machte und Irene Nährstoffe und Vitamine suchte, holte Liz dreimal tief Luft und ging packen. Zwischendurch versuchte sie immer wieder, Luca Santo zu erreichen. Ein paar Mal wählte sie auch die Handynummer ihrer Mutter. Mimi hatte das Telefon sicher ausgeschaltet, bevor sie ins Wellnesscenter gegangen war. Sie tat das immer, wenn sie nicht gestört werden wollte. Um den Akku zu schonen, sagte sie. Es machte Liz wahnsinnig. Sie konnte nicht einfach eine Nachricht hinterlassen und darauf warten, dass Mimi das Ding wieder einschaltete. Wenn Mimi schwer verletzt war … *Konzentrieren.*

Zwei schwarze Röcke, drei Blusen, ein Paar Schuhe als Ersatz, Make-up, die Reise-Kulturtasche. Sie war froh für diesen Tipp, den Mimi ihr in Paris gegeben hatte. Mimi hatte immer einen kleinen Kulturbeutel fix und fertig gepackt, so dass sie ihn einfach nur einzustecken brauchte, ohne erst Eyeliner, Pinzette und all die anderen Dinge, die zum weiblichen Alltag gehörten, zusammensuchen zu müssen. Es war ausgesprochen praktisch, und sie hatten beide darüber gelacht, dass Mary Davis Elizabeth Davis einen Rat gab, wie man sich auf eine Geschäftsreise vorbereitete. Als sie die schwarze Tasche einsteckte, musste Liz die aufsteigenden Tränen zurückblinzeln. *Bitte, lass es ihr gut gehen.* Sie fuhr sich mit der Hand über den Unterleib. *Ich brauche sie. Ich weiß, was sie sagen wird, aber ich muss es von ihr selbst hören.*

* * *

„Es tut mir leid", sagte Liz, als sie das Fenster herunterließ, noch bevor der Polizist überhaupt ihren Wagen erreicht hatte. „Ich will mich nicht rausreden. Wirklich nicht. Ich sage die Wahrheit. Meine Mutter ist in Italien, und ich habe vorhin einen Anruf erhalten, dass sie verletzt ist. Sie liegt im Krankenhaus und ich muss zu ihr. Ich bin unterwegs zum Flughafen und muss einen Linienflug erwischen, wenn ich nur rechtzeitig hinkomme, um den Flug noch zu kriegen. Bitte. Sie müssen mir glauben! Bitte lassen Sie mich fahren. Ich werde nie wieder zu schnell fahren. Ich schwöre es auf einen ganzen Stapel Bibeln, ich kaufe hundert Karten zum Polizeiball … aber –" Sie brach in Tränen aus.

Der Beamte lehnte sich hinunter und sah zum Fenster hinein. „Nur die Ruhe, Miss Davis. Kein Grund, hysterisch zu werden."

Liz sah ihn an. Es war Miller. *Dem Himmel sei Dank.*

„Sie sagen, Ihre Mutter ist im Krankenhaus? In Italien?"

„Ja", erwiderte Liz. „Ich weiß nicht, was mit ihr los ist. Sie ist gestürzt und jetzt ist sie bewusstlos. Und ich kann niemanden erreichen, der mir mehr sagen kann."

„Folgen Sie mir", sagte er und trat vom Fenster zurück.

„Wie bitte?"

„Ich sagte, folgen Sie mir. Wenn ich gewendet habe."

Sie sah zu ihm auf und wischte sich die Tränen ab. „Sind Sie sicher?"

Er nickte. „Ganz sicher." Er lehnte sich hinunter und sah ihr in die Augen. „Sind Sie in der Lage zu fahren?"

„Ja." Sie nickte, setzte sich gerade hin und umklammerte das Lenkrad.

„Dann wollen wir Sie mal zum Flughafen bringen." Er überlegte. „Wann, sagten Sie, geht Ihr Flieger?"

„Wahrscheinlich, bevor ich es zum Flughafen schaffe", sagte Liz mit weinerlicher Stimme.

„Vielleicht nicht", sagte Miller. Er deutete mit dem Kinn auf das Auto. „Wir fahren direkt zur Ladezone. Wenn Sie mir die Schlüssel für Ihr Baby da anvertrauen, parke ich es für Sie und gebe den Schlüssel nach meinem Dienst in Ihrem Büro ab."

Liz holte tief Luft. Sie nickte. „Danke."

* * *

Einer der großen Vorteile, dachte Liz wieder einmal, wenn man in Omaha lebte, war der Flughafen. Keine langen Schlangen. Effizient. Angenehme Sicherheitskontrollen. Die zwei Stunden, die man woanders einplanen musste, konnten hier erheblich reduziert werden. Allerdings galt das nicht für Passagiere, die Last-Minute einen internationalen Flug gebucht hatten, wie ihr jetzt bewusst wurde, als sie ohne Schuhe dastand und die Arme ausstreckte, während die Sicherheitsbeamtin mit dem Metalldetektor an ihren Beinen entlangfuhr. Margaret mochte ein Genie sein, was die Organisation von Pässen und Reiseplänen betraf, aber „Last-Minute" wirkte nach dem 11. September wie ein rotes Tuch, was auch der einflussreichste Reisende nicht ändern konnte. So stand sie wie eine Vogelscheuche da, als plötzlich Jeff auftauchte und seinen Bordcase auf das Laufband legte. Auch er wurde durchsucht. Sie öffneten jedes Fach seines Gepäcks, und Liz dachte schon, sie könne sich davonschleichen, ohne dass er sie sah. Elizabeth Davis reiste nie in Jeans und Tennisschuhen. Elizabeth Davis sah man in der Öffentlichkeit nie ohne Make-up und sie ging nirgendwohin, wenn ihr Haar zu einem Pferdeschwanz zusammengebunden war. Vielleicht bemerkte er sie ja nicht.

Einer der Nachteile, wenn man in Omaha lebte, war der kleine Flughafen. Da sie nicht fliehen und sich nirgendwo verstecken konnte, beschloss Liz, dass Angriff die beste Verteidigung war. „Ich wusste nicht, dass du schon so bald wieder nach Kalifornien musst", sagte sie und hoffte, dass es beiläufig klang, freundlich. Nur dass ihre Stimme bebte, als sie es sagte. Einen Moment lang war sie kurz davor, die Fassung zu verlieren. Jetzt, da er vor ihr stand, konnte Liz nur noch an die Scherben einer zerbrochenen Vase denken und an Rosen, die im Waschbecken ihres Büros verwelken würden. Er war bestimmt gekränkt. Oder wütend. War das der Grund? War er wütend? Wie sehr sie sich danach sehnte, dass er die Hand ausstreckte, um die Mauer der Geheimnisse zwischen ihnen einzureißen. Dass er die Arme um sie legte und alles wieder gut würde.

„Ich fliege nicht nach Kalifornien", erwiderte er. Er warf ihr einen kurzen Blick zu, sah dann aber zur Seite, als er hinzufügte: „Und hallo übrigens." Er setzte sich, um seine Schuhe auszuziehen.

Liz bückte sich, um ihre Schnürsenkel zu binden. Sie biss sich auf die Lippe, um nichts zu sagen. *Nicht hier mitten auf dem Flughafen.*

Ein Sicherheitsbeamter wies Jeff an, seinen Gürtel abzulegen und noch einmal seine Taschen zu überprüfen.

Mit einem grimmigen Lächeln zu Liz zog Jeff das Futter seiner Hosentaschen heraus.

„Sie können gehen, Ma'am", sagte die Frau vom Sicherheitsdienst zu Liz.

„Er ist mein Verlobter", erklärte Liz. Es klang nicht sehr überzeugend.

„Sie reisen zusammen?", fragte die Sicherheitsbeamte.

„Nein", sagte Liz.

„Doch", widersprach Jeff und erklärte der skeptisch dreinblickenden Beamtin: „Es ist eine Überraschung."

Die Frau lächelte. „Na, dann gute Reise", sagte sie und nickte Liz zu, während sie Jeff durch das Tor winkte.

Liz bückte sich, um ihre Tasche aufzuheben. Jeff griff zuerst danach.

„Ich trage sie", sagte er. „Es sei denn, es entmachtet dich irgendwie."

„Danke", sagte sie. „Ich muss … wir müssen …zu Gate 6."

„Ich weiß", sagte er. Er sah an ihr hinunter. „Ich weiß, dass du mich nicht brauchst. Und wahrscheinlich willst du mich auch gar nicht. Aber ich liebe Mary auch."

Ihre Stimme gehorchte ihr nicht. Sie konnte ihn nicht ansehen. Trotzdem fragte sie: „Woher weißt du –"

„Irene. Margaret. Sie haben beide angerufen." Er stellte die Taschen auf einen freien Platz und wechselte das Thema. „Kannst du auf die Sachen aufpassen, während ich Kaffee hole?"

Sie nickte. „Geh ruhig."

„Willst du etwas?"

„Kaffee wäre gut."

„Bleifrei oder mit Koffein?"

„Mit. Hast du mich schon mal entkoffeinierten Kaffee trinken sehen?"

Er öffnete den Mund, um etwas zu sagen, schien es sich aber dann anders zu überlegen, zuckte nur mit den Achseln und ging dann.

Er weiß es. Liz beugte sich vornüber und verbarg das Geicht in den Händen. Sie konnte darüber nicht nachdenken. Nicht jetzt. Sie konnten auf keinen Fall darüber sprechen. Nicht mitten auf dem Flughafen … nicht jetzt, wo … *Konzentrier dich auf Mimi.* Sie zitterte am ganzen Körper. In panischer Angst. Sie sah zum Gate hinüber. Wann ließen sie endlich die Passagiere an Bord? Sie hatten ihr gesagt, dass sie es wahrscheinlich nicht mehr rechtzeitig zum Flieger schaffen würde, und jetzt Verspätung. Jeff kam mit dem Kaffee zurück. Als er ihr den Becher reichte und sich neben sie setzte, schloss sie die Augen und versuchte sich auf den Kaffee zu konzentrieren. Aber so sehr sie es auch versuchte, sie konnte nicht verhindern, dass ihr die Tränen über die Wangen liefen. Sie machte Anstalten aufzustehen.

„Ich muss … muss rüber –"

„Nein", sagte Jeff. „Musst du nicht." Seine Stimme klang sanft. Er zog sie wieder auf den Sitz neben sich, nahm ihr den Kaffeebecher aus der Hand, stellte ihn auf dem Teppich neben ihrem Sessel ab und schlang die Arme um sie. „Es wird alles gut", flüsterte er. „Es wird wieder gut, mein Mädchen."

Sie schüttelte den Kopf. „Du weißt nicht … du weißt nicht –"

„Schhhh. Schhhh. Wir konzentrieren uns jetzt darauf, zu Mary zu kommen, Bitsy. Damit haben wir für heute genug zu tun, meinst du nicht?" Er drückte sie.

„Lass nicht los", flüsterte sie.

Kapitel 16

Mary

Ich wache in einem Krankenwagen auf. Das Erste, was ich sehe, ist … wenig. Verbände behindern meine Sicht und mein Kopf fühlt sich doppelt so groß an wie sonst, aber nicht nur von dem Verband. Das unaufhörliche Hämmern tut auch seine Wirkung. Und das Martinshorn. Und das aufgeregte Geschnatter der Sanitäter, die mit mir fahren. Als einer von ihnen bemerkt, dass ich die Augen geöffnet habe, löst das hektischen Aktionismus aus. Ich spüre, wie sich die Manschette des Blutdruckgerätes um meinen Arm zusammenschnürt. Ein anderer Sanitäter beugt sich über mich, leuchtet mit einer Lampe in meine Augen und sagt etwas. Ich weiß nicht, ob er mit mir spricht oder nicht. Nur für den Fall bringe ich ein „Mi dispiace. Non parlo italiano“ *heraus.*
Der Sanitäter ist überrascht, sieht mich an und zeigt dann auf sich selbst, während er etwas über seine Englischkenntnisse sagt. Ich glaube, er sagt, mein Italienisch sei besser als sein Englisch. Als ich lächle, scheint ihn das zu beruhigen, was meinen Zustand betrifft. Im nächsten Satz erkenne ich das Wort für Krankenhaus und beschließe zu warten. Bestimmt spricht im Krankenhaus irgendjemand Englisch oder Französisch. Wenn nicht, werde ich Lucas Namen auf einen Zettel schreiben und ihnen sagen, sie sollen ihn anrufen. Ich schließe die Augen. Und mache mir in Gedanken einen Vermerk, nach einer zweistündigen Massage kein Aerobic auf einem

Unterwasserrad zu machen. Mit Gummibeinen kann man unmöglich aus dem Becken klettern. Ich hoffe, ich habe mir nichts gebrochen.

* * *

Als ich das nächste Mal aufwache, weiß ich nicht, wo ich bin, und ich habe Angst. Und Schmerzen – überall. Am Kopf, am Rücken – und am rechten – nein, linken Bein. Ich gehe dieselben Schritte durch, die ich Liz beigebracht habe. Atmen, atmen, eins, zwei, drei, ein, eins, zwei, drei … aus. Die Atemübungen nach Lamaze sind nicht nur fürs Kinderkriegen nützlich. Mit geschlossenen Augen nehme ich Kontakt mit meinem Körper auf und mache Inventur. Mein Kopf ist bandagiert. Ich muss ihn mir angeschlagen haben, als ich beim Aus-dem-Becken-Klettern ausgerutscht bin. Es würde mich nicht wundern, wenn er genäht wäre. Mein Nacken ist steif, funktioniert aber. Der untere Rückenbereich tut höllisch weh. Das rechte Bein ist in Ordnung. Ich kann den Knöchel drehen, das Knie anziehen, mit den Zehen wackeln. Aber links sieht es ganz anders aus. Jede Bewegung verursacht Qualen. Ich stöhne vor Schmerzen und dann höre ich Lucas Stimme draußen auf dem Gang. Luca und Lucia. Sie unterhalten sich angeregt mit jemandem. Mit einem Mann. Vielleicht einem Arzt?

Lucia rauscht ins Zimmer und huscht an meine Seite. Man kann sich nur schwer vorstellen, dass eine Frau von ihrem Umfang huschen kann, aber Lucia kann es. Sie ist anmutig und umwerfend. Was meiner seelischen Verfassung auch nicht hilft, als Luca sich zu ihr gesellt. Lucia sieht mich an und bricht in Tränen aus. Es tut ihr so leid, so leid. Es ist alles ihre Schuld. Tomaso hätte mir sagen sollen, welche Wirkung seine Behandlung hat, und er hätte niemals das Bad verlassen dürfen, während eine neue Kundin dort war. Sie redet immer weiter und jedes Mal, wenn sie mich ansieht, fließen neue Tränen.

„Ich sehe bestimmt viel schlimmer aus, als ich mich fühle", protestiere ich. „Wirklich, Lucia. Es ist nicht so schlimm."

Das letzte Wort schreie ich fast und ziehe eine Grimasse, weil ich versucht habe, mich auf einen Ellbogen aufzustützen, um meine Worte zu unterstreichen, und dabei ist mein linker Fuß gegen das Bettgeländer gestoßen. Ich sehe Luca an. „Oder ist es? So schlimm?"

„Dein Bein ist gebrochen", erklärt Luca.

Ich lehne mich wieder zurück und taste nach dem Verband um meinen Kopf.

Luca nimmt meine Hand. Lächelt. Es geht mir schon besser. „Der Kopf ist in Ordnung. Ein paar Stiche. Ein blaues Auge. Das ist alles."

Ich habe ein Veilchen. Wie charmant. Plötzlich sind mir die zwei schönen Menschen neben mir sehr bewusst. Ich versuche einen Witz zu machen. „Wissen Sie, wenn ich Sie beide aus dieser Perspektive betrachte, sehe ich die Ähnlichkeit zwischen Ihnen." Und zu Luca sage ich: „Ich konnte mir dich nicht als Frau vorstellen, als du mir erzählt hast, du hättest eine Zwillingsschwester."

„Ich finde, das ist auch gut so", erwidert Luca meine Neckerei. Er legt den Arm um die Schultern seiner Schwester und lehnt seinen Kopf an ihren. „Aber jetzt kannst du es sehen: Schöner Mann, schöne Frau." Er zwinkert mir zu.

Der Arzt kommt herein. Luca übersetzt. Offenbar habe ich einen unkomplizierten Bruch im linken Bein dicht oberhalb des Knöchels. Der Arzt strahlt förmlich, weil er so gute Neuigkeiten hat. Eine Operation wird nicht nötig sein. Wenn die Schwellung in ein paar Tagen zurückgegangen ist, werden sie mir eine besondere Schiene anpassen, mit der ich sogar gehen kann. Vielleicht brauche ich nicht einmal Krücken. Sie werden mich bis übermorgen zur Beobachtung hier behalten – mehr wegen der Bewusstlosigkeit als wegen des angeknacksten Knochens. Dann leuchtet der Arzt mir in die Augen, lässt mich mit den Blicken seiner Handbewegung folgen und seine Finger zählen.

„Dann kann ich davon ausgehen, dass ich am Donnerstag wieder im Hotel bin?“, frage ich.

„Kein Hotel“, sagt Lucia. In einem Schwall italienischer Wörter erklärt sie dem Arzt etwas, der zufrieden nickt und geht. Lucia strahlt mich an. „Sie kommen in mein Haus.“

Meine Proteste sind sinnlos.

Luca redet auch auf mich ein. „Bitte, cara mia. *Lucia fühlt sich verantwortlich.“ Hinter ihm sehe ich Lucia nicken. „Sie wird dich verwöhnen, egal, was du sagst. Wenn du in unserem Haus bist, machst du es ihr leichter. Dann muss sie nicht immer zum Hotel gehen.“*

„Na gut.“ Die Schmerztablette, die ich genommen habe, macht mich allmählich schläfrig. Ich lächle Lucia zu. „Wie Sie meinen. Sie sind der Boss.“

Lucia strahlt. „Ich bin … der Boss.“ Sie wird diesem Titel auch gleich gerecht, als sie Luca befiehlt darauf zu achten, dass ich meine Suppe esse. Ich habe die Schüssel auf meinem Nachttisch gar nicht bemerkt.

„Ich werde dich nachher mit der Suppe füttern“, sagt Luca. „Warum machst du nicht eine Weile die Augen zu?“

Ich schließe die Augen. „Luca“, murmle ich.

„Sì, cara mia."

„Sag nicht zu Hause Bescheid wegen der Sache. Erst morgen." Ich schlafe ein, bevor er noch antworten kann.

* * *

Jeff zögerte oben auf der Treppe, während er sich fragte, was er tun sollte. Sie hatten während des Fluges einige Reihen entfernt voneinander gesessen, und das war auch gut so gewesen. Er hatte nicht lange so tun müssen, als wüsste er von nichts. Aber jetzt gab es einen fünfstündigen Aufenthalt, bevor die Lufthansamaschine abflog. Er hatte vielleicht in Omaha ein paar Minuten lang den Ritter in der glänzenden Rüstung spielen können, aber er schaffte das sicher nicht unbegrenzt. Wie lange wollte sie dieses Spiel überhaupt noch spielen? Sie musste doch ahnen, dass er Bescheid wusste. Sie hatte die Rosen gesehen. Selbst wenn sie nicht ins Büro zurückgekommen war, Margaret hatte sie doch bestimmt erwähnt. Oder etwa nicht?

Während ein Passagier nach dem anderen an ihm vorbeilief, jagte in seinen Gedanken ein unmögliches Szenario das andere. Die Situation war einfach absurd. Er beobachtete die anderen Passagiere und zwang sich, an Mary zu denken. Er würde Liz sagen, dass sie weiter versuchen sollten, Luca in Florenz zu erreichen. Vielleicht ging es Mary ja gut. Vielleicht war diese ganze Reise völlig unnötig. Er machte den Vorschlag, als Liz ihn eingeholt hatte.

Sie klappte ihr Handy auf und wählte Luca Santos Nummer. „Er geht nicht dran", sagte sie und fluchte leise. Sie hinterließ eine Nachricht und deutete dann mit dem Kinn auf eine Reihe freier Sitzplätze im Wartebereich. „Ich gehe dort drüben hin und werfe meinen Laptop an. Mal sehen, ob jemand eine E-Mail geschickt hat."

„Lass mich das machen", sagte Jeff. „Du siehst nicht besonders gut aus. Warum gehst du nicht in die Lounge und suchst dir einen Platz, wo du dich ein bisschen ausstrecken kannst?"

„Mir geht es gut", beharrte Liz.

„Ich *will* das aber machen", antwortete er gereizt. Er seufzte und sah eine Weile zur Decke hinauf. *Hilfe.* Dann holte er tief Luft und senkte die Stimme. „Sieh mal, wir haben in Omaha einen Waffenstillstand geschlossen. Zumindest hatte ich das gehofft. Also konzentrieren wir uns auf Mary und nicht auf uns. Wenn wir in Florenz sind und Mary gesehen haben und ich weiß, dass alles in Ordnung ist, verspreche ich zu verschwinden, wenn es das ist, was du willst."

„Niemand hat gesagt, dass du verschwinden sollst", sagte Liz. „Das hast du offenbar ganz alleine beschlossen." *Nein. Du hast zu diesem Durcheinander beigetragen.* Aber sie würde das nicht thematisieren. Nicht jetzt. Sie schnappte sich ihre Tasche. „Ich sehe mir meine E-Mails an."

Jeff sah sie an und zwang sich, nicht zurückzuschießen. Sie war blass. Die Haare zum Pferdeschwanz gebunden, sah sie verletzlich aus. Er musste sich beherrschen, um sie nicht wieder in seine Arme zu ziehen. „Ich hole dir etwas zu trinken. Irgendwelche Vorlieben?"

„Irgendetwas Sprudeliges. Aber nichts Süßes. Von Zucker muss ich würgen."

Er nickte. „In Ordnung. Nichts Süßes. Kein Würgen." Er machte sich auf die Suche nach Mineralwasser mit Kohlensäure. Nach ein paar Metern drehte er sich um und sah, wie Liz durch den Wartebereich ging. *Hallo? Gott? Hörst du zu? Ich brauche jetzt eine große Portion Geduld. Eine, die für fünf Stunden reicht, bitte. Manchmal könnte ich sie erwürgen. Und dann wieder würde ich sie am liebsten in den Arm nehmen und ihr sagen, wie schön es wäre, wenn das Baby nordisch blaue Augen hätte. Ich glaube, beides käme im Moment nicht besonders gut an. Hilf mir.*

Er öffnete die Augen und sah einen Kühlschrank. Mit Pellegrino. Mit Kohlensäure. Nicht süß. Es war schon eine merkwürdige Art, wie Gott Gebete beantwortete, aber er würde sich damit zufriedengeben. Er kaufte zwei Flaschen Wasser und schlenderte zu dem Platz zurück, an dem Liz mit Tränen in den Augen saß.

„Was ist los?" Er reichte ihr das Pellegrino.

Sie schüttelte den Kopf. „Irene", sagte sie. „Nur eine ganz süße Nachricht von Irene."

„Ich dachte, Irene kann Computer nicht leiden."

„Kann sie auch nicht. Das macht es ja noch süßer." Sie nahm einen Schluck von dem Wasser. „Aber sie hat noch nichts gehört." Sie wirkte besorgt, fast ängstlich.

„Komm, wir organisieren dir etwas zu essen", sagte Jeff.

Mehrere Stunden gelang es ihm, die *Sache*, die zwischen ihnen stand, zu ignorieren. Als Liz in der Lounge an seine Schulter gelehnt einschlief, redete Jeff sich ein, dass sie ihre Differenzen vielleicht doch beilegen konnten. Aber sie wachte schlecht gelaunt auf. Und nachdem sie mehrmals vergeblich versucht hatte,

Luca Santo zu erreichen, ging es bergab. Niemand im Hotel in Florenz wusste etwas. Sie rief dreimal an und bekam immer dieselbe Antwort. „Rufen Sie Mr Santo an. Mr Santo weiß alles.“ Bei ihrem letzten Anruf teilte die Empfangsdame ihr mit, Mrs Davis sei ausgecheckt worden. Liz' Laune war jetzt endgültig im Keller.

„Du brauchst meine Tasche nicht zu tragen“, fauchte sie, als sie und Jeff die Lounge verließen und zu ihrem Gate für den Anschlussflug gingen. Sie riss ihm die Tasche von der Schulter und stürmte davon. In die falsche Richtung.

Jeff sah ihr seufzend nach. Er bat Gott um noch mehr Geduld und ging in Richtung Gate, ohne ihr hinterherzurufen. Sie holte ihn wenige Minuten später ein.

„Es tut mir leid“, sagte sie. „Das war nicht nett. Du hast Recht. Wir sollten einfach so tun, als wären wir Freunde. Ryan Miller hätte ich nie so angebrüllt.“

„Natürlich nicht“, murmelte Jeff. „Der Wunderknabe würde ja auch nie etwas so politisch Inkorrektes tun, wie die Tasche seiner Chefin zu tragen.“ Er tat so, als hätte er gerade einen Geistesblitz gehabt, indem er die Augenbrauen hochzog und sich mit der flachen Hand an die Stirn schlug. „Das ist es! Ich tue einfach so, als wärest du meine Chefin und ich wäre zwanzig Jahre alt.“

Liz funkelte ihn wütend an.

„Wann erzählst du es mir eigentlich?“ Die Frage kam so abrupt, dass er selbst überrascht war. Aber es war die Frage, die ihm nun seit Tagen auf den Nägeln brannte.

„Wann erzähle ich dir *was*?“ Sie tat so, als wüsste sie von nichts.

Was wollte sie eigentlich noch von ihm? „Vergiss es“, sagte er. „Vergiss es einfach.“ Dann ließ er seinen Gefühlen freien Lauf, packte ihre Hand und zog sie auf einen Sitz neben sich, nur wenige Schritte von ihrem Gate entfernt. „Nein, ich nehme das zurück. Vergiss es nicht.“ Er holte tief Luft und begann dann zu erzählen, wie er den Schwangerschaftstest im Bad ihres Büros gefunden hatte.

„Okay“, sagte Liz und wandte den Blick ab. „Jetzt weiß ich wenigstens, warum ich in den letzten Tagen nichts von dir gehört habe.“ Sie warf ihm einen düsteren Blick zu. „Margaret hat mir von den Rosen erzählt. Und von der kaputten Vase.“ Sie biss sich auf die Lippe. „Ich dachte, dass du vielleicht gesehen hast –“ Ihre blauen Augen waren gerötet, und einen Moment lang dachte Jeff, wenn er den Arm um sie legte, würde sie vielleicht … Aber er hatte den Gedanken kaum zu Ende gedacht, als Liz die Schultern straffte und sich abwandte. „Ist vielleicht auch besser, dass du nichts gesagt hast“, sagte sie und machte Anstalten aufzustehen.

„Was soll *das* denn heißen?“ Jeff stand neben ihr auf und legte die Hand auf ihren Unterarm, um sie aufzuhalten. „Ich habe nichts gesagt, weil ich darauf gewartet habe, dass *du* etwas sagst.“

Liz zuckte mit den Schultern. „Ich wusste doch nicht, dass du im Büro warst. Jedenfalls … gab es nichts zu sagen.“ Sie warf einen Blick zum Wartebereich hinüber, wo die anderen Passagiere allmählich ihre Sachen einsammelten. „Ich habe noch nicht entschieden, was ich tun werde.“

„Was du *tun* wirst?“ Jeff runzelte die Stirn.

„Ich bin noch nicht bereit zum Muttersein. Das

dürfte doch keine Überraschung für dich sein." Sie machte eine Pause. „Wir leben nicht mehr im Mittelalter, Jeff. Frauen haben Alternativen."

Als die Bedeutung dessen, was sie gesagt hatte, ihn traf, durchströmte ihn eine solche Wut, dass er sich zusammenreißen musste, um ihr keine Ohrfeige zu verpassen. Wie konnte sie so etwas sagen? Wie konnte sie es auch nur denken?! *„Frauen haben Alternativen." Gott, meint sie das wirklich?* Und dann, so plötzlich, wie die Wut ihn ergriffen hatte, verflog sie wieder, und der Abgrund der Verletzung, den sie hinterließ, war so tief, dass er wusste, zwischen ihnen würde nichts jemals wieder so sein wie vorher. Bis zu diesem Augenblick hatte er noch Hoffnung gehabt. Aber wenn das ihre wirklichen Gefühle gegenüber seinem Baby waren … Er schluckte schwer. Räusperte sich. Gott musste einen Dimmer in seine Seele eingebaut haben. Irgendwie gelang es ihm, ruhig zu sagen: „Du trägst keine *Alternative* in dir, Liz. Das ist unser *Kind*." Er hatte seine Stimme vielleicht gar nicht erhoben, aber es fühlte sich an, als hätte er die Worte quer über ein Fußballfeld geschrieen. Er ließ ihren Arm los und trat einen Schritt zurück. Dann wandte er sich ab und stolperte durch die Wartehalle. Als er die nächste Herrentoilette erreicht hatte, verschwand er im Waschraum. Seine Hände zitterten, als er sich über das Waschbecken beugte, um sich kaltes Wasser ins Gesicht zu spritzen.

* * *

Was für ein Mensch war sie bloß, dass sie jemandem, den sie einmal geliebt hatte, einen solchen Schmerz zufügte? Als sie zusah, wie Jeff von ihr weglief, fühlte Liz etwas in ihr zerbrechen. All ihre Entschlossenheit, stark zu sein, und ihr Beharren auf den Alternativen wichen einem Gefühl, das sie noch nie im Leben zugegeben hatte. Angst krallte sich in ihre Eingeweide. Ihr erster Reflex war, Jeff nachzulaufen. Aber stattdessen musste sie auf die Damentoilette rennen. Das Mittagessen kam wieder hoch, und sie stand zitternd im Waschraum und fühlte sich kalt und sehr einsam. Diesmal, das war ihr klar, konnte sie es nicht wieder hinbiegen. Sie hatte es endgültig geschafft. Alles hatte sie so gründlich vermasselt, dass es nicht mehr zu reparieren war. Ihr Verlobungsring wog schwer an ihrem Finger. Sie sollte ihn zurückgeben.

„Letzter Aufruf für den Lufthansaflug 8817 nach Frankfurt, Abflug 14.45 Uhr. Letzter Aufruf für …"

Sie hatten offenbar bei ihrem Streit gar nicht mitbekommen, dass die Passagiere bereits alle in der Maschine saßen. Er hatte gesagt, sie sollten um Mimis willen einen Waffenstillstand schließen. Aber dann hatte er ihr gesagt, er wisse Bescheid. Warum? Er glaubte doch wohl nicht wirklich, dass sie ihre „Alternativen" tatsächlich in Erwägung zog? *Warum sollte er das nicht glauben? Du hast ihm nichts von der Schwangerschaft erzählt. Er hat es zufällig herausgefunden. Als er dir Rosen gebracht hat, für die du dich nicht einmal bedankt hast …* Und trotz allem war er hier und versuchte, ihr durch diese neue Tragödie zu helfen. Er hatte sie in den Arm genommen, damit sie weinen konnte. Er hatte ihr gesagt, es würde alles gut werden. Mimi. War es wirklich eine Tragödie? *Was, wenn* – Liz schnappte sich ihre Tasche, riss die Tür zur Wartehalle auf und rannte zum Gate. In einer Sache hatte Jeff Recht. Jetzt musste es um Mimi gehen. Nicht um sie. In ein paar Stunden würde sie wissen, was mit Mimi los war. In ein paar Stunden würde sich ihr Leben erneut verändern. Was, wenn … was, wenn … was, wenn das Schlimmste geschehen war?

Als sie sich in dem Sitz des riesigen Jets niederließ, versuchte Liz nicht zu weinen, aber es gelang ihr nicht. Wenn Mimi das Schlimmste zugestoßen war, wäre das Erste, was Liz brauchte, *Jeff.* Wenn Mimi etwas zustieß, würde sie damit klarkommen, wenn Jeff da war.

Großer Gott, was habe ich getan?

* * *

Jeff Scott hatte eine Menge erwartet, als er sich für Jesus entschied. Ein Leben in Trümmern war nicht dabei gewesen. Pastor Dayton hatte ihn gewarnt, dass manche Menschen übereifrige Versprechungen machten, wenn sie von ihrer Bekehrung sprachen. „Natürlich passieren solche Dinge. Alkoholiker werden von ihrer Sucht befreit. Ehen werden geheilt. Aber ich würde Ihnen keinen Gefallen tun, wenn ich Ihnen erzähle, dass alles wunderbar laufen wird, sobald sie mit Jesus leben. Die Wahrheit ist, Jeff, dass es etwas kostet, Christus nachzufolgen. Es kann sein, dass Sie deswegen Freunde verlieren. Ich hatte einen Kumpel, der mich daraufhin links liegen gelassen hat. Er hat zu mir gesagt, wenn ich wieder etwas anderes machen würde, als in die Kirche zu rennen, dann sollte ich ihn anrufen. Ich habe nie wieder etwas von ihm gehört. Ihr Bruder und Ihre Schwester sind gläubig, und das ist wunderbar. Aber

Ihre Verlobte findet die Sache mit Ihrem neuen Glauben vielleicht nicht so toll. Sie verachtet Sie vielleicht sogar dafür, es sei denn, Sie machen ein Geheimnis daraus. Und das sollten Sie nicht tun."

Er hatte damit gerungen, wie er es Liz sagen sollte. Vielleicht brauchte er es jetzt gar nicht mehr zu tun. Die Sache war ihm aus der Hand genommen worden. Er wusste nicht, ob er Liz noch einmal ansehen konnte nach dem, was sie gesagt hatte. Geschweige denn, mit ihr über Jesus reden. *„Frauen haben Alternativen."* Dieser Satz würde ihm wohl bis an sein Lebensende in Erinnerung bleiben. Vielleicht war das gut so. Dann würde es leichter sein, Schluss zu machen.

Als das Flugzeug in den Sonnenuntergang flog und der Horizont sich rot färbte, wurde Jeff unter bittersüßen Tränen bewusst, dass seine Gebete um Führung in Sachen Beruf endlich beantwortet worden waren. Er würde Henry Widhelm von Frankfurt aus anrufen und die Stelle in Kalifornien annehmen. Henry hatte ihm freundlicherweise gesagt, er solle den Flieger nach Italien nehmen und ein guter Ehemann in spe sein. „Wir haben dir extra weniger Arbeit gegeben, in der Hoffnung, dass du bald an die Westküste aufbrichst. Geh schon. Ich kümmere mich um alles." Einen besseren Boss konnte man sich wirklich nicht wünschen. Jeff würde einen Weg finden, ihm das zu sagen, und versuchen, ihm in der Niederlassung in San Franzisko nachzueifern.

Vielleicht musste Gott den Menschen erst etwas aus den Händen reißen, bevor er in ihrem Leben wirken konnte. Vielleicht war das bei ihm auch der Fall. Was hatte Pastor Dayton gesagt? *„Alles zu seiner ewigen*

Herrlichkeit und unserem ewigen Heil.“ Ewig war ein gutes Wort. Vielleicht hatte er zu kurzfristig gedacht. Vielleicht konnte er lernen, den Blick mehr auf die Ewigkeit zu richten, wenn er Omaha erst einmal hinter sich gelassen hatte.

Er begann über die Vorteile nachzudenken, die der Umzug haben würde. Nicht ständig etwas über Liz und Davis Enterprises lesen zu müssen, stand ganz oben auf der Liste. Er würde Mary und Irene und Cecil vermissen. Aber die karamellfarbenen Bürowände auf dem Anwesen würde er nicht vermissen. Er schlief ein, als das Flugzeug in den tiefblauen Himmel aufstieg.

Kapitel 17

Liz hatte eine Stunde Zeit, in der sie versuchen konnte, jemanden zu erreichen, während sie auf ihren Anschlussflug von Frankfurt nach Florenz warteten. Lucas Telefon war besetzt, besetzt und wieder besetzt. Als sie ihn endlich an den Apparat bekam, hatte er bereits mit Jeff gesprochen. Er wiederholte die Neuigkeiten, die Liz einen Seufzer der Erleichterung entlockten. Mimi hatte ein blaues Auge, ein paar Fäden am Kopf und einen angeknacksten Knochen in einem Bein, aber es ging ihr gut. In ein paar Tagen, wenn die Schwellung in ihrem Bein nachließ, würde sie eine besondere Schiene bekommen und bereits gehen können. Vielleicht wurde sie sogar heute schon aus dem Krankenhaus entlassen. Seine Schwester kümmerte sich um alles, und Luca würde zum Flughafen kommen und sie abholen. Es war ihm sogar gelungen, Jean-Marc zu erreichen und ihm zu erzählen, nicht nur von dem Unfall, sondern auch dass sie und Jeff heute in Florenz erwartet wurden.

Sobald die Verbindung beendet war, blickte Liz sich suchend nach Jeff um. Aber er war nirgends zu sehen. Als sie an Bord gingen, war Liz bereits angeschnallt, als sie ihn den Gang herunterkommen sah. Und als ihre Blicke sich trafen, war seiner eiskalt. Sie spürte, wie sich ihr die Nackenhaare sträubten. Er ließ sich in einer Sitzreihe weiter vorne nieder.

Während des ganzen einstündigen Fluges nach Florenz war sie sich seiner Gegenwart schmerzlich bewusst. Er neigte dazu, sich durch die Haare zu fahren, wenn er müde oder nachdenklich war. Nach stundenlangem Nachdenken auf dem Transatlantikflug ragten einige Haarsträhnen auf seinem Kopf verwegen in die Höhe. Sie erinnerte sich daran, dass diese Angewohnheit sie immer gestört hatte. Wie sie immer wieder davon angefangen hatte, während sie mit der Hand die widerspenstigen Haare glatt strich. Jetzt wusste sie gar nicht mehr, warum sie daraus so ein Drama gemacht hatte. So wichtig war es doch nun wirklich nicht. Im Grunde genommen war es sogar ganz niedlich.

Er wartete am Flughafen nicht auf sie. Sie überlegte, dass er wahrscheinlich vorging, um ihr Gepäck zu holen und nach Luca Ausschau zu halten. Aber im Flughafengebäude, das kaum mehr als eine lange Betonhalle war, sah sie, wie er mit Luca sprach und dann ging, ohne sich noch einmal umzusehen. Wieder spürte sie dieses Frösteln. Sie hoffte, dass er nicht luftkrank geworden war. Sie erinnerte sich an einen Ausflug zum Worlds-of-fun-Park in Kansas City …

„Elizabeth“, sagte Luca, und seine Augen blickten kummervoll drein. „Es tut mir sehr leid, dass Sie wegen eines so kleinen Unfalls den ganzen Weg hierher gekommen sind. Wir können erst mit Ihrem Gepäck zu uns nach Hause fahren und Sie können sich eine Weile ausruhen, oder ich bringe Sie jetzt gleich zum Krankenhaus. Wie Sie wollen.“ Er machte eine Pause und sagte dann sanft: „Jeff hat mir ein bisschen von Ihren Schwierigkeiten erzählt. Er hat mich nach einem Hotel gefragt und ist schon gegangen. Ich hole sein Gepäck und Ihres. Wenn Sie mir sagen können, wie es aussieht?“

„Ich habe die Tragegriffe mit orangefarbenem Klebeband umwickelt“, sagte Liz. Sie hob eine Hand. „Ungefähr so groß. Beide schwarz. Hartschale, nicht weich.“

Mit einem Nicken war Luca verschwunden, nachdem er ihr eine Nachricht in die Hand gedrückt hatte. „Von Jeff“, war alles, was er sagte.

Manchmal dauert es eine Weile, bis ich den Tatsachen ins Auge sehe.
Du bist nicht die Einzige, die Alternativen hat. Leb wohl.

* * *

Luca musste gewusst haben, was auf dem Zettel stand. Er war wie ein guter Freund und, wenn sie später daran zurückdachte, fast wie ein Vater zu einem verletzten Kind. Er holte das Gepäck und führte sie in den Wartebereich, der kaum mehr als ein Stehcafé mit ein paar Bänken war. Liz war froh, dass eine Bank frei war. Sie ließ sich darauf fallen und lehnte sich nach vorne. Als Luca sich zu ihr hinunterbeugte, flüsterte sie, dass sie eine Toilette brauche.

„Gleich hinter Ihnen, *cara mia*.“

Irgendwie schaffte sie es. Morgendliche Übelkeit. Wieder einmal. Sie kam mit einem Papiertaschentuch in der Hand heraus und zwang sich zu einem müden Lächeln, während sie etwas von Flugzeugkost und Sorgen murmelte. Luca drängte sie, sich zu setzen, verschwand im Café und kam mit einem Brötchen und einer Flasche Pellegrino wieder heraus. Sie würgte das

Brot hinunter und nippte an dem Wasser, während sie zu Lucas Auto hinausgingen, einem schicken schwarzen Mercedes, der unbeaufsichtigt dort stand und gerade abgeschleppt werden sollte.

Luca feuerte eine Salve Italienisch ab und scheuchte den Fahrer des Abschleppwagens fort. Er sagte etwas zu dem Polizisten, der dabei war, einen Strafzettel zu schreiben. Der Beamte warf einen Blick auf Liz. Offenbar sah sie noch schlimmer aus, als sie sich fühlte, denn er schob den Strafzettel in seine Gesäßtasche, ohne ihn fertig auszufüllen, stieg in ein weißes Auto mit dem Schriftzug *Polizia* und rauschte davon.

Du bist nicht die Einzige, die Alternativen hat. Leb wohl.

Das konnte er nicht ernst meinen. Oder doch? Nicht die Sache mit den Alternativen. Das andere. Das Lebwohl. Sie waren doch *zusammen* hier. Mary würde erwarten, dass sie *zusammen* erschienen. Was geschah hier eigentlich? Wieder spürte sie eine Welle der Übelkeit.

„Halten Sie an", keuchte sie, obwohl ihr im selben Augenblick klar wurde, dass das unmöglich war. Luca hatte sich durch den Verkehr geschlängelt, überholte hier, wechselte dort die Spur, schrammte ganz dicht an einem PKW vorbei, dann an einem Bus und einem Fußgänger, während er sich wortreich darüber ausließ, wie schön es sei, dass der Verkehr zu dieser Morgenstunde nicht so schlimm war. Er öffnete mit der Fernbedienung von der Fahrerseite aus ihr Fenster. Gerade noch rechtzeitig. Wenigstens ruinierte sie nicht das Wageninnere. Konnte es etwas Schlimmeres geben, als aus dem Fenster eines Autos zu lehnen und…? Ja. Natürlich. Das war nichts, verglichen mit *Leb wohl.*

„Alles wird gut werden. Er liebt Sie sehr. Das weiß ich.“ Luca griff in seine Jacke, zog ein seidenes Taschentuch hervor und reichte es ihr.

Liz machte eine abwehrende Handbewegung.

„Nein, nein, nehmen Sie es ruhig. Ich habe Dutzende davon. Atmen Sie die frische Luft ein. Dann geht es Ihnen bald wieder besser. Atmen, *cara mia*, atmen …“

Liz schloss die Augen und lehnte den Kopf gegen das Lederpolster, während sie sich auf einen langsamen, gleichmäßigen Atem konzentrierte. Übergeben musste sie sich nicht mehr. Jedenfalls im Moment nicht. Aber in einer Hinsicht hatte Luca Unrecht. Es ging ihr nicht besser.

Leb wohl.

Mary

Ich weiß nicht, was mich mehr überrascht, als ich am Morgen aufwache – dass ich Lizzie sehe oder dass ich Lizzie weinen sehe.

„Meine Güte, nun wein doch nicht“, murmle ich. „Es ist alles in Ordnung.“ Ich sehe an Liz vorbei zu Luca. „Sag ihr, dass alles in Ordnung ist.“ Dann wandert mein Blick wieder zu Liz. „Und was machst du überhaupt hier? Hat Luca dir nicht erzählt, *dass es gar nichts ist? Ein paar Fäden, ein winziger Bruch – nichts außer meinem Stolz ist dauerhaft angeknackst.“*

„Du kennst mich“, sagt Liz und schnäuzt sich in ein Taschentuch, das ich als eines von Lucas seidenen Exemplaren identifiziere. „Ich renne eben gleich wie eine Verrückte los. Warte nicht auf die Tatsachen, sondern reagiere ein-

fach.“ Sie blinzelt die nächsten Tränen fort. „Jedenfalls saßen Jeff und ich ungefähr eine Stunde, nachdem das Wellnesscenter bei mir angerufen hat, im Flieger.“

„Das Wellnesscenter hat dich *angerufen?“ Ich schüttle den Kopf. „Und Jeff ist mitgekommen? Was für ein lieber Kerl.“*

Liz schluchzt. Luca legt eine Hand auf ihre Schulter und tritt näher. „Ich habe deine Anweisungen genauestens befolgt und gewartet, wie du es gesagt hast, cara. *Aber das neue Mädchen im Kurbad – sie war so darauf bedacht, alles richtig zu machen, weil sie nicht wollte, dass Tomaso sie feuert. Sie hat in Omaha angerufen, aber das habe ich erst erfahren, als es schon zu spät war. Da war das Flugzeug schon unterwegs nach Frankfurt.“*

„Es tut mir wirklich leid“, sage ich zu Liz. „Was für eine Zeitverschwendung.“

„Sag das nicht“, unterbricht Liz mich. „Ich bin froh, dass ich hier bin.“

Sie schnieft wieder, was mich stutzig macht. Ich sehe Luca an. „Geht es mir wirklich gut? Gibt es etwas, das ihr mir nicht sagt?“ Ich kann nicht anders und werde wieder ganz schläfrig.

„Schlaf, Mimi“, sagt Liz und legt die Hand auf meine Stirn.

„Gut“, sage ich. „Das tut gut.“

* * *

Erst viel später am Nachmittag bin ich wach genug, um mich an Dinge zu erinnern, so dass Liz nicht immer alles wiederholen muss. Ich werde am nächsten Morgen entlassen, und Lucia hat alles arrangiert.

„Sie ist ziemlich ..." Liz überlegt und sucht nach dem richtigen Wort.
„Dominant", ergänze ich ihren Satz und kichere. „Aber sehr charmant. Sie hat mich komplett um den kleinen Finger gewickelt."
„Sie ist eine perfekte Gastgeberin und so organisiert. *Wir haben praktisch unseren eigenen Flügel in der Villa", sagt Liz.*
„Schade, dass Jeff nicht mitkommen konnte", sage ich. „Wenn ihr schon hier sein müsst, könntet ihr doch wenigstens zusammen hier sein. Ich habe einen Termin, um den David *in der Academia zu besichtigen. Am Samstag, glaube ich. Ihr hättet zusammen hingehen können. Ich nehme an, Henry Widhelm hat es strikt abgelehnt, so kurz vor der Hochzeit."*
Liz blickt auf ihren Verlobungsring hinunter und sagt irgendetwas Belangloses. Und dann erinnere ich mich oder glaube mich zumindest zu erinnern. „Ich war heute Vormittag so benommen – hast du nicht gesagt, du und *Jeff wäret hier?"*
Sie nickt.
„Und wo ist er?"
Sie beißt sich auf die Unterlippe. Sie will mich nicht ansehen. Tränen laufen über ihre Wangen.

* * *

Luca Santo war ein prima Kerl. Er stellte keine Fragen. Er kritzelte eine Nachricht auf die Rückseite einer Visitenkarte und empfahl Jeff, ein Taxi zum Hotel Lucia zu nehmen. „Sie werden sich um alles kümmern", sagte er. „Ihr Gepäck kommt bald nach." Er versprach, es so einzurichten, dass Jeff Mary allein besuchen konnte, dann nahm er den Zettel für Liz und ging. Er rief auch nicht an und versuchte zu vermitteln. Jeff wusste das zu schätzen, denn er brauchte Zeit, um sich über einige Dinge klar zu werden. Und deshalb ging er, nachdem er sich das Gesicht gewaschen und versucht hatte, seine widerspenstig hochstehenden Haare zu bändigen, hinunter und aus dem Haus.

Das Hotel Lucia lag auf der Südseite des Arno. Er ging in Richtung Zentrum über die erste Brücke, die er erreichte, und von dort an einer Reihe Boutiquen vorbei, die sich mit Namen schmückten wie *Ferragamo, Gucci, Prada, Valentino … Versace.* Liz wäre begeistert gewesen, er aber hätte so getan, als wollte er sie weiterziehen, hätte gesagt, sie müssten an ihre Finanzen denken, um ihr dann bereitwillig in einige der Läden zu folgen und ihr zuzusehen, wie sie mit den Kleidern eine Modenschau veranstaltete. In den kurzen Röcken und Stiefeln mit hohem Schaft, die gerade in Mode waren, hätte sie ihm besonders gut gefallen.

Die Schwangerschaft hätte ihren Stil ruiniert. Sie hätte es gehasst, einen runden Bauch zu haben. Sie hätte diese Schaufenster betrachtet und …

Er wandte sich von den Designergeschäften ab und ging weiter in Richtung Nord Westen. Die Geschäftsstraße erinnerte ihn ein bisschen an Paris, mit ihren hohen, alten Gebäuden, schmalen Bürgersteigen und großen Schaufenstern, die Scharen von Touristen zum Einkaufen verleiten sollten. Ein Stück weiter tauchte eine ungewöhnliche Kirche auf, die von seinem Blickpunkt aus den gesamten Raum am Ende der Straße füllte. Er ging darauf zu und bestaunte kurze Zeit später den Dom *Santa Maria del Fiore,* drei Gebäude, wie er sie noch nie gesehen hatte – ein Wunderwerk aus rosafarbenem, grünem und weißem Marmor, dachte er. Mit Terrakotta-Skulpturen in einem umlaufenden Flachrelief. Die Kathedrale war unschwer als solche zu erkennen, das kleinere achteckige Gebäude und der hohe Glockenturm standen aber merkwürdigerweise abseits vom Hauptgebäude.

Er ging um das kleine Oktogon herum und entdeckte den Eingang, eine zweiflügelige Tür mit Reliefs aus Messing oder Bronze. Auch sie waren außergewöhnlich gestaltet. Im Innern des Gebäudes nahm er sich eine Broschüre in englischer Sprache. Er war im *Battistero di San Giovanni.* Die Decke wurde von einem Mosaik dominiert, das den auferstandenen Christus zeigte. Wenigstens das konnte er verstehen. Die anderen Szenen erinnerten Jeff daran, wie wenig er die Bibel kannte … und er wünschte, er wüsste mehr. *Liz könnte es ihm erklären. Sie war immer zum Kindergottesdienst gegangen. Sie kannte die Geschichten bestimmt.*

Er verließ das Baptisterium, überquerte den offenen Platz und blieb stehen, um zu der fremdartigen, sagenhaft schönen Kathedrale hinaufzuschauen. Er ging mehrmals um das Gebäude herum, wobei er immer wieder stehen blieb, um zu den Winkeln, den Säulen, den unglaublichen Details in jedem Marmorstreifen hinaufzustarren. *Davis Enterprises hat nie auch nur einen Quadratmeter gebaut, der so traumhaft schön wäre.* Wie lange, fragte Jeff sich, würde es dauern, bis er nicht mehr alle Dinge in seinem Leben mit Liz in Verbindung brachte? Mit einem Seufzer schob er die Hände in die Taschen und steuerte an der Statue von

Dante vorbei die weit ausladende Treppe hinauf auf den Eingang der Kathedrale zu.

Das Faltblatt, das er sich am Eingang nahm, erklärte Jeff, dass er sich im *Duomo* befand.

Die Kathedrale, die wir heute sehen, ist das Ergebnis von 170 Jahren Arbeit. Der erste Stein der Fassade wurde am 8. September 1296 gelegt …

Die Marmorböden zeigten Muster, die so filigran waren, dass man kaum glauben mochte, ein Mensch könnte sie geschaffen haben. Weiter hinten führte eine Treppe zur ursprünglichen Bischofskirche *Santa Reparata* hinunter. Die Schilder wiesen darauf hin, dass die Krypta die Überreste einer Kirche aus dem vierten Jahrhundert beherbergte *und Überreste der römischen Häuser, auf denen Santa Reparata errichtet worden war.*

Ich sehe mir römische Häuser an, dachte Jeff. *Römische* Häuser. Er konnte es mit seinem Verstand nicht fassen. Er dachte an die Architekten, die er in Omaha kannte. Was würde George Kincaid hiervon halten? Aus der Krypta kommend wandte er sich in Richtung Ausgang. Da sah er vor der Rückwand die kleine Statue. Sie war nur einen knappen Meter hoch und stellte einen Mann dar, der die Tonsur eines Mönchs und einen Vollbart trug, dazu ein einfaches Gewand, das von einem Stück Seil zusammengehalten wurde. Er stand dort, beide Arme und das Gesicht zum Himmel erhoben. Jeff stand lange Zeit dort und starrte auf die Statue. Er verlagerte sogar seinen Standort, so dass er selbst hinaufsehen konnte, zu dem, was die Figur anzuschauen schien. Doch es gab dort nichts, nur freien Raum und ein einfaches Fenster. Nicht einmal eines aus buntem Bleiglas.

Sieh nach oben. Komm zu mir. Meine Last ist leicht. Stütz dich auf mich. Ruf Jesus an. Sätze aus Liedern oder Bibelversen schwirrten in seinem Kopf herum, während er so dastand. Manches davon stammte wahrscheinlich noch nicht einmal aus der Bibel. Aber zwischen diesen Sätzen und der kleinen Statue ganz hinten in der großen Kathedrale erkannte Jeff die Botschaft. Er schob sich in eine Kirchenbank und sah nach oben. *Es tut weh.*

Es gab vier „Kerzenbäume" hinten in der Kirche, Kunstwerke mit Dutzenden dünner Eisenstäbe, die aus einem eisernen „Weidenkorb" wuchsen und deren Spitzen zu Tellern geformt waren, auf denen jeweils eine kleine Kerze Platz fand. Er war nicht katholisch, aber es schien ihm offensichtlich, dass das Anzünden einer Kerze für ein Gebet stand, für eine Last, etwas, das man bei Gott abladen musste. Spontan kaufte er eine Kerze. Er dachte an Liz. Aber dann, als die Flamme flackerte und er die Kerze auf dem Teller platzierte, überwältigte ihn der Gedanke an das Menschenleben, das vielleicht niemals das Licht der Welt erblicken würde. Er stand vor dem Lichterbaum und kämpfte gegen die aufsteigenden Tränen an.

* * *

Mary

Am nächsten Morgen sitze ich im Bett, als eine männliche Hand einen Strauß Blumen durch den Türrahmen streckt und ihn durch die Luft schwenkt, um meine Aufmerksamkeit zu erregen. Ich lache. „Dir auch einen guten

Morgen, Mr Santo." Aber das Gesicht gehört nicht Luca. Und es ist nicht fröhlich, trotz des aufgesetzten Lächelns. „Was für eine wunderbare Überraschung." Ich nehme die Blumen entgegen und atme anerkennend ihren Duft ein. „Wo um alles in der Welt hast du Maiglöckchen aufgetrieben?"

„Habe ich gar nicht", sagt Jeff. „Luca kennt so ziemlich jeden in dieser Stadt. Er hat mich gefragt, ob ich deine Lieblingsblumen kenne und dann hat er die Sache in die Hand genommen. Aber", Jeff lächelt wieder, „er war so nett, mich den Boten spielen zu lassen." Er setzt sich auf einen Stuhl am Fußende meines Bettes und lehnt sich ein wenig vor. „Ich habe gehört, du wirst bald abgeholt. Und deinem Bein geht es besser?"

„Das Bein wird wieder. Die Platzwunde wird heilen. Das Veilchen wird verblassen. Und jetzt ..." Ich lege den Blumenstrauß quer über meinen Schoß und verschränke die Arme. „Lass den Smalltalk und erzähl mir, was passiert ist."

Er holt tief Luft. Er versucht nicht einmal, so zu tun, als wüsste er nicht, wovon ich rede. „Manche Dinge sollen eben nicht sein."

„Stimmt. Aber ich bin nicht bereit zu akzeptieren, dass deine Ehe mit meiner Tochter zu diesen Dingen gehört. Ich kenne sie ziemlich gut und weiß, was für eine Art Mann sie braucht. Und du bist dieser Mann."

Er räuspert sich. „Danke für dein Vertrauen. Ich war geneigt, dir zuzustimmen, bis ... na ja, bis vor kurzem." Er steht auf, geht zum Fenster und starrt hinunter auf die Straße. „Es tut mir leid, Mary. Ich habe dich wirklich lieben gelernt." Er dreht sich zu mir um, in seinem Gesicht das traurigste Lächeln, das ich je gesehen habe.

Dann tritt er an mein Bett und küsst mich auf die Wange. „Du warst klasse. Ich werde dich nie vergessen. Es war wunderbar, wieder eine ‚Mama' zu haben." Seine Stimme gehorcht ihm nicht. Er steht mit hängenden Schultern da und dann umarme ich ihn und wünschte, ich könnte so unbekümmert wie Irene sein, um Liz „die Ohren lang zu ziehen". Als ich ihm das sage, lacht er und steht auf. „Ich bin sicher, dass Liz da rausgewachsen ist. Sie hat Pläne, an denen ich mich nicht beteiligen kann."

„Sie kann Davis Enterprises *so umstrukturieren, dass ein Umzug nach Kalifornien möglich ist. Und das weiß sie auch. Sie ist nur dickköpfig. Gib ihr Zeit, Jeff. Sie wird sich daran gewöhnen."*

Er schüttelt den Kopf. „Das bedeutet nur, noch länger im Schatten des großen Sam Davis zu leben und ich meine das nicht respektlos." Er fügt dies um meinetwillen hinzu und versucht, dem Gespräch eine leichtere Note zu geben. „Und ein Arbeitszimmer mit karamellfarbenen Wänden kann ich einfach nicht ertragen, egal, was Mona sagt."

„Nichts von dem, was du gerade gesagt hast, ist Grund genug, um eine Verlobung zu lösen, Jeff. Lass mich mit ihr reden. Ich weiß, dass sie stur ist, aber ich habe gesehen, wie Gott wirkt, wie er Dinge weggezogen hat, um sie auf ihn aufmerksam zu machen. Manchmal müssen wir alles verlieren, um herauszufinden, was wirklich wichtig ist."

„Du predigst dem Kirchenchor, Mary", sagt er. „Ich gebe dir völlig Recht. Oder habe es getan. Und ich dachte, dass Gott mich irgendwann erhören wird, wenn ich nur genug bete und lange genug warte. Aber selbst ich stoße irgendwann an meine Grenzen."

„Liebe kennt keine Grenzen", sage ich, ein bisschen barscher als beabsichtigt.

„Dann habe ich sie vielleicht nie geliebt. Denn ich werde nach Kalifornien ziehen, wenn ich nach Hause komme. Allein."

„Raus."

Seine Augenbrauen schießen in die Höhe.

„Du hast mich genau verstanden." Ich lege die Blumen zur Seite. „Geh raus auf den Flur, während ich mich anziehe. Ich rufe dich, wenn du wieder reinkommen kannst."

Er starrt mich an, aber rührt sich nicht von der Stelle.

„Jeff, ich habe zu viele Jahre damit verbracht, darauf zu warten, dass Liz den ersten Schritt macht und zu mir kommt, und ich werde nicht länger warten. Also hilfst du mir, das Krankenhaus zu verlassen, oder nicht? Wie auch immer, ich gehe jedenfalls."

„Du kannst doch nicht –"

„Doch, ich kann."

Und ich tue es.

Kapitel 18

Es hätte Celine Dumas nicht überrascht zu hören, wenn ihr Vater überall in Europa Kinder gehabt hätte. Jean-Marc David hatte als junger Rennfahrer so manches Herz gebrochen. Es war eine Tatsache, die er mit einem Schulterzucken gestand. Und deshalb hatte sie es ganz locker weggesteckt, als ihr Vater von seinem geheimnisvollen „Weihnachten in Paris" zurückgekehrt war und ihr von Mary Davis und der „anderen Tochter" erzählt hatte. Es war, wie sie ihren Vater wissen ließ, keine Überraschung.

Eine Überraschung war für Celine jedoch die Tatsache, dass Jean-Marc, nachdem er Jahrzehnte lang seine eine Tochter, also sie selbst, kaum gekannt hatte, nun ernsthaft bestrebt war, eine traditionelle Vater-Tochter-Beziehung nicht nur mit ihr, sondern auch mit „der anderen" zu pflegen. Er sagte, es sei das Verdienst seines neuen Glaubens an Gott, und auch wenn Celine die Erfahrung gemacht hatte, dass nichts von dem, was ihr Vater versprach oder behauptete, lange hielt, so war diese Veränderung doch wenigstens angenehm.

Die weniger selbstbezogene und zahmere Version von Jean-Marc David war eine willkommene Ergänzung in Celines Leben, und zwar nicht nur für sie selbst. Ihre Zwillinge, Xavier und Olivier, hatten ihren Großvater immer schon angehimmelt – egal, ob er es verdiente oder nicht. Und manchmal hatte er es überhaupt nicht verdient. Aber seit seiner offensichtlichen

Bekehrung erwiderte Jean-Marc die Zuneigung seiner Enkel mit mehr als nur leeren Versprechungen. Die Jungen blühten auf, und Celine war dem, was diese Veränderung im Großvater der Kinder ausgelöst hatte, verhalten dankbar. Vielleicht war es Gott, wie ihr Vater behauptete. Sie war eher geneigt, Mary Davis dafür verantwortlich zu machen. Und dafür würde sie ihr danken. Falls sie einander jemals begegneten.

Was die „andere Tochter" betraf, so hatte Jean-Marc seit Januar E-Mail-Kontakt mit ihr. Er hatte kein Geheimnis daraus gemacht und ihr sogar einige der Mails vorgelesen. Elizabeth Davis schien ganz nett zu sein, sagte Celine zu ihrem Vater. Ja, sagte sie, vielleicht würden sie sich ja mal treffen. Irgendwann. Was sie nicht sagte, war, dass sie eine gewisse Vorsicht in den Äußerungen dieser anderen Tochter spürte, die sie von sich selbst kannte. Elizabeth Davis hielt sich zurück, wie sie es auch im Laufe der Jahre gelernt hatte. Das zumindest hatten sie gemeinsam.

Das Leben war für Celine Dumas nicht immer einfach gewesen. Als Produkt einer kurzlebigen Leidenschaft ihres Vaters für eine Kaffeehaussängerin wurde sie früh von ihrer Mutter verlassen und von Jean-Marc aufgenommen, der sie mehr wie einen schönen, aber verwöhnten Pudel behandelte statt wie ein Kind. Als sie alt genug war, um ihr Leben mit dem anderer Kinder zu vergleichen, begann sie Forderungen zu stellen: Ein Leben an Land, eine Schule, einen berechenbaren Tagesablauf und einen Vater, der, auch wenn er nicht wirklich vorhatte, sesshaft zu werden, wenigstens nicht mit *allen* Müttern ihrer Klassenkameradinnen flirtete. Manchen Forderungen kam er nach. Sie ging an Land zur Schule. In einem Internat, damit Papa nicht an Ort und Stelle bleiben musste. Seine Entscheidungen waren schmerzhaft, und irgendwann kam die Trennung.

Von ihrem siebzehnten Lebensjahr bis zu ihrer Schwangerschaft mit den Zwillingen hatte Celine nur wenig mit ihrem Vater zu tun. Und dann tauchte er gerade rechtzeitig wieder auf, um sie aus einer furchtbaren Ehe mit einem älteren Mann zu retten und den richtigen Anwalt zu engagieren. Ironischerweise war es ihr Vater, dem Celine ihre jetzigen Lebensumstände verdankte, nämlich eine hübsche, wenn auch kleine Villa in der antiken Stadt Fiesole nahe Florenz und ein monatliches Einkommen, das es ihr ermöglichte, sich ihrer Lebensaufgabe zu widmen – ihre Jungen großzuziehen.

Und so kam es, dass die erwachsene Celine Dumas bei allem Erscheinen und Verschwinden ihres Vater in ihrem Leben sich bemühte, ihn so zu akzeptieren, wie er war, ihn lieb zu haben, wenn er zu Besuch kam, und ihm nicht böse zu sein, wenn er wieder verschwand, manchmal monatelang. Jean-Marc David zu lieben war eine Übung in Selbstlosigkeit, und Celine hatte eingesehen, dass ein Vater zu seinen Bedingungen immer noch besser war als gar kein Vater. Sie hatte sich angepasst.

Jetzt war es beinahe Frühling, und da Jean-Marc weiterhin den perfekten Großvater gab, war Celine vorsichtig optimistisch, auch wenn sie sich manchmal wie eine Maus vorkam, die den Käse probiert und in die Falle tappt, weil sie annimmt, dass es *diesmal* wirklich keine Falle ist. Wenn Jean-Marc sie jetzt wieder enttäuschte, würde nicht nur sie darunter leiden. Diesmal würde er Xavier und Olivier verletzen. Und das würde sie nicht dulden.

Erst vor zwei Wochen hatte Jean-Marc ihr erzählt, er werde nach Paris fahren, in der Hoffnung, Mary Davis zu überreden, mit ihm zu kommen, wenn er seine jährliche Frühlingstour von Arcachon nach Livorno machte. Ein paar Tage später, als er von Paris aus anrief, hatte seine Stimme traurig geklungen. Nein, Mary würde nicht mit ihm reisen, Elizabeth brauchte sie. Er und Paul würden allein in See stechen. Celine markierte sich das Datum seiner Ankunft im Kalender und ging zur Tagesordnung über. Die Jungen übten Klavier in dem sonnendurchfluteten Zimmer, das den Blick auf die antiken römischen Bäder gewährte, und Celine ging morgens, um die Zutaten für das Essen zu besorgen oder um Freunde zum Kaffee zu treffen. Sonntags ging sie zur Messe und erwartete ihren Vater in sechzehn bis zwanzig Tagen zurück – mit Vorbehalt.

Und so war sie sprachlos, als Jean-Marc sie eine Woche vor dem eigentlichen Ankunftstag anrief und sagte, er sei am Bahnhof Santa Maria Novella in Florenz und würde ein paar Tage in der Stadt bleiben. Dass Jean-Marc sich beim Segeln nicht an den ursprünglichen Zeitplan hielt, war normal. Dass er das Schiff früher verließ und an Land blieb, war alles andere als das. Als sie die Traurigkeit in seiner Stimme hörte, blieb sie am Apparat und wartete auf irgendeine schreckliche Nachricht.

„Hallo? Hallo? Hast du mich verstanden?“

„Ich habe dich gehört“, sagte Celine. „Aber, was ist denn los? Irgendwas mit der *Sea Cloud?*“

„Nichts. Ich habe eine Crew angeheuert, die den

Rest des Weges mit dem Schiff zurücklegt. Luca Santo hat angerufen. Mary ist früher nach Florenz gekommen, und sie ist gefallen und hat sich das Bein gebrochen. Also, kannst du das Cottage fertig machen, oder soll ich hier in Florenz bleiben?"

„Sei nicht albern, Papa", protestierte Celine. „Natürlich wohnst du hier bei uns. Es macht überhaupt keine Arbeit. In zwei Minuten ist alles fertig." Seine nächsten Worte ließen sie jedoch zögern.

„Luca hat mir gesagt, dass die Verletzung nicht schlimm ist. Wenn das stimmt … würdest du … ich fände es schön, wenn wir uns alle treffen könnten. Am Sonntagnachmittag. Bei Gilli."

„Alle?"

„Ja. Alle. Elizabeth und ihr Verlobter sind auch nach Florenz gekommen. Du könntest sie alle kennen lernen."

Celine schloss die Augen. Sie hatte vor allem deshalb eingewilligt, Mary und Elizabeth kennen zu lernen, weil sie überzeugt war, dass es nie dazu kommen würde. Und jetzt waren sie hier, Mary, Elizabeth … und sogar ihr Verlobter.

„Bitte, *mon petit choux*", bettelte er. „Ich weiß, dass die Umstände nicht ideal sind, aber sie ist jemand, den ich sehr geliebt habe. Wir –"

„Ist schon gut, Papa", unterbrach sie ihn. Sie wollte nicht noch mehr von der bunten Geschichte ihres Vaters hören. Es widerstrebte ihr vielleicht, aber sie war auch neugierig. Irgendetwas an dieser Frau war offenbar anders als bei allen anderen. Mary Davis zu begegnen, mochte unangenehm sein, aber es würde auch interessant werden, die Frau zu sehen, die eine solche Veränderung in Papa bewirkt hatte. Und was die Begegnung mit Elizabeth betraf … wenn sie darüber nachdachte, überlegte Celine, dass sie beide sich in dieser Situation wahrscheinlich ähnlich fühlten.

„Die Jungen können nachmittags bei Gérard spielen. Wann sollen wir uns denn treffen?"

Er erwähnte ein paar Einzelheiten, und bald darauf beendeten sie das Gespräch. Sie legte auf und musste gegen ihren Willen lächeln. *Ich weiß, dass die Umstände nicht ideal sind.* Wie genau sahen denn die idealen Umstände aus, um die frühere Geliebte des eigenen Vaters und die „andere Tochter" kennen zu lernen?

Sie ging durch den Flur in ihr Zimmer und sah in den Spiegel. Andere moderne Frauen wollten so viele Dinge. Sie leiteten Firmen, machten Karriere, stürmten die Toppositionen und fanden manchmal auch noch die Zeit für Ehemann und Kinder. Vielleicht war sie eine Frau, die nicht in ihre Zeit passte. Sie hatte sich immer nur ein ruhiges Familienleben gewünscht. Einen Mann, der sie und die Kinder ernährte – ein ganzes Dutzend, wenn Gott es so gewollt hätte. Vater Ambrosio sagte, Gott wisse immer, was er tue. Celine wusste insgeheim, dass es so war. Aber was, fragte sie sich manchmal, hatte er sich wohl dabei gedacht, ein Mädchen, das sich das wünschte, was alle anderen langweilig fanden, in Jean-Marc Davids Leben zu pflanzen?

* * *

„So weit habe ich dich gebracht", sagte Jeff, als er die Taxitür öffnete und Mary hinaushalf. „Den Rest musst du machen.“ Sie standen vor dem Eingang zur Villa und blickten die Steintreppe hinauf.

Während der Taxifahrer Marys Tasche aus dem Kofferraum holte, die Treppe hinauftrug und klingelte, half Jeff Mary, die Stufen hinaufzuhumpeln. „Vielleicht hätten wir die Krücken vom Krankenhaus doch nehmen sollen“, sagte er.

Mary schüttelte den Kopf. „Der Arzt hat gesagt, ich brauche sie nicht, sobald ich mich an diese Schiene gewöhnt habe. Und in den nächsten Tagen werde ich sowieso nicht durch Florenz marschieren.“ Oben auf dem Treppenabsatz drehte sie sich zu Jeff um. „Gib mir einen Abschiedskuss“, sagte sie. „Und denk daran: Du hast versprochen, in Florenz zu bleiben, bis du wieder von mir hörst.“

„Ich werde mein Versprechen halten, Mary“, sagte Jeff. Er beugte sich hinunter und küsste sie auf die Wange, bevor er sich wieder auf den Weg die Treppe hinunter machte. „Es wird nichts nützen, aber ich bleibe.“

Wer auch immer die Tür geöffnet hatte, musste drinnen alle in Alarmbereitschaft versetzt haben, denn plötzlich wurde es im Gebäude hektisch. Als Jeff einen Blick zurückwarf, sah er Luca und dessen Schwester. Und dann Liz, die selbst aus der Entfernung bleich und müde wirkte. Er wandte sich ab und ging zu Fuß die Straße hinunter.

Mary

Adrenalin ist ein feiner Stoff. Ich sage das, weil es mich antreibt, als ich ein Stöhnen unterdrücke und bewusst fröhlich eintrete, während ich Witze über die Modetauglichkeit meiner Fußschiene mache. Aber Luca kann ich nicht täuschen.

„Holen Sie den Gehstock", ruft er Liz zu, und sie bringt mir einen schönen schwarzen Wanderstock mit geschnitztem Elfenbeingriff. Kurz darauf sitze ich auf der Loggia, und mir entgeht nicht, dass Liz sich unwohl fühlt. Oder krank ist. Ich bin nicht sicher, welches von beiden der Fall ist. Ich bin entschlossen es herauszufinden, aber sie entzieht sich mir, und dann lösen alle meine Pläne sich auf, als unerwartet Jean-Marc eintrifft.

Er tritt an meine Seite, küsst meine Hand und flüstert über mich gebeugt: „Siehst du, ma chère, *man kann einem alten Hund doch noch neue Tricks beibringen." Als er meinen verständnislosen Blick sieht, lächelt er. „Ich war an Bord der* Sea Cloud. *Wir waren in einem Hafen vor Anker gegangen, um ein paar kleinere Reparaturen durchzuführen, und dann hat Luca mich deswegen angerufen." Er zeigt auf mein Bein. „Und ich habe meiner Meeresgeliebten Lebwohl gesagt."*

Ich will Luca ausschimpfen, weil er Jean-Marc mit einer solchen Kleinigkeit belästigt hat, aber er hat den Raum verlassen, wie alle anderen auch. Lucia kehrt mit Pellegrino, Käse und Brot zurück. „Ich könnte Sie küssen", sage ich. „Keine Krankenhauskost mehr!"

Lucia errötet, aber mir ist klar, dass es eher an den Komplimenten liegt, die Jean-Marc ihr wegen ihrer Schönheit macht, als an meiner Bemerkung. Als Lucia aus dem Zimmer rauscht, fragt Jean-Marc mich, ob ich ihm am Sonntagnachmittag bei einem Tiramisu Gesellschaft leisten mag, unter anderem auch um Celine kennen zu lernen.

Ich sage Ja und will wissen, ob die Einladung auch für Liz gilt.
„Aber natürlich. Wo ist sie?"
„Sie hat sich vorhin verdrückt. Hoffentlich, um ihrem Verlobten nachzulaufen." Und ich erkläre, was Jeff zufolge geschehen ist. Es tut gut, die elterliche Last mit jemandem zu teilen. Bis Jean-Marc mir sagt, was wir seiner Meinung nach tun sollten, nämlich im Wesentlichen nichts.
„Sie sind erwachsen", sagt er sanft.
„Sie benehmen sich aber nicht so. Sie zanken sich wie Kinder."
„Ich weiß nicht", sagt er, und sein Blick wandert über das Tal, während er spricht. „Kinder streiten sich darum, welches Spiel sie spielen sollen. Wer das größte Bonbon bekommt. Die Probleme von Elizabeth und Jeff sind viel tiefgreifender."
„Aber die Lösung ist dieselbe. Nicht mehr egoistisch sein. Das tun, was für den anderen am besten ist."
„Das Leben verlieren, um es zu finden?"
„Genau." Ein leichter Schauer durchfährt mich, als ich diesen schönen Mann die Worte der Bibel sagen höre, so, als glaubte er sie tatsächlich.
„Aber manche Menschen brauchen eine Weile, um das zu lernen. Bei mir hat es ein halbes Jahrhundert gedauert." Er streckt den Arm aus und ergreift meine Hand.

* * *

Es gelang ihr nicht, ihn einzuholen. Er ließ es nicht zu. Trotzdem versuchte Liz es weiter, indem sie die gewundene Straße hinuntereilte, als ginge es um ihr Leben.

Und vielleicht, dachte sie, vielleicht tat es das sogar. Sie würde es nicht ertragen, sich bis an ihr Lebensende an den Ausdruck tiefer Verletzung in Jeffs Augen zu erinnern und an seinen Abschiedsbrief. Sie konnte einfach nicht. Es musste etwas geben, irgendetwas … Und so lief sie weiter und hoffte, sie würde ihn irgendwann doch noch einholen. Schließlich kam sie an den berühmten Aussichtspunkt. Sie hatte diesen Blick auf Postkarten und Drucken gesehen. Florenz lag unter ihr, mit rotbraunen Kuppeln und hohen Türmen und in der Ferne schimmerten die grünen Hügel unter einem klaren blauen Himmel. Aber sie hatte keine Zeit, mehr als das wahrzunehmen, denn gleich um die Ecke erklomm Jeff eine lange Treppe, den Hügel hinauf zu – was konnte es in Florenz anderes sein – als noch einer Kirche? Diese war aus grauem und weißem Marmor.

Immer höher stieg sie, durch ein eisernes Tor, weiter hinauf, bis sie kaum noch Luft bekam. Bekamen alle schwangeren Frauen so früh solche Atemprobleme? Oder war es das Zeichen für eine Panikattacke?

Atmen … zwei … drei … atmen … zwei … drei.

„Jeff!", rief sie. „Jeff! Warte!"

Entweder konnte er sie nicht hören oder er wollte nicht. Er ging einfach weiter.

„Du bist nicht die Einzige mit Alternativen. Leb wohl."

Oben auf der letzten Treppenstufe blieb sie stehen. War er in die Kirche gegangen oder auf den Friedhof? Von unten aus hätte man nie vermutet, dass es hier all diese Gräber gab. Sie blickte suchend über den Kirchhof auf der rechten und linken Seite, konnte Jeff aber nirgends entdecken. Liz eilte ins Innere der Kirche.

Sie musste hinter der Tür stehen bleiben, damit ihre Augen Zeit hatten, sich an die Dunkelheit zu gewöhnen. Hoch über ihr sah Christus in einem vergoldeten Mosaik auf die Betenden hinunter, die rechte Hand erhoben. Aber die Kirche war beinahe leer, und das Dämmerlicht war beklemmend. Gerade hatte sie sich umgedreht, um die Kirche zu verlassen, da erschrak sie, als irgendjemand irgendwo das Licht einschaltete und die Kunstwerke über ihr und im Kirchenschiff mit einem Mal in helles Licht getaucht wurden.

„Jeff?", flüsterte sie und ging auf den Altar zu. Wenn ihr Herz noch heftiger schlug, würde jeder Herzschlag von den Wänden widerhallen. Sie drang leise weiter vor, bis hinter den Altar, wo ein älteres Ehepaar stand. Die beiden nickten und lächelten und gingen dann weiter. Das Licht erlosch. Und da sah sie den kleinen Kasten an der Wand. Wenn man einen Euro einwarf, ging das Licht für ein paar Minuten an.

Sie ging wieder nach draußen und stand einen Augenblick ratlos da, während sie beobachtete, wie die Leute den Hügel hinunterkletterten. Von Jeff war nichts zu sehen. Liz setzte sich auf die Stufen. Ihr Magen knurrte. Sie war es leid, ein Opfer ihrer Körperfunktionen zu sein. Entweder sie verhungerte fast oder sie musste sich übergeben. Wie lange würde dieser Zustand anhalten?

Sie stand auf und stieg die Treppe hinunter. Es gab jetzt keinen Grund mehr, sich zu beeilen, und die Friedhöfe, die diese Kirche umgaben, waren voller interessanter Skulpturen. Sie betrat einen von ihnen und wanderte von Grab zu Grab. Es war anders als alles, was sie bisher gesehen hatte – kein Gras, nur Stein, und die Gräber waren nur wenige Zentimeter voneinander entfernt. Dafür gab es auf vielen lebensgroße Büsten, Flachreliefs oder Fotografien. Und überall Blumen – in Ritzen gesteckt oder in verschnörkelten Messingvasen.

Auf der Ostseite war der Hügel mit Mausoleen bedeckt. Sie ging zu einer Bronzeskulptur auf einer dieser Grablegen, die ihr aufgefallen war. Obwohl sie kein Italienisch konnte, verstand sie, dass dies das Grab eines jungen Mannes war, der im Ersten Weltkrieg gefallen war. Das Ganze war szenisch dargestellt: Soldaten, die in Formation nach vorne stürmten, während einer zurückfiel, tödlich getroffen. Auf der Linken betrachteten lebensgroße Engel die Szene und beteten. Liz fühlte plötzlich eine so überwältigende Traurigkeit angesichts der verlorenen Hoffnungen und Träume, dass ihr die Tränen kamen. Jemand trauerte noch immer um den Tod dieses Jungen. Ein Strauß frischer Blumen war am Fuße des bronzenen Reliefs niedergelegt worden.

Liz verließ den Friedhof und ging zur Treppe, die sie den Hügel hinunterführte. Doch auf der anderen Seite sah sie noch mehr Skulpturen. Sie ging an der Kirche vorbei und stieg in einen Bereich hinab, der offenbar den wohlhabenderen Familien vorbehalten war. Hier umrahmte sorgfältig gestutzter Rasen jedes Grab. Auch hier standen zimmergroße Familienmausoleen, manche von ihnen mit kleinen Altären versehen und von Bänken umgeben, auf denen sich, wie Liz annahm, noch immer Trauernde niederließen, um zu beten. Manche hatten Fotos zurückgelassen. Nachrichten. Briefe. Das Grab mit dem Bild eines jungen Mädchens reizte sie erneut zu Tränen. Jemand hatte vor kurzem zwei Hortensien in Töpfe gepflanzt, die jetzt in voller Blüte standen, und der kleine Altar war mit gehäkelter Spitze und fünf imposanten Kerzenständern geschmückt, die jeder mit einer weißen Kerze versehen waren. Aber es waren nicht die Hortensien oder die Kerzen, die sie berührten. Es war die einzelne rote Rose, die vor dem Foto lag – sie machte ihr zu schaffen. Sie und die ganze Hormonsuppe.

Engel in allen Größen und Stilen, die man sich nur vorstellen konnte, in Bronze oder Marmor, schwebten über Türen, blickten traurig auf Namen, hielten Schriftrollen, hoben heilige Hände, lächelten heiter im Angesicht des Todes. Um zum Ausgang zu gelangen, musste Liz eine der größeren Skulpturen passieren. Beim ersten Mal war sie daran vorbeigelaufen, aber jetzt blieb sie stehen, und je länger sie das Kunstwerk betrachtete, desto mehr beeindruckte sie die lebensgroße Darstellung einer Frau, die in ein weich fallendes Gewand gekleidet war, das in der Taille gegürtet war. Ihr langes Haar war in der Mitte gescheitelt, und ein dicker Zopf bekränzte ihren Kopf wie ein Heiligenschein. Ihre Arme waren ausgestreckt, und in den Händen hielt sie jeweils den Zipfel einer großen Toga, die wie ein Leichentuch ihren ganzen Körper umhüllte. Sie hielt es hoch, als wollte sie die vier Kinder, die sich an sie klammerten, damit umfassen. Das Älteste konnte kaum älter als vier Jahre gewesen sein. Eins der Kinder verbarg das Gesicht in den Falten ihres Rocks. Die anderen drei sahen zu ihr auf, mit flehenden Blicken, und das Baby mit dem nackten Popo reckte in bittender Geste beide Arme hoch. Liz konnte beinahe hören, wie es nach seiner Mutter rief. Sie stand wie angewurzelt da und starrte in das klassisch schöne, ganz und gar heitere Gesicht. Das war eine Mutter, die sie umarmen und an sich ziehen und ihnen zuflüstern würde: „Ist ja gut, meine Kleinen, Mama ist hier. Es wird alles gut." Das war eine Mutter, die abends Schlaflieder sang, die dafür sorgte, dass tatsächlich alles gut wurde. Man konnte es sehen. Spüren. Und bei der Vorstellung, dass eine solche Frau vielleicht solche Kinder zurückgelassen hatte, begann Liz zu weinen.

Die Sonne war herausgekommen. Das Gesicht der Frau leuchtete weiß vor dem strahlend blauen Himmel. Liz wischte sich die Tränen ab und blickte an der lebensgroßen Figur vorbei auf Florenz – noch mehr Kirchen, noch mehr Glaube, noch mehr Vertrauen in die Zukunft. Alpha und Omega, Anfang und Ende. Engel hielten Wache, sammelten Seelen, passten auf. *Es ist ja gut, alles wird gut.*

Zu ihrer Linken sah Liz noch eine lebensgroße Skulptur einer Frau. Diese war aus Bronze, und die Frau war auf die Knie gefallen. Sie hob ihre ausgezehrten Arme gen Himmel, die Handflächen zusammengepresst, die Augen geschlossen, der Mund offen. *Flehend beten,* das war alles, was Liz denken konnte. *Hilfe,* schien sie zu sagen. *Hilf mir.*

Als Liz über ihre Schulter den Hügel hinaufblickte, dachte sie über das Mosaik von Christus nach, das hoch oben die Fassade der marmornen Kirche zierte. Beim Hineingehen hatte sie es kaum bemerkt. Jetzt erinnerte es sie an Bruchstücke eines Satzes, den sie irgendwann in der Vergangenheit gehört hatte. *Ich hebe meine Augen auf zu den Bergen, von denen mir Hilfe kommt. Meine Hilfe kommt vom Herrn, der Himmel und Erde gemacht hat.* Als sie nach oben sah, legte sie eine Hand auf ihren Unterleib und entschied sich.

Es ist ja gut … Mama ist hier … alles wird gut.

Kapitel 19

Mary

Eines ist sicher in Bezug auf das Elternsein, nämlich dass nichts sicher ist. Gerade meint man zu wissen, was einen erwartet, schon konfrontiert einen das eigene Kind wieder mit einer ganz neuen Situation. Eltern gehen davon aus, dass das immer seltener vorkommt, je älter die Kinder werden. Manchmal jedoch nehmen die Überraschungen zu.

Jean-Marc und ich sitzen noch immer auf der Loggia und trinken Pellegrino, als Liz zurückkommt. Zu meiner Überraschung geht sie zuerst zu ihm und küsst ihn auf die Wange. Er errötet vor Freude und sieht mich an, weil er sich fragt, ob das meine Idee war. Ich zucke mit den Schultern und schüttle den Kopf.

Ich habe Liz noch nie so nervös gesehen. Sie ist blass und fährt sich mit zitternder Hand über die Stirn. „Sitzt du bequem?", fragt sie mich.

„Mir geht es gut", sage ich. „Ich mache mir nur Sorgen um dich. Ich bin froh, dass du beschlossen hast, darüber zu reden." Natürlich meine ich damit ihre Verlobung.

„Ich weiß, dass du dir Sorgen machst", sagt sie und sieht verlegen zu Boden. Sie räuspert sich. „Es gibt … ein paar Dinge, über die wir reden müssen."

Jean-Marc macht Anstalten aufzustehen, aber sie bittet ihn zu bleiben. „Einiges davon hat auch mit dir zu tun." Er setzt sich wieder neben mich.

„Ich werde das hier gewissermaßen wie eine Besprechung

aufziehen, wenn du nichts dagegen hast", sagt sie zu mir. „Ich weiß, das klingt merkwürdig, aber ich versuche nicht, jemanden herumzukommandieren. Es ist nur – ich muss eine Menge Dinge sagen, ohne unterbrochen zu werden, sonst schaffe ich es vielleicht nicht."

„In Ordnung, Lizzie", versuche ich sie zu beruhigen. „Wir sind auf deiner Seite."

Jean-Marc nickt.

Liz setzt sich uns gegenüber, lehnt sich vor, faltet die Hände um ihre Knie und beginnt zu reden. „Letzten Monat, nachdem dieser Händler Papas Vinylscheiben gekauft hat, ist etwas passiert, von dem ich dir nichts erzählt habe. Ungefähr eine Woche, nachdem er die Platten abgeholt hat, kam ein gepolsterter Umschlag von ihm mit drei Computerdisketten darin. Er sagte, er hätte sie in einer Plattenhülle gefunden und wollte die Dinger an ihren Besitzer zurückgeben. Es gab drei Disketten, alle drei von Papa beschriftet. J-M-D, G-T-K und J-J-S."

Sie macht eine Pause und blickt von Jean-Marc zu mir. „Wusstest du, dass Papa hinter Jean-Marc herspioniert hat, noch Jahre, nachdem du und Papa verheiratet wart?"

Ich runzle die Stirn. „Warum sollte er so etwas tun?"

„Ich weiß es nicht", erwidert Liz. Ihre Stimme klingt unglücklich.

Ich sollte mich nicht angegriffen fühlen, aber ich kann nicht anders. „Ich habe deinem Vater niemals einen Grund gegeben, an meiner Treue zu ihm zu zweifeln. Bis letztes Jahr hatte ich keine Ahnung, wo Jean-Marc überhaupt war oder was er tat. Ich habe mein Versprechen deinem Vater gegenüber gehalten."

Liz nimmt meine Hand und drückt sie. „Ich weiß, dass du das hast, Mimi. Ich glaube dir. Und selbst wenn ich es *nicht täte, ist der Beweis auf der Diskette. Papa hat alles sehr gründlich dokumentiert.“*

Plötzlich verstehe ich manche kleinen Dinge, über die ich mich in all den Jahren gelegentlich gewundert hatte: dass ich ein paar Mal dachte, ich hätte den Computer ausgeschaltet, er aber noch an war. Dass ich Dinge herumliegen sah, von denen ich sicher war, dass ich sie weggeräumt hatte. Und die Augenblicke, wenn ich in unser Schlafzimmer kam und sah, dass Sam meinen Computer benutzte. Er hatte immer eine Erklärung gehabt. Aber jetzt, jetzt kannte ich die Wahrheit. Der arme Sam. Ich kann mich nicht aufraffen, wütend zu sein. Ich fühle nur Mitleid für einen Mann, der allen Grund hatte, glücklich zu sein, und sich stattdessen entschieden hatte, unglücklich zu sein.

„Die zweite Diskette bezog sich auf Jeff“, sagt Liz und blickt auf ihre Hände, während sie spricht. „Papa hat auch auf ihn jemanden angesetzt. Recherchiert. Den Hintergrund von Danny und Sarah überprüft.“

„Nein!“ Ich will es nicht glauben … und tue es doch.

„Doch“, sagt Liz. Sie sieht mit einem traurigen Lächeln zu mir auf. „Irgendwann hatte Jeff den Test bestanden. So wie ich es einschätze, war das ungefähr zu dem Zeitpunkt, als er nicht mehr Jeffrey, sondern Jeff zu ihm sagte. Ich erinnere mich daran, weil er uns den Austin Healey für eine Verabredung geliehen hat. Das war etwas ganz Besonderes.“

„Ach, Schatz. Das tut mir so leid.“

Sie legt den Kopf schief und fragt: „Kannst du dir denken, wofür G-T-K *steht?“*

Ich erinnere mich an ihren Anruf. Wie lautet George Kincaids Mittelname?

„Über George Kincaid und deinen Vater weiß ich nur“, sage ich, „dass sie gute Freunde waren. George war einer

der wenigen Menschen, denen dein Vater Einblick in sein Privatleben gewährt hat. Einer der wenigen Männer, denen er vertraute. Du meine Güte, er hat George einmal sogar gebeten, auf dem Anwesen zu übernachten, als du noch klein warst. Du warst krank, und Sam musste an die Küste fliegen, um irgendeine Geschäftskrise abzuwenden. Und er hat George angerufen, damit der ihn vertrat. Er war beinahe eine Woche lang Gast in unserem Haus. Der Arzt wollte dich ins Krankenhaus einweisen, aber ich wollte nichts davon hören, also kamen George und Betty und blieben, damit du zu Hause eine Rund-um-die-Uhr-Betreuung hattest. Betty war gelernte Krankenschwester, bevor sie George heiratete. Ich weiß nicht, was du meinst herausgefunden zu haben, aber George Kincaid war der beste Freund deines Vaters."

Während ich noch rede, ist Liz aufgestanden und hat begonnen, auf der Loggia auf und ab zu gehen. Als ich fertig bin, platzt es aus ihr heraus: „Papa hat ihn in den Ruin getrieben."

„Was?"

Sie streicht sich die Haare aus dem Gesicht. „Ich weiß nicht, warum, aber ich habe die Einzelheiten dessen, was George zugestoßen ist, überprüft. Es war Papa."

„Sei nicht albern!" Ich ärgere mich ein bisschen über ihre Theatralik. „Dein Vater hat George Kincaid geliebt. Der Alkohol hat George ruiniert. Ich kann dir unzählige Gelegenheiten nennen, bei denen Papa sich geweigert hat, George einen Drink einzuschenken, Szenen im Haus, Dinge, die du gar nicht zu wissen brauchst."

„Ich behaupte natürlich nicht, dass Papa George zum Alkoholiker gemacht hat", sagt Liz. „Ich rede von –"

„Das will ich nicht hören." Ich hebe die Hand, um sie

zum Schweigen zu bringen. „Was auch immer du herausgefunden zu haben glaubst, es ist nicht wahr. Sam Davis war vieles und nicht alles davon war gut – aber er war ein Ehrenmann, der Wort hielt."

„In gewisser Hinsicht hast du Recht, Mimi", sagt Liz. „Wort gehalten hat er tatsächlich, sich selbst gegenüber. Er hatte sich geschworen, es George heimzuzahlen, und das hat er getan."

„Das ergibt keinen Sinn. Was in aller Welt sollte zwischen George Kincaid und deinem Vater gewesen sein?"

„Du." Ihre blauen Augen sind ruhig. Und kalt.

„Was?"

„Du hast mich genau verstanden", sagt Liz und blickt von mir zu Jean-Marc und wieder zurück.

Ich schüttle den Kopf. „Ich sage es noch einmal: Das ergibt keinen Sinn."

Jean-Marc steht plötzlich auf. „Das ist Unsinn, Elizabeth. Ich bin sicher, du weißt das."

Vielleicht hat Jean-Marc verstanden, was sie meint, aber ich verstehe es immer noch nicht. „Wovon redest *du eigentlich?"*

„Papa dachte, dass du und George –" Liz beendet den Satz nicht. „Und er hat dafür gesorgt, dass George bezahlt. Und das endete darin, dass er Georges Architekturbüro vernichtet hat. Es war alles auf der Diskette."

Ich schüttle den Kopf. „Egal, was du da gefunden hast, es kann nicht wahr sein. Sam hätte das niemals getan. Und schon gar nicht mit George."

In meinem Kopf dreht sich alles. Was um alles in der Welt kann all das mit den aktuellen Problemen zu tun haben? Ihr Verlobter hat die Verlobung gelöst und Liz redet von Sam?

Jean-Marc tritt hinter mich. Seine Hand auf meiner Schulter hilft mir, mich zu beruhigen. Was für ein treuer Freund. Danke, Herr.

„Ryan Miller hat ein paar Dinge für mich überprüft, und ... und ..." Sie wendet sich ab. Ich sehe ihr Gesicht im Profil, als sie sagt: „Mein Vater hat etwas an den Blaupausen der Kincaid Towers geändert, die den Bauleuten als Vorlage dienten. Etwas, das die Prüfer wahrscheinlich nicht bemerken würden. Und sie haben es tatsächlich nicht bemerkt. Und dann stürzte das Gebäude in der Bauphase ein." Sie schluckt schwer. „Und der große Samuel Frederick Davis hat das veranlasst."

„Elizabeth. Du sprichst von einem Verbrechen. Wenn irgendjemand verletzt worden wäre –"

„Es wurde aber niemand verletzt. Außer George Kincaid." Sie holt tief Luft. „All diese Lügen." Sie wendet mir wieder das Gesicht zu, als sie die Stimme ihres Vaters nachahmt. „‚Elizabeth, wir gehen vielleicht unter, aber wenn, dann liegt es nicht daran, dass wir unsere Integrität verloren hätten.'" Ihr Blick geht von Jean-Marc zu mir und wieder zurück. „Ich habe meine Zukunft aufs Spiel gesetzt, weil ich einem Vermächtnis treu sein wollte, das nichts als eine Lüge ist."

Lange Minuten ist es ganz still auf der Loggia. Jean-Marc setzt sich wieder. Schließlich setzt sich auch Liz wieder auf den Stuhl uns gegenüber. Er ist der Erste, der spricht. Was er sagt, erstaunt mich. „Nach allem, was ich weiß, Elizabeth, war Samuel Davis dir ein guter Vater." Er sieht mich an. „Und auf seine Weise war er auch ein guter Ehemann. Er war euch beiden treu. Er hat euch nicht im Stich gelassen. Es gibt keinen Grund, jemals wieder von diesen Dingen zu sprechen."

„Außer ... der arme George", sage ich unglücklich. Ich könnte für ihn weinen. Wie kann ich ihm jemals wieder ins Gesicht sehen?

„Ja. Das dachte ich auch, aber ..." Und Liz erzählt von ihrem Besuch bei George Kincaid.

„Halleluja", ist alles, was ich sagen kann, als sie ihren Bericht beendet hat. „Und möge Gott George für dieses erstaunliche Beispiel an Vergebungsbereitschaft zehnfach segnen."

„Ich glaube, Gott sorgt ganz gut für George", sagt Liz. „Durch dich, Mimi, als du ihn gebeten hast, bei dem Klinikprojekt mitzuarbeiten. Obwohl es mich wundert, dass er überhaupt noch mit irgendeinem Davis zusammenarbeiten wollte, bin ich froh, dass er es getan hat. Und froh, dass du darauf bestanden hast. Es beruhigt mich ein wenig, dass, auch wenn mein Vater maßgeblich am Ende von George Kincaids Karriere beteiligt war, wir", sie macht eine Handbewegung zwischen uns beiden, „ihm bei seinem Neuanfang helfen konnten. Es ist nicht genug. Aber es ist wenigstens etwas."

Meine schöne, starke Tochter legt ihre Hände auf die Knie, steht wieder auf und geht wieder an die Brüstung der Loggia. Sie legt die Hände auf die taillenhohe Steinmauer, blickt zu den Hügeln in der Ferne hinüber und wechselt plötzlich das Thema. Ihre Stimme ist ruhiger, als sie sagt: „Als ich vorhin Jeff nachgelaufen bin, habe ich ihn nicht gefunden."

„Was wolltest du ihm denn sagen?"

„Wahrscheinlich das Falsche", sagt Liz mit einem kleinen Achselzucken. „Das habe ich in letzter Zeit ständig getan – das Falsche gesagt. Alles war so furchtbar durcheinander. Ich habe mich an allem festgeklammert, was Papa

angefangen hat, von der Firma über das Haus bis hin zu seinem alten Arbeitszimmer, um ein Denkmal für einen Mann zu errichten, den es nie gegeben hat." Sie macht eine hilflose Geste. Ihre Stimme klingt verbittert, als sie laut sagt: „Der Samuel-Frederick-Gedächtnis-Trakt für Onkologie." Sie lacht verächtlich und zieht eine Grimasse, als wäre sie ein Kind, das etwas Verdächtiges im Essen gefunden hat.

„Komm her und setz dich, ma chère*", sagt Jean-Marc sanft. Zu meinem Erstaunen gehorcht Liz. Er nimmt ihre beiden Hände in seine und hält sie, während er sagt: „Niemand auf dieser Erde ist so eindimensional, als dass er grenzenlosen Hass verdient hätte oder auch blinde Verehrung. Der Mann, der dein Vater war, verdient es, dass du dich an ihn erinnerst, Elizabeth. Ebenso der Mann, der so viele Jahre lang so gut für deine Mutter gesorgt hat. Und den Rest", er sieht mich an und lächelt „den Rest schickst du den Fluss hinunter, okay?" Er lässt eine von Lizzies Händen sinken und drückt stattdessen eine von meinen, bevor er sich wieder zurücklehnt und wartet, während Liz sich die Nase putzt. „Ich glaube, es würde dir gefallen, dich mit meiner Tochter Celine zu unterhalten. Sie hat viel Erfahrung damit, einen Vater anzunehmen, der viele Fehler hat."*

Endlich gehorcht mir meine Stimme wieder. „Ist diese, diese Information über deinen Vater der Grund, warum du Jeff verstoßen hast?"

„Teilweise", sagt Liz. „Auch. Vielleicht." Ihre Unterlippe bebt. „Vielleicht auch nicht. Ob du es glaubst oder nicht – Elizabeth Davis, die knallharte Geschäftsfrau, hat Angst. Ich weiß nicht, wie ich woanders ein neues Leben beginnen soll. Omaha ist alles, was ich kenne."

„Du hast mir doch erzählt, dass du die Bucht von San Franzisko schön findest. Und Verwandtschaft gibt es auch in der Nähe. Irgendwie glaube ich, dass du und Danny und Sarah und die Kinder mit der Zeit sehr gut miteinander auskommen werdet. Die einzige Frage, die du dir im Moment beantworten musst, ist: Liebst du Jeffrey James Scott?"
Sie schließt die Augen, und die Tränen rinnen ihr über die Wangen. „Ja doch. Aber ich habe ihn verletzt, Mimi. So furchtbar verletzt."
„Verletzungen heilen", sage ich. „Und wie ich heute Morgen im Krankenhaus schon zu Jeff gesagt habe: Liebe vergibt."
Liz schüttelt den Kopf. „Nicht immer. Nicht alles. Manche Dinge kann ein Mensch wahrscheinlich nicht verzeihen."
„Sieh dich einmal um, Lizzie-Bär", sage ich liebevoll. „Hast du Florenz wirklich gesehen? Das Versprechen der Vergebung ist überall, wohin du auch siehst." Sie versteht mich nicht. Deshalb sage ich so vorsichtig wie möglich, in der Hoffnung, dass ich nicht zu sehr predige: „Das Kreuz, mein Schatz. Das Kreuz. Es gibt nichts, was du getan haben könntest, das Gott nicht vergeben kann, nichts, das Jeff mit Gottes Hilfe nicht vergeben könnte. Sieh doch nur, was Gott in und durch George Kincaid bewirkt hat. Der Mann hat dir Tee gemacht, Lizzie. Er hat Sams Kliniktrakt entworfen. Es gibt nichts, was du getan haben könntest, das so schlimm sein kann."
„Wegen mir dachte er, dass ich sein Baby nicht will." Ihre Hand legt sich auf ihren Unterleib und sie bricht in Tränen aus. „Ich habe es nicht so gemeint. Ich habe es nicht so gemeint. Ich hätte es doch nie wirklich getan …"
Ich erstarre vorübergehend in meinem Sessel, während mein Verstand das Wort Baby aufnimmt und in einen bewussten

Gedanken übersetzt. Und dann höre ich den Rest dessen, was Liz gerade gesagt hat. „Ich hätte es doch nie wirklich getan." Was getan? „Dass ich sein Baby nicht will." Sie ist schwanger? Sie hat über eine Abtreibung nachgedacht? Ohne mit jemandem darüber zu sprechen?

In den wenigen Augenblicken, die ich brauche, um all dies zu denken, vergräbt Liz ihr Gesicht in den Händen und sinkt auf die Knie. Ich strecke mich nach ihr aus, aber mein Bein ist auf ein Kissen gestützt, und als ich versuche mich zu bewegen, jagt ein stechender Schmerz durch mein Knie, und anstatt meine Tochter zu berühren, geht meine Hand zu dem Knie. Wieder einmal bin ich dankbar für Jean-Marc, der nicht zögert und Liz in seine Arme zieht. Und falls ich je versucht war zu glauben, dass meine erwachsene Tochter ihre Eltern nicht braucht, dann sehe ich in diesem Moment mit eigenen Augen den Beweis dafür, dass ich Unrecht hatte.

Liz hört trotz ihrer Tränen, wie ich vor Schmerz scharf die Luft einziehe. Sie blickt über Jean-Marcs Schulter und vergisst für den Bruchteil einer Sekunde sich und ihre Sorgen, als sie an mich denkt. „Mimi –"

„Mir geht es gut."

„Chérie?" *Jean-Marc dreht sich um.*

„Mir geht es gut."

Durch all die Ausrufe und Fürsorge und Schluchzer wird die Szene ein bisschen rührselig. Jean-Marc und Liz helfen mir, mein Bein bequemer zu betten, und während Jean-Marc geht, um Wasser zu holen, damit ich meine Schmerztablette nehmen kann, haben Liz und ich einen Moment für uns alleine.

„Es tut mir leid", murmelt sie, den Blick auf ihre Hände gesenkt.

„Mir auch."

Sie sieht zu mir auf und runzelt die Stirn. „Was muss dir denn leidtun? Ich bin es doch, die immer gesagt hat, dass du altmodisch bist, wenn du mich davor gewarnt hast, bei Jeff zu übernachten. Die gesagt hat, du bräuchtest dir keine Sorgen zu machen, weil Jeff und ich wüssten, was wir tun? Dass das ‚heutzutage eben so' sei?"

„Schhhh", sage ich und schüttle den Kopf. „Ich habe mich entschuldigt, weil ich hier in Europa war, als ich vielleicht dort in Nebraska hätte sein sollen."

„Ich bin neunundzwanzig Jahre alt, Mimi", murmelt Liz. „Ich sollte eigentlich mit meinem Leben selbst klarkommen. Und selbst wenn du in Omaha wohnen würdest, hätte ich sowieso nicht auf dich gehört. Wann habe denn schon auf dich gehört?"

„1987. Als ich dir gesagt habe, dass Orange nicht deine beste Farbe ist." Wo um alles in der Welt jetzt die Fähigkeit zu lachen herkommt, weiß ich nicht. Das heißt, ich weiß es doch. Es ist Gottes Gnade. Liz lacht kurz und herzergreifend, dann füllen sich ihre Augen wieder mit Tränen. „Nun komm schon, Lizzie-Bär", bitte ich. „Das haben wir doch alles hinter uns, du und ich."

Sie zieht eine Grimasse und schüttelt den Kopf. „Mit all meiner Intelligenz und nach dem, wie ich dich von oben herab behandelt habe, fiel mir nichts anderes ein, als deine Fehler zu wiederholen."

„Bezeichne dich nicht als Fehler!", ermahne ich sie. „Die Umstände deiner Geburt waren vielleicht nicht ideal, aber du warst ein Segen. Und euer Baby wird auch ein Segen sein. Das wollen wir sofort klarstellen." Ich schüttle den Kopf. „Dass du gedacht hast –"

Lucia rauscht mit Jean-Marc im Gefolge herein. Sie trägt

ein Tablett mit Obst und Käse, zwei Flaschen Pellegrino und eine besorgte Miene. „Sie müssen mir sagen, was ich tun kann", sagt sie zu Liz und mir. „Egal, was Sie brauchen. Ich fühle mit Ihnen."

„Sie haben schon alles getan", versichere ich ihr und zeige mit einer ausladenden Armbewegung auf die Loggia. „Sie haben Ihr Haus mit uns geteilt und uns willkommen geheißen. Ich kann Ihnen gar nicht genug danken."

„Ich weiß!", sagt Lucia und ihre Miene hellt sich auf. „Ich rufe noch einmal im Wellnesscenter an –"

„Nein", sage ich, vielleicht etwas zu schnell.

Lucia zeigt auf mich. „Ich weiß, ich weiß. Sie wollen nicht zurück. Das ist auch nicht nötig. Tomaso kommt zu Ihnen. Morgen." Sie strahlt Liz an. „Und zu Ihnen. Gleich morgen früh. Hier auf der Loggia. Ist ein schöner Platz für eine Entspannungsmassage. Ich sage Luca Bescheid, damit er sich um die Einzelheiten kümmert." Sie flattert aus dem Zimmer.

* * *

Nachdem sie beschlossen hat, Jeffs Baby zu bekommen, und ihm wahrscheinlich bis ans Ende der Welt folgen wird – in diesem Fall nach Kalifornien –, ist Liz aber noch nicht beruhigt. „Was ist denn, wenn er mir nicht verzeiht? Was, wenn er schon weg ist?"

Alle meine Überredungskünste sind notwendig, um sie zu überzeugen, dass Jeff in den nächsten Tagen fest in Florenz stationiert ist und dass sie sich regenerieren muss, anstatt die Führung zu übernehmen: „Er hat versprochen, nirgendwohin zu fahren, bis er von mir gehört hat. Er fährt nicht, bevor ich ihm nicht die Sea Cloud *gezeigt habe."*

Liz weint noch eine Viertelstunde in Jean-Marcs Armen und sinkt dann kraftlos in einen Sessel auf der Loggia. Als ich ihr erkläre, dass es ganz verständlich ist, wenn ihr Organismus völlig schlapp macht, nachdem er seit Wochen auf Hochtouren gelaufen ist, gestattet sie es sich, die Uhr zu ignorieren, und geht am helllichten Nachmittag schlafen.

Jean-Marc bleibt noch eine Weile, aber er ist rastlos. Wir reden über unwichtige Dinge. Wie bedauerlich es ist, dass ich jetzt doch nicht wie geplant das Motorradfahren lernen kann, wie lange die angeheuerte Crew wohl mit der Sea Cloud *brauchen wird, wie Lucia es wohl schaffen wird, Annies Hochzeit in den Garten zu verlegen. Er fragt, ob er mitkommen soll, wenn ich mit Jeff spreche, aber er stimmt sofort zu, als ich sage, dass ich es für besser halte, wenn ich das alleine tue. Als Luca kommt und anbietet, mich noch am selben Abend zu Jeff ins Hotel zu fahren, macht er sich auf den Weg zu Celine. Er wird beten, verspricht er. Und er wird anrufen.*

* * *

Ich wache ruckartig auf, und als ich auf meine Armbanduhr sehe, wird mir bewusst, dass ich in meinem Sessel auf der Loggia beinahe eine Stunde lang geschlafen habe. Luca hat es sich auf einer Bank mir gegenüber bequem gemacht, seine Lesebrille auf der Nasenspitze und ein übergroßes Buch auf dem Schoß. Als er meine Bewegung wahrnimmt, blickt er lächelnd herüber. „Lizbet schläft wieder", sagt er. „Ich habe vorhin nach ihr gesehen, und da war sie wach. Sie war unruhig und wir haben ein bisschen geredet. Sie hat mir von den Dingen erzählt." Er

lächelt. „Ich habe sie überzeugt, dass Gott und ihre Mutter alles unter Kontrolle haben und dass sie sich ausruhen muss, damit sie für das Gute des nächsten Tages bereit ist.“ Er hat vielleicht keine Kinder gehabt, aber wie es scheint, hat Luca Santo das Herz eines Vaters.
Jetzt sieht er mich skeptisch an. „Bist du sicher, dass du die Kraft hast, dich heute mit Jeffrey zu treffen, cara mia?*“*
„Ganz sicher“, sage ich. Tatsächlich haben das Nickerchen, die frische Luft auf der Loggia und vielleicht auch Luca mich für die anstehende Aufgabe gestärkt.
„Ich wollte sagen, wir könnten unten in der Stadt etwas essen gehen, aber ich glaube …“
Ein Abendessen mit Luca, allein die gemeinsame Zeit, nicht das Essen, erscheint mir besonders attraktiv. Ich wage nicht, die Gründe dafür zu analysieren. Es ist einfach so.

* * *

„Bist du sicher, dass alles in Ordnung ist?“, frage ich. Luca ist ungewohnt still, während er uns in die Stadt fährt.
„Natürlich“, sagt er. „Warum fragst du?“
„Du bist nicht ein einziges Mal ausgeschert und hast auch noch gar nicht gehupt. Und du achtest auf die Fußgänger.“ Da ist es wieder. Dieses Lächeln. Ich liebe dieses Lächeln.
„Die Experten haben immer noch nicht über das Fresko in der Kapelle entschieden und das macht Lucia Sorgen. Sie will, dass alles vor der Hochzeit perfekt ist.“
„Es ist wirklich lieb von ihr, dass sie uns in ihr Haus aufgenommen hat“, sage ich, „aber ich fand es im Hotel auch wunderbar, und wie du siehst, komme ich schon ganz gut

zurecht. Liz und ich werden morgen früh wieder umziehen, wenn Zimmer frei sind.“
Er lächelt.
Jetzt geht es mir schon viel besser.
„Ein Zimmer ist auf jeden Fall frei und steht jederzeit zu deiner Verfügung.“
„Ich brauche nicht das Penthouse“, scherze ich. „Ich tue nur so, als wäre ich die Queen Mom.“
Noch ein Lächeln. Sogar ein Grinsen.
„Das ist besser“, sage ich. „Ich habe mir schon Sorgen um dich gemacht.“
„Du brauchst dir keine Sorgen um irgendetwas zu machen“, erwidert er und drückt meine Hand. „Genieß einfach Florenz.“
Als er Florenz erwähnt, erinnere ich mich. „O nein. Ich habe die Verabredung in der Academia *vergesssen.“*
„Wann ist das?“
„Am Samstagnachmittag. Ich möchte den David *sehen, aber ich glaube, ich kann noch nicht so weit laufen. Noch nicht. Und Jeff und Liz sind wichtiger. Wenn ich es nicht zu dem Termin schaffe – sollte ich dann nicht anrufen und absagen?“*
„Das kannst du natürlich. Aber ich könnte dich auch in einem Rollstuhl hinbringen.“
Ich schüttle den Kopf. „Ich will ja nicht undankbar sein, aber ich möchte nicht, dass jemand mich so sieht. Mit einem Gehstock habe ich kein Problem und in ein paar Tagen bin ich bestimmt so weit, dass ich es schaffe. Auf meinen eigenen Füßen.“
Er sagt etwas über die Queen Mom, die nicht möchte, dass ihre Untertanen sie humpeln sehen, bevor er fragt: „Wenn du meinst, dass es ihr nichts ausmacht, wäre es mir

eine Ehre, Elizabeth am Samstag mitzunehmen. Dann hat sie etwas Ablenkung von ihren Sorgen."

„Ausmachen? Was sollte es ihr ausmachen?"

„Dass ich nicht Jean-Marc bin", sagt er. „Vielleicht würde sie lieber Zeit mit ihm verbringen. Wir könnten ihn anrufen und fragen. In ihrem Namen."

Ich schüttle den Kopf. „Er braucht Zeit mit seinen Enkeln und Celine. Und ich weiß, dass er vorhat, nach Livorno zu fahren. Er erwartet die Sea Cloud *jeden Augenblick, und dann will er da sein. Ich glaube nicht, dass er seiner neu angeheuerten Crew so völlig vertraut, wie er vorgibt."*

Wir fahren vor dem Hotel vor. Luca hilft mir aus dem Wagen und ins Foyer. „Ich suche einen Parkplatz und komme in einer Stunde zurück?"

„Ich bin im Atrium. Bete, dass Jeff dann bei mir ist. Das wäre ein gutes Zeichen."

* * *

Scusi. Signorina.

Liz tauchte aus einem tiefen Schlaf auf und schlug die Augen auf.

„Wie spät ist es?"

Das Hausmädchen zuckte mit den Schultern und hielt ihr das Telefon hin.

Liz nahm das Telefon, blinzelte zum Wecker und las *zwölf Uhr*.

„Welchen Tag haben wir?"

Das Hausmädchen strahlte. „Donnerstag, *signorina. Sì, sì*. Ist Donnerstag."

Wie war das möglich? Sie hatte die ganze Nacht geschlafen und den halben Tag? Mimi hatte Recht gehabt. Ihr Organismus wollte offenbar ganz abschalten. Sie nahm das Telefon ans Ohr. „Liz Davis hier." *Wie blöd. Die offizielle Bürostimme ist hier in Florenz nun wirklich nicht nötig.*

„Jeff Scott hier."

Sie hob die andere Hand zum Telefon, so, als könnte sie ihn, wenn sie beide Hände zu Hilfe nahm, länger in der Leitung halten. „Wirklich?"

„Wirklich. Habe ich dich geweckt?"

„Ja. Nein. Ich meine ja, aber es war höchste Zeit, dass jemand es tut."

Er verschwendete keine Zeit mit Smalltalk. „Mary hat mir erzählt, dass du eine Entscheidung getroffen hast."

„Ja." Sie schluckte mühsam. „Ich … ich hatte nie wirklich vor … ich meine, ich hätte nie –"

„Das hat Mary auch gesagt. Aber mich hattest du echt überzeugt."

„Ich … das war falsch. Es tut mir leid. Furchtbar … leid …" Sie bekam einen Schluckauf und kämpfte gegen die Tränen an.

„Ich habe nicht angerufen, um dich zum Weinen zu bringen", sagte Jeff. Seine Stimme war freundlich, aber nicht ganz *ihr* Jeff. „Ich rufe an, um dir zu sagen, dass Jean-Marc mich eingeladen hat, mit ihm nach Livorno zu fahren und die *Sea Cloud* in den Hafen einlaufen zu sehen. Wenn du nichts dagegen hast, würde ich gerne mitfahren. Ich glaube, dass wir beide gut etwas Zeit gebrauchen können, um uns über verschiedene Dinge klar zu werden und auf Nummer sicher zu gehen."

„Oh, ich bin sicher", sagte Liz. „Ganz sicher. Ich bekomme dieses Baby. Ich liebe dich. Ich will mich bessern. Und mit dir zusammen sein."

„Das bedeutet aber nach wie vor, dass du umziehen müsstest."

„Ich weiß. Das habe ich erwartet."

Er schwieg. Sie wusste, dass er nachdachte. Es war eine seiner bewundernswerten und zugleich nervenaufreibenden Eigenschaften. Schließlich sprach er. „Halt den Gedanken fest. Bis ich wieder da bin. Ich möchte dir die Gelegenheit geben, dich zu beruhigen und auszuruhen." Seine Stimme klang jetzt anders, sie konnte das Gefühl darin hören. Es klang wie *Hoffnung*, obwohl noch immer Zweifel und Unsicherheit darin mitschwangen. „Weil ich nicht glaube, dass ich einen zweiten Akt dessen, was wir uns gerade angetan haben, überleben würde."

Er sagte noch ein paar Dinge. Freundliche, belanglose Dinge. Dass er hoffte, sie würde es genießen, Florenz zusammen mit ihrer Mutter und mit Luca zu erkunden, und dass sie reden würden, wenn er zurückkam. Sie bemühte sich, nicht zu weinen. Und ihm zu glauben. Sie musste all ihren Willen zusammennehmen, damit sie ihn nicht anflehte, zu ihr zu kommen. Jetzt sofort. Elizabeth Davis war keine Frau, der man sagte, sie solle warten. Aber Jeffrey James Scott war kein Mann, den eine Frau manipulieren konnte. Nicht, wenn sie wollte, dass er blieb.

„Ich verstehe." Sie sagte das, weil er es von ihr erwartete, und nicht, weil sie es wirklich verstand. Liz wurde bewusst, dass das schwer werden würde. Vielleicht das Schwerste, was sie je getan hatte. Wie konnte sie bloß überleben, bis Jeff nach Florenz zurückkehrte?

„Jean-Marc lässt dir ausrichten, dass er eine Exkursion mit der *Sea Cloud* und allen an Bord plant, wenn wir wieder im Hafen sind. Er hatte es dir gegenüber noch nicht erwähnt, aber anscheinend hat er mit Celine besprochen, dass wir uns alle am Wochenende treffen könnten. Vielleicht warten wir mit dem Treffen jetzt lieber, bis wir die Segeltour machen. Wir müssen einfach abwarten, was geschieht."

„Segeltour mit allen?"

„Deine Mutter, du, Luca, Celine und was weiß ich, wer alles dabei sein wird. Aber darauf kannst du dich schon mal freuen, oder?"

„Auf jeden Fall." Sie zwang sich, zuversichtlich zu klingen.

„In Ordnung. Dann ruh dich aus und ich rufe an, wenn ich wieder da bin."

„Jeff, ich … ich liebe dich."

„Das glaube ich dir. Würdest du etwas für mich tun?"

„Alles."

„Halte die Augen und Ohren offen, wenn du die Stadt besichtigst. Und das Herz. Versuch, dir keine Sorgen über Kalifornien zu machen. Sei ganz hier, Liz. In Florenz. *Sei mit allem, was dir wichtig ist, hier.*"

Kapitel 20

Die Schlange an der *Academia,* die viele Kunstwerke und darunter auch Michelangelos *David* beherbergte, schlängelte sich durch die Tür nach draußen und um den halben Häuserblock. Als sie und Luca näher kamen, sank Liz' Laune. Sie war immer noch müde, und die Vorstellung, in dieser Schlange anzustehen …

Wenn sie Jeff nicht versprochen hätte, sich Florenz wirklich anzusehen, wäre sie im Hotel geblieben. Im Bett.

„Zum Glück", sagte Luca, der ihre Stimmung zu spüren schien, „hat Ihre Mutter einen Termin gemacht. Wir gehen durch die Tür dort."

„Gut." Liz zwang sich zu einem Lächeln, als sie ein halbes Dutzend Menschen einen halben Block weiter vor einer anderen Tür stehen sah.

„Wussten Sie", fragte Luca, „dass der *David* früher vor dem Palazzo Vecchio stand?"

„*Draußen*? Einfach so frei zugänglich?"

„*Sì*. Ein Arm wurde beschädigt und ein paar Zehen. Aber jetzt hat er seinen eigenen Raum und Wachen, die auf ihn aufpassen. Als ich ein Junge war –" Luca schüttelte den Kopf. „Aber egal. Heute freue ich mich darauf, einer schönen Amerikanerin einen schönen Italiener vorzustellen." Er zwinkerte.

Sie betraten die *Galleria dell'Accademia*. Liz erblickte schon nach wenigen Schritten den *David*. Gelassen und in klassischer Schönheit stand er da, dem Eingang gegenüber, zu seinen Füßen eine riesige Menschenmenge. Er stand am Ende einer langen Galerie, deren fensterlose Wände vier mächtige Marmorblöcke säumten. Das waren die nie vollendeten Skulpturen jener Gefangenen, die ursprünglich das Grab von Papst Julius II in Rom schmücken sollten.

„Touristenbusse", murmelte Luca. „Drei davon waren draußen geparkt. Wenn ich darf …" Er nahm Liz' Arm und führte sie in Richtung David. Auf dem Weg blieb er vor der ersten von vier gewaltigen Statuen stehen. Menschliche Gestalten schienen sich aus jedem Steinblock befreien zu wollen, aber keinem war es gelungen. Die Spuren der Bildhauerwerkzeuge waren an allen Seiten zu erkennen.

„Wenn man überlegt", murmelte Luca, „dass das Werkzeug, das *diese* Spuren in *diesem* Stein hinterlassen hat, in der Hand von Michelangelo gelegen hat …"

Liz blieb stehen und sah in eines der steinernen Gesichter. Plötzlich waren die unvollendeten Stücke mehr als nur Marmorblöcke, die man zur Ablenkung der Touristen aufgestellt hatte, während diese darauf warteten, das *wahre* Kunstwerk am Ende des Ganges zu sehen.

Luca erklärte: „Als diese Skulpturen geschaffen wurden, überwarf sich Michelangelo mit seinen Auftraggebern. Er konnte manchmal etwas schwierig sein, sagt man. Aber sind wir das nicht alle? Aus welchem Grund auch immer – die Figuren blieben in ihrem Marmorkokon gefangen."

„Sie wissen eine Menge über Kunst", sagte Liz.

„Ich weiß ein bisschen was", verbesserte Luca sie. Er sah zu dem David hinüber. „In ein paar Minuten gehen sie, dann haben wir einen besseren Blick. Darf ich Ihnen eine kleine Geschichte erzählen?"

Liz nickte.

„Dies ist nur eine Geschichte, *signorina*, das heißt, Sie dürfen mich nicht zitieren, als ob es wirklich so geschehen wäre. Ich weiß nicht. Aber man erzählt sich die Geschichte, dass eines Tages jemand kam, um dem großen Meister bei der Arbeit zuzusehen. Das war, nachdem er den *David* geschaffen hatte, dessen Marmorbrocken wegen einer fehlerhaften Stelle jahrelang unbearbeitet in einer Ecke verstaubt war. Selbst der große Leonardo hatte den Stein verworfen, es schien unmöglich, ihn zu behauen, er war wertlos. Jedenfalls wird erzählt, dass dieser Zuschauer Michelangelo fragte, wie er einen Steinblock ansehen und daraus so etwas Großartiges wie den *David* oder die *Pietà* erschaffen könne. Der Meister zuckte mit den Schultern" – Luca hob übertrieben die Schultern – „und sagte: ‚Es ist ganz einfach. Ich schlage nur das weg, was nicht nach David aussieht.'"

Luca schob die Hände in die Taschen und betrachtete das Gesicht der unvollendeten Skulptur, vor der sie gerade standen. „Ich glaube, es steht in dem Brief, den Paulus an die Römer geschrieben hat, dass Gott vorhat, uns Christus immer ähnlicher zu machen. In einer älteren Übersetzung heißt es, wenn ich mich recht entsinne, ‚dem Bild des Sohnes gleich', und ich denke oft, es wäre gut für mich, so liebevoll und weise wie Christus zu sein. Und dann wird mir klar, dass genau das passiert, seit ich an Gott glaube. Gott haut alles weg, was nicht wie Christus aussieht." Er lächelte und zuckte mit den Schultern. „Natürlich ist es für

Gott viel schwieriger, Luca Santo wie Christus aussehen zu lassen, als es für Michelangelo war, einen Marmorblock in einen schönen Mann zu verwandeln. Die Verwandlung eines Menschen dauert ein ganzes Leben und", er nickte, „manchmal tut es furchtbar weh." Er zwinkerte, sah an Liz vorbei und nahm ihren Arm. „Kommen Sie. Jetzt haben wir eine gute Chance, ganz um Seine Majestät herumzugehen."

Nachdem sie überall in Florenz Nachbildungen des *David,* Postern, Postkarten und Zeichnungen begegnet war, hatte Liz erwartet, dass die Besichtigung der eigentlichen Skulptur irgendwie ernüchternd sein würde. Aber als sie unter dem gewaltigen, über drei Meter hohen Kunstwerk stand, war sie verzaubert. Selbst die Adern in den Armen des Mannes traten hervor. Es hätte sie nicht überrascht, wenn die Figur zum Leben erwacht wäre. Und sie konnte nicht anders, als den kräftigen Rücken und dessen Verlängerung zu bemerken. Als sie die Hand vor den Mund hielt, um ein Lächeln zu verbergen, stieß Luca sie von der Seite an.

„Ihr Frauen", tadelte er, „denkt immer dasselbe."

„Sie wissen doch gar nicht, was ich denke", protestierte Liz.

„Ich weiß, was meine Sophia dachte, als sie und ich den *David* zum ersten Mal gemeinsam betrachtet haben. Sie hat es mir nämlich erzählt." Er kam näher und flüsterte: *„Klasse Brötchen."*

Liz lachte laut heraus und tat dann, als wollte sie ihn ausschimpfen. „Was würde Meister Michelangelo wohl sagen, wenn er wüsste, dass Sie Witze über Brötchen machen, nachdem Sie gerade noch eine Predigt aus seinen eigenen Worten gebastelt haben?"

Luca schien einen Augenblick darüber nachzudenken, bevor er antwortete. Als er es schließlich tat, zeigte er zur Decke der gewölbten Kuppel über dem *David* hinauf. „Ich habe großes Glück. Der wahre Meister ist sehr nachsichtig."

* * *

„Celine Dumas?" Liz versuchte gar nicht erst, ihre Überraschung zu verbergen, als die Anruferin ihren Namen nannte.

Ein klangvolles Lachen ertönte am anderen Ende der Leitung. „Ja. Celine Dumas. Die *andere* Tochter."

Liz sah Mimi an, die gerade aus dem Bad kam und rot im Gesicht war, weil sie versucht hatte, sich die Haare über der Badewanne zu waschen, ohne die Konstruktion an ihrem Knöchel nass zu machen.

„Unser lieber Papa ist in einer für ihn typischen Aktion zu seiner kostbaren *Sea Cloud* abgereist und hat unser Treffen abgesagt", sagte Celine. „Ich finde, dass Papas geänderte Pläne uns, die wir ein Leben an Land haben, eigentlich nicht stören müssen. Wir können auch ohne ihn bei Gilli Tiramisu essen. Was meinst du?"

Was konnte sie schon sagen? „Das finde ich auch. Jean-Marc hat ziemlich viel von dir erzählt. Und auch von Xavier und Olivier. Wir würden euch alle gerne treffen." Gerne war vielleicht ein bisschen viel gesagt, dachte Liz. Aber es ging nun mal kein Weg daran vorbei. Und der Gedanke, Celine und ihre Kinder ohne Publikum kennen zu lernen, gefiel ihr tatsächlich.

„Oh, ich würde euch nicht gleich mit der ganzen

Bande überfallen." Celine lachte wieder. „Die Jungs sind außerdem mit Papa und deinem Verlobten nach Livorno gefahren. Er ist sehr charmant."

„Ja ja. Das ist er. Ich bin froh, dass du wegen der Verschiebung nicht böse auf ihn bist."

„Nicht Papa", widersprach Celine. „Ich meine deinen Verlobten. Signor Scott."

„Danke", sagte Liz.

„Hättet du und die Mrs Davis, von der ich so viel gehört habe, morgen Nachmittag Zeit?"

„Bleib mal einen Moment dran, dann frag ich sie." Liz bedeckte die Sprechmuschel mit der Hand. „Sie lädt dich und mich ein, uns trotzdem mit ihr zu treffen. Ohne Jeff und Jean-Marc."

„Wann?"

„Morgen Nachmittag."

„Ich wüsste nicht, was dagegen spräche", sagte Mimi. „In gewisser Hinsicht ist es vielleicht sogar besser." Sie setzte sich auf die Bettkante und begann ihre Haare auszukämmen. „Einfacher. Weniger starke Persönlichkeiten an einem Tisch. Weniger Publikum, das zusieht, was wir machen."

Liz nickte und nahm Celines Einladung an.

„Das Gilli liegt zentral, direkt an der Piazza della Republica", sagte Celine. „Doch ich weiß nicht, ob deine Mutter schon so weit laufen kann. Soll ich lieber zum Hotel kommen? Was ist für euch einfacher?"

Celine war sehr entgegenkommend, klang wirklich nett. Liz versicherte Celine, dass sie und Mimi sich auf den Nachmittag bei *Gilli* freuten, verabredete sich mit ihr dort um zwei Uhr am nächsten Tag und legte mit einem Seufzer auf.

„Und?“, fragte Mimi und schüttelte ihre feuchten Locken.

„Du hast ja mitgehört. Morgen Nachmittag um zwei.“ Liz ließ sich auf die Couch fallen. „Sind das die Hormone oder verwandelt Italien mich in einen nervösen, erschöpften, stammelnden Angsthasen?“

„Du, meine liebe Tochter, wirst nie ein stammelnder Angsthase sein“, sagte Mimi. „Und dass du nervös bist, ist normal. Das bin ich auch.“ Sie zwang sich zu lächeln. „Es ist nicht gerade die berechenbarste Begegnung, die wir je hatten.“ Sie überlegte einen Moment, bevor sie fortfuhr: „Ich habe das Gefühl, ich muss mich bei dir entschuldigen, weil ich dir all das zumute. Du hättest alles Recht, dich unwohl zu fühlen, auch wenn du nicht schwanger wärest. Aber es stimmt auch, dass eine Schwangerschaft eine andere Dimension von Müdigkeit hervorruft.“

„Wie lange wird das wohl noch dauern?“, knurrte Liz, während sie ein Kissen zusammendrückte und unter ihren Kopf schob.

„Fünfzig Jahre“, rief Mimi aus dem Bad, in das sie sich zurückgezogen hatte, um ihre Haare zu fönen.

„Und nur fürs Protokoll: Hör auf, dich zu entschuldigen“, sagte Liz, bevor sie fragte, wohin ihre Mutter und Luca an diesem Abend gehen wollten.

„In eine kleine Trattoria, in die seine Familie gerne geht. Angelinas Restaurant, hat er, glaube ich, gesagt. Wir können von hier aus zu Fuß gehen. Ich glaube, es ist sogar auf dieser Seite des Flusses.“

„Bei Angiolino?“, fragte Liz.

„Genau, so heißt es. Warum?“

Liz schloss die Augen und schüttelte den Kopf. „Das

ist wirklich merkwürdig." Sie erzählte Mimi, wie sie Gil Dayton im Flugzeug kennen gelernt hatte, von seinen Computerkenntnissen und seinen Empfehlungen für Florenz.

„Also dann", sagte Mimi, „werde ich dir berichten, wie ich es finde. Ich bin ganz ausgehungert, deshalb sollte es besser ein gutes Restaurant sein."

Mary

Der Weg zu Angiolino ist nicht sehr vielversprechend, abgesehen von der Tatsache, dass meine Hand in Lucas Arm eingehakt ist. Die Straße ist nahezu menschenleer und hat nur zwei Geschäfte, die beide geschlossen sind. Es gibt keine Autos und nur schummriges Licht, bis wir das kleine doppelt verglaste Fenster erreichen, in dem ein pinkfarbenes Neonlicht das gemalte Wort Trattoria *erleuchtet. Die Auslage im Fenster ist eine lustige Sammlung aus Weinflaschen und künstlichen Lebensmitteln, mit einem riesigen Keramikschwein, das als Koch verkleidet ist.*

„Wir sind sehr früh dran", sagt Luca, obwohl es schon sieben Uhr ist. „Sie haben gerade erst aufgemacht. Das ist gut. Ich habe nämlich nicht reserviert, und da wird es oft schwierig ..."

Von der Bar gleich am Eingang ruft eine Frau einen Gruß zu uns herüber. Sie kennt Signor Santo mit Namen. Vielleicht bilde ich es mir ein, aber mir scheint, als würde ich mehr als nur oberflächlich betrachtet, als Luca mich an der Theke vorbei und auf den schmalen Durchgang zu lenkt, der in den Speisesaal führt.

Ich höre „Buona sera", *als ein älterer Mann mit schütte-*

rem Haar, dicken Brillengläsern und einer weißen Schürze in der Tür erscheint und uns zu einem von zehn Tischen führt. Der ganze Gastraum ist ungefähr so groß wie mein Wohnzimmer in Paris. Von meinem Platz aus habe ich ungehinderte Sicht auf die Küche, in der ein beleibter Mann in Weiß mit hoher Kochmütze ein Stück Fleisch schneidet. Das große Fenster zur Küche ist mit getrockneten Zwiebeln, roten Paprika und jeder Menge frischem Gemüse zugehängt. Tellerstapel auf der einen Seite, ein Bund frischer Kräuter, Flaschen – es sieht sehr malerisch aus.

„Ja. Malerisch", stimmt Luca zu, als ich ihm von meinen Eindrücken erzähle. „Aber warte erst ..."

Mit einer abwehrenden Handbewegung weist er die angebotene Speisekarte zurück und sagt dem Kellner, der Paolo heißt, etwas, das ich nicht verstehe. Der Traum beginnt. Am Ende des ersten Ganges ist mir klar, dass ich in der Gegenwart eines Künstlers bin. Der Koch herrscht in seiner Küche wie der Dirigent bei seinem Orchester. Er dreht hier, würzt da, alles im Rhythmus, so dass jedes Gericht genau zum richtigen Zeitpunkt fertig ist. Als andere Gäste eintreffen und der Raum sich langsam füllt, erscheint ein Gehilfe und bindet Saucen oder wischt Töpfe aus. Der Einzige aber, der das Essen tatsächlich zubereitet, ist der Koch mit dem Schnurrbart, der ein Dutzend Bestellungen und ebenso viele verschiedene Gerichte mit Finesse bewältigt, nie in Eile zu sein scheint und wie ein Maschinengewehr Befehle an seinen Assistenten erteilt, ohne die Stimme zu erheben.

„Ich würde ihm ja Beifall klatschen", sage ich, als ich das genieße, was Luca zufolge der secondo piatto *ist, „aber wenn ich mich so schnell bewege, platze ich."*

Luca lacht und schenkt mir Chianti nach. Er ermahnt mich, ich solle mir Zeit lassen und jeden Bissen genießen. Während die Stimmen der anderen Gäste den Raum mit Gelächter erfüllen, tue ich genau das. Ich entspanne mich. Und merke, dass ich meine Zeit mit Luca ebenso genieße wie das Essen, vielleicht sogar noch mehr. Während ein Teil von mir in seiner Zuwendung badet, scheint ein anderer Teil neben mir zu stehen und diesen Abend zu beobachten. Es ist, als liefe in meinem Kopf ein ständiger Kommentar ab.

Die Anziehung ist nicht nur körperlich. Ihr beide seid auch geistlich auf einer Wellenlänge. Er ruht in sich selbst und fühlt sich ganz wohl in seiner Haut. Er hat nicht einmal auf seine Uhr gesehen. Es ist, als hätte er nichts anderes auf der Welt zu tun. Er hat ein Geschäft, um das er sich kümmern muss, aber er fragt sich nicht, wie die Dinge dort stehen. Oder wenn er es tut, kann er es besser verbergen als Jean-Marc. Du solltest die beiden nicht immer vergleichen. Sie sind beide gute Männer. Beide gute Freunde. Beide …

Ich unterdrücke den inneren Kommentar, als Paolo zwei kleine Gläser mit einer klaren Flüssigkeit serviert.

„Sei vorsichtig“, warnt Luca mich, obwohl er sein Glas ohne Zögern auf einen Zug leert.

„Was ist das?“

„Grappa. Probier ihn“, ermutigt Luca mich. „Aber erst mal nur einen kleinen Schluck.“

Ich probiere, blinzle, huste ein bisschen, wische mir über die tränenden Augen und wir lachen.

„Du kannst den Rest haben.“ Ich reiche ihm das kleine Glas.

„Nein, nein“, wehrt Luca ab. Als Paolo Kaffee und Dessert

bringt, lehnt Luca sich zu mir herüber und sagt mit verschwörerischer Miene: „Es ist eigentlich ein französisches Gebäck." Er sieht zu dem finster dreinblickenden Kellner auf und fügt etwas lauter hinzu: „Obwohl die Franzosen es vor mehreren Hundert Jahren von den Köchen der Medici gestohlen haben." Paolo nickt zustimmend und eilt davon, um die Bestellung eines anderen Gastes auf der anderen Seite des Raumes aufzunehmen.

„Also", sagt Luca, als wir den Nachtisch aufgegessen haben, „was hältst du von Angiolino?"

Ich muss nicht lange überlegen, bevor ich antworte. „Heilsam", sage ich. „Dieser ganze Abend war heilsam. Entspannend. Eine willkommene Erholung von dem ganzen Stress."

Er runzelt die Stirn. „Es tut mir leid, dass du in mein Haus kommst und es als Stress empfindest."

„Ich meine doch nicht, was du getan hast. Du tust wirklich dein Möglichstes, um es zu einem Vergnügen zu machen." Es erscheint mir ganz natürlich, die Hand auszustrecken und auf seine zu legen, als ich sage: „Celine hat übrigens angerufen. Auch wenn Jean-Marc und Jeff nicht hier sind, wollen Liz und ich sie morgen Nachmittag treffen."

Luca nimmt meine Hand und tätschelt sie. „Ah", sagt er, dann sieht er mich mit einem Lächeln an. „Deshalb brauchst du dir keine Sorgen zu machen. Ich bin sicher, Jean-Marc hat nur wunderbare Dinge über dich und deine Tochter gesagt, und genauso sicher bin ich, dass sie von euch beiden begeistert sein wird."

„Kennst du Celine?"

Er schüttelt den Kopf. „Ich war wie du. Ich hatte auch keine Ahnung, was aus unserem Freund geworden war.

Bis er nach Paris kam." Er zieht seine Hand fort und lächelt. „Zu dir."
Er blickt zur Tür. „Da drüben warten Leute auf einen Tisch. Wäre ein Spaziergang willkommen oder eher eine Tortur?"
Ich versuche nicht gekränkt zu sein, weil er seine Hand weggezogen hat, und zwinge mich zu lächeln, als er mir mit meinem Stuhl behilflich ist. „Ich will schließlich weder bei Annies noch bei Liz' Hochzeit zum Altar rollen, und wenn ich weiterhin so gut esse, könnte das durchaus passieren. Ein Spaziergang ist eine gute Idee."
Wir gehen die Straße hinunter, am Fluss entlang, in Richtung Ponte Vecchio. Während wir so nebeneinander hergehen, bin ich mir der Tatsache, dass Lucas Hand nur wenige Zentimeter von meiner entfernt ist, überdeutlich bewusst. Ich frage mich, ob er denkt, dass ich absichtlich in seiner Nähe bleibe, in der Hoffnung, dass er meine Hand nimmt. Ich frage mich, ob er es lieber hätte, wenn ich auf Abstand gehe, wie er es vorhin beim Essen getan hat. Mein innerer Monolog entspinnt sich von Neuem.
Sei nicht so blöd! Warum bist du so schüchtern? Du benimmst dich wie ein Teenager. Vielleicht solltest du die Hand einfach auf deine Handtasche legen. Und du solltest aufhören, dich ständig damit zu beschäftigen. Du meine Güte, man könnte meinen, du wärest ein dummes Mädchen. Werde endlich erwachsen!
Als wir eine Pause machen und uns auf die Bank bei einem kleinen Springbrunnen setzen, zeigt Luca zu dem gedrungenen Turm am Ende der Brücke, den auf halber Höhe so etwas wie ein geschlossener Wehrgang umklammert. Er erklärt, dass dieser Vorbau ein Teil des so genannten Vasari-Korridors ist, der 1565 auf Wunsch der Medici gebaut

wurde. „Wenn wir auf der Brücke sind", sagt er, „wirst du sehen, dass über alle Geschäfte, die sich auf der Brücke aneinanderreihen, ein zweites durchgehendes Stockwerk hinwegläuft. Du erkennst es an der langen Fensterreihe. Das ist dieser abgeschlossene Gang, der den ganzen Weg vom Palazzo Vecchio, durch die Uffizien hinunter zum Fluss, über die Brücke und um den Turm herum, den du hier siehst, und schließlich auf der anderen Seite den Hügel zum Pallazzo Pitti hinaufführt. So kamen die Medici bei jedem Wetter von einem Gebäude zum nächsten, ohne sich unter das gemeine Volk mischen zu müssen und ohne beobachtet zu werden." Er hält inne. „Wir sollten nachsehen, ob sie morgen Führungen machen. Der Korridor ist nicht immer geöffnet. Es wäre etwas Besonderes für dich und Elizabeth." Dann fügt er schnell hinzu: „Der Weg ist ziemlich lang. Ich weiß nicht, wie viele Meilen es sind, aber ich würde noch einmal den Rollstuhl vorschlagen, den ich gerne lenken würde." Nervös protestiere ich, dass ich viel zu viel von seiner Zeit in Anspruch nehme. Er gibt meiner Schulter einen Schubs. „Überleg mal, cara mia, einen Rollstuhl zu schieben ist viel einfacher, als eine Ducati zu schieben."

Ich runzle die Stirn. „Du glaubst, ich bin eine so schlechte Fahrerin, dass du das Motorrad schieben musst?"

Er erklärt, wie es gemeint war. „So hatten Jean-Marc und ich es geplant. Erst schieben wir dich, während du ein Gefühl bekommst für das Gleichgewicht."

„Wo genau sollte dieser Unterricht eigentlich stattfinden?" Plötzlich kommt es mir komisch vor, dass zwei Männer mittleren Alters eine grauhaarige Frau über einen Parkplatz schieben sollen.

Luca tippt sich an die Nasenspitze. „Hab bitte ein biss-

chen Vertrauen. Es gibt einen Plan, wenn dein Bein wieder gesund ist." Er steht auf, streckt die Hand aus und zieht mich hoch. Dann gehen wir über die Brücke.

Als wir uns über die Brücke durch das Labyrinth aus Menschen schlängeln, die auf die riesige Auswahl an Schmuck in den Schaufenstern starren, ist Luca wieder mein Stadtführer. „Das hier waren alles Metzgereien, bis einer der Medici den Gestank der Kadaver leid war. Er beschloss, die Metzger rauszuschmeißen und an den Stadtrand zu verbannen, und holte stattdessen die Goldschmiede."

Ich gebe mir Mühe, mir alles zu merken. So als würde es anschließend jemand abfragen. Aber es fällt mir schwer, weil er meine Hand genommen hat und sie nicht mehr loslässt.

Er bleibt vor einem der Fenster stehen. „Möchtest du dir gerne etwas kaufen?"

Ich schüttle den Kopf. „Ich wüsste gar nicht, wo ich anfangen sollte. Aber wir müssen dafür sorgen, dass Jeff mit Liz hierher kommt. Sie wird begeistert sein."

Mitten auf der Brücke besteht Luca darauf, dass ich mich setze und ausruhe. Ein junges Pärchen macht eine Bank frei, als es meinen Gehstock sieht. Luca setzt sich neben mich und erklärt mir, dass die Büste auf der winzigen Piazza mitten auf der Brücke ein Ehrenmal für einen berühmten Goldschmied ist.

Als ich ihn frage, was die vielen Schlösser bedeuten, die rund um die Skulptur am Zaun befestigt sind, schüttelt er den Kopf. „Es hat etwas damit zu tun, dass man nach Florenz zurückkommt, wenn man ein Schloss dort anbringt. Ich bin aber nicht sicher." Als wir auf das Wasser hinausblicken, berichtet er, dass alle Brücken in Florenz im Zweiten Weltkrieg zerstört wurden.

Bei dem Gedanken fröstelt es mich, und Luca legt seinen Arm um meine Schultern. Guter Trick, *spottet meine innere Stimme. Auf der Wasseroberfläche spiegelt sich tiefblau der Nachthimmel. Während Luca und ich zusammen dasitzen, flammen allmählich die Straßenlaternen und die Lichter in den Geschäften auf und werfen tanzende Lichtfäden auf das Wasser. „Bezaubernd", murmle ich.*

„Stimmt", bestätigt Luca, und er ist jetzt so nah, dass ich seinen Atem auf meiner Wange spüre.

„Der Fluss oder der Himmel?"

„Weder noch ...", sagt er, bevor er aufsteht und die Hand ausstreckt. Er lächelt. „Wenn du mit ihm sprichst, musst du unserem Freund Jean-Marc sagen, dass er am besten schnell nach Florenz zurückkommt, wenn er weiß, was gut für ihn ist. Diese Lichter, diese Stadt, sie wecken in einem Mann so manche Dinge. Ich könnte mich noch entschließen, es mit dem Charme eines Franzosen aufzunehmen."

„Keine Sorge", necke ich ihn. „Jean-Marc hat ganz eindeutig kein Monopol auf Charme." Als Luca wieder seinen Arm um mich legt, tätschle ich seine Hand wie eine Mutter, die ihrem erwachsenen Sohn ihre Zuneigung zeigt. Die Geste hilft nicht, meine Gefühle zu beruhigen. „Und jetzt, wenn du mich wirklich beeindrucken willst ..."

„Bringe ich dich ins Hotel zurück?"

„Ich dachte eigentlich eher an gelato." Und alles, was den Abend sonst noch in die Länge zieht.

„Ich dachte, du wärest rundum satt!"

„Vorhin war ich das auch, aber jetzt bin ich es nicht mehr." Lügnerin.

„Du darfst aber dann nicht mir die Schuld geben, wenn du durch die Kirche rollst", scherzt er. Aber er stimmt zu, dass gelato *eine gute Idee ist. Und er nimmt wieder meine Hand, als wir weitergehen.*

Wir schlendern zurück über die Brücke und lassen uns in einem Café nieder, wo ich finde, gelato *ist so, als äße man eine Wolke. Wir trinken noch mehr Kaffee und reden noch mehr. Und der fortlaufende Kommentar in meinem Kopf läuft auf Hochtouren.*

Für eine Frau, die ihr Herz an einen französischen Seemann verloren hat, bist du aber heute Abend ausgesprochen glücklich. Händchenhalten mit diesem Mann ist nicht gerade dazu angetan, die Dinge unter Kontrolle zu halten. Willst du sie überhaupt unter Kontrolle halten?

Ich weigere mich, in diesem Augenblick weiterzudenken. Aber in diesem Augenblick weiß ich eins – ich will nicht Gute Nacht sagen. Ich bin entzückt, als wir beim Hotel ankommen und Luca den Abschied noch hinauszögert, indem er mich auf die Veranda vor dem Haus führt, von dem aus man über den Fluss blickt.

Er bringt die Sprache wieder auf Celine. „Aus dem, was Jean-Marc gesagt hat, schließe ich, dass deine Lizbet überrascht sein wird, wie ähnlich sie und Celine sich sind, trotz ihrer ganz unterschiedlichen Lebensläufe."

„Du glaubst, Celines Entscheidung, zu Hause zu bleiben, war eine bewusste Entscheidung?" Ich kann meine Überraschung nicht verbergen? Der Mann ist zu gut, um wahr zu sein. *Aber mit Celine und Liz als Gesprächsthema ist auch Jean-Marc zugegen, zumindest in meinen Gedanken. Ich frage mich, warum Luca das Thema angesprochen hat.*

Er zuckt mit den Schultern. „Ich kann nicht für andere sprechen, aber ich weiß, dass ich für meine Sophia ein Ganztagsjob war.“ Er grinst. „Sie hat mich immer damit aufgezogen, dass sie sagte, für noch mehr Kinder außer mir hätte sie gar keine Zeit.“

„Ich weiß, was sie gemeint hat“, sage ich. „Sam auch nur halbwegs bei Laune zu halten, war ein vollwertiger Beruf für mich.“

Er sieht mich an, einen Ellbogen auf der eisernen Balustrade. Einen Augenblick lang starrt er mich an, dann hebt er die Hand und fährt mit einem Finger über meine Wange. „Ich denke, ich kann mit Fug und Recht behaupten, dass es nicht an seiner Frau lag, wenn Signor Davis unglücklich war. Und auch wenn es sich nicht gehört, von Verstorbenen schlecht zu reden, werde ich dir sagen, dass ich ihn für einen Narren halte, wenn er nicht bemerkt hat, welchen Schatz er in dir hatte.“

Das Herz schlägt mir bis zum Hals. Ich schließe die Augen und konzentriere mich auf Lucas Hand, die meine Wange streichelt. Als er mich näher zieht und mich küsst, bringe ich die inneren Stimmen lange genug zum Schweigen, um seinen Kuss zu erwidern. Mit Begeisterung.

Er löst sich von mir. „Vergib mir“, bittet er. „Bitte vergib mir, cara mia. Ich wollte nicht –“

Ich lege meine Hand auf seinen Arm. „Aber ich wollte“, flüstere ich. „Jede einzelne Sekunde.“

Er bedeckt meine Hand mit seiner, aber er wendet den Blick ab, über den Fluss, und ich spüre, wie er mit sich ringt. Ich kann nur warten, reglos, in der Hoffnung, dass er sich nicht von mir zurückzieht. Aber das tut er. Ganz sanft nimmt er meine Hand und legt sie auf die Balustrade vor uns, und mit einem freundschaftlichen Streicheln

vergrößert er die Entfernung zwischen uns. Es ist nur eine kurze Distanz, aber es könnten ebenso gut Kilometer sein, so tief ist der Abgrund, den ich jetzt zwischen uns spüre. Als Luca spricht, klingt seine Stimme beherrscht und, wie ich meine, etwas resigniert.
„Ich erweise gerade Jean-Marc einen schlechten Dienst. Er ist mein Freund. Er liebt dich und ich habe nicht das Recht."
Jean-Marc. *Ich schließe die Augen. Ich nicke zustimmend und will das wählen, was ich für Gottes Willen halte.* Hilf mir, ihm nicht noch einmal wehzutun. Ich liebe ihn doch. Natürlich liebe ich ihn.
Ich hebe die Hände und umfasse Lucas Gesicht, während ich für kurze Zeit seinen Blick suche. Dann drehe ich mich um und gehe. An der Tür zum Hotel merke ich, dass ich meinen Stock an der Balustrade vergessen habe. Ich hinke wie eine alte Frau, und das ist auch passend, finde ich. Ich fühle mich uralt, hinfällig, traurig.
Es gibt immer etwas, wofür man dankbar sein kann. Heute ist es die Tatsache, dass ich mein Zimmer im Hotel Lucia mit einem eigenen Aufzug erreichen kann. Als die Tränen aufsteigen, lasse ich sie fließen. Bitte mach, dass Liz schläft.

Kapitel 21

„Wirklich, Liebes“, sagte Mimi unter der Bettdecke hervor, „es ist alles in Ordnung. Ich bin nur erschöpft. Jetzt bin ich eben an der Reihe. Geh du ruhig. Genieß den Vormittag in Florenz. Luca sagte, es gibt einen großen Markt um die Kirche von *San Lorenzo.* Die ist auf der Karte im Reiseführer verzeichnet. Ganz leicht zu finden. Komm doch gegen Mittag wieder, dann können wir vielleicht noch einen Happen essen, bevor wir uns mit Celine treffen.“

„Wenn du sicher bist“, sagte Liz von der Tür aus.

„Ich bin sicher.“ Mimi kuschelte sich in ihr Kissen. „Das hier ist herrlich. Es macht Spaß, die Königin zu sein.“

Mit einem kleinen Lachen zog Liz die Tür hinter sich zu. Auf ihrem Weg nach draußen hängte sie das „Bitte-nicht-stören“-Schild an den Türgriff und stieg die Treppe hinunter. „Tu mir einen Gefallen“, hatte Jeff gesagt. „Mach die Augen auf. Und die Ohren. Und dein Herz.“ Sie würde versuchen zu sehen, wovon er gesprochen hatte. Aber zunächst würde sie schnell wieder ins Zimmer zurückstürzen und sich übergeben.

* * *

Sie hatte immer gesagt, dass sie volljährig war, als sie sich erlaubte, ihre Mutter zu verachten. Wie dankbar war Liz an diesem Morgen in Florenz, dass das Vergangenheit war. Sie war jetzt beinahe dreißig Jahre alt, und als sie die Straße vom Hotel Lucia in Richtung Ponte Vecchio ging, beschloss sie, sich selbst zu erlauben, wie ihre Mutter zu sein. Mimi hatte einen Sinn dafür entwickelt, sich zu freuen, egal, wo sie war. Kleine Dinge wahrzunehmen. Stehen zu bleiben und zu lauschen und zu lernen. Vielleicht, dachte Liz, vielleicht brauchtest du einfach die Zeit. Sie hatte nie genug Zeit gehabt, wie es ihr schien. An diesem Morgen, als sie die Brücke überquerte und dem Marktplatz zustrebte, den Mimi erwähnt hatte, hatte sie alle Zeit der Welt. Was auch immer sie hier sehen sollte, sie hoffte, es würde sich ihr zeigen. Heute.

Niemand hatte ihr von diesem Teil von Florenz erzählt. Wie die Hühner auf der Stange hatten italienische Designer ihre Geschäfte an dieser Straße aufgereiht. Mode, für die man sterben konnte, aber, überlegte Liz, keine Mode, für die sie bezahlen wollte, wenn ihr Körper sich so radikal verändern würde. Sie blieb vor einem der Schaufenster stehen und liebäugelte mit einem Paar leuchtend grüner Strumpfhosen, die von einer Schaufenstergruppe mit Kleidergröße 32 präsentiert wurden. Spontan betrat sie das Geschäft und kaufte zwei Paar mit unterschiedlichen Mustern, eins für Margaret, das andere für Irene. Es würde Spaß machen, sie mit dem Anblick gelbgrün gepunkteter Beine aufzuziehen.

Als sie sich weiter vom Fluss entfernte, wurden die Straßen enger. Liz bog ab, dachte, sie wäre falsch gegangen, beschloss dann jedoch, Jeffs Rat anzunehmen und sich einfach treiben zu lassen, und kam schließlich an einem Tätowiersalon vorbei, in dessen Schaufenster eine Harley Davidson prangte. Sie fragte sich, was

Luca Santo, der mit Leib und Seele Ducati fuhr, *dazu* wohl sagen würde.

Nachdem ihr Magen sich beruhigt hatte und allmählich vor Hunger knurrte, nahm sie all ihren Mut zusammen und ging in ein winziges Eckcafé. Bei der Auswahl an der Gebäcktheke lief ihr das Wasser im Mund zusammen. Nach ihrem Ausflug mit Luca gestern wusste sie, wie man einen *latte macchiato* bestellte. Mit ihrem süßen Teilchen in der Hand eilte sie hinaus zu einem Tisch, an dem der *barista* ihr den Kaffee servieren wollte, und setzte sich. Sie lehnte sich zurück, schloss die Augen und wandte das Gesicht der Morgensonne zu. *Lauschen*, erinnerte sie sich, *und genießen.*

Auf der anderen Straßenseite lachte eine junge Mutter über die unsicheren Schritte eines kleinen blonden Jungen, der den schmalen Bürgersteig entlangwackelte. *Ich wette, Jeff sah auch so aus, als er klein war.* Und in dem Augenblick, als sie an Jeff dachte, verlor der kleine Kerl das Gleichgewicht auf dem unebenen Bürgersteig und fiel hin. Seine Mama nahm ihn in die Arme, flüsterte etwas, küsste ihn auf die Wange und stellte ihn wieder auf den Boden. Liz fühlte Tränen aufsteigen, als ihr klar wurde, dass in ein, zwei Jahren sie diejenige sein würde, die alles wieder gutmachte. Sie dachte an die Statue der heiteren Frau auf dem Hügel. *Mama ist hier. Alles wird gut.*

Der *barista* brachte ihren Kaffee, während Liz an dem Gebäck knabberte. Neben dem kleinen Café schloss ein Ladenbesitzer sein Geschäft auf. Er stellte einen kleinen Tisch vor dem Laden auf, damit die junge Frau, die hinter ihm stand, die Schals und Regenschirme, die sie auf dem Arm trug, darauf ablegen konnte. Sobald ihre Hände frei waren, zog er sie an sich und drückte ihr einen Kuss auf die Wange.

Mit einem Lächeln in Richtung *barista*, der jetzt eine Zigarette rauchte, während er in der Tür des Cafés lehnte, brach Liz auf.

„*Arrivederci, signorina*", rief er ihr nach. Sie winkte als Erwiderung darauf, aber dann sagte er noch etwas.

Liz entschuldigte sich. „Tut mir leid. Ich spreche kein Italienisch."

Der Mann mit dem unordentlichen Bart zwinkerte ihr zu und sagte auf Englisch: „Genießen Sie meine Stadt, *signorina*."

„Das tue ich", antwortete Liz.

Als der halbe Vormittag vorüber war, hatte sie den Markt gefunden, drei neue Paar Schuhe, einen Lederrucksack, um die Schuhe zu tragen, und ein elegantes Tagebuch gekauft, auf dessen Umschlag die florentinische *fleur-de-lis* eingraviert war. Sie saß auf den Stufen, die zu einer Kirche führten, als ein anderer Tourist vorbeikam.

„Diese Kirche ist okay", sagte er ziemlich hochtrabend, „aber nicht besonders bemerkenswert. Keine wirklich wichtigen Kunstwerke. Schlicht. Langweilig. Und sieh dir die Fassade an. Sie ist noch nicht einmal *fertig*." Seine Begleiterin nickte und klebte förmlich an seinen Lippen. „Es gibt eine Sandsteintreppe, die Michelangelo entworfen hat, aber sie lassen einen noch nicht einmal in die Bibliothek, so dass man die Decke, die er gestaltet hat, sehen könnte. Und abgesehen davon ist Michelangelo überall in Florenz. Also gibt es wirklich keinen Grund, hier reinzugehen. Wir müssen heute noch so viel sehen!"

Als die Stimme verklang, drehte Liz sich um. Nach allem, was sie sah, hatte der Mann Recht, auch wenn er nervig war. Verglichen mit den anderen Kirchen in der Stadt, machte San Lorenzo nicht viel her. Aber die Tatsache, dass der Tourist so abfällig darüber gesprochen hatte, machte Liz neugierig. Sie würde hineingehen.

* * *

Liz ging in der schlichten Kirche über eine Stunde umher, langsam, jedes Kunstwerk in sich aufnehmend, jede Seitenkapelle, und sie war von den Gemälden und Grabmälern in der Kirche abwechselnd erstaunt und vor den Kopf gestoßen.

Irgendwann ertönte Orgelmusik, und Liz wurde bewusst, dass in einer der Kapellen, vor der ein Seil den Touristen eine Grenze zog, die Messe gelesen wurde. Aber niemand bat sie zu gehen, und sie war dankbar dafür, als sie ihre eigene Besichtigung fortsetzte.

Über einem Marmorsarkophag in einer der Seitenkapellen hielt ein überlebensgroßer Engel eine menschliche Gestalt fest, die gerade aus dem Sarg zu seinen Füßen gezogen worden zu sein schien. Ein ebenfalls silberner Kasten an der Wand gegenüber dem Engel erwies sich als Sarg und die Knochen darin waren durch eine transparente Glaswand zu erkennen. Liz fand diesen Anblick makaber und eilte weiter zum Altar, vor dem eine einfache Steinplatte das Grab des Begründers der Medici-Dynastie kennzeichnete. In den Reiseführern hatte Liz gelesen, die Auferstehung sei überall in Florenz zu finden, wenn man sich nur die Zeit nahm, sie zu entdecken. Während sie das Innere von San Lorenzo durchstreifte, wurde Liz klar, dass Mimi Recht hatte. Tod und Auferstehung gingen für die Gläubigen Hand in Hand, eins so sicher wie das andere.

In der Seitenkapelle hinter dem Altar begegnete Liz einer Darstellung des auferstandenen Christus in Form einer Statue, die aus Holz geschnitzt war. Die Figur des Christus wirkte so lebensecht, dass Liz unwillkürlich den Blick von seinen Augen abwandte und ihre Arme rieb, um die Gänsehaut loszuwerden. Sie ging an den anderen Kunstwerken vorbei zu einer der hinteren Kirchenbänke und setzte sich. Sie hatte das Gemälde zu ihrer Linken schon gesehen, als sie die Kirche betreten hatte, aber jetzt, als sie dasaß und zu dem Bild hinaufsah, war sie neu gefesselt von der Darstellung eines sehr menschlichen Jesus in Josefs Werkstatt. Josef sah zu, wie das Kind – Liz schätzte es auf etwa drei Jahre – sich bückte, um etwas aufzuheben. Josefs Gesichtsausdruck war zärtlich, aber hinter dieser Liebe war noch etwas anderes zu erkennen. Eine Last. Ein Bewusstsein dessen, überlegte Liz, was dieses geliebte Kind erwartete. Der Künstler hatte ein Stück Holz gemalt, das von der linken unteren Ecke ins Bild ragte und sich hinter den Gestalten von Josef und Jesus bis in den Himmel erstreckte und dort ein Kreuz bildete, das drohend über dem Kind hing. Die Bildhaftigkeit war atemberaubend.

Das Gemälde erinnerte sie an so viele Dinge, über die sie nie richtig nachgedacht hatte. Sie legte die Hand auf ihren eigenen Unterleib und dachte zum ersten Mal in ihrem Leben über die Mutter Jesu, Maria, nach. Wie hilflos musste sie sich manchmal gefühlt haben. Welche Qual, als sie zusehen musste, wie ihr

Sohn misshandelt, getötet und begraben wurde. Jesus war ein echter kleiner Junge gewesen und genau wie der Junge, den sie an diesem Morgen beobachtet hatte, war er in der Gegend herumgewackelt, hatte gespielt und Bäuerchen gemacht und war hingefallen und hatte nach seiner Mutter geweint. Und am Ende hatte Maria ihren kleinen Jungen an Gott zurückgeben müssen, *damit er sterben konnte.*

Liz blinzelte gegen die aufsteigenden Tränen an und ließ den Blick von dem Gemälde zu ihrer Linken zu dem auf der rechten Seite wandern, auf dem Christus am Kreuz hing und auf die Frau hinuntersah, die seine Füße umklammerte. Die Gesichtszüge dieser Frau waren nicht schön im herkömmlichen Sinne und doch strahlten sie eine eigentümliche Anmut aus. Sie lächelte sogar ein wenig. Als wäre eine große Last von ihr gefallen und neuer Friede eingekehrt. Liz konnte beinahe hören, wie sie *Danke* flüsterte. Sie drehte den Kopf erneut nach links, um Jesus als kleinen Jungen zu betrachten, und dann zurück zu dem sterbenden Heiland, und schließlich zu der Stelle rechts neben dem Altar, wo der auferstandene Jesus zu sehen war. *„Das Versprechen der Auferstehung ist überall um dich herum."* Liz blickte wieder die Frau zu Füßen Jesu an, deren Gesicht das widerspiegelte, wonach sie selbst sich am meisten sehnte. *Frieden. Ich wünsche mir Frieden.*

Was hatte Gil Dayton im Flugzeug gesagt? Irgendetwas davon, dass wir das Heute im Licht der Ewigkeit betrachten sollten, dass wir, wenn wir wüssten, dass wir uns um die Ewigkeit keine Sorgen zu machen brauchen, mit allem fertig werden können, was uns im Leben widerfährt. Er hatte von Dingen gesprochen, die Liz nicht hatte hören wollen. Dingen wie Sünde und Gottes Forderung nach Vollkommenheit, und was er für den einzigen Weg der Vergebung hielt. Er sagte, Vergebung könne man sich nicht verdienen, sondern müsse sie als Geschenk annehmen. Sie hatte damals höflich zugehört, weil sie den Flug für sie beide nicht unangenehm hatte machen wollen. Aber es hatte sie mehr als nur ein bisschen geärgert, als er behauptete, jeder Mensch habe ein „Sündenproblem", wie er es nannte, das ihn von Gott fernhalte, und dass niemand gut genug sei, um die Sache selbst in Ordnung zu bringen.

Als sie das süße Kind mit dem drohenden Kreuz in seiner Zukunft ansah, beschloss Liz, dass es wahr sein musste. Sie konnte es nicht in Ordnung bringen. Aber Jesus konnte es. Sie blickte zu Boden und bemerkte das Kniebänkchen. Sie machte bereitwillig davon Gebrauch.

Danke. Danke.

Mary

Ich war naiv genug zu glauben, ich hätte an diesem Morgen meine Ruhe. Lucia Biacci kann, lieb wie sie ist, offenbar nicht nachvollziehen, dass es Menschen gibt, die ihre Kraft daraus schöpfen, dass sie Zeit für sich verbringen. In der ersten halben Stunde, nachdem Liz gegangen ist, ruft sie dreimal an. Erstens, um mich für den späten Vormittag in die Villa einzuladen. Als Nächstes, um mich zum Mittagessen und zum Nachmittagstee einzuladen. Und schließlich bietet sie an, das Wellnesscenter anzuru-

fen und ihre Lieblingskosmetikerin ins Hotel zu bestellen, „für Handmassage und Maniküre – traumhaft." Ich muss beinahe meine ganze noch verbleibende Energie aufbringen, um Lucia zu versichern, dass ich im Moment am allerliebsten den Sonntagvormittag allein in Florenz verbringen möchte. Als Wink mit dem Zaunpfahl sage ich, dass ich Liz fortgeschickt habe, zumindest teilweise, damit ich ein bisschen für mich sein kann.

Schließlich gibt Lucia nach. Aber nicht, bevor ich ihr versprochen habe, sie anzurufen, wenn ich irgendetwas brauche. Ich verspreche es. Und wünschte, sie hätte irgendetwas über Luca gesagt. Hat sie aber nicht.

Nachdem ich das Telefon ausgestöpselt habe, schiebe ich einen Sessel näher ans Fenster, lege mein Bein hoch und mache es mir bequem. Dort erzähle ich meine Litanei von Problemen dem ekelhaft strahlend blauen Himmel und rede mir ein, dass ich bete. Aber eigentlich jammere ich nur. Ich habe eine geistige Liste und bin wild entschlossen, sie durchzugehen.

Ich bin das Herumhumpeln leid.

Wenn ein Mensch durch Freundlichkeit umkommen kann, dann wird Lucia Biacci mich noch umbringen.

Was wird mit Liz und Jeff geschehen? Und warum hat er sie noch nicht einmal angerufen? Zur See gefahren mit Jean-Marc. Was für einen Rat wird er von ihm wohl bekommen?

Was wird aus Liz, wenn Jeff nicht … Ich mag überhaupt nicht daran denken. Aber ich sehe den Tatsachen lieber ins Auge. Ich werde nach Omaha zurückziehen müssen. Ich nehme an, dann brauche ich mir auch keine Gedanken mehr über meine innere Zerrissenheit in Bezug auf Luca und Jean-Marc zu machen.

Ich seufze. Nehme ein Papiertaschentuch. Putze mir die Nase.
Wie kann ich nur so egoistisch sein? Natürlich gehe ich zurück. Liz wird meine Hilfe mit dem Baby brauchen, und es wird bestimmt wunderbar. Die Liebe eines Enkelkindes kann man mit nichts vergleichen. Und Irene und Cecil werden ganz aus dem Häuschen sein, was auch die Frage beantwortet, was mit dem Anwesen geschehen soll. Liz kann mein Zimmer bekommen, und ich …
Ich weiß, dass all mein Grübeln zu nichts führt. Ich habe diese Bibelverse im Kopf, die davon reden, dass wir uns nicht sorgen, sondern alles Gott überlassen sollen. Aber an diesem Morgen kann ich sie irgendwie nicht so recht auf mein eigenes Leben anwenden. Ich soll Gott vertrauen. Mit allem. Liz. Jeff. Baby. Luca. Jean-Marc. Aber wie es aussieht, gelingt es mir nicht, auch nur einen von ihnen ganz Gott anzuvertrauen. Ich wünsche mir, dass Liz Jesus findet, Jeff heiratet und in einer christlichen Familie ein gesundes Kind zur Welt bringt. Ich will in Paris leben … und ich will, dass Luca …
Vater, hilf mir. Ich liebe Jean-Marc. Wirklich. Aber es ist nicht, es ist nicht dasselbe, was ich für Luca fühle. Was soll ich nur machen?!
Als die Glocke im Flur die Ankunft des Aufzugs ankündigt, humple ich, so schnell ich kann, ins Bad. Ich sehe furchtbar aus. Mein Haar ist noch nicht gekämmt, mein Gesicht ist von Tränen verschmiert und ein Blick in den Spiegel bestätigt meine schlimmsten Vermutungen in Bezug auf meine Erscheinung.
„Einen Moment, bitte“, rufe ich durch die Badezimmertür, die einen Spalt offen steht, in der Hoffnung, dass die Person draußen Englisch spricht. Eigentlich will ich nur

meine Ruhe haben. Ich drehe den Wasserhahn auf, um das Geräusch zu übertönen, als ich mir die Nase putze. Schon wieder.

Wer immer dort draußen ist, versteht den Wink mit dem Zaunpfahl nicht. Es klopft an der Tür. Aufdringlich. Das hat mir gerade noch gefehlt, aufdringliches Hotelpersonal. Ich trockne mir das Gesicht mit einem Handtuch an, reiße die Tür auf und sage – nichts. Denn es ist niemand vom Hotel.

„Mimi“, sagt Liz. Ihre blauen Augen leuchten, und ihre Wangen sind vor Freude gerötet. „O Mimi, ich habe es begriffen. Die Dinge, von denen du geredet hast und Danny und Sarah und Luca und Jeff und … Mimi, ich begreife es endlich.“ Sie hat Tränen in den Augen und räuspert sich. „Ich bin in eine Kirche gegangen und da waren zwei Ölgemälde und …“

Ich weine den größten Teil des Vormittags. Und der Brunnen trocknet nur langsam aus. Es heißt, dass Gott auf wundersame Weise wirkt. Offenbar gehören dazu auch gebrochene Knochen, um eine Tochter nach Florenz zu bringen, ein abwesender Verlobter, um ihre Aufmerksamkeit auf sich zu ziehen, ein ungeplantes Baby, um sie an ihre Grenzen zu führen, und jahrhundertealte Kirchen, um ihr wortlos geheimnisvolle Dinge zu erklären wie Sünde und Erlösung, Glaube und Auferstehung, alte Geschichten und neues Leben.

* * *

Als wir unsere Blicke über die größtenteils leeren Tische schweifen lassen, sehen Liz und ich eine umwerfende schwarzhaarige Frau, die ihre Hand hebt. Als sie unsere

Namen ruft, ducken wir uns unter dem Baldachin hindurch, der den Tischen vor Gillis Lokal Schatten spendet, und gehen auf sie zu. Celine steht auf und streckt uns beide Hände entgegen. Ihr Lachen ist melodisch. Ein bisschen nervös, vielleicht, aber echt. Und sie küsst uns auf beide Wangen, bevor sie auf die Stühle deutet, die um einen kleinen Tisch mit Marmorplatte gruppiert sind. Als Liz eine kleine Einkaufstüte auf den Boden stellt, ergreift Celine das Wort.

„Wie ich sehe, gehst du meinem Lieblingshobby nach", sagt Celine. „Sind es Schuhe?"

Liz nickt. „Ich habe heute Vormittag auf dem Markt schon drei Paar gekauft. Aber dann sind wir auf dem Weg hierher an diesem Laden vorbeigekommen …" Sie zuckt mit den Schultern, während sie ihre Sonnenbrille abnimmt.

„Sie sind also gelaufen?", fragt Celine und wendet sich mir zu. Auch sie hat ihre Sonnenbrille abgelegt.

Beim Anblick ihrer unglaublichen Augen vergesse ich ihre Frage. Natürlich habe ich sie schon einmal gesehen. Liz und Celine sehen einander an und sagen wie aus einem Mund: „Du hast meine Augen!" Sie lachen nervös.

Ich fasse mich als Erste und erinnere mich an Celines ursprüngliche Frage. „Du hast gefragt, ob wir gelaufen sind", sage ich. „Ja."

„Das höre ich gerne", erwidert Celine. „Die Toskana bekommt Ihnen. Und dem Bein geht es besser?"

„Oh", sage ich und klopfe mit dem Finger gegen meine Schiene. „Ich bin es furchtbar leid, herumzuhumpeln. Aber alle sind sehr freundlich zu mir."

„Papa war sehr enttäuscht, weil die Ducati-Unterrichtsstunden verschoben werden mussten."

Ich spüre, wie ich rot werde, was lächerlich ist. Ich bin alt genug, um ihre Mutter zu sein. Warum sollte ich schüchtern sein? Weil sie das gewisse Extra hat. *Mein innerer Monolog erinnert mich daran.* Dieses unbeschreibliche europäische Flair. Stil. Eleganz. Und du hast es nicht. Nicht ein Quäntchen davon.

Celine winkt den Kellner herbei und fragt uns, während er auf uns zukommt: „Wir haben uns für Tiramisu entschieden, sì?"

Liz nickt. „Ich habe gehört, es soll köstlich sein."

„Tiramisu tre", *sagt Celine.* „Un espresso per me e ...?" *Sie wartet auf unsere Wünsche.*

„Espresso ist prima", sagt Liz.

Ich bestelle koffeinfreien Kaffee. Meine Nerven können keine Überdosis Koffein verkraften.

Als der Kellner geht, wird es ruhig. Sehr, sehr ruhig.

„Das ist komisch", sagt Liz schließlich, während ihr Blick von Celine zu mir und wieder zurückwandert. „Wer hätte sich so etwas vorstellen können?"

Ich zupfe an meinem Schal. Meine Blicke gehen zu dem schönen Gebäude, in dem Gilli untergebracht ist. Ich sage irgendetwas wenig Geistreiches über die Luxuspralinen im Schaufenster.

„Gilli *ist so etwas wie eine Institution in Florenz", erklärt Celine. „Seit dem achtzehnten Jahrhundert." Sie macht eine Pause und sagt dann zu Liz: „Ich schulde dir Dank." Sie wendet sich mir zu. „Eigentlich sollte ich Ihnen beiden danken."*

Liz runzelt die Stirn. „Wofür denn?"

Mit einem Lächeln senkt Celine die Stimme. Sie lehnt sich ein wenig vor. „Für eure Rolle bei der Veränderung, die mir einen Vater und meinen Söhnen einen Großvater beschert hat. Ich hatte mich schon fast damit abgefunden, dass Jean-Marc David sich nie Zeit für sie nehmen würde.“ Sie sieht mich an. „Aber seit Sie wieder in sein Leben getreten sind …“ Sie lächelt. Lehnt sich zurück. Der Kellner bringt unsere Bestellung, und nachdem wir Zucker in unseren Kaffee getan und das Tiramisu gepriesen haben, fügt Celine hinzu: „Ich hoffe, es geht Ihnen bald besser, Madame Davis. Papa freut sich so darauf, seine Sea Cloud *mit Ihnen zu teilen.“*

„Mary“, sage ich schnell. „Bitte nenn mich Mary.“

„Mary also“, sagt sie und nickt in meine Richtung, bevor sie einen winzigen Bissen von ihrem Dessert nimmt. Sie will etwas über Davis Enterprises wissen und ist voller Bewunderung für Liz. „Ich kann mir nicht vorstellen, eine solche Firma zu leiten“, sagt sie, „und ich ziehe den Hut vor dir.“ Sie ist wortgewandt, intelligent und zufrieden mit ihrem Leben. Sie ist zu Hause, erzieht ihre Jungs, geht einkaufen, macht ehrenamtliche Arbeiten. In vielerlei Hinsicht ist Celine Dumas eine wohlhabendere Sarah Henderson, die in eine andere Kultur versetzt wurde. Ich frage mich, ob Liz das merkt.

„Wir würden uns alle sehr freuen, wenn ihr irgendwann einmal zum Abendessen zu uns kommt“, sagt Celine. „Und dann ist da natürlich noch die Wallfahrt ‚zum Schiff‘.“ Sie sagt die beiden letzten Worte mit gespielter Anbetung und gefalteten Händen.

„Ich war noch nie segeln“, sagt Liz. „Aber ich habe die Titelseite der Zeitschrift gesehen, die Mimi gefunden hat. Die Sea Cloud *ist eine wundervolle Jacht.“*

Celine lässt sich den letzten Bissen von ihrem Tiramisu auf der Zunge zergehen und schwenkt den Löffel durch die Luft. „Sie war immer die Geliebte, die Papa nicht aufgeben wollte. Lange konnte ich ihm das nicht verzeihen.“

„Was hat sich verändert?“, fragt Liz.

Celine überlegt einen Moment. Sie zuckt mit den Achseln. „Er jedenfalls nicht. Damals.“ Sie lächelt. „Ich habe mich verändert. Mir ist klar geworden, dass Papa zu seinen Bedingungen besser ist, als gar keinen Papa zu haben.“

Irgendwie beseitigt Celines Offenheit in Bezug auf die schwierige Beziehung zu ihrem Vater auch den letzten Rest der Befangenheit zwischen uns. Ich frage sie nach den Jungen. Sie hat Bilder dabei. Unterschiedlicher könnten die beiden Zwillinge kaum sein – der eine dunkel, der andere blond. Aber beide sind sie ausgesprochen hübsch. Und beide haben diese Augen. Wir reden über Musik, und Celine erwähnt, dass ihr Vater die Begleitung zu einem Violinkonzert geübt hat. Und die Mädchen reden über Klamotten. Celine will Liz auf eine Führung durch die besten Schuhgeschäfte von Florenz mitnehmen. Und sie verspricht uns zu helfen, die besten Plätze für eine Aufführung von La Traviata im Teatro Communale zu ergattern. Und obwohl sie schon von den Konzerten gehört hat, von denen mir die Frau im Zug erzählt hat, ist sie selbst noch nicht bei einer der Aufführungen gewesen. „Erzählt das nicht Papa“, sagt sie und zwinkert uns zu, „aber ich höre lieber amerikanischen Jazz als Klassik.“

Während wir zusammen sind, vergesse ich ganz, mir Gedanken über Jean-Marc und Luca zu machen. Die dunkle Wolke senkt sich erst über mich, als Liz und ich wieder im Foyer des Hotels ankommen. Liz will in der Lounge sitzen und zusehen, wie das Licht auf dem Wasser sich bei Sonnenuntergang verändert. Ich gebe vor, müde zu sein. Sie runzelt die Stirn. „Ich hoffe, du brütest nichts aus.“

„Mir geht es gut. Aber du kennst mich ja. Stress macht mich einfach fertig. Auch wenn ich finde, dass unser Treffen mit Celine nicht hätte besser laufen können.“
„Ich verstehe“, sagte Liz. „Aber es ist noch so früh. Warum rufst du nicht Luca an und fragst ihn, ob er Lust hat, mit uns essen zu gehen?“
Ich schüttle den Kopf. „Ich könnte jetzt gar nichts essen. Und außerdem würde Luca nicht kommen wollen.“
„Was meinst du mit ‚er würde nicht kommen wollen‘?“
Liz legt den Kopf schief und sagt: „Seid ihr irgendwie uneinig?“
Wieder schüttle ich den Kopf. „Im Gegenteil. Wir sind uns ganz und gar einig.“
Liz sieht mich skeptisch an. „Einig, dass du ihn nicht anrufst?“
„Sieh mal“, sage ich und zeige auf die Gebäude am gegenüberliegenden Ufer, als die untergehende Sonne die antiken Mauern in eine Palette warmer Farben taucht. Ich lege meinen Arm um Liz' Taille. „Im Moment“, sage ich, „möchte ich nur einen ruhigen Abend in meinem Hotelzimmer verbringen, ohne Fragen über Luca Santo beantworten zu müssen.“
„Was ist mit dem Abendessen?“
„Sollten wir Hunger bekommen, kenne ich eine kleine Trattoria ein Stück die Straße hinunter.“

* * *

Trotz all meiner Sorgen scheint Gott einen Plan zu haben, zumindest für die Dinge, die mich umtreiben. Ich bin wirklich gesegnet. Liz und ich sind sehr unterschiedliche Persönlichkeiten, aber wir schaffen es, wunderbare

gemeinsame Erinnerungen zu schaffen, während sie auf Jeff wartet und ich … nun, ich einfach warte.
Am Montagmorgen folge ich Lucas Rat und rufe in den Uffizien an, und nach einigen organisatorischen Zwischenfällen und einer Stunde Warten in der falschen Schlange kommen Liz und ich auf die Liste, die es uns ermöglicht, den Corridoio Vasariano *zu besichtigen. Ich weiß nicht, was mir am besten gefällt, die Künstlerporträts an den Wänden zu betrachten oder dem entzückenden Akzent unseres Fremdenführers zu lauschen, einem angegrauten Charmeur, der seine Leidenschaft für Kunst in einem nicht abreißenden Strom von Adjektiven kundtut:*
„Der außergewöhnliche Korridor wurde von Giorgio Vasari während der prächtigen Hochzeit von Francesco de' Medici mit der bezaubernden Giovanna von Österreich in nur fünf Monaten erbaut; er verband den berühmten Palazzo Pitti, wo der edle Großherzog residierte, mit den weltbekannten Uffizien, wo er arbeitete. Der Korridor ist fast einen Kilometer lang.
Abgesehen von der faszinierenden Sicht auf die herrliche Stadt kann man über 1000 erlesene Gemälde bewundern, alle aus dem 17. und 18. Jahrhundert. Darunter befinden sich viele bedeutende Selbstporträts von begnadeten Künstlern aus vier Jahrhunderten. Diese Sammlung, einzigartig in der ganzen Welt, wurde von dem kunstsinnigen Kardinal Leopold de' Medici um 1650 gegründet, und erhält bis heute weitere Errungenschaften. Selbstporträts findet man unter anderen von Guido Reni, Rubens, Canova, Hayez, Corot, Ingres, Delacroix, Ensor …"
Nach einer Weile nehme ich die Einzelheiten gar nicht mehr wahr und genieße nur noch den Klang der melo-

dischen Stimme und die Tatsache, dass meine Tochter bei mir ist und wir zum ersten Mal in unserem Leben miteinander harmonieren.
Am Nachmittag gehen wir wieder zu der Straße mit den Designergeschäften und nehmen eine schmale Seitenstraße, wo wir einen Schneider entdecken, der Frackhemden anfertigt. Liz will mit Jeff hierherkommen und ein Dutzend Hemden bestellen, aber als sie seinen Namen ausspricht, kommen ihr sofort wieder die Tränen.
„Liebe vergibt, Lizzie", erinnere ich sie. „Es wird alles gut werden." Ich wünschte, ich wäre davon genauso überzeugt, was mein eigenes Leben betrifft, wie ich klinge, wenn es um ihres geht. Während ich die Hemdenstoffe betrachte, bin ich hin und her gerissen zwischen der Vorstellung von Luca in den roten Nadelstreifen oder Jean-Marc in den blauen.
Am Dienstag schlafen wir lange und melden uns anschließend für eine Tour durch die Werkstätten der Kunsthandwerker im Stadtteil Oltrarno an. Wir besuchen einen Silberschmied und einen Buchbinder. Der Ausflug endet damit, dass unsere kleine Gruppe in einer düsteren Gasse steht, vor einer massiven Holztür, in der sich auf unser Klingeln hin ein kleines, mit Eisengittern versehenes Fenster öffnet. Der Mann dahinter lässt uns erst ein, als er unseren Fremdenführer erkannt hat. Drinnen steigen wir mehrere Treppen hinauf und kommen dabei an einem Fresko vorbei, das erst kürzlich bei einer geplanten Erweiterung entdeckt wurde. Ich muss an Lucas Kapelle denken und nehme mir vor, Annie Templeton anzurufen und zu hören, ob bei ihr alles in Ordnung ist. Sie und Arnaud werden bald in Florenz eintreffen. Es wird eine willkommene Abwechslung sein.

Oben werden wir durch eine zweite, gut verschlossene und verriegelte Tür in das Atelier des Goldschmieds geführt. Mein Bein bringt mich beinahe um, und ich bereue schon, dass ich hergekommen bin, bis der Goldschmied anfängt, seine Arbeit zu erklären. Als er uns demonstriert, wie Gold im Ofen veredelt wird, entgeht mir nicht die geistliche Analogie. Liz und ich sprechen auf dem Weg zum Hotel darüber, wie Gott in unserem Leben wirkt, und dass die Tatsache, dass es schmerzt, uns ermutigen sollte, weil er etwas Wunderschönes daraus entstehen lässt. In dieser Nacht schlafen wir beide gut.

Wir sind wild entschlossen, das Touristendasein zu genießen, und es mangelt in Florenz nicht an wundervollen Dingen, die wir besichtigen können. Am Mittwochabend lockt ein Konzert in der Kirche Orsanmichele in der Via Calzaimoli. Es ist ein wunderbarer Abend, eine meiner Lieblingsarien von Puccini steht auf dem Programm. Am Donnerstag schickt Lucia uns einen Wagen, der uns nach Fiesole bringt, wo wir uns römische und etruskische Ruinen ansehen. Ich kann kaum fassen, dass ich in einem Stadion auf demselben Stein sitze, auf dem vor 2000 Jahren ein Römer ein Schauspiel bejubelt hat. Aber das ist noch gar nichts im Vergleich zu der geistigen Akrobatik, die ich anstellen muss, als Lucia erwähnt, dass Luca nach Bologna gefahren ist, wo er beruflich zu tun hat.

Als ich Liz das erzähle, legt sie die Stirn in Falten. „Luca hat die Stadt verlassen, ohne es dir zu sagen? Was geht hier eigentlich vor?"

„Hör auf, dir Sorgen zu machen, Schatz. Gar nichts geht hier vor."

Natürlich ist genau das mein Problem. Ich habe Luca seit dem letzten Samstagabend weder gesehen noch gehört. Ich weiß nicht, was ich erwartet habe, aber das nicht. Nichts geht vor, und ich bin mit meiner Weisheit und meiner Geduld bald am Ende.

* * *

Das Telefon klingelte spät am Donnerstagabend.

„Wir sind wieder da", sagte Jeff.

Liz umklammerte das Telefon und formte lautlos den Namen für Mimi, die lautlos in ihrem Schlafzimmer verschwand und die Tür hinter sich schloss.

„Wie, wie war es?"

„Unglaublich. Fantastisch. Ich kann es mit Worten gar nicht beschreiben", sagte er.

Liz machte – wie sie hoffte – ermunternde Geräusche und verstummte dann.

„Wie ist die Lage in Omaha?"

Omaha? „Wie bitte?"

„Ich kenne dich zu gut, um irgendeinen Zweifel daran zu haben, dass du mindestens zweimal am Tag mit Ryan Miller oder Margaret gesprochen hast, seit du in Florenz bist", sagte Jeff. Es klang nicht so, als wäre er deswegen sauer, aber Liz war sich nicht sicher. War das ein Test?

„Dann wird es dir wohl schwerfallen, mir zu glauben, wenn ich dir sage, dass ich mit keinem von beiden gesprochen habe."

„Okay", sagte Jeff. „Nur einmal täglich?"

„Gar nicht", sagte Liz. Das Schweigen am anderen Ende machte sie beinahe wütend. Glaubte er, dass sie log? Sie holte tief Luft. „Es gab wichtigere Dinge als geschäftliche Besprechungen. Ich habe ein, zweimal meine E-Mails abgerufen. Und George Kincaid einen Rat gegeben. Etwas mehr Verantwortung auf Ryan Millers Schultern gelegt." Sie fügte schnell hinzu: „Er schafft das. Und ich will mich nicht mit den Einzelheiten befassen. Mir ist klar, dass du das nicht glaubst, aber es stimmt." Sie biss sich auf die Lippe, um das Nächste, was ihr durch den Kopf ging, nicht zu sagen, aber ohne Erfolg. „Also, was jetzt, Jeff? Was passiert als Nächstes?"

„Hm", machte er. „Ich bin nicht sicher. Aber wir … wir müssen reden. Da bin ich mir sicher."

Sie zitterte am ganzen Körper. Sie setzte sich. Schloss die Augen. Zwang Elizabeth Davis, die erfahrene Geschäftsfrau, an die Front. „Der Ball liegt in deinem Feld, Jeff. Du bestimmst Zeit und Ort, und ich werde da sein."

„Das Foyer im Hotel. Morgen um zwölf."

Die Angst zog ihren Magen zusammen. Er würde ihr sagen, dass es aus war. Das musste es sein.

„Hast du mich verstanden?"

„Ich habe verstanden", erwiderte Liz und hoffte, dass sie beherrschter klang, als sie war.

„Habt ihr, du und Mary, etwas fürs Mittagessen morgen geplant?"

„Das geht schon in Ordnung." Sie versuchte, nicht gereizt zu klingen. Aber sie glaubte nicht, dass es ihr gelang.

„Wie geht es Mary?"

„Gut. Es geht ihr gut. Wird gesund. Ruht sich aus. Geht einkaufen. Macht Besichtigungen. Es geht ihr gut."

„Gut. Könntest du ihr bitte etwas von Jean-Marc

ausrichten? Er muss erst noch etwas Geschäftliches erledigen, aber dann würde er sie gerne am Sonntag zum Schiff bringen, wenn sie sich entsprechend fühlt. Sag ihr, dass er sie um zehn Uhr morgens abholt, wenn sie nicht etwas anderes sagt."

„Warum spricht er nicht selbst mit ihr?"

„Weil er schnell zu einer Sitzung musste. Ich bin sicher, das kannst du verstehen."

Autsch.

„Hey", sagte er, und seine Stimme klang jetzt weicher. „Ich habe das nicht so gemeint, wie es geklungen hat." Als Liz nichts erwiderte, wiederholte er: „Wirklich. So habe ich es nicht gemeint."

Ihre Stimme schwankte. „Okay", sagte sie. Es war einfach zu schwer. Sie konnte es nicht ertragen, sein Gesicht nicht zu sehen. Er war so *sachlich.* Sie hatte ihm so viel zu erzählen, aber so konnte sie es nicht.

Jeff räusperte sich. „Dann sehen wir uns morgen?"

Sie nickte. Als wenn er sie sehen könnte.

* * *

Der Freitagvormittag war der längste Vormittag ihres Lebens. Zwischen Anfällen von morgendlicher Übelkeit oder schierer Nervosität frisierte Liz dreimal ihre Haare, zog sich mindestens zweimal um und rutschte unruhig auf ihrem Sessel herum, während Mimi für sie betete. Sie ging vor den Fenstern im Wohnbereich der Suite auf und ab, bis Mimi einen Witz darüber machte, dass sie bestimmt für einen neuen Teppich aufkommen müsse.

„Ich hatte gehofft, dass es dich zum Lächeln bringt", sagte Mimi.

Liz schüttelte nur den Kopf und lief weiter hin und her.

Endlich war es so weit. Als die Aufzugtür sich öffnete, wartete Jeff bereits im Foyer, eine kleine, in braunes Papier gewickelte Schachtel in der Hand.

„Noch nicht", sagte er, als Liz die Hand danach ausstreckte. „Luca bringt uns."

„Aber Lucia hat gesagt, er sei weg."

„Das war er auch", sagte Jeff. „Aber jetzt ist er zurück. Und er fährt uns."

„Wohin?"

„Das wirst du gleich sehen", erwiderte er. Dann nahm er ihre Hand und führte sie hinaus. Sie rutschten auf den Rücksitz. Luca begrüßte sie mit einem breiten Lächeln und einem Kuss auf jede Wange. Er fragte sie nach ihrer Gesundheit, setzte sich dann hinter das Steuer seines Mercedes und pfiff fröhlich, als er sich in den Verkehr einfädelte und durchstartete. Er fuhr wie ein Irrer. Warum war er nicht nach oben zu Mimi gegangen, wenn er so glücklich war? Und wie konnte er so fröhlich sein, wo er doch wissen musste, wie elend Mimi sich fühlte? Oder hatten sie miteinander gesprochen und Liz wusste nur nichts davon?

Jeff musste ihre Anspannung gespürt haben, denn er nahm ihre Hand. Es half. Ein bisschen. Sie fuhren irgendwo in die Berge, an einem wunderschönen Ort namens Villa Cora vorbei. Unvermittelt brachte Luca den Wagen mit quietschenden Reifen vor einem efeuüberwucherten Landhaus zum Stehen, stieg aus, öffnete ihr die Tür, verbeugte sich wie ein Chauffeur und fuhr ohne ein weiteres Wort davon. Er hatte nicht ein einziges Mal nach Mimi gefragt. Allmählich begann sie zu glauben, dass Luca Santo doch nicht so nett war, wie er Mimi hatte glauben lassen.

„Hey, Schöne“, sagte Jeff liebevoll und legte seine Hand auf ihre Schulter. „Hier bin ich.“ Als Liz sich zu ihm umwandte, nahm er ihre Hand und führte sie in ein Restaurant, in dem der Oberkellner sie zu einem Tisch am Fenster geleitete, von dem aus sie den Ausblick bestaunen konnten.

Jeff setzte sich ihr gegenüber und stellte die kleine Schachtel zwischen Liz und sich auf den Tisch. „Jetzt“, sagte er.

„Sie ist wunderschön“, sagte Liz, als sie die Tonskulptur einer Tänzerin auspackte, die auf dem Bauch lag, den Rücken so gebogen, dass ihre Beine über ihrem Kopf schwebten. Sie hatte sich so gekrümmt, dass sie beinahe einen Kreis bildete. Zwischen ihren Zehen hielt sie eine Art Maske über ihr Gesicht. „Aber, ich verstehe nicht.“

Jeff zeigte auf die Maske. „Es ist eine etruskische Theatermaske“, erklärte er. „Ich habe sie in dem Fenster einer Galerie gesehen, an einem jener Tage, nachdem du gesagt hast …“

„Es tut mir leid“, sagte Liz. Ihr Vorsatz, heute die Ruhe zu bewahren, löste sich in Windeseile auf. Sie presste die Augen zusammen, um die Tränen zurückzuhalten. „Es tut mir schrecklich leid … alles.“

Er ging nicht auf das ein, was sie gesagt hatte. Stattdessen sah er auf die Skulptur hinunter, berührte sie vorsichtig und drehte sie langsam, während er sprach. „Ich habe sie eine Weile betrachtet und dachte – sehr verbittert, muss ich sagen – an all die Masken, die du aufgesetzt hast, um mich zu ködern." Er sah zu ihr auf und sagte: „Es war nicht sehr schmeichelhaft, was ich über dich gedacht habe."

„Du hattest allen Grund, mich zu hassen."

„O nein, das habe ich nicht." Er blickte sie an. „Liebe vergibt, Bitsy. Sie glaubt alles und hofft alles und erträgt alles. Zumindest", sagte er, „tut das die Art Liebe, von der sowohl Danny als auch Mary mir erzählt haben, dass ich sie brauche." Sein Blick ging zum Fenster hinaus und dann wieder zu ihr zurück. „Man nennt sie –"

„*Agape.*" Er sah sie überrascht an. Sie nickte. „Es ist auch für mich ein neues Wort. Mimi hat mir davon erzählt. Eine Liebe, die anders ist als alles, was ich bisher kannte oder mir vorstellen konnte. Bis jetzt."

„Jetzt?"

Sie nickte. „Genau genommen bis Sonntagmorgen."

Er lehnte sich zurück und starrte sie an. „Sonntagmorgen? Vergangenen Sonntagmorgen?"

Sie nickte und betrachtete die Skulptur. „Ich habe so viele Masken getragen, Jeff." Sie schluckte, trank etwas Wasser. „Als ich dir nach Kalifornien nachgereist bin, hatte ich überhaupt nicht die Absicht, dorthin zu ziehen. Ich wollte nur Beweise für mein Plädoyer gegen den Umzug sammeln. Mitspielen, bis du vernünftig wirst." Als Jeff etwas sagen wollte, hob Liz die Hand. „Bitte lass mich das zu Ende bringen. Du hast ein Recht, alles zu hören." Sie nahm noch einen Schluck von ihrem Wasser. „Und meine Freundlichkeit gegenüber Sarah und den Kindern – das war überwiegend Show." Sie sah auf die Skulptur hinab. „Noch eine Maske. Aber dann, am letzten Sonntag, habe ich versucht zu tun, was du gesagt hast. Ich habe versucht meine Augen zu öffnen und mein Herz. Und dann bin ich in diese Kirche gegangen und …“ Zwanzig Minuten später endete sie damit, dass sie ihn um Verzeihung bat – noch einmal.

Jeff fühlte sich, als hätte er einen Schlag ins Gesicht erhalten. Anstatt sie in seine Arme zu ziehen, wie sie es sich in den letzten Tagen unzählige Male vorgestellt hatte, wenn sie nicht gerade außer sich vor Sorge gewesen war, sagte er sanft: „Das macht es mir leichter, es dir zu erzählen.“

Er hatte eine ähnliche Erfahrung mit Gott gehabt und ihr davon erzählen wollen. Aber er hatte sich durch all die anderen Dinge davon abhalten lassen.

„Du bist nicht die Einzige, die Vergebung braucht, Bitsy.“ Er lächelte ein wenig. „Ich hatte nicht den Mumm, es dir zu sagen. Und ich war nicht ganz ehrlich zu dir, denn ich habe dir nichts von meiner Begegnung mit Gott erzählt. Ich habe dir nicht gesagt, wie wichtig mir der Umzug war. Was für ein Problem ich damit hatte, auf dem Anwesen leben zu sollen.“ Sein Blick wanderte zur Seite und dann wieder zu ihr zurück. „Wie satt ich es hatte, mit Sam Davis um deine Zuneigung, Achtung und Treue zu kämpfen.“ Er schüttelte langsam den Kopf. „Ich hatte Angst, ich würde dich verlieren, wenn ich all diese Dinge zugab. Und dann hätte ich dich beinahe trotzdem verloren.“

Er streckte die Hand aus und drehte die Skulptur, so dass Liz sehen konnte, wie die Füße der Tänzerin die Maske von ihrem Gesicht entfernten. „Das hier“, sagte er, „ist also unsere Gedächtnisstütze. Von jetzt ab werden wir die Masken ablegen, egal, welche Verrenkungen dazu nötig sind. Mit Gottes Hilfe."

Er streckte beide Arme aus und ergriff ihre Hände, so dass die kleine Statue zwischen ihren Armen lag. „Ich liebe dich, Elizabeth Samantha Davis. Ich habe dich mal besser geliebt, mal schlechter. Ich habe dich aus den falschen Gründen geliebt und auf die falsche Weise. Und ich habe dich aus dem richtigen Grund auf Gottes Weise geliebt." Seine Augen füllten sich mit Tränen. Er schluckte. „Aber bei all dem wusste ich, dass es für immer ist. Willst du meine Frau werden, Bitsy?"

Liz kämpfte gegen die aufsteigenden Tränen an und lächelte. „Ich werde sogar noch mehr tun", sagte sie. „Ich werde dir nach Kalifornien folgen." Sie hielt inne und blickte auf ihren Bauch. „Ich korrigiere", sagte sie. „*Wir* werden dir nach Kalifornien folgen."

Kapitel 22

Mary

Wenn uns jemand so sieht, muss er uns für vollkommen verrückt halten. Ein graumelierter Mann und eine ebensolche Frau, letztere mit verbundenen Augen und einem Krückstock.

Ich kichere und strecke die Hand aus. „In Ordnung", sage ich und ziehe an der Augenbinde.

„Nicht schummeln", sagte Jean-Marc und stupst mir auf die Nase.

Ich schüttle den Kopf. „Ich sehe überhaupt nichts." Ich fahre mit den Fingern über seine schwielige Handfläche. „Ich fühle die Hände eines Seemanns."

„Eines alten Seemanns", sagt Jean-Marc und betont jedes Wort.

„Ich weiß nicht", erwidere ich und berühre wieder meine Augenbinde. „Mir scheint es, als wärest du da, wo es drauf ankommt, noch jung." Ich ziehe die Schultern zurück und salutiere. „Gehen Sie voraus, mon capitain.*"*

Er ist ganz vorsichtig, als er mich am Pier entlangführt. „Eine Stufe rauf … vorsichtig, hier ist der Boden uneben … halt dich in meiner Nähe, der Anleger wird schmaler …", und schließlich: „Okay." Er tritt hinter mich und legt die Hände auf meine Schultern. „Bist du bereit, eine der anderen Frauen in meinem Leben kennen zu lernen?"

„Bereit." Ich lege die Hand aufs Herz. „Man sollte meinen, ich würde bei Hofe vorgestellt. Ich habe Herzklopfen."

„Voilà“, *sagt Jean-Marc und entfernt die Augenbinde. Und da ist sie, viel beeindruckender als alles, was ich erwartet habe. Die* Sea Cloud *auf einer Zeitschriftentitelseite ist schön. Die* Sea Cloud *in der Realität ist majestätisch. Ihr Rumpf ist schwarz. Die auf Hochglanz polierte Holzmaserung der Kajüte leuchtet in der Sonne und das Deck ist makellos. Ich ergreife Jean-Marcs Arm. „Umwerfend. Einfach umwerfend.“*

Er beobachtet meine Reaktion, und seine blauen Augen blicken ernst. „Komm mit an Bord“, sagt er in Richtung Deck und breitet die Arme aus.

Ich beuge mich vor, reiche ihm zuerst meinen Stock und lasse mich dann von ihm an Bord heben. Wie ein aufgeregtes Kind führt er mich herum, erzählt von Arbeiten, die er ausgeführt hat, und Verbesserungen, die er seit dem Kauf vorgenommen hat. Dann nimmt er mich erneut auf den Arm, um mir ins Untergeschoss zu helfen, wo er eine Kabine für seine Enkel ausgebaut hat. Er erzählt mir, wie er passendes Tropenholz gefunden hat, nachdem er mehrere alte Schiffswerften abgeklappert hatte.

Ich gehe unter Deck umher und murmle: „Ich kann es kaum fassen. In all den Jahren habe ich immer versucht, mir vorzustellen … und jetzt, wo alles Wirklichkeit ist, habe ich Mühe, es zu begreifen.“

„Und ich habe mir dich vorgestellt“, sagt Jean-Marc. „Genau so. Allein …“ Er kommt mir näher. Dann nimmt er meine Hände und lächelt mich an. Mein Herz schlägt mir bis zum Hals – aber aus dem falschen Grund. Gott, bitte mach, dass ich ihm nicht wehtue. Lass es ihn nicht sagen. Bitte.

Wir essen an Bord der Jacht zu Abend, oben an Deck bei Kerzenlicht, obwohl es noch früh und die Wirkung nicht ganz so ist, wie Jean-Marc es sich wahrscheinlich erhofft hat. Die Sea Cloud *und die ganze Situation müssten das Herz einer jeden Frau höher schlagen lassen, wenn nicht … Ich lege meine Gabel nieder und blicke zum Horizont.*

„Du denkst an ein Leben an Bord einer Jacht", neckt Jean-Marc, während er die Hand ausstreckt und mir sanft über die Wange streichelt.

Ich schließe die Augen und kämpfe gegen die aufsteigenden Tränen an. Ich denke nicht nur daran, wie schwer es mir fällt, diesem Mann wehzutun, sondern auch an Luca, dessen Berührung ich nie erleben werde.

„Und ich glaube, du fragst dich, wie das überhaupt funktionieren soll." Er steht auf und geht zum Bug des Schiffes, bleibt stehen und sagt mit ausgestreckten Armen: „Wir haben es geschafft, Mary." Seine Stimme ist voller Zuneigung. „Wir haben einander wiedergefunden. Nach all den Jahren. Das Leben ist gut. Sehr gut sogar. Mit deiner Rückkehr hat Gott mir noch eine zweite Tochter geschenkt. Und bald ein weiteres Enkelkind. Er ist sehr gut."

„Das ist er", stimme ich zu. Aber angesichts der Freude, die Jean-Marc ausstrahlt, fühle ich mich elend.

„Ich habe lange darauf gewartet, dich auf mein Schiff zu führen, Mary", sagt Jean-Marc. „Und es gibt etwas, was ich dich fragen will."

„Nicht. Bitte." Ich reibe mit beiden Händen meine Stirn. Ich neige den Kopf und flehe ihn an: „Bitte – tu es nicht."

„Schhhh, lass mich ausreden, chérie."

Ich stehe auf und versuche davonzuhumpeln, aber er holt mich ein und schlingt die Arme um mich. Seine Umarmung ist liebevoll und ich habe nicht den Mut, mich ihr zu entziehen. Ich schließe die Augen. Ich habe dich gebeten, es nicht geschehen zu lassen. Welchen Grund könnte es geben, das Herz dieses wunderbaren Mannes zu brechen … ein zweites Mal?

„Ich wollte es dir schon lange sagen, Mary", flüstert Jean-Marc. „Ich habe dich jahrelang geliebt."

Bringen wir es hinter uns. Sag es endlich …

„Und jetzt, wo ich dich und die Sea Cloud gleichzeitig in meinem Leben habe, bitte ich dich darum, mir die Ehre zu erweisen und eure Hochzeit an Bord meines Schiffes zu feiern."

„Was … hast du … gerade … gesagt?" Ich wirble in seinen Armen herum und starre ihn an. Seine blauen Augen scherzen nicht und kein Schmerz ist darin zu entdecken.

„Ich habe dich um das Privileg gebeten, die Hochzeit – deine und Lucas – hier ausrichten zu dürfen. An Bord der Sea Cloud.*" Er lächelt mich an. „Du hast etwas anderes erwartet?"*

„Aber … ich dachte –"

„Das dachte ich auch." Er nickt. „Eine Zeit lang. Aber jetzt bin ich klüger. Und du hast einen Mann verdient, der dir sein ganzes Herz schenkt. Gott möge mir vergeben, aber ein Teil meines Herzens wird immer meiner Geliebten hier gehören. Und ich habe endlich begriffen, dass Gott mich so geschaffen hat. Das ist doch auch nicht schlecht, oder?" Er lässt mich los und macht einen Schritt zurück, während er auf meine Antwort wartet.

„Nein." Ich schüttle den Kopf. „Das ist überhaupt nicht schlecht. Das ist deine Persönlichkeit. Und du bist wunderbar." Ich küsse ihn auf beide Wangen. Es scheint mir nicht genug. Wir umarmen uns. Lachen sogar ein bisschen. Wir sind beide erleichtert.

„Und kann ich dir dieses Geschenk machen? Diese Hoch-

zeit?" Jetzt klingt er richtig begeistert. Er beeilt sich zu erklären: „Natürlich wird es eine standesamtliche Trauung in Florenz geben. Aber dann … euer Pastor … hier auf dem Schiff … und so …"

„Mein lieber, teurer, wunderbarer Freund, du erstaunst mich."

„Das ist gut, oder?" Er zwinkert mir zu.

„Es ist sehr, sehr gut", sage ich. „Aber es gibt ein Problem."

„Sag mir, was es ist", will Jean-Marc wissen. „Ich werde tun, was in meiner Macht steht."

Ich schüttle den Kopf. „Das steht nicht in deiner Macht."

„Was?"

„Den Bräutigam herzubringen, seine Meinung zu ändern, und über sein Herz zu verfügen."

„Was das Ändern der Meinung betrifft", sagt Jean-Marc, „kann ich nur sagen, dass es da nichts zu ändern gab, als ich ihn gestern gesehen habe. Über sein Herz kann nur Gott verfügen. Und auch hier war ich froh zu erfahren, dass Gott Luca Santos Herz dir gegeben hat, liebste Mary."

Ich höre die Worte, aber ich kann sie kaum glauben. Doch Jean-Marc ist noch nicht fertig. Er schlendert zum Tisch, nimmt seinen Kaffee und zeigt zum Pier hinüber. „Und was das Herbringen des Bräutigams angeht …"

Ich höre einen Motor aufheulen, und als ich mich umdrehe, braust eine rote Ducati heran und kommt mit quietschenden Reifen am Ende des Anlegers zum Stehen. Der Fahrer ist ein wundervoller Mann mit strahlendem Lächeln. Ich blinzle ein paar Tränen zurück, als mein Blick noch einmal zu Jean-Marc wandert. Offenbar ist mein Blick noch immer voller Fragen. Er kommt zu mir, küsst mich auf beide Wangen und ganz leicht auf den Mund. Dann lacht er.

„Für dich, zum Lernen, wir dachten, die rote ‚Monster' ist die beste Wahl."

„Die ist für mich?"

Die blauen Augen lächeln. „Ja, Mary. Alles ist für dich. Das Motorrad, meine Freundschaft und Lucas Herz. Du musst nur zugreifen." Er dreht mich um und gibt mir einen kleinen Schubs in Richtung Pier.

Eins haben sie mir im Krankenhaus nicht gesagt, als sie mir die Schiene angelegt haben, damit ich gehen kann, während mein Bein heilt. Wenn man es wirklich will, kann man sogar damit rennen. *Zum Beispiel in die Arme des Mannes, den man liebt.*

Kapitel 23

Mary

Man hat mich gewarnt. Luca hat mir gesagt, dass jede Hochzeit, die seine Schwester plant, so lange weitergehen würde, bis die Gäste um Gnade winseln und jede weitere Nahrungsaufnahme verweigern würden.
„Für Lucia", hat er gesagt, „sind Liebe und Essen mit einer Kette verbunden, die niemand durchtrennen kann."
Als ich bei Annies und Arnauds Hochzeitsfeier zwischen Luca und Jean-Marc auf der Loggia sitze, bin ich ein lebender Beweis für Lucas Vorhersage. Ich habe geglaubt, alle Gänge eines offiziellen italienischen Essens zu kennen, aber Lucia scheint noch ein paar zusätzliche erfunden zu haben. Wir sitzen schon seit zwei Stunden beim Essen. Nach jedem Gang war Zeit für Musik. Zuerst spielte ein Streichquartett – Mitglieder des Kammerensembles, in dem Arnaud in Paris spielt – dann diverse Verwandte und schließlich von einem florentinischen Tenor mit einer so wunderbaren Darbietung von „Ti adoro", *dass mir ein Schauer den Rücken hinunterläuft. Aber vielleicht liegt es auch daran, dass Luca während des Liedes meine Hand nimmt.*
Annie und Arnaud verschwinden ohne große Aufregung. Jean-Marc spricht mit Liz, als Luca mir ein Zeichen gibt, ihm zu folgen. Wir gehen zum Eingang, wo Arnaud und Annie warten. Sie wollen, dass Luca Bilder von ihrer Abreise macht. Kein Wunder. Annie wirft mir ihren Blumenstrauß zu, hebt den Saum ihres Kleides an, springt

hinter ihrem frisch gebackenen Ehemann auf und schon sausen sie auf Arnauds Motorrad davon. Das Letzte, was ich sehe, ist Annies weißer Schleier, der im Wind flattert.

Als wir wieder hineingehen und ich gerade erst am Tisch Platz genommen habe, steht Luca auf ein Zeichen von Jean-Marc hin auf und ruft, dass er einen etwas verspäteten Toast ausbringen will. „Lu mio cumpare ha uno vervellu finu“, *sagt er und nickt Jean-Marc zu.*

Als Jean-Marc den Kopf schüttelt und alle lachen, verlange ich eine Übersetzung. Weil Luca darauf besteht, erklärt Jean-Marc, dass sein Freund ein bekanntes Gedicht zitiert. Er übersetzt für mich. „Mein guter Freund hat einen klugen Kopf.“

Luca fährt fort: „Che tutto il mondo ha girato assai …“

„Er hat die ganze Welt bereist.“

„Perciò questa faccenda me rovina … E inao na mugliera ho da trovar.“

Jean-Marc lächelt, als er übersetzt: „Ich habe da ein Problem, das mir zu schaffen macht … ich muss eine Frau finden.“

Liz und Jeff grinsen zu mir herüber und ich merke, wie die Röte meinen Nacken hochkriecht, als Luca auf Englisch weiterspricht. „Wir wollten nicht von dem wunderschönen Tag für unsere lieben Freunde Arnaud und Annie ablenken, deshalb haben wir beschlossen, es geheim zu halten. Jetzt möchte ich euch aber mitteilen, dass –“ Er muss eine Pause machen, weil Lucia am anderen Ende des Tisches aufschreit und in einem Wortschwall eine ganze Reihe Heilige preist. Luca sagt etwas auf Italienisch, das alle zum Lachen bringt, auch Lucia. Und dann wendet er sich mir zu und reicht mir die Hand. „Gott hat einmal einem verrückten jungen Mann die Liebe einer Frau ge-

schenkt, die er nicht verdient hat. Und er ist wahrhaftig ein Gott, der mehr tut als das, worum wir ihn bitten, denn er hat mich noch einmal gesegnet." Als er mich ansieht, entdecke ich Tränen in seinen Augen. Er legt den Arm um mich, räuspert sich und fährt fort: „Ich möchte euch alle an meinem Glück teilhaben lassen. Mary Davis hat eingewilligt, meine Frau zu werden."
Sollte es noch irgendwelche Fragen in meinem Herzen geben, wie mein französischer Seemann diese Nachricht aufnimmt, so lösen sie sich in dem Moment auf, als Jean-Marc sich erhebt und uns beide, Luca und mich, umarmt. Er ist der Erste, der uns beglückwünscht, der allen erzählt, wie er und Luca alles so eingefädelt haben, der als Erster einen Toast ausbringt und dann ein Segensgebet spricht, und er ist es auch, der Lizzie und Jeff der Hochzeitsgesellschaft vorstellt. Als Luca und ich von einem Meer guter Wünsche verschluckt werden, sehe ich plötzlich, wie Liz Jean-Marc umarmt. Und ich höre, wie sie das wunderbare Wort sagt. Papa. Sie nennt ihn Papa. Und zwei Paar azurblaue Augen füllen sich mit Tränen.

* * *

1. Mai 2004

George Kincaid stand an seiner Haustür, die Zeitung in der Hand, und starrte auf seine Auffahrt. So, wie er gekleidet war, in seinem zerknitterten Schlafanzug und einem abgewetzten karierten Morgenmantel wollte er ungern gesehen werden, aber manche Dinge musste man einfach genauer untersuchen. Er ließ die Zeitung auf den Boden fallen und trat vor die Tür. Er ging die Stufen der Veranda hinunter, an den Beeten mit blühenden Tulpen vorbei und über den dichten grünen Rasen. Als er die Hand ausstreckte, um es zu berühren, verschwand das Ding in der Auffahrt nicht. Es war Wirklichkeit. Zweifarbig in silber und weiß, Faltdach, Drahtspeichenräder – ein Klassiker wie aus dem Bilderbuch. Nur die rote Schleife auf der Motorhaube ergab keinen Sinn. Genau genommen ergab das alles keinen Sinn. Er zog ein zusammengefaltetes Blatt Papier unter den Scheibenwischern hervor. Ein Schlüssel fiel zu Boden.

Die Papiere sind im Handschuhfach und auf Ihren Namen geändert. Mutter sagte, Sie haben dieses Auto immer gemocht. Jetzt können Sie es noch mehr mögen. Alles Gute zum Maifeiertag, George!

Unterschrieben war die Nachricht von Liz Davis.

„So, so“, sagte George. „So, so.“ Er sah zum Haus hinüber. Eigentlich sollte er seine Brieftasche holen. Seinen Führerschein. Ach was! Wen kümmerte es schon, wenn ein alter Mann am Samstagmorgen eine Runde in seinem klassischen Austin Healey drehte? Er stieg ein. Ließ den Motor an … und lächelte.

* * *

„Ich weiß, dass Sie das schon öfter gehört haben, aber es stimmt“, sagte Liz und zog ihr Scheckbuch aus der Handtasche, in der Hoffnung, damit jeden Zweifel zu zerstreuen. „Sie sind die Einzige, die es so machen kann, wie ich es haben möchte.“ Sie starrte Mona

Whitcomb über den Schreibtisch hinweg an. „Nennen Sie Ihren Preis."

Mona trommelte mit ihren schwarz-weiß gepunkteten Fingernägeln auf ihrer Schreibtischplatte. Sie zog eine Grimasse und kaute eine Weile auf dem Ende ihres Stifts herum. „Wann wollen Sie eröffnen?"

„Nächstes Jahr im Herbst."

„Und wer ist mein Ansprechpartner, wenn Sie in Kalifornien sind?"

„George Kincaid", sagte Liz. „Er macht es kommissarisch. Aber natürlich werden Sie eng mit Irene zusammenarbeiten." Sie lächelte. „Ob Sie es glauben oder nicht, mir ist klar geworden, dass ich nicht Superwoman bin. Ich werde delegieren." Sie ignorierte Monas belustigtes Schnauben. „Aber ich will, dass es ordentlich gemacht wird. Und Sie sind die Frau, die es ordentlich macht."

Mona griff hinter sich und zog einen Notizblock mit Spiralbindung unter einem Stapel Kataloge auf dem Aktenschrank hinter ihrem Schreibtisch hervor. Sie schlug eine neue Seite auf, nahm einen Bleistift zur Hand und begann zu zeichnen, während sie den Block seitlich auf dem Schreibtisch platzierte, so dass Liz sehen konnte, was sie tat. „Was halten sie davon, wenn wir Handabdrücke auf die Wände machen und vielleicht …" Sie warf Liz über den strassbesetzten Brillenrand hinweg einen Blick zu. „Fangen Sie nicht gleich an zu schreien. Denken Sie darüber nach." Sie kritzelte auf dem Papier. „Was wäre, wenn wir Edding nehmen, alle möglichen Farben, zum Signieren?" Sie legte den Bleistift ab und lehnte sich in ihrem Schreibtischsessel zurück. „Und die karamellfarbenen Wände im Arbeitszimmer-Schrägstrich-Bibliothek können bleiben, finde ich. Irgendjemand wird doch wohl ein Arbeitszimmer brauchen, oder?"

Liz nickte. Sie zeigte auf den Skizzenblock. „Ich finde es klasse. Machen Sie es so."

Mona formte eine Luftblase aus ihrem Kaugummi und ließ sie zerplatzen. „Und was ist mit Ihrer Mutter?"

„Was ist mit ihr?"

„Sie wird keinen Rappel kriegen?"

Liz schüttelte den Kopf. „Kein Rappel." Dann sprach sie mit einem breiten Lächeln das nächste Thema an, in der Hoffnung, dass Mona ihre Anspannung nicht bemerkte. „Ich habe noch eine Bitte. Obwohl es ein bisschen kurzfristig ist."

„Ich bin vielleicht keine echte Hochzeitsplanerin, Schätzchen", sagte Mona und ließ ihren Kaugummi knallen. „Aber ich habe alles im Griff. Ein oder zwei Extrawünsche bringen mich nicht aus dem Konzept." Sie schnappte sich einen Block mit neonblauen Klebezetteln. „Schießen Sie los."

„Also", sagte Liz, „wir möchten die ganze Show abblasen."

Mona blinzelte. Langsam. Mehrmals. Sie legte den Kopf schief. „Sie wollen Ihre Hochzeit absagen?"

„Nicht die Hochzeit. Nur die Show."

„Na, Gott sei Dank!", sagte Mona und klopfte sich mit der flachen Hand auf die Brust. „Sie hätten mir beinahe einen Herzinfarkt beschert. Einen Augenblick lang dachte ich schon, Jeffrey Scott wäre wieder auf dem Junggesellenmarkt."

Liz lachte laut. „Tut mir leid."

„Hat er wenigstens einen Bruder?"

„Den hat er tatsächlich", sagte Liz. „In Kalifornien."

„Das ist doch perfekt." Mona klimperte mit ihren falschen Wimpern. „Wenn Sie nach Kalifornien gezogen sind, mache ich Ihren ersten Einrichtungsauftrag gratis – wenn Sie mich mit dem Herrn bekannt machen."

Die Vorstellung, wie Danny Scott auf Monas pinkfarbene Haare reagieren würde, war verlockend. Liz schüttelte langsam den Kopf. „Was soll ich sagen?"

Mona warf den Kopf zurück und lachte. „Okay, okay. Widmen wir uns mal wieder ernsthaft den Hochzeitsplänen. Sagen Sie mir, was Sache ist."

„Sache ist, dass wir die Hochzeit im kleineren Rahmen feiern. In der Toskana."

„Bin ich hier eigentlich im Märchen?", staunte Mona. „Das ist nicht Ihr Ernst, oder?"

Liz nickte. „Doch." Sie lächelte. „Es kommt noch besser. Die Hochzeit findet auf einer Jacht statt."

Mona ließ sich gegen die Rückenlehne ihres Sessels fallen und saß mit offenem Mund da. „Sie leben tatsächlich in einem Märchen, Liebes. Und alles ganz real." Sie lehnte sich vor, auf die Ellbogen gestützt. „Also, was hat all das mit *Mona und Co.* zu tun?"

„Wir möchten gerne, dass Sie eine formlose – und ich meine formlose – Feier bei uns auf dem Anwesen planen. Eine Art Mischung aus Hochzeitsfeier und Vorstellung des neues Projekts. Ende Juni."

Mona blickte sie düster an. „Sie meinen, schon wieder eine Party?"

„Jeffs Bruder kommt auch."

„Sie werden Zelte brauchen", gab Mona zu bedenken.

„Sie können auch Zelte haben“, nickte Liz lächelnd. „Sie können machen, was Sie wollen, solange es entspannt ist.“

„Die Story“, sagte Mona, nachdem sie ihre Brille abgenommen und das Kinn in die Hand gestützt hatte, „muss ich hören.“

Liz erzählte ihr von Mary und Luca, von dem Sonntagmorgen in Florenz, und nach kurzem Zögern auch von dem Baby. Sie endete mit den Worten: „Also, können Sie das machen?“

„Liz, Liebes“, sagte Mona mit einer übertriebenen Geste. „Haben Sie jemals an einer meiner Denim-Soirées etwas auszusetzen gehabt?“

Omaha World Herald
13. Juni 2004
Eine Jacht vor der toskanischen Küste war die Kulisse für die Hochzeit zweier prominenter Bürgerinnen Omahas am 5. Juni. Mrs Mary Davis, Witwe von Samuel Frederick Davis, heiratete den früheren Motorrad-Weltmeister Mr Luca Santo, wohnhaft in Paris, Frankreich, wo das Paar auch in Zukunft wohnen wird. Miss Elizabeth Davis, Präsidentin von Davis Enterprises, schloss die Ehe mit Mr Jeffrey James Scott, ebenfalls aus Omaha. Das Ehepaar wird seinen Wohnsitz in Sausalito, Kalifornien, haben.
Nach einer kurzen standesamtlichen Zeremonie in der Stadt Livorno gaben die beiden Paare sich an Bord der Sea Cloud *das Ja-Wort – einer Jacht, die einem Freund der Familie, Jean-Marc David, gehört. Auf Mr Santos Familiensitz in der Nähe von Florenz fand der Hochzeitsempfang statt. Nach den Flitterwochen*

werden die frisch Vermählten einen zweiten Empfang auf dem Grundstück des Davis-Anwesens hier in Omaha geben.

Omaha World Herald
1. August 2004
Davis Enterprises hat die Berufung von Mr Ryan Miller als Übergangsmitglied des Vorstands für die Dauer der internen Umstrukturierung der Firma bekannt gegeben. Die frühere Geschäftsführerin, Elizabeth Davis Scott, lebt seit ihrer Hochzeit mit Jeffrey James Scott aus Omaha im vergangenen Juni in Kalifornien. Mr Scott übernimmt die Leitung des Büros von Widhelm, Capshaw und Cross in San Franzisko. Zu Gerüchten, dass Davis Enterprises im nächsten Geschäftsjahr eine Niederlassung in Kalifornien eröffnen wird, wollte Mrs Scott sich nicht äußern.

September 2004
Die Herbstluft ist klar und kühl, als zwei Ducati-Maschinen in den riesigen Park um das Schloss in Chambord einbiegen. Hinter dem Tor werden die Motorräder langsamer und rollen gemächlich über den asphaltierten Weg. Irgendwann gibt der eine Fahrer dem anderen ein Zeichen. Sie sehen nach links, wo eine Lichtung im Wald einen kurzen Blick auf das „Jagdschloss“ von König Franz I. freigibt – einen Palast mit 440 Zimmern und mehr als 350 Schornsteinen. Sie fahren auf den Parkplatz, nehmen ihre Helme ab, öffnen ihre Lederjacken und lachen und reden über das wunderbare Wetter, als ein Handyklingeln ertönt.

„Und, sind sie es?“, fragt Mary.

Luca blickt auf das Display. „Ich glaube schon“, antwortet er. „Hallo? Ja … ja …“ Er lächelt und reicht Mary das Telefon. Sie lauscht und beginnt dann zu weinen, so dass sie das Handy ihrem Mann zurückgeben muss.

„Ja … natürlich … alles klar“, sagt Luca und sieht Mary an. „Sie versuchen ein Bild zu schicken.“

Mary und Luca stehen dicht nebeneinander und starren auf das Display. Drei winzige Gesichter, zwei lächelnde und das dritte ein neu geborener Junge. Blond wie sein Vater. Hübsch wie seine Mutter.

„Ja, ja“, sagt Luca. „Er ist wundervoll. Herzlichen Glückwunsch. Sie kann nicht sprechen, weil sie so weinen muss.“

Schließlich beruhigt Mary sich so weit, dass sie das Telefon übernehmen kann. „3700 Gramm“, wiederholt sie. „Ich bin ja so froh, Lizzie-Bär. Ja. So war das bei mir auch. Ja, Liebling, ich weiß. Du wirst ihn bis an sein Lebensende damit aufziehen können, dass er es verpasst hat. Ist es nicht gut, dass Sarah mit dir zum Schwangerschaftskurs gehen konnte? Der Verkehr in Kalifornien, man kann sich nicht darauf verlassen.“

Sie reden noch eine Weile. Mary weint. Luca lächelt. Sie legt auf. Seufzt glücklich und kuschelt sich an Luca.

„Du hast nicht nach dem Namen gefragt“, fällt Luca ein.

„Sie hat ihn mir gesagt“, erwidert Mary.

„Und, wie lautet er?“

„Ich glaube, es gibt eine neue Familientradition“, lächelt Mary und zählt an ihren Fingern ab: „Jeffrey James Scott. Jean-Marc David. Luca Ilario Santo.“

Sie berührt Lucas Wange. „Das Baby heißt John Luke Scott."

Zusammen flüstern die Großeltern: „Zwei Vornamen."

Juni 2005

Mary

„Man hat mich runtergeschickt um nachzusehen, was mit der Matriarchin los ist", sagt Luca. Er ist gerade vom Deck der Jacht heruntergestiegen und steht als dunkle Silhouette im Türrahmen.

Ich sehe von dem Tisch auf, an dem ich sitze. Ich bin gerade dabei, wie wild in mein Tagebuch zu schreiben. „Ich musste es einfach aufschreiben", sage ich. „Es ist nichts los. Es ist alles in Ordnung so wunderbar, dass ich …" Ich räuspere mich und schüttle den Kopf, während ich meinen Mann anlächle und mich frage, wie ich meine Gefühle ausdrücken soll. „Manchmal", sage ich, „gibt es einfach keine Worte."

Luca nickt. „Ich weiß."

Hinter ihm an Deck höre ich Kinderlachen. Sarah und Danny sind mit den Kindern hier. Liz ist auch dort oben, auf dem Schoß den wunderbarsten kleinen Jungen, den die Welt je gesehen hat. Bald wird er laufen können. Und zu schnell groß werden.

Und dann ist da noch Jeff, der im Moment am Heck der Jacht steht und in eine Diskussion mit dem Mann vertieft ist, der eine lange Reise unternommen hat, um ihm beizubringen, wie er seine neue Jacht segeln muss. Er ist ein gut aussehender Seemann mit grauem Haar und himmelblauen Augen.

„Sie ist manchmal überwältigend, die Güte Gottes, nicht wahr, cara mia?“ *Luca setzt sich neben mich und küsst mich auf die Wange.*

„Danke“, sage ich.

„Wofür?“

„Dafür, dass du einverstanden warst, unseren ersten Hochzeitstag hier in Kalifornien zu verbringen.“

„Die Familie ist wichtig“, sagt Luca. „Und dies war der Termin, an dem sie alle zusammenkommen konnten. Wir wollen diese Zeiten genießen. Vielleicht noch ein bisschen mehr als die Überraschung, die ich für nächste Woche habe.“

All mein Flehen nutzt nichts. Er will mir nicht erzählen, was er geplant hat, obwohl er verrät, dass es mit tollen Aussichten über wunderbare Täler im schönen Staat Kalifornien zu tun hat. Und obwohl er es nicht sagen will, bin ich ziemlich sicher, dass die Überraschung auch etwas mit einem Motorrad zu tun hat. Wahrscheinlich mit zweien.

Epilog

Herbst 2005

„Das kann es nicht sein", sagte Joe und fuhr rechts ran.

„Dieser Pastor Dayton sagte, es sei ein hübscher Ort", erwiderte Millie. Sie lehnte sich zur Seite und sah zum Fenster des rostigen Toyotas hinaus.

„Das kann ja sein, aber das hier ist es bestimmt nicht."

„Fahr rein, Joe." Millie warf einen Blick auf den Rücksitz. „Er schläft, aber es wäre gut, wenn wir bald da wären, falls er heute Nacht etwas braucht."

„Na gut", sagte Joe, während er den Kopf schüttelte und das Lenkrad umklammerte. „Aber es sieht nicht so aus, als wären wir hier richtig."

Der Toyota kroch die gewundene Auffahrt hinauf, an einem Teich vorbei und um eine Kurve. Als das Haus zum Vorschein kam, legte Millie ihrem Mann die Hand auf die Schulter und sagte: „Du hattest Recht. Wir drehen besser um. Die Leute mögen es bestimmt nicht, wenn wir hier herumschnüffeln." Doch es war zu spät. Jemand öffnete die Eingangstür, kam heraus und *winkte* ihnen zu. Eine alte Frau mit einem breiten Lächeln. Sie trug eine Schürze und sah mehr wie eine Oma aus als wie die Haushälterin auf einem solchen Anwesen.

„Sie sieht aus wie Großmutter Hillis", sagte Joe. „Und sieh mal, das muss ihr Mann sein."

Die Frau kam die Treppe herunter und rief ihnen zu: „Sind Sie Familie Boyce?"

Joe lehnte sich an Millie vorbei. „Das sind wir", sagte er.

„Willkommen in Ihrem Zuhause in der Fremde", sagte die Frau. „Schön, dass Sie uns gefunden haben. Es heißt, das Schild soll jeden Tag kommen, aber so ist das mit Bauarbeiten eben. Viele Versprechungen und viele Verzögerungen." Sie kam ans Auto und beugte sich hinunter, so dass sie beide durch Millies Fenster ansehen konnte. „Ich bin Irene Baxter." Sie deutete mit dem Kopf zu der Tür des Herrenhauses hinüber, wo ein älterer Mann wartete. „Und der gut aussehende Kerl da drüben ist Cecil. Seine Knie nehmen ihm die Stufen übel, aber er ist zu stur, um die neue Rampe zu benutzen. Ich hoffe, Sie verzeihen ihm, dass er nicht herunterkommt. Er nimmt Sie hinten in Empfang und zeigt Ihnen, wo Sie parken können", sagte Irene. Sie wandte den Kopf zur Seite und blickte durch das hintere Fenster auf das schlafende Kind, das auf dem Rücksitz lag. „Was für ein süßes kleines Lamm", gurrte sie. Sie steckte die Hand in die Tasche und reichte Millie eine gehäkelte Mütze. „Es ist schön hier, aber der Wind ist in Nebraska manchmal etwas kühl. Aber entscheiden Sie selbst."

„Mama?"

„Hallo, Schlafmütze", sagte Millie. „Sieh mal, was die nette Dame dir gerade gegeben hat. Warum setzt du sie nicht auf? Der Wind pustet ganz schön. Dann ist dir kuschelig warm."

Der Junge zog die Mütze über seinen kahlen Kopf und lächelte.

„Also, wenn dir die Farbe nicht gefällt", sagte Irene, „dann sagst du einfach Irene Bescheid, ja? Wir haben nämlich Mützen in allen Regenbogenfarben und du kannst dir auch eine andere aussuchen."

Der Junge nickte. „Ich bin fünf", sagte er und hielt die Finger hoch.

„Ich bin Hundertunddreiundzwanzig", scherzte Irene und zwinkerte Millie zu. „Aber verrat es niemandem. Versprochen?"

„Ich erzähl es keinem."

„Das ist gut. Übrigens: Weißt du, was ich weiß?"

Der Junge schüttelte den Kopf.

„Ich weiß, dass du William Arnold Boyce heißt. Und dass du Zimtbrötchen magst."

„Woher weißt du das?"

Irene zuckte mit den Schultern. „Omas wissen so was", sagte sie. „Wenn deine Mama sagt, dass du eins essen darfst, gehen wir gleich rein und ich gebe dir eins."

„Er darf alles haben, was er essen kann", sagte Millie. „Er ist nur noch Haut und Knochen."

Irene öffnete die hintere Wagentür. „Dann kommen Sie mal mit, Herr Knochen", sagte sie und streckte die Hand aus.

Billy ergriff sie und rutschte vom Rücksitz. Er wackelte ein bisschen, behielt aber das Gleichgewicht. Beim Anblick der langen Treppe zur Eingangstür zögerte er.

In diesem Moment erschien eine Frau mit pinkfarbenen Haaren oben auf dem Treppenabsatz. Mit ihrer gepunkteten Brille und einem neongrünen Pullover war sie, was Mrs Baxter eine „Vision" nannte, auch wenn sie nicht ganz sicher war, was für eine.

„Hallo, du mit der roten Mütze", rief sie Billy zu.

Billy blickte zu ihr hinauf.

„Weißt du, wie man auf einem Pferd reitet?"

Billy schüttelte den Kopf.

„Na, dann wird es aber Zeit." Sie hüpfte die Stufen hinunter, ließ sich auf alle Viere nieder und wieherte – nicht besonders überzeugend –, bevor sie ihn anwies aufzusteigen. Und so war es ausgerechnet Mona von *Mona und Co.*, die bei diesem Projekt ein wenig in Verzug geraten und hergekommen war, um bei ihren Handwerkern nach dem Rechten zu sehen, die den ersten Bewohner von „Sams Haus" die Treppe hinauf und in den Flur trug, wo er seinen Namen auf die mit Händeabdrücken bedeckte Wand schreiben sollte. Der erste Baustein eines Vermächtnisses der Hoffnung für Patienten und ihre Angehörigen, die zum *Samuel-F.-Davis-Gedächtnistrakt* für Onkologie der Uniklinik Creighton kamen und um Heilung beteten. Und die in der Fremde ein Zuhause brauchten.

Und nun sei dem,
der über alles Bitten und Verstehen
aus seinem Überfluss geben kann,
die Ehre in Christus Jesus,
heute und in alle Ewigkeit.
Amen.

Lynn Austin
Fionas Geheimnisse
ISBN 978-3-86827-022-8
416 Seiten, Paperback

Vor langer Zeit kehrte Kathleen ihrem Zuhause den Rücken, fest entschlossen, niemals zurückzuschauen. Fernab ihrer Heimat hoffte sie, ihre Scham über die Armut und die kriminellen Machenschaften ihrer Familie abschütteln zu können.
Als Kathleen 35 Jahre später eine Einladung ihrer Schwester erhält, nimmt sie nur zögernd an. Mit ihrer Tochter Joelle im Schlepptau macht sie sich auf den Weg in ihre verschlafene Heimatstadt. Eigentlich soll der Ausflug die zerrüttete Beziehung zwischen Mutter und Tochter kitten. Doch die beiden tauchen ein in ihre bewegte Familiengeschichte und stoßen auf dunkle Geheimnisse.
Da ist Eleanor, Kathleens Mutter, die einmal so lebensfroh war. Kann ihre herzzerreißende Geschichte Licht in das Dunkel bringen? Und da ist Fiona, ihre Großmutter. Was hat es mit dieser rätselumwobenen Person auf sich? Schließlich muss Kathleen sich entscheiden: Vergeben oder Vergessen?

Lynn Austin
Im Sand der Erinnerung
ISBN 978-3-86827-057-0
384 Seiten, Paperback

Abigail MacLeod sehnt sich nach einem Neuanfang. Ihre Ehe ist gescheitert und Gott scheint ihr ferner denn je. Wo könnte die begeisterte Hobby-Archäologin besser Abstand gewinnen als bei Ausgrabungen in Israel? Ein Mord, der ihren Weg ins Heilige Land überschattet, verheißt nichts Gutes. Doch bald findet sie Halt in der Freundschaft zu Dr. Hanna Rahov, der Leiterin des Ausgrabungsprojektes. Deren dramatische Lebensgeschichte berührt Abigail zutiefst, ebenso wie die Vermächtnisse einer Frau aus dem ersten Jahrhundert, die sich in den Ruinen auftun. Sie bringen Abigail dazu, neu über ihr eigenes Leben nachzudenken und sich auf den Weg zu machen. Auf den Weg zu dem Ort, wo die Quellen der Vergebung entspringen ...

Lynn Austin
Die Apfelpflückerin
ISBN 978-3-86122-983-4
416 Seiten, Paperback

Die junge Witwe Eliza kennt nach dem Tod ihres Schwiegervaters nur ein Ziel: Allein kämpft sie um die Rettung der Obstplantage, die das Ein und Alles der Familie ihres Mannes war. Schnell wird der Mutter von drei kleinen Kindern klar, dass dieses Vorhaben nur gelingt, wenn Gott einen Engel schickt.
Tatsächlich steht bald ein geheimnisvoller Fremder vor Elizas Tür. Ist er wirklich der erhoffte Gottesbote oder hegt er finstere Absichten? Immerhin scheint er nicht der zu sein, der er zu sein vorgibt. Doch wer ist das schon?
Eliza ist selbst gefangen in einem Netz aus Lügen über ihre Herkunft, und auch in der Familie ihres Mannes schlummert mehr als ein dunkles Geheimnis. Nur langsam fügen sich die Bruchstücke der Vergangenheit zu einem Gesamtbild zusammen. Wird Eliza letztlich alles verlieren, was ihr lieb und teuer ist, oder gewinnt sie sogar mehr, als sie je zu träumen wagte?

Lynn Austin
Luisas Töchter
ISBN 978-3-86827-036-5
560 Seiten, Paperback

Wie bitter muss ein Geheimnis sein, dass seine Enthüllung eine Familie zerreißt?

Auf den ersten Blick scheint das Leben von Emma, Grace und Suzanne – Mutter, Tochter und Enkelin – wie ein ruhiger Strom dahinzugleiten. Doch aus heiterem Himmel beginnt das Wasser Wellen zu schlagen. Suzannes Ehe steht vor dem Aus. Um ihrer Enkelin zu helfen, muss Emma eine schwere Entscheidung fällen. Soll sie ihre Nachkommen in die dunklen Kapitel ihrer bewegten Familiengeschichte einweihen? Doch wie viel darf Emma offenbaren, ohne dass ihr bittersüßes Geheimnis ans Tageslicht kommt? Behutsam entrollt sich das ergreifende Schicksal mehrerer Generationen. Verlorengeglaubtes wird wiederentdeckt, und verwundete Herzen lernen neu zu lieben.

Eine faszinierende Familiensaga über die Opferbereitschaft der Liebe.

Lynn Austin
Ein Koffer voller Träume
ISBN 978-3-86827-136-2
416 Seiten, Paperback

Schweden, um 1900.
Nach dem Tod der Eltern scheint den drei Schwestern Elin, Kirsten und Sofia das Leben auf ihrem Hof trist und grau. Elin, die ein dunkles Geheimnis in ihrem Herzen bewahrt, setzt all ihre Hoffnung auf einen Neuanfang bei Verwandten in Amerika. Zusammen mit ihren Schwestern macht sie sich auf den gefährlichen Weg in die „neue Welt".
Doch Amerika empfängt sie nicht mit offenen Armen und der Neubeginn wird schwerer als erwartet. Jede der Schwestern sieht sich vor große innere und äußere Herausforderungen gestellt. Wird es den jungen Frauen gelingen, endlich ihr Glück und ein neues Zuhause zu finden?

Lynn Austin
Rhapsodie der Freundschaft
ISBN 978-3-86827-092-1
464 Seiten, Paperback

Michigan 1941.
Vier Frauen, die unterschiedlicher kaum sein könnten: Virginia ist mit Leib und Seele Hausfrau und Mutter. Doch sie sehnt sich nach Anerkennung ihrer Arbeit durch ihre Familie. Die frisch verheiratete Rosa will der Missbilligung ihrer Schwiegereltern entkommen. Doch was soll die lebenslustige New Yorkerin ohne ihren Mann in der Einöde des Westens mit sich anfangen? Helen leidet unter ihrer Einsamkeit als alleinstehende, ältere Frau. All ihr Reichtum kann ihr nicht das geben, wonach sie sich sehnt. Jean, die Jüngste, träumt davon zu studieren und mehr aus ihrem Leben zu machen. Muss sie dafür auf eine eigene Familie verzichten? Der Angriff auf Pearl Harbor erschüttert die Lebensentwürfe der Frauen. Ihre Arbeit in einer Schiffswerft führt sie zusammen. Mit der Zeit wird dem ungleichen Quartett bewusst, dass sie einander trotz aller Unterschiede unglaublich viel Kraft und Hoffnung schenken können – als Freundinnen. So gewinnen sie wertvolle Erkenntnisse über sich selbst, das Leben, die Liebe und den Glauben.

Lynn Austin
Die Tochter des Baumwollbarons
Südstaaten-Saga – Band 1
ISBN 978-3-86827-058-7
480 Seiten, Paperback

Die junge Südstaatlerin Caroline hat in ihrem kleinen Kosmos allen Menschen liebevoll ihren Platz zugewiesen. Auch den schwarzen Sklaven, die für ihren Daddy arbeiten.
Sie sind ihr ans Herz gewachsen und fügen sich problemlos in ihr Weltbild ein.
So sehr, dass es erst Risse bekommt, als einem ihrer Freunde, einem Sklavenjungen, übel mitgespielt wird. Die Risse vertiefen sich, als sie am Vorabend des Bürgerkriegs einige Zeit im Norden der Vereinigten Staaten verbringt. Die Forderungen der „Yankees“ nach Einhaltung der Menschenrechte und Sklavenbefreiung beeindrucken sie zutiefst. Zu dumm, dass sie – zurück auf den Baumwollfeldern des Südens – ihr Herz ausgerechnet an Charles verliert. Er ist überzeugt von der feudalen Lebensart des „Großen Südens“. So kann es auch nicht bei harmlosen Diskussionen mit ihm und ihrer Familie bleiben. Nur zu bald bricht der Krieg aus – die Feuertaufe für ihre Liebe, ihre Überzeugungen und ihren Glauben ...

Lynn Austin
Schwestern der Freiheit
Südstaaten-Saga – Band 2
ISBN 978-3-86827-093-8
464 Seiten, Paperback

Zwei Frauen auf der Suche nach sich selbst

Julia gehört zur besseren Gesellschaft und hat sich in den Kopf gesetzt, den Geistlichen Nathanael Green zu erobern. Doch der ist gar nicht angetan von der verwöhnten Tochter aus gutem Haus. Seine Ablehnung fordert Julia heraus, über den Sinn ihres Lebens nachzudenken. So beschließt sie gegen den Willen ihrer Eltern, als Krankenschwester in einem Feldlazarett Nathanaels Anerkennung zu erringen. Der barsche Dr. MacGrath, den ein dunkles Geheimnis umgibt, macht der zarten jungen Frau die Arbeit schwer. Die verwundeten Soldaten aber schätzen ihren aufopferungsvollen Dienst. Bald lernt sie die junge Phoebe kennen, die sich als Mann verkleidet in die Armee geschmuggelt hat. Beide Frauen verbindet der Wunsch, sich und der Welt etwas zu beweisen. Als sich die Ereignisse überstürzen und Julia hinter das Geheimnis des Doktors kommt, stellt sich die entscheidende Frage: Können die beiden Frauen ihr Schicksal der guten Hand Gottes überlassen?

Lynn Austin
Der Sohn des Sklavenmädchens
Südstaaten-Saga – Band 3
ISBN 978-3-86827-137-9
ca. 500 Seiten, Paperback

Die junge Kitty sehnt sich nach Liebe und Anerkennung. Doch ihre Herrin lässt sie niemals vergessen, dass sie nur eine Sklavin, ein Niemand ist. Dabei gibt sich Kitty seit ihrer Kindheit beste Mühe, der herrschsüchtigen Südstaatlerin jeden Wunsch von den Lippen abzulesen.
Als der Bürgerkrieg ausbricht und die Yankees immer näher rücken, steht Kitty vor einer schwierigen Entscheidung: Soll sie mit den anderen Sklaven davonlaufen oder in dem einzigen Zuhause bleiben, das sie jemals gekannt hat?
Für Grady, ihre große Liebe, steht außer Zweifel, dass die Flucht ihre große Chance ist. Und er würde notfalls auch ohne sie fliehen. Seit Grady seiner Mutter als Kind entrissen und an einen grausamen Sklavenhändler verkauft worden ist, träumt er davon, frei zu sein. Doch kann die Flucht Kitty und Grady wirklich frei machen? Werden Kittys Hoffnungen und Träume sich jemals erfüllen?